Claudio Paglieri

Kein Espresso für Commissario Luciani

atb aufbau taschenbuch

Claudio Paglieri, geboren 1965 in Genua, arbeitet bei der Genueser Zeitung »Il Secolo XIX«. Bekannt wurde er durch die humoristischen Biographien der beiden italienischen Comic-Helden Tex Willer und Dylan Dog. Sein preisgekröntes Krimi-Debüt *Kein Espresso für Commissario Luciani* (2007) ist der erste Roman um Italiens eigenwilligsten Ermittler Marco Luciani. Es folgten *Kein Schlaf für Commissario Luciani* (2008) und *Keine Pizza für Commissario Luciani* (2010). Beide liegen als Aufbau Taschenbuch vor.

Zweite Halbzeit im Fußballstadion von Genua: Eine aufgebrachte Fangemeinde wartet fiebernd auf den Fortgang des Spiels. Doch der Schiedsrichter lässt auf sich warten. Als man endlich die Tür seiner Kabine öffnet, pendelt Tullio Ferretti leblos an der Decke. Selbstmord? Doch warum stehen sowohl Tisch als auch Stuhl mehr als einen Meter von dem Toten entfernt, und wie kann es sein, dass seine Tür zwar verschlossen war, der Schlüssel jedoch unauffindbar bleibt?

Schnell wird Kommissar Luciani, dem unbestechlichen Einzelgänger, klar, dass es hier ums große Geschäft geht: Manager schmieren Hooligans, Linien- und Schiedsrichter werden bestochen, um Aufstiege zu ermöglichen – ein abgekartetes Spiel. Unbeirrbar in dem Vorsatz, nichts als die reine Wahrheit gelten zu lassen, nimmt Luciani den Kampf auf, behindert von Drohungen, korrupten Staatsanwälten, dem atemberaubenden Hintern der Versicherungsdetektivin Sofia Lanni und nicht zuletzt von den Schatten seiner eigenen Vergangenheit.

Claudio Paglieri

Kein Espresso für Commissario Luciani

Roman

Aus dem Italienischen von Christian Försch

aufbau taschenbuch

Die Originalausgabe unter dem Titel
Domenica nera
erschien 2005 bei Edizioni Piemme, Casale Monferrato.

FSC
www.fsc.org
MIX
Papier aus verantwortungsvollen Quellen
FSC® C083411

ISBN 978-3-7466-2340-5

Aufbau Taschenbuch ist eine Marke der Aufbau Verlag GmbH & Co. KG

6. Auflage 2011

Umschlaggestaltung morgen, Kai Dieterich unter Verwendung
eines Fotos von © Laurent Giraudou/Bilderberg/Avenue Images
Druck und Binden CPI – Clausen & Bosse, Leck
Printed in Germany

www.aufbau-verlag.de

Für Graziana und Sergio

Prolog

»… Es läuft die achte Spielminute der zweiten Halbzeit, hier steht es immer noch torlos unentschieden, ich gebe zurück nach Genua.«

»In Genua ist die zweite Spielhälfte noch nicht angepfiffen, das heißt: die Mannschaften sind noch nicht einmal auf den Rasen aufgelaufen. Die Verzögerung macht uns inzwischen ein bißchen Sorgen, und auch das Publikum beginnt seinen Unmut zu äußern. Wir haben unseren Kollegen Bartocci hinunter in den Kabinengang geschickt, er versucht dort ein paar Hintergrundinformationen einzuholen. Sobald wir mehr wissen, melden wir uns wieder. Vorerst gebe ich ab nach Turin.«

»Hier steht es nach wie vor eins zu eins zwischen Torino und Neapel. Wir sind in der vierundfünfzigsten Spielminute. Vor wenigen Sekunden hatten die Gastgeber die Riesenchance zum Führungstreffer. Ein sehenswerter Kopfball von Arrigoni strich um Haaresbreite am Lattenkreuz vorbei. Der Torwart hätte keine Chance gehabt. Während wir nicht auf Sendung waren, kam allerdings auch Neapel zu einer gefährlichen Toraktion. Ein schneller Konter, den Torhüter Parisi vereiteln konnte, indem er aus dem Strafraum eilte und per Fuß klärte.«

»Entschuldige, wenn ich unterbreche, Dozza, hier spricht Genua: Soeben hat der Stadionsprecher mitgeteilt, daß die Begegnung abgebrochen wird. Grund ist ein Kollaps von Schiedsrichter Ferretti. Wir hoffen natürlich, daß es sich um nichts Gravierendes handelt. Der Referee hatte die erste Halbzeit regulär zu Ende geführt, auch wenn es heftige Proteste von seiten des Publikums und der Heimmannschaft gab, nachdem Ferretti einen Strafstoß für den Tabellenführer gepfiffen hatte. Wir warten immer noch auf genauere Informationen aus der Kabine. Verwunderlich ist allerdings, daß Herr Ferretti nicht, wie es das Reglement im Falle einer Verletzung vorsieht, durch den vierten Mann an der Seitenauslinie ersetzt wird.«

»Ist die Begegnung nur unterbrochen, oder wird sie auf einen anderen Termin verschoben?«

»Nein, nein. Das Spiel ist zu Ende. Heute wird nicht wieder angepfiffen, dies scheint jedenfalls der Stand der Dinge. Leider kommt es in diesem Moment zu Ausschreitungen. Die Fans der Gastmannschaft, die – ich wiederhole es noch einmal – eins zu null in Führung liegt, haben in ihrem Sektor zu randalieren begonnen. Die Fans zielen mit ihren Knallköpern auf die Ehrentribünen, die von einem massiven Kordon aus Polizeikräften gesichert werden.«

»Entschuldige, Crecchi, eine Zwischenmeldung aus dem Mailänder San-Siro-Stadion: Inter ist erneut in Führung gegangen, dank eines wunderschönen Treffers von Xavier. Nach einem Doppelpaß mit Fattori am Strafraumrand stand er allein vor Torhüter Fredriksson. Ein präziser Schuß mit dem rechten Außenrist, und der Torwart war geschlagen. Inter zwei, Bari eins, ich gebe zurück ins Studio.«

Der Leichnam von Herrn Ferretti aus Livorno hing an einem Haken, an der Decke der Schiedsrichter-Umkleide. Der Kopf war unnatürlich weit auf die linke Schulter geneigt, die nassen Haare klebten an der Stirn, und riesengroß hing die geschwollene Zunge aus dem Mund, als hätte der Tote sie ausgespieen. In den aufgerissenen, kreisrunden Augen stand ein Ausdruck von Panik und abgrundtiefem Leid. Bekleidet war der Mann mit seinem schwarzen Dreß, an den Füßen trug er noch die Stollenschuhe.

Erste Woche

Sonntag

Marco Luciani passierte die alte Abtei über dem Meer, dann schaute er auf seinen Schrittzähler. Er rannte seit siebenundvierzig Minuten und zwanzig Sekunden, und wenn er dieses Tempo durchhielt, würde er nach Runde zwei knapp unter einer Stunde liegen, wie gewöhnlich. Es war Anfang Mai, und die Sonne war warm, aber noch nicht drückend, die Meeresbrise verhalf Luciani zu einem gleichmäßigen, tiefen Atemrhythmus. Er fühlte sich wohl. Im stillen sagte er sich immer wieder, daß er nur aus Spaß an der Freude laufen sollte, nicht um irgendwelche Rekorde aufzustellen, aber in einem geheimen Winkel seines Hirns stand diese Schallmauer von anderthalb Stunden, die er nie geknackt hatte. An diesem Nachmittag konnte es endlich klappen. Aber besser, er dachte gar nicht daran, denn immer wenn er einem Ziel hinterherjagte, stieg die Anspannung, und dann schnellten Herzschlag und Atemfrequenz in die Höhe.

Die zweite Runde beendete er nach achtundfünfzig Minuten, dann begann er noch einmal von vorne und kämpfte sich zum dritten Mal durch den härtesten Abschnitt: ein kurzer knackiger Anstieg, wo er normalerweise aufgeben mußte, zumindest die Hoffnung auf die Traumzeit von einer Stunde, bzw., in Runde drei, von anderthalb Stunden. Luciani überlegte, ob er die Schallmauer durchbrechen konnte, wenn er den Startpunkt seiner Runde an eine andere Stelle verlegte und damit die Steigung zu einem günstigeren Zeitpunkt nahm. Aber er fürchtete, daß dieser Trick nicht ganz sauber war.

Da hörte er die Polizeisirene. Sie kam von hinten, vom

Ende der Allee her. Verflucht! dachte er, ich will nur hoffen, daß sie nicht meinetwegen hier sind. Hätte er seinem Instinkt gehorcht, dann hätte er sich versteckt, aber ein Mann, der einen Meter siebenundneunzig groß und mager wie ein Insekt ist, kann nicht so ohne weiteres in der Menge verschwinden. Also lief er weiter, als ob nichts wäre, während die Autofahrer zur Seite auswichen und die Passanten neugierig die Hälse reckten. Die Sirene kam immer näher, bis der Streifenwagen schließlich mit quietschenden Reifen am Bordstein zu Lucianis Linken hielt. Er hörte das Geräusch der Autotür, die sich öffnete, aus dem Augenwinkel sah er einen Beamten, der ausstieg und ungelenk auf ihn zueilte. Die Hand am Pistolenknauf.

»Herr Kommissar! Herr Kommissar!«

Er drehte sich um und trabte weiter auf der Stelle, als wollte er sich noch ein wenig der Illusion hingeben, daß er nach dieser Unterbrechung sein Training fortsetzen konnte.

»Iannece, was ist denn los?«

Seit vier Jahren war Antonio Iannece sein Assistent und Fahrer. Luciani hatte ihn noch nie so verstört gesehen.

»Steigen Sie ein, Herr Kommissar. Sofort. Es ist die Hölle los. Ich habe Sie auf Ihrem Piepser angefunkt, Doktor Giampieri und die anderen sind schon an Ort und Stelle.«

Marco Luciani sah rasch an sich hinunter. Er war so verschwitzt, daß er sich vor sich selbst ekelte, das T-Shirt hätte man auswringen können, und die Shorts sahen auch nicht besser aus.

»Die Angelegenheit ist dringend, Herr Kommissar. Ein Mordfall. Vielleicht.«

»Vielleicht?«

»Ja, vielleicht.«

»Das heißt: noch ist die Tat nicht begangen?«

»Nein. Die Tat ist schon begangen. Aber es ist nicht klar, ob ...«

»Wenn die Sache schon passiert ist, dann kann ich mich auch erst einmal umziehen.«

Auf der Strandpromenade war viel los, wie jeden Sonntagnachmittag. Eine Menge Leute waren stehengeblieben, um sich das Spektakel anzuschauen. Der Streifenwagen parkte am Straßenrand, die Sirene heulte, und Iannece wurde immer nervöser. Er näherte sich dem Ohr des Kommissars und erklärte ihm in wenigen Worten die Sachlage.

»In Ordnung, aber bring mich wenigstens zu meinem Auto, damit ich meinen Trainingsanzug überstreifen kann.«

Nachdem sie den alten Renault Clio erreicht hatten, zog Luciani das verschwitzte T-Shirt aus, knüllte es zusammen und warf es in den Kofferraum. Dann rieb er sich, so gut es eben ging, mit einem kleinen Handtuch ab. Sein Blick kreuzte sich mit dem zweier Damen, die seine magere Brust, sein unrasiertes Gesicht und den Polizisten neben ihm betrachteten. Ihm wurde klar, daß er wie ein Junkie wirken mußte, den man in flagranti beim Autoknacken oder etwas Ähnlichem erwischt hatte. Hastig zog er Oberteil und Hose des Trainingsanzugs über und fluchte, weil die Schuhe sich wie immer in den Hosenbeinen verhedderten. Er holte seinen Piepser aus dem Handschuhfach, goß sich ein wenig kaltes Wasser über das kurze Haar, rubbelte mit der Hand darüber, dann stieg er in den Streifenwagen, der mit quietschenden Reifen und jaulendem Motor davonschoß.

»Hör mal, Iannece …«

»Bitte, Herr Kommissar.«

»Du hast nicht zufällig … hast du ein Deo im Auto?«

»Ein Deodorant? Aber Herr Kommissar, wissen Sie nicht, wie Monnezza in seinen Filmen immer sagt: ›Ich brauche kein Deo, ich will, daß man den Gestank des Bullen riecht.‹«

Der Wagen bahnte sich nur mühsam einen Weg zwischen Autobussen und Menschenmassen, die das Stadion verließen. Es war faszinierend, wie es plötzlich in einem der am dichtesten besiedelten Viertel der Stadt zwischen den Wohnblöcken auftauchte, eine große rote Schachtel mit weißem Dach, in englischem Stil. Dieses Stadion vermittelte das Gefühl, daß man nicht zum Fußball, sondern ins Kino um die Ecke ging, es hatte etwas Vertrautes, Alltägliches. Aber dieser anheimelnde Eindruck verflüchtigte sich sofort, wenn hinter dem Stadion die gelben Wachtürme und das graue Dach des Gefängnisses auftauchten. Man sah Arme und Gesichter, die sich durch die Gitter der engen Fenster zwängten. Sie versuchten ein wenig frische Luft oder einen flüchtigen Gruß von irgendeinem Passanten zu erhaschen, der auf dem Weg zur Nordtribüne war.

Marco Luciani verweilte mit dem Blick noch einmal auf dem Stadion. Seit mindestens fünfzehn Jahren war er nicht mehr dort gewesen, seitdem der Fußball sich so plötzlich aus seinem Leben verabschiedet hatte, wie ein Verwandter, der einer schnellen tödlichen Krankheit zum Opfer fällt. Er hatte dieses Spiel mit totaler Hingabe geliebt – nun haßte er es mit totaler Hingabe, und er empfand Mitleid für die Menschenmenge, die über die Bürgersteige strömte, knallbunte idiotische Schals am Hals, traurig dreinblickende Männer mit Zigarette im Mundwinkel und einem mißglückten Haarschnitt, der ihnen wohl von der Frau am heimischen Herd verpaßt worden war, ältere Frauen, die laute Selbstgespräche führten, und Kinder, die, an die Hand des Vaters geklammert, mit einem Fähnchen einherstolzierten.

Schlachtvieh, dachte Marco Luciani, während die Funkstreife an den Mannschaftswagen der Polizei und an den Absperrungen zwischen den Fanblocks vorbeikam. Schließlich fuhren sie auf die Rampe, die zu den Umkleidekabinen führte. Eine Viehherde, die sich mit Zeitlupenanalysen und

Montagstalkshows berieseln ließ, um die endlosen Diskussionen später im Büro fortzusetzen. Er schüttelte den Kopf, öffnete den Wagenschlag und dachte, daß dies wahrlich kein Glückstag war. Aber als er die Menschentraube vor den Kabinen sah, die Fotografen und die Kameraleute, die sich an die Absperrungen drängten, und als er in der Luft diese knisternde, angstvolle Erwartung spürte, als er bemerkte, wie sich die Gesichter zweier Beamter bei seiner Ankunft entspannten, da fühlte er sich wie ein Held in der Arena, die Menge teilte sich, harrte seiner in blindem Vertrauen. »Kommissar Luciani kommt!« Das Adrenalin verjagte die trüben Gedanken und gab ihm seinen kalten klaren Blick zurück.

Ein Beamter, den er nur vom Sehen kannte und der offensichtlich gerade Stadiondienst hatte, lief Luciani entgegen, bahnte ihm einen Weg. Sie kamen durch den Eingangsbereich der Kabinen, dann durch einen langen Korridor, bis in eine Sporthalle, die seit Jahren verlassen schien. Der unverwechselbare Geruch nach Turnmatten, Staub und vergammelten Seilen. Sie mußten mittlerweile unter der Nordtribüne angelangt sein, als sie schließlich einen Beamten sahen, der eine Tür bewachte.

Sie betraten einen tristen, ziemlich düsteren Raum. Durch ein enges hohes Fenster fiel spärliches Licht herein. Anwesend waren Lucianis junger Stellvertreter Giampieri, Inspektor Calabrò und ein Schiedsrichter, der auf einem Tisch in der Mitte des Zimmers lag. Mausetot. Giampieri machte Eintragungen in sein Notizbuch. Er schien überrascht, den Kommissar zu sehen, und auch eine gewisse Enttäuschung konnte er nicht verhehlen. Er fing sich aber sofort wieder, schob die Brille an die Nasenwurzel und griff mit einer beherzten Geste nach der Hand des Vorgesetzten.

»Ach, du bist also doch da.«

»Komm mir nicht zu nah, Nicola, ich habe eine Stunde Dauerlauf hinter mir.« Und wenn ihr einunddreißig Minuten später gekommen wärt, dachte er, hätte ich diese vermaledeite Schallmauer geknackt.

»Ich habe es bei dir zu Hause probiert, aber du warst nicht da. Dann auf dem Piepser. Und da du kein Handy hast, wußte ich nicht, wie ich dich erreichen soll. Wie hast du's erfahren?«

»Iannece hat mich aufgegabelt. Ich war am Corso Italia. Im Notfall weiß er immer, wo ich zu finden bin.«

Giampieri kratzte sich mit dem Kugelschreiber den fast kahl geschorenen Schädel, dann den schmalen Kinnbart.

»Gut, dann kannst du dir den Tatort noch in jungfräulichem Zustand anschauen, so wie du es am liebsten hast.«

»Hat er sich umgebracht?«

»Scheint so, allerdings ... Sieh es dir selbst an. Wir haben nichts angefaßt, nur den Leichnam, den haben die Sanitäter heruntergeholt.«

»War er da schon tot?«

»Ja, jedenfalls nach Meinung des Mannschaftsarztes. Aber das konnten sie nicht mit Sicherheit feststellen. Sie kamen rein, haben ihn da hängen sehen und sofort heruntergeholt. Ach ja, sie erwähnten, daß seine Hände auf dem Rücken gefesselt waren. Die haben sie gelöst, um Erste Hilfe zu leisten.«

»Vollidioten. Irgendwelche Abschiedsbriefe?«

Giampieri hatte keine Lust mehr zu antworten.

»Hab keine gesehen«, sagte er eilig, dann suchte er nach einem Vorwand, um sich zu verdrücken: »Während du dich umschaust, fange ich die Leute von der Spurensicherung ab. Der Staatsanwalt müßte auch jeden Moment eintreffen. Calabrò, stell dich hier draußen auf und halte Ausschau.«

Marco Luciani blieb allein in der Kabine zurück, vor dem Leichnam des Schiedsrichters.

Er war es.

Luciani hatte ihn auf Anhieb wiedererkannt, trotz seines aufgedunsenen, verzerrten Gesichts. Doch der Kommissar nahm sich vor, erst einmal nicht daran zu denken.

Wenn er nach dem unmittelbaren, rein gefühlsmäßigen Eindruck ging, dann war dies der Schauplatz eines Selbstmords, kein Raum, in dem ein Mord passiert war. Vielleicht, weil das Szenario insgesamt eher aufgeräumt wirkte, vielleicht lag es auch nur an einer bestimmten Spannung in der Atmosphäre, oder an dieser unglaublichen Tristesse, wie im Umkleideraum einer Schule oder eines drittklassigen Fußballclubs der siebziger, achtziger Jahre. Ob sich auch die Spieler in so deprimierenden Kabinen umzogen? fragte Luciani sich verwundert, aber das konnte nicht sein, dies war wohl nicht die offizielle Schiedsrichterkabine.

Vielleicht, dachte er, war der Schiri tatsächlich nur hierhergekommen, um mit allem Schluß zu machen.

Er schaute sich um und versuchte, die Umgebung in seinem visuellen Gedächtnis zu speichern, eine Wand nach der anderen. Er versuchte sich alle Gegenstände einzuprägen, ihre Form, ihre Lage, ihre Farbe. Wenige Stunden später würde er die Fotos von der Spurensicherung bekommen, aber einer Fotografie fehlte immer die räumliche Tiefe, und vor allem erkannte man darauf kaum, ob ein Gegenstand an seinem rechten Platz war.

Rechte Wand: Eine Holzbank mit Trittleiste und vier Garderobenhaken. Dort hingen Hose, Hemd, Jackett und Krawatte: die Kleider des Schiedsrichters, in perfekter Ordnung. Eine schwarze Sporttasche stand auf der Bank. Die Schuhe, darin die Socken, nicht zusammengeknüllt, sondern zusammengelegt. Luciani fiel auf, daß sie farblich auf die Krawatte abgestimmt waren.

An der gegenüberliegenden Wand zwei alte Poster der Federazione Calcio: Zeichnungen von Schiedsrichtern, mit rechtschaffen-wackerem Blick, einer hatte die Pfeife im Mund, der andere hielt in der Linken den Ball, die Rechte reichte er einem Spieler, und alle lächelten. Ein Kruzifix; eines von denen, die dir direkt in die Augen schauen, damit du dich schuldig fühlst. Auf etwa achtzig Zentimeter Höhe verlief ein waagerechter Schmutzstreifen, vermutlich stieß dort gewöhnlich der Tisch an die Wand. Es mußte ermittelt werden, wann und von wem er verschoben worden war.

An der linken Wand befand sich eine Massageliege mit weiß lackierten Beinen und einer grünen Auflage, auf die man die Stricke geworfen hatte: das dicke Seil, an dem der Leichnam gehangen hatte, und die dünnere Handfessel. Wer weiß, warum sie den Schiri auf den Tisch gelegt haben, dachte Luciani, und nicht auf diese weichere Liege? Vielleicht, weil zu einer Leiche eine harte Oberfläche paßte, wie die Bahre der Totengräber. Oder vielleicht einfach nur, weil der Tisch in Reichweite gewesen war.

Links, neben der Tür, die Lichtschalter und ein Handwaschbecken aus Keramik. Ein Seifenhalter und eine Spiegelkonsole, auf der eine Packung Papiertaschentücher lag. Am Boden ein Papierkorb aus Plastik, leer. Zur Rechten nur die nackte Wand, der Freiraum, in den das Türblatt schwang.

Auf dem Fußboden ein umgestürzter Metallstuhl mit hölzerner Sitzfläche, darauf kleine Erdspuren. Unter dem Tisch ein Lampenschirm aus Plastik. An der Decke der Haken, an dem man das Seil befestigt hatte. Es mußte festgestellt werden, wo genau sich der Stuhl befunden hatte, denn auf den ersten Blick schien er zu weit entfernt von der Vertikalachse unter dem Haken.

Luciani nahm sich noch einmal des Schiedsrichters an. Wären nicht die Fußballschuhe an seinen Füßen gewesen, hätte er an Andrea Mantegnas Christusbild erinnert. Er hatte die Schuhe nicht ausgezogen, dachte Luciani, im Gegensatz zu vielen anderen Selbstmördern. Aber vielleicht tun sie das nur, wenn sie aus dem Fenster springen, nicht wenn sie sich erhängen wollen. Aus der Brusttasche des schwarzen Trikots schauten Rote und Gelbe Karte heraus. Und ein Bleistift.

Nun suchte er den Boden ab, stöberte in allen Winkeln herum. Merkwürdigerweise war der Fußboden blitzblank, es lagen weder Papierschnipsel noch Kippen herum. Luciani fand nur einige Erdspuren, doch dann entdeckte er, halb verborgen zwischen den beiden Latten der Fußleiste, ein Stück Metall: länglich, pfeilförmig. Er erkannte sofort, daß es sich um ein Teil von einem der Kugelschreiber handelte, wie er sie als Schulkind verwendet hatte. Von einem Parker Jotter, dachte er, während ihm ein wehmütiger Schauder über den Rücken lief. Manchmal war ihm der Stift heruntergefallen, und dann sprang dieses Teil ab, und es war verflixt schwer, das Ding wieder zusammenzubauen. Es hielt nicht mehr. Womöglich hatte es nichts zu bedeuten, und das Teil lag schon lange dort. Luciani hob es vorsichtig auf und wickelte es in ein Taschentuch, auch wenn sich darauf wohl kaum Fingerabdrücke nachweisen ließen. Es waren weder Staub- noch Schmutzspuren daran. Bei genauerem Hinsehen stellte er fest, daß es aus Silber war. Das war kein Billigschreiber, sondern ein Stift von einiger Bedeutung. Wenn er dem Schiedsrichter heruntergefallen war, dann mußten sich irgendwo auch die restlichen Teile finden.

Nirgendwo war ein Abschiedsbrief zu sehen. Auch kein Handy? Luciani tastete vorsichtig das Jackett ab, das auf dem Bügel hing, dann warf er einen Blick in die Sporttasche. Nein, kein Handy. Komisch. Womöglich hatte er es einem Stadionwart gegeben, zusammen mit der Brieftasche.

Marco Luciani schloß die Augen und versuchte alles, was er beobachtet hatte, in seinem Gedächtnis zu speichern, dann wandte er sich zur Tür. Der Schlüssel steckte nicht innen im Schloß. Und auch nicht außen. Als Luciani auf den

Korridor trat, kreuzte er den Blick Giampieris, der gerade den Gerichtsmediziner und die Leute von der Spurensicherung brachte. Luciani begrüßte Doktor Vassallo – ein sympathischer Glatzkopf von schmächtigem Wuchs, der seiner abscheulichen Arbeit mit unerklärlichem Enthusiasmus nachging –, dann die drei Kriminaltechniker, die die Gerätschaften zur Spurensicherung, zur Foto- und Videoaufzeichnung schleppten.

»Guten Tag, Herr Kommissar.«

»Guten Tag, Herr Doktor, Tag, allerseits.«

»Besondere Hinweise?«

»Scheint, als hätten wir es mit Suizid zu tun. Ein Mann, der sich erhängt hat. Könnte aber auch alles inszeniert sein.«

»Verstanden. Falls es *darum* geht – wir werden uns nicht aufs Kreuz legen lassen«, erwiderte Vassallo mit leuchtenden Augen.

Der Kommissar ließ sie vorbei und suchte sich mit seinem Vize einen stillen Winkel.

»Nicola, hast du den Schlüssel?«

»Nein, er war nicht da. Aber die Tür war abgeschlossen.«

»Wie sind sie dann reingekommen?«

»Der Hausmeister hat aufgeschlossen, mit seinem Schlüssel. Er meinte, die Tür sei zweimal abgeschlossen gewesen, ob von innen oder außen, das kann natürlich niemand wissen.«

»Wenn der Schiedsrichter von innen abgeschlossen hat, dann müßte der Schlüssel dasein. Aber er ist nirgends zu sehen.«

»Vielleicht hat er ihn verschluckt.«

Marco Luciani liebte Giampieris Sinn für Humor, vor allem in so einer Situation, aber um nichts in der Welt hätte er ihm die Genugtuung verschafft, es ihm zu zeigen.

»Wenn dem so ist, dann wird es im Autopsiebericht stehen«, sagte er todernst. Sein Gegenüber wußte nicht, ob Luciani den Witz verstanden hatte.

Am Ende des Korridors stand Roberto Valle, Beamter einer Anti-Hooligan-Einheit. Er hatte Schichtdienst im Stadion und stemmte seinen massigen Leib gegen Schaulustige, die gegen einen Sperring von Polizisten drängten. Die Polizisten waren mit Helm, Schild, Schlagstock und Tränengas ausgerüstet, sie waren abgespannt, gereizt, kurz vor dem Ausflippen, denn man hatte sie am Morgen von sechs bis zehn in enge Mannschaftswagen gepfercht, und zwar in Uniformen, die viel zu warm waren für die Jahreszeit. Sie hatten die Fans der Gastmannschaft eskortiert, waren beschimpft, bespuckt, mit Sprechchören und Leuchtraketen bedacht worden; seit Stunden auf den Beinen, waren sie nicht einmal zum Essen oder Pinkeln gekommen. Und nun sehnten sie sich nach einem Vorwand, einem x-beliebigen Vorwand, um loszuhetzen und alles niederzuknüppeln, was ihnen in die Quere kam. Der Kommissar trat an Valle heran, der einige Zentimeter kleiner war, aber mit seiner im Kraftraum aufgepeppten Muskulatur das Doppelte wog. Ob alles in Ordnung sei, fragte er, der andere nickte. Im Augenblick galt es nur, etwa fünfzig Leute auf Distanz zu halten, ein paar Zeugwarte, Kassierer, Betreuer, Journalisten und Sensationsgeile. »Die Situation ist unter Kontrolle, aber wenn ich dir einen Rat geben darf: sieh zu, daß das Stadion geräumt wird. Die Fans der Gastmannschaft sind immer noch da drinnen, und sie schäumen vor Wut, weil das Spiel abgebrochen wurde. Wenn wir die zum Bahnhof geleiten, kann die Hölle losbrechen. Und hier rücken immer mehr Journalisten und sonstwelche Heinis an; wenn die mitkriegen, was passiert ist, dann weiß ich auch nicht …«

Der Kommissar wandte sich wieder Giampieri zu. »Gibt es Zeugen?«

»Ich habe den Hausmeister, die Linienrichter und den Mann von der Seitenlinie in ein Zimmer gesteckt. Ach, und den Betreuer für den Schiedsrichter. Außerdem sind die Manager der beiden Clubs drinnen, aber die waren auf der Tribüne. Ich wollte nicht, daß sie hier weiter die Korridore unsicher machen. Dieser Rebuffo, Mamma mia, der ist noch schlimmer als im Fernsehen.«

»Du hättest sie nicht zusammenstecken dürfen, Nicola. Und die Spieler, wo sind die?«

Giampieri schluckte die Kritik ohne Widerrede. »Sie haben sich geduscht. Ich glaube, sie sind bereit zum Abmarsch. Ich dachte, es wäre vielleicht besser, sie sofort wegzuschaffen. Zum Tatzeitpunkt waren sie in den Umkleidekabinen, sie haben nichts gesehen. Wir könnten sie durch einen Nebenausgang hinausschleusen.«

»Das kommt nicht in Frage. Warum die Extrawurst? Die Spieler werden erst gehen, wenn ich es sage, und zwar durch den Hauptausgang, da können dann die Journalisten über diese stinkenden Geldsäcke herfallen.«

Vor Wut riß Marco Luciani die Tür dermaßen heftig auf, daß alle im Raum auf die Füße sprangen. Wer gerade herumschlenderte oder plauderte, blieb wie versteinert stehen.

»Guten Tag. Ich bin Kommissar Luciani«, knurrte er.

Ein großer Mann mit graumeliertem Haar trat als erster vor und streckte Luciani die Hand hin. Er hatte eine scharf geschnittene Nase und ein falsches Lächeln. Bekleidet war er mit einem grauen Zweireiher und schwarzweiß gestreifter Krawatte. Er sah aus wie ein Börsenhai aus einem Film der achtziger Jahre.

»Sehr erfreut, Herr Kommissar. Ich bin Alfredo Rebuffo, der Manager von ...«

Der Kommissar ignorierte Rebuffos Hand, die verwaist in der Luft hängenblieb, und wandte sich den Herren zu, die – in schwarzem Dreß – in den jeweils gegenüberliegenden Zimmerecken saßen.

»Sie sind die Linienrichter, nehme ich an. Könnten Sie Ihre Sachen nehmen und mit aufs Kommissariat kommen? Sie ebenfalls, bitte«, sagte er, an den vierten Mann, den Schiedsrichterbetreuer und den Hausmeister gewandt.

»Falls ich behilflich sein kann ...«, schaltete sich erneut der Manager ein.

»Haben Sie etwas gesehen? Waren Sie hier, als es passierte?«

»Offen gestanden nicht, Herr Kommissar. Ich war auf der Ehrentribüne, aber kaum hatte ich erfahren ...«

»Hervorragend. Ein Beamter wird Ihre Aussage aufnehmen. Und die Ihres Kollegen.«

Für einen Moment blitzte in Rebuffos Augen ein Haß auf, den er mit den Lidern wegknipste. Dann setzte er wieder sein schmieriges Lächeln auf: »Ich stehe zu Ihrer Verfügung, Herr Kommissar. Sobald Sie die Erlaubnis erteilen, werde ich die Mannschaft zum Flugzeug bringen. Ich selbst bleibe für den Fall der Fälle hier in Genua«, sagte er, wobei er Luciani eine Visitenkarte reichte.

Marco Luciani steckte sie achtlos ein. »Die Mannschaft wird heute nicht mehr ins Flugzeug steigen. Suchen Sie sich ein Hotel und halten Sie sich zu meiner Verfügung.«

Er wollte gerade das Zimmer verlassen, als in die Grabesstille, die sich im Raum ausgebreitet hatte, ein Handyton schrillte. Der Kommissar fuhr reflexartig herum – alle im Zimmer waren wie gelähmt. Niemand schien den Anruf entgegennehmen zu wollen. Dann wandten sich die Köpfe einer nach dem anderen dem Linienrichter zu, dem die Röte ins Gesicht geschossen war und den die Tatsache, daß in seiner Hosentasche das Thema einer klassischen Komposition ertönte, in Angst und Schrecken zu versetzen schien. Der Kommissar warf ihm einen Blick zu, der soviel bedeutete wie: »Gehen Sie ran!« Der Mann zog aus der Tasche seiner Shorts ein winziges Handy, ein ultraflaches Modell, das silbrig glänzte.

Als er die Nummer des Anrufers sah, schien sein Teint schlagartig von Rot auf Weiß umzuspringen. Er antwortete hastig: »Hallo … ähmm … ich kann jetzt nicht, ich melde mich später.« Dann legte er auf.

»Entschuldigt bitte, meine Frau«, sagte er mit einem verlegenen Lächeln, »sie hat sich Sorgen gemacht.« Dann verfinsterte sich seine Miene: »Apropos: hat man Frau Ferretti schon informiert?«

Montag

»Hier ist Ihr Kaffee, Herr Kommissar. Ich habe Ihnen auch ein Sandwich mitgebracht. Ist nicht die Wucht, aber Sie haben den ganzen Tag nicht einen Happen gegessen.«

»Danke, Iannece. Du kannst ruhig nach Hause gehen. Es ist schon sehr spät.«

»Wenn Sie wollen, helfe ich Ihnen hier noch ein bißchen. Meine Frau schläft sowieso schon.«

»Nein, nein, mach dich auf den Weg. In ein paar Stunden geht es hier wieder rund, dann mußt du fit sein. Ich bleibe auch nur noch ein Stündchen, und dann gehe ich schlafen.«

Iannece warf ihm einen skeptischen Blick zu. »Sie haben schon letzte Woche kaum geschlafen, Herr Kommissar. Sie dürfen nicht wieder unterziehen.«

Wer weiß, was er mit »unterziehen« meint, dachte Marco Luciani. Iannece hatte eine eigentümliche und höchst einfallsreiche Art, Sprichwörter und Redewendungen zu verhunzen. Er sagte: »Hat sich bei mir noch nicht untergestellt«, »Mit vollen Hosen läßt es sich gut sinken« oder »Die Axt im Haus ersetzt den Scheidungsrichter«, und jeder dieser Ausdrücke hatte seine nachvollziehbare Logik. Aber was ausgerechnet mit diesem »Unterziehen« gemeint war, das hatte Luciani bisher nicht begriffen.

Während Iannece ging, kam Giampieri herein.

»Nichts zu machen«, sagte er kopfschüttelnd, »wir können es einfach nicht finden.« Keine der Durchsuchungen hatte das Mobiltelefon des Schiedsrichters zutage gefördert, weder in der Umkleidekabine noch im Hotelzimmer oder im Auto.

Seit Stunden versuchten die Spezialisten der Fernmeldeüberwachung das Signal des Handys einzufangen, weil man hoffte, der Mörder – falls es denn einen Mörder gab – habe es an sich genommen und immer noch bei sich. In letzter Zeit hatten sie so eine ganze Reihe von Fällen gelöst, aber seitdem sich herumgesprochen hatte, daß auch ein abgeschaltetes Handy ein lokalisierbares Signal abstrahlte und daß man dem Großen Bruder nur entwischte, wenn man den Akku herausnahm, klappte dieses Spielchen immer seltener. Inzwischen gingen ihnen nur noch kleine Gelegenheitsmörder ins Netz, Strauchdiebe, die für dreißig Euro und ein Handy einen armen Schlucker abmurksten.

»Hatte ich dir gleich gesagt: reine Zeitverschwendung«, sagte Marco Luciani kopfschüttelnd, »hier haben wir es nicht mit einem Schwachkopf zu tun. Wer unter den Augen von vierzigtausend Leuten ein solches Ding durchzieht, der läßt sich so nicht hops nehmen. Dem ging es darum, das Telefonbuch und die gespeicherten Anrufe zu löschen. Falls er wirklich das Handy mitgenommen hatte, dann ist er es längst losgeworden.«

»Ja, aber die Anrufe können wir über die Telefongesellschaften trotzdem ermitteln.«

»Stimmt. Dazu brauchen wir aber eine Menge Zeit. Und die SMS können wir nicht rekonstruieren. Wie auch immer, vergiß es. Wir setzen die Linienrichter ein bißchen unter Druck, und du wirst sehen: Irgend etwas kommt dabei ans Licht.«

Giampieri wollte etwas erwidern, doch er war zu müde, um wieder eine Diskussion anzufangen, die sie bereits Dutzende Male geführt hatten. »Ich würde dann nach Hause gehen und ein paar Stunden schlafen, wenn sonst nichts mehr ist. Ich habe eine Wache abgestellt, und die Kollegen werden es weiter versuchen.«

»Okay. Für morgen vormittag habe ich bereits allen eine Aufgabe zugeteilt. Gegen Mittag machen wir dann eine Lagebesprechung.«

Lucianis Stellvertreter ging, und der Kommissar war endlich allein. Er stand vom Stuhl auf, reckte Arme und Beine und öffnete das Fenster. Die Nacht war dunkel und still, mit der frischen Luft strömte der Duft des bevorstehenden Sommers herein. Als Junge frohlockte er innerlich, wenn er diesen Duft erkannte, denn er dachte an die Ferien am Meer, die Freunde, die er wiedersehen, die Mädchen, die er kennenlernen würde. Nun war er siebenunddreißig Jahre alt, und seit langem löste dieser Duft nur noch einen flüchtigen Schauder in ihm aus, wie das Leben, das jemand anders gelebt hat, zum Beispiel ein Bruder, der für immer aus deinem Dasein verschwunden ist.

Er setzte sich wieder an den Schreibtisch und begann seine Gedanken zu ordnen. Er wollte sich ein Bild machen von dem, was sie an diesem ersten langen Tag der Ermittlungen herausgefunden hatten. Die ersten Zeugenbefragungen, das Unausgegorene, hatte er Giampieri und den anderen Beamten überlassen. Sie dienten im allgemeinen nur dazu, eine Unmenge an Details zusammenzutragen und vor allem die äußeren Tatumstände zu rekonstruieren: Zeitfenster und Räumlichkeiten, in denen der Täter agieren konnte. Für die Interpretation der Tat waren diese Angaben dagegen von geringer Bedeutung. Wenn man unmittelbar nach einem Mord beziehungsweise Selbstmord Fragen stellte wie: »Können Sie sich einen Grund vorstellen?«, »Wer könnte ein Interesse daran gehabt haben, ihn zu töten?«, »Welches Motiv gibt es für einen Suizid?«, dann bekam man in 99% der Fälle dieselben Antworten: »Ich habe nicht die leiseste Ahnung«, »Er war bei allen beliebt«, »Er war ausgeglichen und heiter, wie immer«, »Er kann sich nicht umgebracht haben.« Laut Polizeipsychologen war dafür teilweise der Schock verantwortlich, teilweise war es die Angst der Leute, selbst unter Tatverdacht zu geraten, und zum Teil plagten die Befragten Schuldgefühle, weil sie die Tragödie nicht vorausgesehen und verhindert hatten.

Wenn einige Stunden und Tage vergangen waren, dann würden diejenigen, die das Opfer näher kannten, doch auf eine Erklärung kommen. Oder zumindest würden sie es versuchen. Bestimmte Äußerungen würden ihnen wieder einfallen, Zwischenfälle, Blicke, merkwürdige Anrufe, und am Ende würden sie ein Szenario entwerfen, das womöglich irrig, aber doch mehr oder weniger sinnvoll war und zumindest den Ansatz eines Motivs enthielt. Im Laufe der kommenden Tage würde Marco Luciani alle Zeugen noch einmal persönlich vernehmen und nach einer Erklärung suchen. Er hatte gemerkt, daß die Leute in Verlegenheit, in die Defensive gerieten, wenn er in der Funktion des obersten Ermittlers auftrat, und deshalb sorgte er dafür, daß die Zeugen bei seinem ersten Auftreten möglichst nachhaltig eingeschüchtert wurden. Dann tauchte er für eine Weile ab, und wenn er den Faden wieder aufnahm, dann sorgte sein neuerliches Erscheinen dafür, daß sie etwas mehr preisgaben als bei Giampieri oder den anderen Beamten. Wenn dagegen er die erste Befragung durchführte und die anderen weitermachten, gab es in der Folge keine Fortschritte mehr.

Sein Stellvertreter Giampieri, den man den »Diplom-Ingenieur« nannte, auch wenn ihm noch ein Examen und die Diplomarbeit fehlten, war noch keine dreißig Jahre alt. Er galt als High-Tech-Genie und formidables Arbeitstier. Er konzentrierte seine Energie darauf, eine möglichst große Menge an Informationen zu sammeln, um dann vom Kleinen zum Großen zu gelangen, das Gesamtbild aus winzig kleinen Puzzleteilen zusammenzusetzen. Er war penibel bis zur Besessenheit und vertraute blind allen Befunden der Kriminaltechnik, der DNA-Analyse und den Verbindungsnachweisen der Telefongesellschaften. Marco Luciani sagte ihm immer wieder, wie schwachsinnig das alles sei – vor allem weil er sich darüber amüsierte, wie Giampieri dann auf die Palme ging. Er selbst folgte dem entgegengesetzten Prinzip; er betrachtete das Gesamtbild aus der Ferne und versuchte von Beginn an ein, zwei oder gar drei plausible Szenarien mitsamt Motiv zu erkennen. Dann demontierte er sie Stück für Stück, um zu prüfen, ob sich die wesentlichen Elemente mit den Fakten deckten. Chefsache war für ihn vor allem das Persönlichkeitsprofil des Opfers, er versuchte herauszufinden, welche Sehnsüchte und Ängste sein Leben bestimmten.

In den Anfangsjahren warf der Kommissar Giampieri regelmäßig vor, er verliere sich in Erbsenzählerei, und trichterte ihm ein, daß kriminaltechnische Ergebnisse nichts nützten, solange man kein Motiv gefunden hatte, denn auch »objektive« Spuren konnten gefälscht sein. »Dein Problem, Nicola, ist, daß es dir an Sinn fürs Menschliche fehlt, du hockst den ganzen Tag vor dem Computer, und wenn du dann mit einer Person zu tun hast, weißt du nicht, wie du mit ihr umspringen sollst. Wie willst du einmal meinen Posten übernehmen? Du würdest einen Mörder nicht einmal dann zum Beichten bringen, wenn du dir eine Mönchskutte überzögest.« Der Stellvertreter gab zurück, daß der Kommissar sich in abstrakten Systemen verliere und der Meinung sei, er könne die Fälle wie in Kriminalromanen lösen, indem er sich auf seinen Instinkt verließ oder den Bösewichten scharf ins Auge blickte. Und daß es nicht das Schwarze unter dem Fingernagel brachte, zu wissen, wer warum einen Mord begangen hatte, wenn man nicht die Beweise hatte, um den Täter vor Gericht zu stellen. Deshalb sei es erst einmal wichtig, die größtmögliche Anzahl an objektiven Fakten zu sammeln, Fingerabdrücke, DNA-Analysen und Telefonverbindungen inbegriffen. Und sobald man den Schuldigen mit den Fakten konfrontierte, würde dieser selbst das Wie und Warum zu erklären haben. »Du mußt die Fortschritte der Wissenschaft akzeptieren, Chef. Du bist noch keine Vierzig und schon von vorgestern. Du gehörst der Generation an, die ihre Examensarbeit noch mit der Schreibmaschine getippt hat. Wenn du dich nicht auf den neuesten Stand bringst, werde ich deinen Posten schneller übernehmen, als du denkst.«

Am Ende waren sie übereingekommen, daß jeder seiner eigenen Methodik folgen sollte und daß sie einander über die Ergebnisse ständig auf dem laufenden halten würden. Und bei den letzten vier Mordfällen hatten sie sich, ausgehend vom jeweils entgegengesetzten Ende, in der Mitte getroffen und dabei Identität des Täters, Motiv und alle nötigen Beweise ermittelt.

Ob nun Mord oder Selbstmord, dachte der Kommissar, es ist im Stadion, während eines wichtigen Spieles passiert. Der Täter hätte sich tausend andere Schauplätze und vor allem tausend stillere Momente aussuchen können, folglich muß das Motiv mit dem Fußball zusammenhängen, mit der Tätigkeit des Opfers. Das ist ein Signal, das sich bewußt an die ganze Branche richtet. Ein Signal, das der Schiedsrichter selbst gesetzt hat, oder ein Warnsignal des Mörders.

Er trank den Kaffee aus, der inzwischen kalt war, dann warf er das ungeöffnete Sandwich in den Papierkorb, und da er sich von Nicola unbeobachtet wußte, wählte er sich ins Internet ein, um Informationen über Herrn Ferretti zu sammeln. Der Fortschritt der Technik hatte, alles in allem, doch ein paar Vorzüge. Luciani hatte erwartet, eine knappe Biographie und ein paar Zeitungsartikel zu finden, und nun war er erstaunt über die Flut von Fakten, die sich aus dem Netz ergoß. Es gab Dutzende von Artikeln, Diskussionsforen, Anklagen und Gegenanklagen. Ein Mailänder Fan hatte auf seiner Site sogar sämtliche Fehlentscheidungen zusammengestellt, die seine Mannschaft in den letzten Jahren benachteiligt und die Gegner begünstigt hatten. Unter den so beschuldigten Referees tauchte der Name Ferretti besonders häufig auf. Sämtliche für oder gegen die Mannschaft gepfiffenen Elfmeter waren gelistet, außerdem die Platzverweise und wegen Abseits aberkannten Treffer. Ein Faktensalat, der in einer aktuellen »authentischen« Meisterschaftstabelle (die Mailänder Mannschaft kletterte vom vierten auf den ersten Platz) und einer »wahrhaftigen« Titelchronik (in der dieselbe Mannschaft drei Meistertitel mehr gewann, jeweils auf Kosten von Alfredo Rebuffos Team) gipfelte. Auch zu besagtem Manager gab es diverse Internetseiten, die von vermeintlichen Korruptionsfällen berichteten und darlegten, wie »geschickt« Rebuffo mäßige Mannschaften in Siegerteams und Siegerteams in Dreamteams verwandelte. Selbst wenn Luciani sich nicht mehr für Fußball interessierte und fast nie fernsah, waren auch ihm in den letzten Jahren all die Polemiken und Mauscheleien nicht entgangen. Auch im Kommissariat drehten sich am Montag morgen alle Diskussionen um ein Thema: einen zu Unrecht gegebenen Strafstoß, ein nicht sanktioniertes Abseits, korrupte und korrumpierbare Schiedsrichter. In der Welt des Profifußballs war es schon immer so zugegangen, er selbst erinnerte sich an gesperrte Spieler und Clubpräsidenten, an Endlosdiskussionen vor den abendlichen Nachbereitungssendungen mit Zeitlupenanalyse. Er erinnerte sich auch gut an den damaligen Wettskandal, und er war überzeugt, daß seinerzeit, wie üblich, ein paar kleine Fische und ein paar große Einfaltspinsel die Zeche für alle gezahlt hatten. Aber er hatte den dringenden Verdacht, daß die Kacke in letzter Zeit noch viel gewaltiger und würziger dampfe, und er hatte eine unbändige Lust, den Ventilator einzuschalten, um diese Kacke auf die ganze Welt regnen zu lassen.

Die interessantesten Sachen druckte er aus, dann las er, ohne es recht zu merken, bis zum Morgengrauen. Erschöpft schloß er schließlich alle Fenster auf dem Monitor. Er wollte schon gehen, als er der Neugier nicht widerstehen konnte und die Börsenseite aufrief, um zu kontrollieren, ob seine einzige – desaströse – Kapitalinvestition Anzeichen der Erholung zeigte. Am Vorabend hatte sie mit wenig ermutigenden minus 1,5% geschlossen, womit sich die Gesamtsumme seiner Verluste in der wundersamen Welt der New Economy auf 72% in drei Jahren belief. Er unterdrückte einen Fluch und schleppte sich zum Kaffeeautomaten, aber unterwegs wurde ihm klar, daß er zum Arbeiten wirklich zu müde war. Also machte er sich auf den Heimweg, ließ ausrichten, daß er unter keinen Umständen gestört werden wolle, kam in seine Wohnung, zog die Vorhänge zu, schob sich Stöpsel in die Ohren und schlief bis zwölf Uhr mittags.

Um Punkt eins kam er ins Kommissariat zurück. Gewöhnlich war dies die stillste Stunde des Tages: Alle gingen Mittag essen, und man konnte in Ruhe nachdenken. Doch heute sah die Sache völlig anders aus. Vor dem Haupteingang warteten mindestens dreißig Journalisten, darunter viele Kameraleute und Fernsehteams. Luciani fuhr mit dem Auto einen weiten Bogen und steuerte direkt den Parkplatz auf der Rückseite an. Von dort konnte man ungesehen ins Gebäude und per Aufzug in die dritte Etage gelangen.

Als er an Giampieris Büro vorbeikam, warf er einen Blick hinein. Sein Vize war am Telefon, und als er ihn sah, riß er die Augen auf. Eine halbe Minute später stand er beim Kommissar im Büro.

»Mamma mia, das ist das reinste Tollhaus, noch schlimmer als gestern. Das Telefon klingelt ununterbrochen.«

»Sag denen in der Telefonzentrale, sie sollen nicht alles durchstellen.«

»Das habe ich, aber damit ist es nicht getan.«

»Wer hat denn angerufen?«

»Journalisten, eine ganze Heerschar. Die hiesigen, die auswärtigen, selbst aus dem Ausland. Die kennen sogar die interne Durchwahl, wer weiß, woher.«

»Um so besser, dann kannst du ein wenig dein Englisch trainieren.«

Giampieri war nicht zu Scherzen aufgelegt.

»Und dann haben eine Unmenge Zeugen angerufen, echte oder eingebildete. Fans aller Couleur. Offizielle und Präsidenten von Fußballclubs und der Schiedsrichtervereinigung. Ein paar Abgeordnete und ein Senator. Und dann der Staatsanwalt, schon drei Mal. Er hat gesagt, du sollst dich melden, sobald du kommst.«

Marco Luciani lächelte. Das Jüngelchen macht sich in die Hosen. Aber er besann sich gleich eines Besseren. Unterm Strich war er zufrieden mit der Situation: Am Sonntag waren die grauen Eminenzen der Staatsanwaltschaft, die Stars und Nervtöter, nicht erreichbar gewesen; wie gewöhnlich waren sie übers Wochenende in ihre Zweit- oder Drittwohnungen an der Küste oder im Gebirge gefahren, während der Arsch der Truppe die Stellung hatte halten müssen. Deshalb hatte es einen jungen Staatsanwalt erwischt, Michele Delrio. Luciani hatte ihn, ehe er mit ihm in der Umkleidekabine die Formalitäten der Leichenbergung regelte, noch nie gesehen. Aber bei dieser ersten Begegnung hatte der junge Mann einen stillen, seriösen Eindruck gemacht, vielleicht ein wenig pastoral im Auftreten, vielleicht ein wenig verschreckt angesichts der großen Verantwortung, die plötzlich auf ihm lastete, aber wahrscheinlich gewillt, seine Chance zu nutzen. Es war kaum zu erwarten, daß sich die großen Haie diesen Brocken entgehen lassen würden. Sie würden sich bald auf den Grünling stürzen, um ihm den publicityträchtigen Fall abzujagen. Aber der junge Mann war beim Oberstaatsanwalt gut angeschrieben; dieser hatte ihm sofort öffentlich sein uneingeschränktes Vertrauen ausgesprochen. Blieb abzuwarten, ob der Oberstaatsanwalt, der ein ausgemachter Hurensohn war, so handelte, weil er tatsächlich sein Vertrauen in ihn setzte oder weil er ihn persönlich überwachen und mit »gutgemeinten Ratschlägen« füttern wollte.

»Ruf du ihn bitte an. Erzähl ihm zwei, drei Einzelheiten, damit er sich vor den Journalisten ein bißchen aufplustern kann, und sag ihm, daß ich bei ihm vorbeikomme, sobald ich kann. Wer hat noch angerufen?«

»Der Manager Rebuffo. Auf *meinem* Privathandy. Ich habe keinen Schimmer, wie er an die Nummer kommt. Ich war so von den Socken, daß ich ihm nicht einmal gesagt habe, er könne mich mal …«

»Siehst du, warum ich kein Handy habe? Dieser Typ ist eine Institution, Nicola. Der kann uns mehr Scherereien machen als der gesamte Justizpalast.«

»Das heißt, ich muß nett zu ihm sein?«

»Das habe ich nicht gesagt. Im Gegenteil, ich hoffe, daß ich ihn vor Abschluß des Falles noch mit eigenen Händen erwürgen kann. Aber solange wir nicht wissen, was passiert ist, versuchen wir alle bei Laune zu halten, sonst fangen sie schon in zwei Tagen an, uns ins Kreuzfeuer zu nehmen.«

Giampieri zeigte ihm die Titelblätter der Gazetten: Der Tod des Schiedsrichters füllte ganze Seiten. Die Terroranschläge im Mittleren Osten waren ebenso in den Hintergrund gerückt wie die aktuellen Entwicklungen einer potentiellen Regierungskrise. »Es gibt da viele interessante Informationen über ihn und sein Wirkungsfeld als Schiedsrichter«, sagte der Vize, »ich habe dir einige Artikel rausgelegt.«

Sie machten sich an die Arbeit und tauschten erst einmal die persönlichen Eindrücke aus. Nach einer ersten Rekonstruktion waren der Samstag und der Sonntag für den

Schiedsrichter absolut normal verlaufen, bis zur Halbzeitpause des Spiels. Ferretti hatte sich am Samstag gegen sechzehn Uhr dreißig von seiner Frau und seinem achtjährigen Sohn verabschiedet und war mit dem Auto aus seinem Wohnort Turin losgefahren. Und zwar in Begleitung seines Mitarbeiters Adelchi. Sie waren gegen neunzehn Uhr in Genua im Hotel eingetroffen, einem Fünf-Sterne-Luxus-Hotel im Herzen der Stadt. Sie zogen sich um und gingen, gemeinsam mit dem vierten Mann und dem Schiedsrichterbetreuer (einem Offiziellen der Heimmannschaft) zum Essen, und zwar ins teuerste Restaurant der Stadt. Nach einem Spaziergang kehrten sie auf die Zimmer zurück, laut Adelchi gegen elf, halb zwölf. Herr Ferretti wirkte ausgeglichen wie immer, wenn man von der verständlichen Anspannung wegen des anstehenden Matchs absah: Es handelte sich um ein wichtiges Spiel, Rebuffos Mannschaft mußte gewinnen, um einen Punkt Vorsprung auf den Tabellenzweiten zu halten und damit für die Vorentscheidung im Titelkampf zu sorgen. Aber auch die Gastgeber brauchten die Punkte, für sie ging es um einen UEFA-Cup-Platz. Sonntag morgen gegen neun fuhr der Schiedsrichter noch einmal allein mit dem Wagen weg. Er wolle sich das Meer ansehen, hatte er zum Portier gesagt und gefragt, wie er am besten nach Nervi komme. Kurz vor zwölf kehrte er zurück, aß eine halbe Portion Pasta und ein Stück Kuchen, dann fuhr er, gemeinsam mit den Linienrichtern, in aller Ruhe per Taxi zum Stadion. Die letzte, die mit ihm sprach, war seine Ehefrau, kurz bevor er zum Stadion aufbrach.

Giampieri hatte diese Angaben von den beteiligten Personen eingeholt, und sie schienen einander in keinem Punkt zu widersprechen. Dann hatte er sie von einigen Beamten gegenchecken lassen; dazu wurden die Ortswechsel des Schiedsrichters mit den jeweiligen Zeitangaben abgeglichen, Kellner, Hotelportiers usw. befragt.

»Die Brieftasche hat nichts hergegeben?« fragte Giampieri.

Der Kommissar hatte sich das Herzstück der Beute, die Brieftasche des Opfers, allein zur Brust genommen, was seinen Mitarbeiter sichtlich verärgert hatte: Dies gehörte zu den untergeordneten Kontrollarbeiten und fiel daher in Giampieris Kompetenzbereich. Aber die Brieftasche gab auch Aufschluß über Ferrettis Persönlichkeit, und deshalb hatte Marco Luciani selbst die erste Überprüfung vorgenommen. »Ach ja«, sagte er, als ob es ihm erst in diesem Moment wieder einfiele, »nichts Besonderes, das übliche Zeug: ein paar Euro, Ausweise, Mitgliedskarten, Kreditkarten, Fotos von Frau und Kind. Ich habe hier die Liste, ich lasse alles fotokopieren, und dann geben wir es der Witwe zurück. Und das Mobiltelefon? Gibt es da Neuigkeiten?«

»Nein, das Signal wurde nicht geortet. Es hat sich aber bestätigt, daß er das Handy weder zu Hause noch im Hotel gelassen hat. Und auch nicht beim Hausmeister. Er trug es wahrscheinlich bei sich, aber die Linienrichter erinnern sich nicht, es gesehen zu haben. Wenn es in der Umkleide war, hat es jemand mitgenommen. Ich habe schon mal alle Anträge für den Staatsanwalt vorbereitet, für die Verbindungsübersichten. Ich bringe sie dir mit in den Konferenzraum.« Er ließ ihm eine Kopie der jüngsten Aussagen da und verließ das Büro.

Kaum war er allein, holte Marco Luciani die Brieftasche des Schiedsrichters aus der Schublade und schüttete den Inhalt auf den Schreibtisch. Neben den Sachen, die er gegenüber Giampieri erwähnt hatte, lagen da eine Kinokarte für das »Odeon«, der Kassenbon einer Bar, einer von IKEA und einer von einem Obst-und-Gemüse-Geschäft. Außerdem die Quittung einer Wäscherei und ein gelber Merkzettel, auf den eine Handynummer gekritzelt war, ohne Name. Er wählte die Nummer von einem Anschluß mit Nummernunterdrückung aus, und nach mehrmaligem Klingeln war die Stimme einer Frau zu hören. Um sie zum Sprechen zu bringen, behauptete Luciani, er habe sich verwählt und bat noch einmal um Bestätigung der Nummer. Die Stimme klang jung, mit einem leichten südamerikanischen Akzent, vermutlich Brasilianerin. Der Kommissar entschuldigte sich, schrieb die Nummer auf einen anderen Zettel und steckte diesen mit den Belegen in die Tasche. Dann stieß er zu Giampieri und den Beamten im Konferenzraum und verteilte die Aufgaben des Tages.

Das Telefon stand auch am Nachmittag nicht still. Wenn Luciani gerade nicht telefonierte, arbeitete er sich durch die Aussageprotokolle und strich mit dem Textmarker die wichtigen Passagen an; wo es nachzuhaken galt, setzte er ein großes Fragezeichen daneben. Dann las er aufmerksam den ersten Bericht der Gerichtsmedizin, den Doktor Vassallo in Rekordzeit geliefert hatte. Am Körper Ferrettis fanden sich keine Spuren von Gewalteinwirkung, aber an der rechten Schläfe hatte man ein verdächtiges Hämatom entdeckt, das genauerer Untersuchung bedurfte.

Gegen fünf rief Staatsanwalt Delrio an, er wirkte sehr aufgeregt und machte Luciani Vorhaltungen, weil er ihn noch nicht persönlich über den Stand der Ermittlungen unterrichtet hatte: »Ich habe Ihnen für die ersten Tage freie Hand gelassen, Herr Kommissar, weil ich weiß, daß Sie von uns beiden der Erfahrenere sind, aber ich will ständig auf dem laufenden gehalten werden. Es wäre nicht sehr taktvoll, Sie daran zu erinnern, daß ich diese Ermittlungen leite.« Marco Luciani versprach, ihm gleich als erstes am nächsten Morgen Bericht zu erstatten. Er fühlt sich unter Druck, dachte er, er hat sofort kapiert, daß dieser Fall über seine weitere Laufbahn entscheiden wird. Aber ihm war bewußt, daß das eigentliche Problem nicht Delrio darstellte, sondern der Oberstaatsanwalt, mit dem Luciani schon vor geraumer Zeit auf Konfrontationskurs gegangen war.

Giampieri legte ihm ein paar Anträge zur Unterschrift vor. Die Staatsanwaltschaft sollte eine Überprüfung der Vermögensverhältnisse des Opfers, der Telefonverbindungen von Hausanschluß und Handy sowie einiger anderer Telefonanschlüsse genehmigen, außerdem sollten die Zahlungsvorgänge von Scheck- und Kreditkarte sowie der Einsatz des Telepasses kontrolliert werden. All dies war nur mit richterlicher Anordnung möglich. Man entsandte einen Inspektor, der Ferrettis Freunde und die Mutter in Turin befragen sollte. Die Ehefrau dagegen wollte man vorläufig schonen; sie hatte nach der Tat alles stehen- und liegenlassen, war nach Genua gekommen und in dem Hotel ihres Mannes abgestiegen. Dort wartete sie. Giampieri hatte am Morgen versucht, sie zu vernehmen, doch sie war noch völlig aufgelöst und von den Beruhigungspillen benebelt, die sie im Morgengrauen, nach einer schlaflosen Nacht, eingenommen hatte, um ein wenig abzuschalten. Sie war keine große Hilfe gewesen, auch wenn sie hatte durchblicken lassen, daß ihr Mann in letzter Zeit einen merkwürdig deprimierten Eindruck gemacht habe. Sie konnte trotzdem nicht glauben, daß er sich umgebracht hatte, aber noch abwegiger schien es ihr, daß irgend jemand sonst ihn aus dem Weg geräumt haben sollte. Der Kommissar hatte beschlossen, ihr noch einen Tag Zeit zu geben. Danach wollte er persönlich bei ihr vorsprechen.

Er rief den Hausmeister des Stadions an, um einige Zeitangaben zu überprüfen, dann las er die Zeitungsartikel, die sein Vize für ihn ausgewählt hatte. Sie lieferten noch einige zusätzliche Details, bestätigten ansonsten, was Luciani schon im Internet über die Mechanismen herausgefunden hatte, mit denen die Schiedsrichter auf die einzelnen Partien verteilt wurden. Er schaute sich einige Nachrichtensendungen an und war beeindruckt, wie viele Fakten und Zeugenaussagen die Journalisten zusammengetragen hatten. Achtzig Prozent davon waren Hirngespinste, aber in den sinnvollen zwanzig Prozent fanden sich Einzelheiten, die eigentlich nur der Polizei hätten bekannt sein dürfen. Er würde am nächsten Tag bei der Lagebesprechung seinen Leuten eine ordentliche Standpauke halten und sie zu absoluter Verschwiegenheit ermahnen.

Als kurz nach zwanzig Uhr das Telefon ging, klang es anders als gewöhnlich.

»Herr Kommissar, Greta für Sie auf Apparat zwei.«

Marco Luciani schaute auf die Uhr, dann fiel ihm ein, daß Montag war, der Tag, der keine Gnade kannte, der Tag des Autorenfilms in Originalsprache. O Scheiße, dachte er.

»Hallo.«

»Ich bin's. Bist du immer noch im Büro?«

»Ja.«

»Der Film fängt in zehn Minuten an.«

»Das schaffe ich nicht, ich stecke hier mitten im Schlamassel. Geh schon mal rein, wenn ich irgend kann, komme ich nach.«

»Die Geschichte mit dem Schiedsrichter?«

»Ja, ich fürchte, die nächsten Tage werden nicht einfach werden.«

»Habe ich mir schon gedacht, aber da du nicht abgesagt hast, dachte ich …«

»Nein, tut mir leid. Hör mal, ich muß jetzt los, ich ruf dich an.«

»Wann?«

»Weiß nicht, das hängt von den Ermittlungen ab.«

»Okay, aber du solltest dich nicht übernehmen. Hast du etwas gegessen?«

Marco Luciani hatte bereits aufgelegt. Er nahm seine Nasenwurzel zwischen Zeigefinger und Daumen und verharrte einen Augenblick so. Er fragte sich, wann er endlich den Mut aufbringen würde, mit Greta Schluß zu machen.

Er holte die Kinokarte aus der Tasche, die er in der Brieftasche des Opfers gefunden hatte. Es war ein Kunstfilm, wahrscheinlich einer dieser iranischen Schinken, die seiner Freundin so gut gefielen. Wenn auch Herr Ferretti diese Filme liebte, dann war vielleicht das Suizidmotiv schon gefunden.

Dienstag

Am nächsten Morgen wachte der Kommissar gegen sechs Uhr auf, hellwach und voller Tatendrang. Er trank zwei Glas Wasser, zog T-Shirt, Shorts und Joggingschuhe an und verließ die Wohnung. Die Gassen waren noch leer, bis auf die kleinen schemenhaften Wesen hinter den Müllcontainern, die er gerne übersehen hätte, die aber von seinen Schritten aufgeschreckt davonstoben. Er wich mindestens zehn Hundehaufen aus und träumte jedesmal davon, sie ihren Herrchen ins Maul zu stopfen, dann verscheuchte er ein paar verkeimte, fußlahme Möwen und kam am Porto Antico heraus. An den halbverlassenen Kais entlang legte er einen blitzsauberen Tempolauf hin, er genoß den weiten Ausblick, die frische Luft und das grenzenlose Blau des Meeres, doch das Bild des auf dem Holztisch ausgestreckten Schiedsrichters bekam er nicht aus seinem Kopf.

Auf dem Rückweg traf er an der Haustür auf den Nachbarn, der unter ihm wohnte. Dieser war gerade unterwegs zur Arbeit und grüßte mit einem Lächeln. Ein Typ aus Sri Lanka, immer höflich und nett, der das Treppenhaus täglich mit Hühnercurry, Hammelcurry und sonst was mit Curry verpestete. Er, seine Frau und die beiden Kinder aßen die ganze Woche nichts als Curry, und sonntags luden sie mindestens zwölf Freunde aus Sri Lanka in ihre fünfzig Quadratmeter ein, drehten die Musik voll auf und kochten dreimal soviel wie an einem gewöhnlichen Werktag. Marco Luciani amüsierte sich über die endlosen Streitgespräche zwischen ihnen und dem Neapolitaner aus dem ersten Stock ebenso wie zwischen dem Neapolitaner und der Alten aus dem vierten Stock, einem Genueser Urgestein, das den ganzen Tag hinter dem Fenster lauerte und die Tauben fütterte. Nachts marschierte sie mit dem Stock durch die Wohnung und zog die Schubkästen auf und zu.

Er rannte die drei Treppen zu seiner Wohnung hoch, wobei er im Kniehebelauf jede Stufe einzeln nahm. Mit Schrecken dachte er, daß es noch Jahre dauern würde, ehe er aus diesem Loch herauskäme. Er wollte sich ein Häuschen an der Riviera nehmen, in Camogli vielleicht, mit einem Fenster, von dem aus man zumindest einen Zipfel des Meeres sah. Dazu mußte er allerdings die Beförderung zum Stellvertretenden Polizeipräsidenten abwarten. Mit einem Monatseinkommen von tausendachthundert Euro könnte er dann schon fünf- oder sechshundert Euro für die Miete abzweigen. Oder er mußte auf eine Börsenhausse hoffen, damit er seine zehntausend Euro Ersparnisse wiederbekam und als Kapitaleinlage für einen Immobilienkredit nutzen konnte. Bis dahin würde er gute Miene zum bösen Spiel machen, zu den dreihundertfünfzig Euro Monatsmiete, dem Currygestank, dem Geschrei der Neapolitaner, dem Tack-tack-tack des Gehstocks der Alten, den trippelnden Schatten, die vor ihm in die Gullys huschten.

Er duschte sich, setzte Teewasser auf, und da das Laufen ihn hungrig gemacht hatte, genehmigte er sich einen halben Toast mit Butter und bitterer Orangenmarmelade, der einzigen Marmelade, die er ausstehen konnte.

Es war acht Uhr dreißig, als Linienrichter Giovanni Adelchi, achtunddreißig Jahre alt, aus Turin, vor dem Schreibtisch des Kommissars Platz nahm. Adelchi war ein kleiner Mann, ausgesprochen elegant, von der Höhensonne gebräunt, mit akkurat gestutztem Schnurrbart. Nachdem Giampieri eine vorläufige Aussage von ihm aufgenommen hatte, war er nach Hause entlassen worden, unter der Auflage, sich zur Verfügung zu halten. Adelchi hatte es vorgezogen, in Genua zu bleiben, um die Ermittlungen und die bürokratischen Formalitäten aus der Nähe zu verfolgen und um »bei Tullio« zu sein. Seit sieben Jahren waren sie ein festes Gespann, aber der Verlust des Freundes schien ihn nicht besonders mitgenommen zu haben. Er wirkte unterkühlt, wach, äußerst selbstsicher. Auf den Internet- und Zeitungsseiten herrschte die Meinung vor, daß er Ferrettis Mann fürs Grobe war, derjenige, der im Bedarfsfall hanebüchene Abseitsstellungen und Tore anzeigte. Er war fast genauso umstritten und verhaßt wie der Schiedsrichter selbst. Bevor Luciani das Gespräch auf die Vorfälle im Marassi-Stadion brachte, ließ er sich erst einmal vom Beginn ihrer Laufbahnen erzählen, wie sie sich kennengelernt hatten und Ähnliches. Er fragte, ob der Referee in letzter Zeit niedergeschlagen oder bekümmert gewirkt habe, sein Gegenüber verneinte, so habe er ihn nie erlebt. Dann kam der Kommissar auf den Punkt zu sprechen, der ihn interessierte.

»Und sagen Sie, weshalb zog Herr Ferretti sich nie mit den anderen gemeinsam um?«

»Nun, er hatte seine Gründe. Persönlicher Art.«

»Wir sind hier wie in einem Beichtstuhl, Herr Adelchi.«

»Sehen Sie, Herr Kommissar, er sagte, er müsse sich konzentrieren. Vielleicht auch beten. Ja, ich glaube, daß er auf ein besonderes Ritual baute, das er vor jedem Spiel einhielt. Aber der wahre Grund … lachen Sie nicht, ich glaube, der wahre Grund war, daß er sich schämte, wenn er sich vor anderen Männern umziehen mußte.«

»Wollen Sie damit sagen, daß Sie ihn nie nackt gesehen haben?«

Adelchi schüttelte den Kopf: »Nein, nie.«

»In all den Jahren, die Sie gemeinsam … Das ist merkwürdig. Folglich zog er sich immer in einem separaten Raum um.«

Auf Adelchis Gesicht erschien ein Anflug von Mitleid: »Ja, in den italienischen Stadien war das inzwischen bekannt, da hielt man ihm stets einen Extraraum bereit, auch wenn er bisweilen so trist war wie hier in Genua. Aber Ferretti war alles recht, solange er für sich sein konnte. Und wenn es diesen Raum einmal nicht gab, dann zogen wir uns nacheinander um, oder er kam schon im Trainingsanzug, und nach dem Spiel zog er ihn gleich wieder über. Dann duschte er erst später, im Hotel.«

Interessantes Anschauungsmaterial für einen Psychologen, dachte Marco Luciani. Das konnte wichtige Hinweise auf Ferrettis Persönlichkeit und womöglich sogar auf Selbstmordtendenzen liefern.

»Sie haben einen schwierigen Beruf. Ich meine die Linienrichter.«

Adelchi reckte das Kinn und blähte die Brust. »Viel schwieriger, als es aussieht, Herr Kommissar. Die Leute meinen, man muß nur ein wenig herumstehen und ab und zu mit der Fahne fuchteln, wenn der Ball ins Seitenaus geht; das war's dann. In Wahrheit sind wir inzwischen vollwertige Schiedsrichter, wir tauschen uns mit dem Referee aus und können dafür sorgen, daß er seine Entscheidungen revidiert. Auch wenn das letzte Wort natürlich immer er hat. Aber in vielen Situationen, beim Abseits zum Beispiel, sehen wir viel besser.«

»Nicht immer, wenn man der Zeitlupe glauben darf.«

Adelchi schien diese Bemerkung nicht besonders zu schmecken.

»Nun gut, jeder kann sich einmal irren … Und dann sind auch nicht alle Kollegen gleich gut ausgebildet. Leider Gottes, das sage ich ganz offen, wird diesbezüglich noch viel improvisiert. Manchmal stellt man die Schiedsrichter als Linienrichter ab und bedenkt nicht, daß das ein völlig anderer Job ist. Wissen Sie was: Es ist für einen guten Linienrichter einfacher, einen tadellosen Schiedsrichter abzugeben, als umgekehrt.«

Er wartete darauf, daß der Kommissar ihn nach dem Grund fragte. Marco Luciani tat ihm den Gefallen.

»Um einen guten Schiedsrichter abzugeben, reichen eine trainierte Lunge, gute Augen und eine ruhige Hand. Dieses Rüstzeug haben auch wir. Aber wer Linienrichter sein will, der braucht die Augen eines Frosches, das Ohr des Dionysos und im Hirn einen Fotoapparat.«

Der Kommissar hob die rechte Augenbraue.

»Sie glauben mir nicht? Sie meinen, es sei einfach zu sagen, ob ein Angreifer im Moment der Ballabgabe auf einer Linie mit dem Verteidiger war oder zehn Zentimeter weiter? Aber genau dazu braucht man das Froschauge, man muß gleichzeitig den Ballspielenden und den Angreifer sehen, und man muß sofort ein inneres Bild speichern, auf dem die Aufnahmen beider Augen vereint sind. Wenn Sie das einmal gelernt haben, dann unterlaufen Ihnen keine Fehler mehr.«

»Und das Ohr des Dionysos?«

»Manchmal kommt der Paß aus einer Entfernung von sechzig Metern, und da spielt kein Auge mehr mit. Dazu brauchen Sie das Ohr des Dionysos, Sie müssen das Auftreffen des Fußes auf dem Ball hören und den Angreifer fixieren. Aber aufgepaßt, das ist nicht so einfach.«

»Nein?«

»Nein, denn der Schall breitet sich langsamer aus als das Licht. Wir hören den Schuß einen Moment nach dem eigentlichen Ereignis. Und diese Zeitdifferenz müssen Sie mit einkalkulieren. Die Zeitlupe wird später den Vergleich nur über das Bild herstellen, wird gleichzeitig die Ballabgabe und die Bewegung des Angreifers zeigen, und das zählt, nicht der Schall. Viele meiner Kollegen lassen sich zu Fehlern verleiten, weil sie den Schuß hören, aber die Zeitdifferenz nicht mit einkalkulieren.«

Selten hatte Marco Luciani jemanden getroffen, der so von sich eingenommen war.

»Schön, Herr Adelchi, ich denke, das ist alles ...«, sagte er, während er vom Stuhl aufstand. Der andere baute sich ebenfalls zu seiner vollen, nicht gerade beeindruckenden Größe auf. »Wenn Tullio tatsächlich ermordet wurde, dann können Sie voll auf mich zählen. Was auch immer Sie brauchen, ich stehe zu Ihrer Verfügung.«

Der Kommissar nickte, sagte ihm, er solle sich seine Durchwahl notieren und anrufen, sobald ihm irgend etwas Besonderes einfiele. Der Linienrichter holte sein silbernes ultraflaches Handy aus der Tasche und fügte seinem Telefonbuch den Anschluß des Kommissariats und Giampieris Handynummer hinzu.

Punkt zehn stellte sich Paolo Cavallo, der andere Linienrichter, im Büro ein. Er war dreiundvierzig Jahre alt und stammte aus Verona.

»Nehmen Sie Platz, Herr Cavallo.«

Der Linienrichter trat schüchtern heran. Trotz der hohen Temperaturen behielt er den Mantel an, und auf dem Stuhl schob er einen kleinen Buckel. Den Kommissar betrachtete er von unten herauf. Obwohl er nichts in Händen hielt, waren seine Finger in ständiger Bewegung, wie Regenwürmer in einem Eimer.

Marco Luciani wollte eine gelöste Gesprächsatmosphäre erzeugen. Es war wichtig, irgendwie Cavallos Vertrauen zu gewinnen.

»Ich werde Sie nicht lange behelligen, Herr Cavallo. Ich möchte Ihnen nur ein paar Fragen stellen ... Halten Sie das, um Himmels willen, nicht für ein Verhör. Sie haben Ihre Aussage betreffs der Vorgänge am Sonntag bereits zu Protokoll gegeben. Das hier ist ein informelles Gespräch, nichts weiter. Nichts wird aufgezeichnet. Wissen Sie, was den Fußball angeht, sind Sie im Gegensatz zu mir ein absoluter Experte, und ich möchte nur, daß Sie mir ein paar Zusammenhänge erklären ...«

Cavallo nickte und schien sich ein wenig zu entspannen.

»Also, Sie müßten mir einmal grob das Prozedere beschreiben ..., wie das üblicherweise abläuft, wenn Sie alle, also die beiden Linienrichter und der Schiedsrichter, in einer Stadt ankommen. Ich nehme an, daß Sie am Abend vorher eintreffen, richtig?«

»Richtig.«

»Und werden Sie von irgend jemandem abgeholt?«

»Sicher, vom Schiedsrichterbetreuer. Das ist in der Regel ein Offizieller der gastgebenden Mannschaft.«

»Und wohnen Sie alle im selben Hotel?«

»Ja. Jeder hat sein eigenes Zimmer.«

»Und gehen Sie dann zusammen essen, Sie, der Schiedsrichter und der andere Linienrichter?«

»Nun, das kommt darauf an. Manchmal schon. Aber in der Regel esse ich lieber auf dem Zimmer und gehe zeitig schlafen.«

»Haben Sie das auch am Samstag abend so gehalten?«

»Ja, ich habe etwas im Hotel bestellt. Ferretti und Adelchi sind, glaube ich, ausgegangen.«

Der Kommissar war erstaunt, daß er die beiden mit Nachnamen nannte. Ihr Verhältnis schien nicht das allerbeste zu sein.

»Gab es irgendwelche Probleme zwischen Ihnen?« warf er ein, wobei er den Linienrichter genau beobachtete.

»Nein, nein, absolut nicht. Wie ich schon sagte, ich ziehe es nun einmal vor, zeitig schlafen zu gehen. Keine Probleme, wirklich nicht.«

Er hatte zu hastig geantwortet, außerdem hatte er sich verkrampft und den Blick abgewandt.

»Seit wann leiteten Sie gemeinsam Spiele?«

»Ferretti und Adelchi schon seit vielen Jahren, ich würde sagen sechs oder sieben.«

»Sie stammen beide aus Livorno.«

»Ja. Ich war vorher mit Gandolin, dem Schiedsrichter aus Bassano del Grappa, zusammen, aber der ist jetzt Präsident des Baseball-Verbands. Er hat letztes Jahr die Pfeife an den Nagel gehängt, und ich habe mich dann zu Saisonbeginn mit den anderen beiden zusammengetan.«

Der Kommissar lächelte. »Ich wette, daß Schiedsrichter Gandolin am Samstagabend zeitig schlafen ging.«

Herr Cavallo lächelte zurück und schien sich endlich zu entspannen.

»Sehr zeitig. Wenn wir zusammen bei einem Auswärtsspiel waren, verließen wir nie das Hotel. Eine Weile war Gaudenzi, Gott hab ihn selig, der andere Linienrichter, aber er starb vor drei Jahren. Wir haben gemeinsam ein UEFA-Cup-Finale und viele andere Begegnungen auf internationaler Ebene geleitet. Und nie gab es Zwischenfälle. Hin und wieder Pfiffe, das bleibt nicht aus, aber nur Kleinkram.«

»Herr Ferretti dagegen hatte wahrlich eine rabenschwarze Serie erwischt ...«

»Ähmm.«

Der Linienrichter meinte vielleicht, er hätte schon zuviel verraten, und nun zog er sich wieder in sein Schneckenhaus zurück. Das durfte der Kommissar nicht zulassen.

»Ich habe in der Zeitung gelesen – und der Verband bestätigt das –, daß Sie beantragt hatten, einem anderen Gespann zugeteilt zu werden. Und das schon nach wenigen Ligaspielen ...«

Lucianis Gegenüber schwieg.

»Darf ich Sie nach dem Grund fragen?«

Immer noch Schweigen.

»Wie ich Ihnen bereits sagte: Was auch immer Sie mir anvertrauen, es wird unter uns bleiben.«

»Nun, ich wollte mich verändern ... Wissen Sie, Herr Kommissar, inzwischen stehen auch wir Linienrichter im Rampenlicht, und was der Schiedsrichter tut, fällt auf uns zurück. Ich werde zwar nicht gerade auf der Straße angesprochen, aber die Freunde, wissen Sie, die machen sich schon lustig über einen. Und auch die Spieler fangen an, dich komisch anzuschauen ...«

»Komisch?«

»Na ja, so als ob sie kein Vertrauen in dich hätten. Und dann wird es schwierig, du bist nicht mehr unbefangen, verkrampfst dich, und dann passieren die dümmsten Fehler.«

Marco Luciani merkte, daß er sich langsam weiter vorwagen konnte. »Ich habe erfahren, daß der Schiedsrichter vor drei oder vier Wochen zu Unrecht einen Strafstoß pfiff, während Sie die Fahne gehoben hatten, um ein Stürmerfoul anzuzeigen.«

»Der Schiedsrichter war näher am Geschehen.«

»Hat sich aber trotzdem getäuscht. In Wirklichkeit war Ihr Hinweis richtig.«

Cavallo stieß einen leisen Seufzer aus. »Auch in der Hinrunde in Mailand. Ich hatte signalisiert, daß das Tor per Handspiel erzielt wurde, aber er meinte, er habe es genau gesehen, es sei ein regulärer Kopfball gewesen. Die Zeitlupe hat dann das Gegenteil bewiesen. Und in Udine – dasselbe. Der Ball hatte die Linie nicht überschritten, aber er entschied auf Tor. Und in einigen Zeitungen stand, in beiden Fällen, der Linienrichter habe ihn ›in die Irre geführt‹. Das heißt, sie haben mir die Schuld gegeben. Ich bin gewiß nicht unfehlbar, aber wenn ich Ihnen sage, daß ich sicher war ...«

»Letzten Sonntag dagegen war es Adelchi, der den Strafstoß angezeigt und den Schiedsrichter damit zu einer Fehlentscheidung verleitet hat.«

»Nun, meiner Meinung nach hatte Ferretti ein Stürmerfoul gepfiffen, war sich aber nicht sicher. Also ging er zu Adelchi, der ihm sagte, es sei Elfmeter gewesen.«

»Zu ihm hatte er Vertrauen, wie es scheint.«

Der Linienrichter hatte sich inzwischen freigeschwommen. »Ja, zu ihm schon. Letztes Jahr hat er ihn einen Treffer geben lassen, der nicht gefallen war, außerdem mindestens vier falsche Abseitspositionen, dann noch einen zweifelhaften Platzverweis. Das alles in der entscheidenden Partie, und nie kam es zu Meinungsverschiedenheiten. Wissen Sie, wenn man so viele Jahre gemeinsam ...«

»Was?«

»Nein, ich meine, nach so vielen gemeinsamen Jahren, da versteht man sich blind.«

»Oder man einigt sich schon vor dem Spiel.«

Cavallo schwieg einige Sekunden lang.

»Ich weiß nicht, worauf Sie hinauswollen.« Aber der Blick, den er dem Kommissar zuwarf, strafte seine Worte Lügen.

Marco Luciani stand auf und drückte ihm die Hand. Er brachte ihn zur Tür, konnte sich aber eine letzte Frage nicht verkneifen, die Frage, die ihn letztlich am meisten interessierte.

»Verraten Sie mir ein Geheimnis, Herr Cavallo: Ist der Job eines Linienrichters ... das Erkennen einer Abseitsstellung ... tatsächlich so schwierig?«

Sein Gegenüber lächelte: »Schwierig? Sagen wir lieber: unmöglich. Es ist physiologisch unmöglich. Sie können in einer Abseitssituation nicht gleichzeitig Ball, Verteidiger und Angreifer im Auge behalten. Eine Zehntelsekunde und ein Zentimeter genügen, und man hat sich geirrt. Aber wenn Sie wollen, verrate ich Ihnen das Geheimnis.«

Marco Luciani spürte einen Schauder.

»Das erste, was sie dir in diesem Job beibringen, ist: im Zweifelsfall die Fahne hoch. Besser, man zeigt eine Abseitsstellung an, die es nicht gibt – das heißt, man vereitelt eine mögliche Torsituation –, als man übersieht eine tatsächliche Abseitsstellung, die dann zu einem irregulären Tor führt.«

»Ach ja, und wieso?«

»Weil ein zu Unrecht gegebenes Tor zweihundertmal in Zeitlupe gezeigt wird, das kann einen Volksaufstand nach sich ziehen, eine parlamentarische Untersuchungskommission. Wenn du aber an der Strafraumgrenze eine reguläre Aktion abpfeifst, dann wird das einmal gezeigt, und damit hat sich's. Das ist das ganze Geheimnis.«

Der Kommissar dachte an das Auge des Frosches, das Ohr des Dionysos und an den Fotoapparat in Adelchis Gehirn. Wichtig ist im Leben, dachte er, daß man sich wichtig macht.

Er blieb bis spät im Büro, las die Berichte, die Giampieri ihm nach und nach zukommen ließ, und sorgte dafür, daß Iannece einige Nervensägen abwimmelte: einen Versicherungsdetektiv, der seine Mithilfe anbot, eine Seherin, die behauptete, sie könne zu Ferretti im Jenseits Kontakt aufnehmen, sogar zwei, drei Fußballfans, die sich des Mordes an dem »Hurensohn« bezichtigten, den »endlich die gerechte Strafe ereilt« habe. Schon seit Sonntag abend gingen per E-Mail Bekennerschreiben von verschiedenen Fanorganisationen ein, angereichert mit Listen der vom Schiedsrichter verschuldeten Benachteiligungen und Drohbotschaften an die gesamte Zunft. Aber sie maßen ihnen keine Bedeutung bei.

Als Iannece sich auf den Heimweg machte, schaute er wie gewöhnlich noch einmal bei Luciani herein. »Herr Kommissar, wollen Sie am Sonntag mit uns Mittag essen gehen?«

»Wenn das so weiter geht, dann werden wir am Sonntag wohl eher arbeiten, Iannece.«

»Sakra … sogar am Sonntag? Aber da ist unser Ausflug. Wir haben schon alles organisiert, Familien eingeschlossen … Meine Frau bringt die Kinder mit, Calabrò seine, und die anderen Jungs kommen mit Frau beziehungsweise Freundin.«

Marco Luciani dachte, daß er seinen Leuten nach dieser Woche, in der sie vermutlich wie die Sklaven würden schuften müssen, ein paar Stunden mit der Familie nicht versagen konnte; aber wenn er sich vorstellte, einen ganzen Tag mit Iannece, seinen fettleibigen Kindern und seinen Grammatikfehlern zu verbringen, dann bekam er Gänsehaut.

»Nun, wenn das so ist …«, sagte er. »Und wo geht ihr hin?«

»Zu ›Mario‹, diesem Restaurant im Hinterland von Voltri. Da kann man essen, soviel man will, zum Fixpreis: fünfundzwanzig Euro, alles inbegriffen, Wein, Kaffee und Abducker. Letztes Mal habe ich vier Teller vom ersten und vier vom zweiten Gang gegessen.«

»Du bist wirklich ekelhaft, Iannece.«

»Und viermal Dessert.«

»Und dann viermal Grappa?«

»Das nicht, Herr Kommissar. Ich hatte Nachtschicht und mußte anschließend zum Dienst. Da durfte ich nicht über die Stränge schlagen.«

Marco Luciani schwieg.

»Und, Herr Kommissar?«

»Was, und?«

»Kommen Sie Sonntag zum Mittagessen?«

Der Kommissar senkte den Blick. »Ich würde ja gerne, wirklich, aber wenn ihr alle geht, dann muß hier schließlich irgend jemand die Flöhe hüten.«

Iannece schüttelte den Kopf. »Das ist eine Ausrede, Herr Kommissar, Sie wissen genau, daß die Schicht der Wachhabenden bleibt. Ich weiß, warum Sie nicht mitkommen.«

»Warum?«

»Weil Sie keinen Wert auf unsere Gesellschaft legen.«

»Das ist absolut nicht wahr.«

»Ich behaupte ja nicht, daß Sie uns damit unrecht tun, Sie haben studiert und wollen lieber Ihre Zeit mit Gebildeten verbringen, mit Leuten von Klasse. Sie wollen in Edelrestaurants essen.«

Der Kommissar war wie vom Donner gerührt. Sie arbeiteten seit Jahren zusammen, und erst jetzt wurde ihm klar, daß seine Kollegen ihn für einen Snob hielten. Er fragte sich, womit er einen solchen Ruf verdient hatte. Nur weil er die Einladungen zum Abendessen, zum Sonntags-Kick, in die Nachtclubs mit den rumänischen Animiermädchen und zu den Wochenenden in der Spielbank von Saint Vincent ausgeschlagen hatte?

»Iannece?«

»Bitte, Herr Kommissar.«

»Weißt du, wann ich das letzte Mal ein Restaurant von innen gesehen habe, kein Edelrestaurant, sondern überhaupt ein Restaurant?«

»Weiß ich nicht, Herr Kommissar.«

»Nun, an Weihnachten. Mit Verwandten aus Rom, die extra angereist waren, und nur, weil ich ihnen das wirklich nicht ausschlagen konnte, nicht an Weihnachten.«

Iannece sagte nichts.

»Und weißt du, was ich von dem Weihnachtsmenü gegessen habe?«

»...«

»Eine halbe Portion vom ersten Gang, nichts vom zweiten, die Hälfte vom Nachtisch.«

»...«

»Ich will dir die Wahrheit sagen. Es ist nicht so, daß ich mit euch nichts unternehmen wollte, aber ich hasse es, essen zu gehen. Diese endlosen Spachteleien, wo du stundenlang bei Tisch sitzt und das Vierfache von dem ißt, was du eigentlich essen solltest oder willst.«

Iannece musterte ihn, er wollte herausfinden, ob der Kommissar ihn auf den Arm nahm: »Sie sind ein komischer Kauz, Herr Kommissar.«

»Und wieso?«

»Keine Ahnung ... Sie sind so dürr. Sie essen nicht, trinken nicht, rauchen nicht. Allmächtiger, Sie sind jung, wenn Sie es jetzt nicht krachen lassen ... Sie kennen doch das Sprichwort: ›Keine Gelegenheit kommt nieder.‹ Wenn Sie erst einmal fünfzig sind, glauben Sie mir, dann werden Sie allem nachtrauern.«

»Mag sein, Iannece. Mag sein. Aber im Moment will ich es nicht anders. Ich werde gerne mal abends mit euch ausgehen, wenn ihr mich zum Kartenspielen oder zum Billard einladet.«

»Wirklich?«

»Bestimmt.«

Iannece lächelte stolz und salutierte: »Ich werde sofort alles in die Wege leiten, nächste Woche, Herr Kommissar. Aber ich muß Sie vorwarnen, beim *boccette** bin ich, in aller Bescheidenheit, ein As.«

Nachdem er diese Klippe umschifft hatte, spürte Marco Luciani das dringende Bedürfnis nach einem Kaffee, und wenn es das Gesöff aus dem Automaten auf ihrer Etage war. Er ging hinaus auf den Flur, warf einen Blick nach rechts, zu Giampieris Büro, und just in diesem Augenblick sah er eine junge Frau, die dem Ausgang zustrebte: Schmale Fesseln, lange Beine, strammer, wohlgeformter Po. Er blieb stehen wie hypnotisiert und beobachtete, wie sie auf ihren hohen Absätzen mit unerhörter Eleganz den Flur hin-

* Italienische Variante des Billards, die ohne Queue gespielt wird. Eine Art Tafel-Boule. (Anm. d. Übers.)

unterwippte. Er stellte fest, daß sie braunes Haar hatte, und fragte sich, ob das Gesicht mit dem Rest mithalten konnte. Doch sie ging schnurstracks zur Tür, ohne sich noch einmal umzudrehen. Der Kommissar starrte eine Weile ins Nichts, dann hörte er die Stimme Giampieris in seinem Rücken.

»Was für ein Schauspiel!«

Marco Luciani fühlte sich ertappt. »Ach, hier bist du?«

»Ja, ich habe mir gerade einen Kaffee geholt. Deine Tür war zu, und da wollte ich nicht stören. Komm, ich geb dir einen aus.«

Sie gingen in den Aufenthaltsraum, der Vizekommissar schob den Schlüssel in den Automaten und warf ein paar Münzen ein. »Normal, ohne Zucker?«

»Hmm.«

»Warum probierst du nicht mal die heiße Schokolade? Die ist nicht ganz so eklig.«

»Neeiin, zu viele Kalorien. Und sie hält mich auch nicht wach.«

Giampieri schob den Schlüssel in den anderen Automaten, in dem die Snacks waren. »Wenn ich schon mal hier bin, esse ich noch ein Fiesta. Was willst du?«

Marco Luciani holte den Kaffee aus dem Schacht und lächelte: »Das ist zwecklos, du weißt, ich lasse mich nicht verführen.«

»Nun komm schon. Kartoffelchips? Kekse? Diese köstlichen Rosmarin-Cracker? Oder ein schönes Sandwich? Schau mal, das da ist erst ein paar Wochen hier, ich erkenne es an der Mayonnaise-Spur.«

Der Kommissar kippte den Kaffee hinunter. »Noch schlechter als sonst«, sagte er und verzog das Gesicht. »Lädst du mich auch zum Wasser ein?«

»Zu Befehl. Darf ich so weit gehen, eines mit Kohlensäure zu ziehen?«

»Auf keinen Fall. Heute ist doch nicht Sonntag.«

Giampieri reichte ihm die Flasche: »Hast du dieses Gerät gesehen?«

»Welches Gerät?«

»Das im Gang?«

»Mir ist nichts aufgefallen.«

»Tatsächlich? Ich hatte den Eindruck, daß deine Augäpfel wie Flipperkugeln durch den Flur geschossen sind. Aber die Magersucht hat wahrscheinlich inzwischen auch deinen Pimmel befallen.«

Der Kommissar nahm einen Schluck Wasser. »Ach, meinst du vielleicht die Frau oder das Fräulein, das eben vorbeigekommen ist ...? Ja, ich glaube, ich kann mich erinnern, aber ich habe nur ihr Kleid bewundert.«

»Meine Herren, Chef, das wird jeden Tag schlimmer mit dir. Apropos: Weißt du, daß du einen neuen Spitznamen hast?«

»Noch einen?« Marco Luciani rang sich ein Lächeln ab. Seine Beamten erfanden häufig neue Spitznamen für ihn, meistens spielten sie auf seine Magerkeit oder seine Eßgewohnheiten an, und Giampieri kam immer gleich angerannt, um sie ihm brühwarm aufzutischen; vielleicht wollte er verhindern, daß Luciani selbst dahinterkam, oder vielleicht wollte er ihn auch necken. Er hatte eine Zeitlang »Kommissar Magrett« geheißen, dann »Salzlette«, »Schwarze Spinne«, dann »Manutebol«, nach einem klapperdürren Basketballspieler. Der jüngste war »Inspektor Colomba«, nachdem er beim Osterumtrunk praktisch unter Zwang eine Scheibe *colomba** gegessen hatte. Er hatte sie jedoch zuerst halbiert und das Zitronat, die Glasur und sämtliche Mandeln entfernt.

»Ein neuer. Und der ist nicht schlecht: Savonarola.«

* it.: Taube, hier: italienisches Ostergebäck in Form einer Taube. (Anm. d. Übers.)

»Savonarola? War der denn dünn?«

»Das spielt nicht auf die Figur an, sondern auf die geistige Anpassungsfähigkeit, die Bereitschaft, Regeln zu brechen, über die Stränge zu schlagen.«

Marco Luciani hob das Kinn, schaute in den Himmel und sagte beseelt: »Bruder Girolamo. Die Geißel der Verderbten. Hart, aber gerecht, wie es sich für einen echten Chef gehört. Das gefällt mir.«

»Du weißt, wie er geendet hat, oder?«

»Sicher. Irgend jemand hat ihn auf dem Scheiterhaufen verbrannt, um seinen Posten zu übernehmen. Aber mach dir keine falschen Hoffnungen.«

Bevor er nach Hause ging, versuchte er noch einmal die Handynummer anzurufen, die er in Ferrettis Brieftasche gefunden hatte. Eine Kontrolle im Kommissariat hatte ergeben, daß die Nummer auf eine gewisse Maria de Remedios, Brasilianerin, wohnhaft in Mailand, Via Manzoni, eingetragen war. Aber unter der Adresse war sie schon seit mindestens drei Monaten nicht mehr anzutreffen. Das Mädchen lebte mit einer regulären Aufenthaltsgenehmigung im Land, war weder vorbestraft noch als Prostituierte bekannt. Das bedeutete, daß sie gewieft war und man sich ihr mit Samthandschuhen nähern mußte. Marco Luciani hatte überlegt, ob er sie mit Hilfe der Technik-Abteilung aufspüren sollte, doch dann hatte er sich für eine traditionelle Vorgehensweise entschieden. Er wollte ihr Vertrauen gewinnen. Er spürte instinktiv, daß dies eine wichtige Spur sein konnte, und er wollte sie alleine verfolgen, auf seine Art.

Er wählte die Nummer. Eine Frauenstimme antwortete nach dem vierten Klingeln.

»Wer spricht?«

»Guten Tag. Mein Name ist Marco, ich bin ein Freund von Tullio.«

Stille.

»Tullio Ferretti, der Schiedsrichter. Ich denke, Sie wissen bereits …«

»Ja.« Die Brasilianerin atmete heftig, es war deutlich, daß sie aufgewühlt war. »Was willst du?«

»Können wir uns sehen?«

»Nein, ich arbeite zur Zeit nicht.«

Der Kommissar beschloß, aufs Ganze zu gehen. »Es geht nicht um … Arbeit. Ich wollte dich etwas wegen Tullio fragen.«

»Bist du von der Polizei?« fragte sie alarmiert.

»Nun … ja. Aber du brauchst keine Angst zu haben. Ich will nur etwas verstehen.«

Die Brasilianerin unterbrach die Verbindung. Marco Luciani versuchte noch einmal anzurufen, aber sie hatte das Handy abgeschaltet.

Er ging nach Hause. Er hatte weder zu Mittag noch zu Abend gegessen, aber bei dem Currygeruch, der im Treppenhaus hing, verging ihm der Appetit. Er setzte Wasser auf und brühte sich einen schwachen, aber stark gezuckerten Tee, in den er eine halbe Zitrone preßte. Dann setzte er sich an den Schreibtisch, öffnete die oberste Schublade und holte das kleine Aufnahmegerät heraus, das er bei komplizierten Fällen zu Hilfe nahm. Durch lautes Sprechen konnte er die Dinge besser auf den Punkt bringen, Zeugenaussagen, Indizien und Gutachten miteinander verknüpfen und seine Schlüsse daraus ziehen. Und wenn er seine Aufnahmen abhörte, wozu er offengestanden selten kam, dann erkannte er manchmal Schwachstellen in seinen Gedankengängen oder sah bestimmte Aspekte in neuem Licht.

Er drückte den Aufnahmeknopf und fing an, in bürokratischem Ton zu sprechen. Er nannte Tag, Monat, Jahr und Tatort, dann den Namen des Opfers und alle spezifischen

Fakten des Falles. Dies tat er weniger für sich selbst als vielmehr für den Fall, daß irgendwann ein anderer die Ermittlungen übernehmen sollte. Danach stellte er die Erkenntnisse der ersten Arbeitstage zusammen, einschließlich der aussagekräftigsten Ergebnisse von Autopsie und Kriminaltechnik. Das waren noch inoffizielle Indizien, denn wie immer hatten die Gutachter sich die längste Frist, will sagen sechzig Tage (und damit den höchsten Tarif), für die Analysen ausbedungen. Aber wenn es pressierte, hatten sie die wichtigsten Ergebnisse in Wahrheit schon nach wenigen Stunden.

»Der Schiedsrichter ist nicht an Genickbruch gestorben, sondern erstickt, was mindestens zwei oder drei Minuten in Anspruch genommen hat. Er hatte keine unheilbare Krankheit, Selbstmord aufgrund schlechten Gesundheitszustands scheidet folglich aus. Die Leiche weist keine offenkundigen Spuren von Gewaltanwendung auf, bis auf ein verdächtiges Hämatom sowie leichte Hautabschürfungen an der rechten Schläfe, als hätte man dem Kopf mit einem schweren, relativ weichen Gegenstand einen Schlag versetzt, beispielsweise mit einem Sandsack. Laut Gerichtsmedizin reichte das Trauma jedoch nicht aus, um den Exitus herbeizuführen, höchstens Bewußtlosigkeit, doch dies läßt sich nicht zweifelsfrei ermitteln. Die Hände der Leiche waren auf dem Rücken gefesselt, wie genau, ist nicht bekannt, da die Fesseln durch die Helfer gelöst wurden; die Handgelenke weisen keine tiefen Einschnitte auf, das heißt, das Opfer könnte sich auch selbst gefesselt haben, um eine spätere Selbstrettung zu verhindern.

Die toxikologische Analyse hat geringe Spuren von Kokain und Benzodiazepin nachgewiesen. Ersteres benutzte Herr Ferretti vermutlich, um sich aufzuputschen, womöglich zu sexueller Leistungssteigerung, letzteres, um Angstgefühle und Panikattacken zu bekämpfen. Oder vielleicht«, fügte er mit einem Schmunzeln hinzu, »um sein Gewissen ruhigzustellen. Er hatte winzige Tintenflecken an Daumen und Zeigefinger der linken Hand ...«, und hier hielt er inne, um auf einen Zettel zu schreiben: Kontrollieren, ob Linkshänder, »... aber für die Eintragungen auf seinen Notizblock hatte er einen Bleistift verwendet, der sich in der Hemdtasche fand. Die Flecken an den Fingern schienen frisch zu sein, vom selben Tag, auch wenn dies nicht mit absoluter Sicherheit bestimmt werden kann. Außerdem: Wenn der Schiedsrichter vor, während oder nach dem Spiel etwas mit Kugelschreiber geschrieben hat – wo ist dann das Schriftstück abgeblieben? und wo der Kugelschreiber selbst? Wichtig: Vom Notizblock fehlt ein Blatt – das Blatt vor der Liste mit den Gelben Karten aus dem Spiel. Doch besagtes Blatt könnte auch zu einem anderen Zeitpunkt abgerissen worden sein.« Er hielt erneut inne und notierte: 1. Kugelschreiber und etwaiger Zettel.

»Sowohl auf dem Stuhl wie auf dem Tisch wurde Erdreich gefunden. Es stimmt mit den Proben von den Schuhsohlen überein und stammt vom Spielfeld. Geht man von der Selbstmordtheorie aus, dann ist Ferretti zuerst auf den Stuhl gestiegen, um den Lampenschirm vom Haken zu nehmen. Als er merkte, daß er den Lampenschirm nicht zu fassen kriegte, stieg er auf den Tisch, von dem er sich hinabstürzte; oder er stieg zuerst auf den Tisch, befestigte das Seil, rückte den Tisch weg, stieg auf den Stuhl und erhängte sich. Die zweite Hypothese ist die kompliziertere, aber laut Gerichtsmediziner und Psychiater die wahrscheinlichere. Denn es erfordert eine gehörige Portion Mut, von einem Tisch zu springen, während die Hemmschwelle, einen Stuhl umzukippen, deutlich niedriger ist. In beiden Fällen jedoch gibt es ein Gegenindiz: Wenn er vom Tisch gesprungen wäre, hätte sein Leichnam den Rand des Tisches berühren müssen. Der Stuhl, im anderen Fall, hätte sich unter seinen Füßen befinden müssen. Der Hausmeister, der als erster das Zimmer betrat, sagt jedoch aus, daß sich sowohl Stuhl wie Tisch in deutlichem Abstand von der Leiche befanden. Dessen ist er sich sicher, weil er, als er sich in den Raum stürzte, um nach den Beinen des Opfers zu greifen, auf kein Hindernis stieß. Der Stuhl befand sich links vom Schiedsrichter, mindestens anderthalb Meter entfernt. Der Tisch war zur Rechten, mindestens einen halben Meter entfernt. Der Hausmeister erinnert sich, daß er, während er die Beine des Opfers hielt, den Tisch nicht berührte. Sicher, der Hausmeister könnte sich irren oder lügen, aber er schien mir bei klarem Verstand und kooperativ.« Luciani notierte: 2. Großer Abstand von Stuhl und Tisch.

»Das benutzte Seil war neu, eine gewöhnliche Wäscheleine. Das Opfer selbst, oder der Mörder, muß sie eigens für die Tat gekauft haben. Wir versuchen, den Hersteller zu ermitteln, aber das wird eine Weile dauern, zudem ist das Modell vermutlich in Hunderten von Geschäften erhältlich. Ich weiß nicht, ob das richtige zu ermitteln sein wird. Der Schiedsrichter hatte ein Handy, über dessen Verbleib nichts bekannt ist. Die Ehefrau gibt an, daß er sie, kurz bevor er das Hotel verließ, zu Hause angerufen habe. Er könnte das Handy also im Hotel gelassen oder mit ins Stadion genommen haben. Wo auch immer es war – das Handy ist verschwunden. Irgend jemand muß es mitgenommen haben, weil dieser Jemand befürchtete, es könnten kompromittierende Telefonnummern darin gespeichert sein. Die Verbindungsübersichten wurden beantragt.«

Der Tee war ausreichend abgekühlt. Luciani trank einen Schluck und notierte: 3. Mobiltelefon.

»Ferretti hatte die Angewohnheit, sich alleine umzuziehen. Vielleicht, weil er seine Ruhe haben wollte, vielleicht aus Schamgefühl. Gewöhnlich gibt es in den Stadien eine Umkleidekabine, in der sich Schieds- und Linienrichter gemeinsam aufhalten. Das Opfer zog es jedoch vor, sich abzusondern, auch wenn es dazu die komfortable Umkleide den Kollegen überlassen und sich selbst mit einem abgelegenen und schäbigen Raum, wie in Marassi, begnügen mußte.« Er schüttelte den Kopf bei dem Gedanken, daß sich auch in seinem Tennisclub nicht wenige nach dem Spiel den Trainingsanzug überstreiften und zum Duschen nach Hause fuhren. »Da er dies nicht zum ersten Mal tat, gibt es keinen Grund für die Annahme, daß er diesmal gezielt agiert hätte, um seiner Selbsttötungabsicht nachzukommen. Und da viele über seine Gepflogenheiten unterrichtet waren, hätten seine etwaigen Mörder ihn dort auch abpassen und anschließend unbemerkt verschwinden können. Das ist zwar nicht einfach, aber auch nicht unmöglich.«

Er schaltete das Aufnahmegerät aus, trank noch einen Schluck Tee und dachte eine Weile nach. Dann schaltete er es wieder an: »Der erste, der Alarm geschlagen hat, war Linienrichter Adelchi. Der Schiedsrichter verspätete sich, Adelchi ging ihn holen, fand die Tür verschlossen, bekam keine Antwort. Nach einer Weile traf auch Cavallo, der zweite Linienrichter, ein. Dieser holte sofort den Hausmeister, der mit einem Universalschlüssel kam. Den Schlüssel der Umkleide hat gewöhnlich der Hausmeister, der ihn dem Schiedsrichter bei dessen Eintreffen im Stadion und dann wieder zur Pause ausgehändigt hatte. Aber dann kam der Schlüssel abhanden. Es scheint evident, daß ihn jemand hat verschwinden lassen. Womöglich der Mörder, um bei seinem Rückzug Zeit zu gewinnen. Oder womöglich der Schiedsrichter selbst, um dem Ganzen den Anschein eines Mordes zu geben. Aber wo hat er ihn dann entsorgt? Die gesamte Räumlichkeit wurde einer Kontrolle unterzogen, Leitungsschächte eingeschlossen, doch ohne Ergebnis. War es jemand, der später am Tatort eintraf? Doch zu welchem Zweck?« Er notierte: 4. Schlüssel.

»Der Raum ist, wie gesagt, abgelegen. Man erreicht ihn nur über einen Haupteingang, der von zwei Polizisten bewacht wurde, außerdem muß man, um in den Korridor zu gelangen, am Hausmeister vorbei, der versichert, daß er niemanden hat hineingehen oder herauskommen sehen. Die Beamten haben verschiedene Personen mit Zugangsberechtigung durchgelassen, und der Hausmeister gibt zu, daß er ›für einige Minuten‹ seine Stellung verlassen hat, um auszutreten, was wahrscheinlich bedeutet, daß er sich die ganze erste Halbzeit vom Spielfeldrand aus ansah. Theoretisch hätte jemand, der abgebrüht genug und im Besitz eines gefälschten Zugangsausweises war, während des Spiels hineingehen und den Schiedsrichter vor seiner Umkleide abpassen können. Dann hätte er ihn mit einem Schlag betäuben, aufknüpfen, sich in der Turnhalle verstecken und die allgemeine Verwirrung abwarten können, um zu verschwinden.

Die bisherigen Zeugenaussagen haben keine klaren Indizien geliefert, weder zugunsten der Mord- noch der Selbstmordtheorie. Die Gattin des Opfers hat noch einmal wiederholt, daß Ferretti keine Feinde hatte, räumte aber ein, es habe familiäre Probleme gegeben und Ferretti habe in letzter Zeit niedergeschlagen und besorgt gewirkt.«

Er schaltete das Aufnahmegerät ab, schrieb in sein Notizbuch: Ehefrau noch einmal vernehmen, und unterstrich es mehrfach. Dann schob er den Stuhl zurück, bis er mit dem Rücken an die Wand stieß. Er starrte an die Decke und kaute auf der Kappe des Füllfederhalters herum.

Als er wieder auf die Uhr sah, war es fast Mitternacht. Obwohl er todmüde war, hatte er keine Lust, schlafen zu gehen. Sein Hirn würde sowieso keine Ruhe geben, würde Hypothesen aufstellen und wieder verwerfen. Plötzlich fiel ihm ein, daß es doch noch etwas gab, was er um diese Uhrzeit tun konnte. Er rief das Lokalblatt an und verlangte

Sandro Baffigo, einen Sportreporter, der mit ihm auf die Schule gegangen und kurz nach Luciani nach Genua gezogen war. Der einzige Journalist in der Stadt, der sich in all den Jahren nicht bei ihm eingeschleimt hatte, um Gefälligkeiten oder Informationen herauszukitzeln. Wenn sie sich einmal begegnet waren, hatte er die Sprache nie auf die Arbeit gebracht, und nicht einmal jetzt, bei einem Fall, der sowohl das Ressort Sport als auch Zeitgeschehen betraf, war Baffigo auf die Idee gekommen, einen heißen Draht zu ihm zu installieren.

»Hallo?«

»Hallo Baffo, hier ist Marco.«

»Was für ein Marco?«

»Der Polizist Marco.«

»Marco! Der ruhmreiche Kommissar Luciani. Wie ist es nur möglich, daß ich deine Stimme nicht sofort erkannt habe? Noch dazu, wo du der einzige Mensch bist, der mich nach wie vor Baffo nennt.«

»Bist du noch am Arbeiten?«

»Nein, ich bin fertig. Ich hänge hier nur noch ein bißchen mit den Kollegen rum. Was gibt's?«

»Ich bräuchte deine Hilfe, ist jetzt ein bißchen kompliziert zu erklären.«

»Es geht doch nicht um Ferretti?«

»Genau um den. Kann ich vorbeikommen und dich abholen?«

»Sapperlot. Die ganze Journaille Italiens ist hinter dir her, da müßte ich bekloppt sein, wenn ich dir einen Korb gäbe. Ich warte hier auf dich.«

Der Kommissar mochte diese Aufrichtigkeit. Zwei einsame Junggesellen, die sich bis spätabends in der Arbeit vergruben und die keinen Hehl daraus machten, daß sie sich gegenseitig helfen konnten. Sie waren auf einer Wellenlänge, das spürte Luciani.

Mittwoch

Er kam im Morgengrauen nach Hause. Todmüde, aber zufrieden; was er diese Nacht in Erfahrung gebracht hatte, lichtete wie warme Sonnenstrahlen den Nebel in seinem Kopf. Luciani fand zwar deprimierend, daß Baffigo anscheinend nicht mit seinem Alkoholproblem fertig wurde, sondern im Gegenteil mehr denn je an der Flasche hing, doch dafür hatte er ihm wertvolle Hinweise geliefert. Der Kommissar mußte jetzt entscheiden, wann und wie er diese bei den Vernehmungen taktisch klug plazieren konnte. Die wichtigste von Baffigos zahlreichen Enthüllungen war sicher folgende: Unter den Schiedsrichtern herrschte die Unsitte, während der Halbzeitpause in der Umkleide zu telefonieren. Sie ließen sich dann von Journalisten ihres Vertrauens oder gar von Clubmanagern anrufen und erzählen, wie die erste Halbzeit gelaufen war, ob sie in den entscheidenden Situationen richtig oder falsch gepfiffen hatten. Und nach Spielende taten sie, ehe sie den Spielberichtsbogen ausfüllten, dasselbe noch einmal. So konnten sie sichergehen, daß sie zu Platzverweisen und Verwarnungen keine Fehleinschätzungen fixierten. Man hatte versucht, diese Unsitte abzustellen, aber am Widerstand der mächtigen Clubs waren alle Gegenmaßnahmen – Handys zu verbieten oder die Umkleiden abzuschirmen – gescheitert.

Laut Baffigo gehörte Ferretti zu den »Telefonierern«, und er hielt es für ausgeschlossen, daß der Schiri ausgerechnet bei einem so wichtigen, für den Titelkampf entscheidenden Spiel sein Handy nicht dabeigehabt hatte. Nach Baffigo hieß das: jemand hatte das Handy mitgenommen, den Akku entfernt und das Telefon in den nächstbesten Mülleimer geworfen, wohl wissend, daß es teuflisch riskant war, es mit sich herumzutragen. Und dieser Jemand konnte nur der Mörder sein, ein Killer, den man geschickt hatte, um einem unbequem gewordenen Komplizen den Mund zu stopfen. »Ferretti war ein korrupter Ehrgeizling, der den mächtigen Clubs stets zu Diensten war, besser gesagt: einem mächtigen Club, dem von Rebuffo. Sie haben ihn benutzt, solange es für sie von Vorteil war, und dann muß irgend etwas vorgefallen sein, vielleicht ein Erpressungsversuch, was weiß ich, und da haben sie ihn ausgeschaltet.«

Marco Luciani hatte gegrinst. Journalisten jagten gern irgendwelchen Hypothesen nach, und vor allem liebten sie Theorien über Verschwörungen und Intrigen hinter den Kulissen. Auch er hätte seiner Phantasie gern freien Lauf gelassen, aber sein Beruf verlangte eine andere Methodik. Luciani durfte sich einzig und allein auf Fakten stützen.

Es waren nur noch wenige Stunden bis zum Termin beim Staatsanwalt. Der Kommissar hielt es für sinnlos, sich noch einmal schlafen zu legen. Also nahm er all seine Willenskraft zusammen, zog T-Shirt und Shorts an und lief zum Porto Antico, wo er mindestens eine Stunde joggen wollte. Er kam am Aquarium vorbei, dann an der Farnkugel und erreichte schließlich die schwimmende Insel, wo ein Penner auf einer Bank schlief. Luciani kehrte um und bog rechts ab Richtung Piratengaleone. Der Kloakengestank war an diesem Morgen unerträglich, und es amüsierte Marco Luciani, daß viele Bonzen Unsummen ausgegeben hatten, um sich eines der rosa Häuser zu ergattern, die über dem stinkenden Hafen und den in den Wellen schaukelnden Exkrementen thronten. Er lief bis zur Parodi-Brücke und zur neuen Fährstation, die man schon wieder aufgegeben hatte. Nach einer guten halben Stunde brach er ab und machte sich auf den

Heimweg. Körper und Geist waren zu ausgelaugt, als daß sie das Training hätte erquicken können; Luciani mußte immerfort an den Schiedsrichter denken, an den Linienrichter und das, was er dem Staatsanwalt sagen wollte.

Es gab inzwischen vieles, was Marco Luciani an seiner Arbeit mißfiel, am allermeisten aber haßte er die Rapporte an die Staatsanwaltschaft. Es gab dort keinen Schreibtisch, hinter dem nicht haarsträubende politische Ränke geschmiedet wurden, jeder hatte seine Leiche im Keller, seine vorschnell geschlossene Akte im Schrank. Aus jedem Zeitungsinterview konnte man Ambitionen, Machtkämpfe und Dutzende versteckter Botschaften herauslesen. Man wußte nie, ob sie die Wahrheit oder den Anschein von Wahrheit wollten, das heißt eine allgemein vertretbare Wahrheit, die ihnen für die eigene Karriere opportun schien. Im Grunde sind sie auch nicht anders als die Schiedsrichter, dachte er mit einem Anflug von Grauen.

Punkt neun betrat er Doktor Delrios Büro. Der junge Staatsanwalt stand neben seinem Schreibtisch, trat auf Luciani zu und drückte ihm die Hand. Der günstige Eindruck, den der Kommissar bei der ersten Begegnung gewonnen hatte, bestätigte sich. Mit seiner Gelehrtenbrille und seiner langen, bedrohlich spitzen Nase sah Delrio zwar ein wenig nach Klassenprimus aus, doch sein Lächeln wirkte entspannt, weder schüchtern noch anmaßend. An Delrios Schreibtisch saß Oberstaatsanwalt Umberto Angelini, der lediglich ein unterkühltes »Buongiorno« – mit seinem grauenvollen Gaumen-R – für den Kommissar übrig hatte, ohne seinen weißen, frisch frisierten Schädel auch nur einen Millimeter von der Rückenlehne abzuheben. Marco Luciani übersah dies geflissentlich; unter anderen Umständen hätte er mit derselben Arroganz geantwortet, aber in diesem Fall wollte er behutsam vorgehen, sich keine Blöße geben. Er war entschlossen, alles zu schlucken und erst ganz am Ende, nach Lösung des Falles, wieder auszuspucken.

Die Unterredung verlief genau wie erwartet: Der Oberstaatsanwalt gab zu verstehen, wie irritiert er von Lucianis zögerlicher Informationspolitik sei, und erinnerte ihn ohne Umschweife daran, daß die Leitung der Ermittlungen der Staatsanwaltschaft obliege und daß das Vertrauen, das man bisher in Lucianis Fähigkeiten als Ermittler gesetzt habe, nicht als Freifahrschein zur Anarchie genutzt werden dürfe. » Mit Ihrem Verhalten, Herr Kommissar, bringen Sie einen jungen, aufstrebenden Staatsanwalt in die Bredouille«, sagte er, wobei er Kinn und Hakennase gen Himmel reckte.

Delrio versuchte zu beschwichtigen, er merkte an, daß der Kommissar viele schwierige Fälle gelöst habe und man sicher gut zusammenarbeiten werde.

Marco Luciani hatte die vorläufigen Ermittlungsakten mitgebracht, und ihm schien der Moment gekommen, die ungeklärten Aspekte der Affäre zu erläutern. Als er zu den größten Ungereimtheiten kam – der abgeschlossenen Tür, dem verschwundenen Kugelschreiber –, stellte Delrio zwei oder drei Fragen, aber gleich fiel ihnen der Oberstaatsanwalt ins Wort.

»Wir werden die Akte sorgfältig durcharbeiten, Herr Kommissar«, sagte Angelini, »im Moment ist es sinnlos, sich mit Details aufzuhalten. Doktor Delrio wird natürlich Ihr direkter Ansprechpartner sein. Ich werde auf Abstand bleiben, werde Ihnen beiden nur von außen Hilfestellung geben können, Ihnen mit meiner Erfahrung und – wenn der Ausdruck gestattet ist – meiner Weisheit zur Seite stehen. Sie sind jung und dynamisch, wie man so schön sagt, und es ist richtig, daß Sie sich in Szene setzen, Karriere machen wollen. Aber denken Sie immer daran, daß es sich auf lange Sicht nie auszahlt, wenn man sich zu sehr ins Rampenlicht drängt. Man verschafft sich vielleicht ein paar Schlagzeilen in der Presse und einen kurzlebigen Ruhm, aber man handelt sich auch den Neid der Kollegen und eine Menge Feindschaften ein. Was in den Augen der Vorgesetzten zählt, ist nur seriöse Arbeit. Ein Fall, der rasch gelöst wird, ohne großes Hin und Her; eine Ermittlung, die auf direktem Weg zur Wahrheit führt. Ehe ich die Unterlagen nicht studiert habe, möchte ich mich nicht zu weit aus dem Fenster lehnen, aber wenn vierzig Jahre Berufserfahrung etwas zu bedeuten haben, dann scheint mir der Fall alles andere als ein Buch mit sieben Siegeln zu sein. Im Gegenteil, die Sache scheint mir ziemlich klar: ein bedauerlicher Fall von Depression.«

»Ein äußerst spektakulärer Suizid, falls es sich denn um einen solchen handelt. Da wollte jemand die Aufmerksamkeit auf etwas ganz Bestimmtes lenken«, merkte der Kommissar an.

»Jeder Selbstmörder versucht die Aufmerksamkeit auf sich zu lenken, Herr Kommissar«, erwiderte Angelini.

Marco Luciani konnte die Skepsis nicht aus seinem Gesicht verbannen.

»Sie sind noch nicht überzeugt, Herr Kommissar, und es ist richtig, nein, es ist Ihre Pflicht, daß Sie alle betreffenden Fakten verifizieren. Ermitteln Sie weiter, aber halten Sie Doktor Delrio ständig auf dem laufenden. Denken Sie daran, daß wir bereits wertvolle Zeit verloren haben, und je länger wir brauchen, desto größer ist der Schmerz, den wir vielen Menschen bereiten. Die Journalisten werden sich, im Gegensatz zu uns, nicht soviel Kopfzerbrechen machen. Jetzt haben sie den Fußball aufs Korn genommen, weil mysteriöse Fälle und Skandale die Auflage steigern, aber das wird nicht lange vorhalten. Bald wollen die Leute den Ball wieder rollen sehen, und dann wird die Journaille, ich spreche da aus Erfahrung, die Staatsanwaltschaft und die Arbeit der Ermittler unter Beschuß nehmen.«

Marco Luciani öffnete die Tür, ehe er sich noch einmal an Delrio wandte:

»Wir warten immer noch auf die Genehmigung für das Einholen von Verbindungsübersichten und die Überwachung diverser Telefonanschlüsse. Gibt es da ein Problem?«

Der junge Staatsanwalt schaute Angelini an, als wollte er zu verstehen geben, daß die Verzögerung nicht an ihm lag. Der Oberstaatsanwalt erhob sich und legte die Hand auf den Schreibtisch.

»Ich habe die betreffenden Anträge gesehen. Das kommt nicht in Frage. Was die Verbindungsübersicht von Ferrettis Handy und seinem Festnetzanschluß angeht, die werden wir bald bekommen, aber bei den anderen Anschlüssen sehe ich keine Veranlassung. Um Telefone abzuhören, braucht man schwerwiegende Verdachtsmomente, und die scheinen mir hier nicht gegeben.«

»Aber Rebuffo, die Linienrichter, womöglich sogar die Frau des Schiedsrichters ... die wissen sicher etwas. Ich bin überzeugt, daß ...«

»Ich glaube nicht, Herr Kommissar. Und selbst wenn dem so wäre, inzwischen würden sie sich hüten, sich am Telefon zu kompromittieren, meinen Sie nicht?«

»Nun, aber was die zurückliegenden Verbindungen angeht, wo liegt da das Problem? Daraus kann man weitreichende Schlüsse ziehen.«

Der Oberstaatsanwalt machte eine vage Geste.

»Ja, die Auflistung könnte man natürlich bekommen, aber das dauert immer eine Ewigkeit, und am Ende ist man genauso schlau wie vorher. Wir wissen, daß irgendwer irgendwen angerufen hat, aber wir werden nie erfahren, was sie sich gesagt haben. Und einander anzurufen ist ja kein Verbrechen.«

Die Antwort reizte Luciani, vor allem, weil es dieselbe war, die er Giampieri in solchen Fällen gab. Ein Dilemma, in dem er entweder Angelini recht oder sich selbst unrecht geben mußte.

Der Oberstaatsanwalt setzte sich wieder. Das Zeichen, daß die Unterredung beendet war. »Wenn Sie nun gestatten, ich muß eben ein Telefonat führen.«

Als der Kommissar auf die Straße trat, schäumte er vor Wut. Und ihm war übel von dem Mief aus politischen Winkelzügen und Intrige, den der Staatsanwalt förmlich ausschwitzte. »Der Fall scheint klar zu sein, zumindest für ihn. Wir dagegen haben nur Zeit vergeudet, da wir ja ausschließlich an unsere Karriere denken«, wiederholte er, Angelinis Gaumen-R imitierend. »Dieser Hurensohn.« Hatte der Staatsanwalt ihn provoziert, um ihn zu einer unbedachten Reaktion zu verleiten, oder hatte er es aus purem Vergnügen getan? Luciani ging mit forschem Schritt zum Polizeipräsidium und malte sich in leuchtenden Farben aus, wie er mitten in der Nacht am Haus des Oberstaatsanwalts klingelte, einen Haftbefehl wegen Bestechlichkeit in der Tasche, wie er ihn auf die Straße zerrte, wo die gesamte italienische Fotopresse wartete, die *rein zufällig* von dem Einsatz Wind bekommen hatte.

Er setzte sich an seinen Schreibtisch und probierte noch ein paarmal, die Brasilianerin anzurufen, aber das Handy war noch immer ausgeschaltet. Er fuhr den Computer hoch, wählte sich ins Internet ein und rief eine Website auf, von der aus man SMS verschicken konnte. Er schrieb: »Ich habe nichts gegen Sie. Ich möchte nur mit Ihnen reden. Verschwenden Sie keine Zeit mit Versteckspielen. Melden Sie sich.« Er fügte die Durchwahl seines Büros an und unterschrieb mit »Kommissar Luciani«, dann schickte er das Ganze an die Nummer der Brasilianerin. Früher oder später würde sie ihr Handy einschalten, und wenn sie so schlau war, wie es ihr Job verlangte, dann würde sie sich melden.

Danach wählte er die Nummer von Linienrichter Adelchi.

»Hier spricht Kommissar Luciani. Tut mir leid, wenn ich störe. Ich wollte Sie fragen, ob Sie sich an ein Detail erinnern können: Hat Herr Ferretti irgendwelche Anrufe getätigt, vom Taxi oder vom Hotel aus?«

»Nein. Ich glaube nicht, wirklich nicht, aber ich meine, das hätte ich bereits Ihrem Vize gesagt.«

»Können Sie sich erinnern, ob er sein Handy dabeihatte?«

»Wissen Sie, ich denke nicht. In der Regel ließ er es im Hotel, damit er ungestört blieb.«

»Nein, im Hotel ist es nicht. Und es gibt jemanden, der ihn mit dem Handy im Stadion gesehen hat«, bluffte Luciani, »aber in der Umkleide war es nicht, dem Hausmeister hat er es ebenfalls nicht gegeben, das heißt …«

»Das heißt?«

»Das heißt, daß es vielleicht der Mörder mitgenommen hat.«

Adelchi schwieg einige Sekunden. »Sie meinen tatsächlich, daß man ihn ermordet hat?«

»Sicher. Die Tür war abgeschlossen, das Handy ist verschwunden, da kann ich nur von Mord ausgehen. Meinen Sie nicht?«

Der Linienrichter seufzte. »Ich weiß nicht. Ich weiß wirklich nicht, was ich denken soll. Für jemanden der Tullio kannte, klingt die Selbstmordtheorie so absurd. Aber auch die Mordtheorie: Aus welchem Grund? Wo liegt das Motiv?«

»Genau das müssen wir herausfinden. Sicher, wenn es mit dem Fußball zusammenhinge, mit seiner Tätigkeit als Schiedsrichter, wenn es sozusagen Rache für irgendeine Fehlentscheidung war, dann wären Sie womöglich auch in

Gefahr. Und daher ziehe ich in Betracht, einen Beamten zu Ihrem Schutz abzustellen.«

Adelchi schluckte trocken. »Nein. Ich meine, das ist nicht nötig, Herr Kommissar. Ich versichere Ihnen, daß ich mich allein verteidigen kann.«

Luciani bedankte sich bei Adelchi und rief den anderen Linienrichter an, um ihm dieselbe Frage zu stellen. Cavallo dachte eine Weile nach, konnte sich aber beim besten Willen nicht erinnern. »Es käme mir komisch vor, wenn er es nicht mitgenommen hätte, aber ich kann Ihnen wirklich nicht sagen, ob er es dabeihatte.«

»Warum käme Ihnen das komisch vor, wenn er es nicht mitgenommen hatte?«

Der Mann am anderen Ende schien zu zögern. »Nun ... wir haben alle unser Handy dabei.«

Marco Luciani wollte ihn schon nach den Telefongesprächen in der Halbzeitpause fragen, aber dann dachte er, daß Cavallo sicher nicht offen reden würde, und so hob er sich die Frage für ein andermal auf.

Wenn du siehst, daß ein Tag schlecht anfängt, dann packe alles rein, was dich nervt, und ruiniere ihn gründlich – das war die Philosophie des Kommissars.

Um Punkt drei betrat Alfredo Rebuffo sein Büro. Er trug einen maßgeschneiderten grauen Anzug und braunes Schuhwerk in englischem Stil, wohl ebenfalls eine Maßanfertigung. In der linken Hand hatte er eine lederne Aktentasche, die farblich auf die Schuhe abgestimmt war, in der Rechten hielt er, zwischen Daumen und Zeigefinger, eine brennende Zigarre.

»Hier drinnen wird nicht geraucht«, begrüßte der Kommissar ihn unfreundlich.

Der Clubmanager war wie vom Donner gerührt. »Ach ...

verzeihen Sie … ich dachte, daß wir armen Raucher zumindest in einem Kommissariat … wissen Sie, Maigret, diese Atmosphäre der Kriminalromane …« Er versuchte zu lächeln. Marco Luciani reagierte nicht.

»Ich werde sie draußen im Korridor ausmachen.«

Nach einem Moment kam er wieder herein, in einer Wolke, die nach kubanischer Zigarre roch. Die kosten mindestens zehn Euro das Stück, dachte Marco Luciani, während er aufstand und demonstrativ das Fenster öffnete. Er konnte Rebuffos selbstgefälliges Gehabe nicht ertragen, und tat deshalb alles, um ihn auf dem falschen Fuß zu erwischen.

»Ich bin froh, daß Sie mich vorgeladen haben, Herr Kommissar. Ich habe mehrmals versucht, Sie zu kontaktieren, denn ich glaube, daß ich Ihnen weiterhelfen kann, und mein Verein legt Wert darauf, Ihnen jede denkbare Unterstützung zukommen zu lassen. Das Unglück vom Sonntag ist auch für uns ein herber Schlag, Herr Ferretti …«

»Schon gut, schon gut. Ich weiß, daß Sie alle unter Schock stehen und tief betroffen sind. Immerhin haben Sie einen Ihrer besten Schiedsrichter verloren.«

Der Manager lächelte, als wollte er sagen: Wenn du mich aufs Kreuz legen willst, mußt du früher aufstehen. »*Der Fußball* hat einen seiner besten Schiedsrichter verloren«, stellte er richtig.

Im Vergleich zum ersten Gespräch hatte er sein schmieriges Getue abgelegt; er gab sich entgegenkommend, aber absolut selbstsicher. Marco Luciani dachte, daß der Konfrontationskurs unterm Strich nichts brachte.

»Aber sicher, genau das meinte ich. Ich habe Sie hergebeten, weil Sie mir vielleicht ein paar unklare Punkte erhellen können. Wissen Sie, ich kenne mich in der Branche überhaupt nicht aus … und es gibt Gepflogenheiten, Besonderheiten, die nur ein Fachmann kennt.«

»Nur heraus mit der Sprache.«

Der Kommissar redete eine Weile um den heißen Brei herum, ließ sich dieses oder jenes Detail erläutern, die eine oder andere Hintergrundinformation liefern, ein paar Anekdoten erzählen; er tat sogar, als würden ihn die Lebensgewohnheiten der Spieler interessieren, ihre Einkünfte, ihre Affären mit den Starlets aus dem Fernsehen. Nach einigen Minuten lenkte er das Gespräch auf die wirklich interessante Frage.

»... und hören Sie, was den Schiedsrichter betrifft ... sobald er das Stadion betreten hat, darf niemand mehr zu ihm, oder?«

»Richtig. Abgesehen von seinen Assistenten, natürlich.«

»Und der Schiedsrichter, hat man mir gesagt, darf nicht nach draußen kommunizieren. Deshalb habe ich in seiner Umkleide auch kein Handy gefunden.«

Rebuffo zeigte sich überrascht. »Ehrlich gesagt, Herr Kommissar, gibt es kein Reglement, das den Kontakt nach draußen verbieten würde.«

»Ach, tatsächlich? Da muß man mich falsch unterrichtet haben ... Man hatte mir gesagt, daß es in den vergangenen Jahren viel Ärger gegeben hatte, weil die Schiedsrichter während der Fußballspiele telefonierten.«

»Sehen Sie, Herr Kommissar, über die Frage der Kontakte nach draußen sind in der Vergangenheit reichlich Märchen erzählt worden, und ich will nicht ausschließen, daß Herr Ferretti als der Ehrenmann, der er nun einmal war, kein Handy mitgenommen hatte, um über jeden Verdacht erhaben zu sein.«

»Verzeihung, das verstehe ich jetzt nicht.«

»Aber ja doch, sehen Sie, die schwachen Mannschaften finden immer einen Grund, sich zu beklagen. Sie ziehen sich an allem hoch, um ihre Fehler in Taktik und Management zu kaschieren, und auf wen gehen sie los, wenn sie sich vor ihren Fans reinwaschen wollen? Auf den Schiedsrichter, das liegt doch auf der Hand! Dann denken sie sich diese Verschwörungstheorien aus, wonach die gegnerische Mannschaft in der Halbzeitpause den Schiedsrichter anruft, um ihn zu instruieren: Stell X vom Platz, gib Y eine Gelbe Karte, pfeif einen Elfer für uns. Lachhaft, verstehen Sie?«

Marco Luciani gab sich skeptisch.

»Hmmm ... ja, das scheint lachhaft zu sein. Aber theoretisch könnten sie ihn anrufen, um ihm zu sagen, ob er mit irgendeiner Entscheidung falsch gelegen hat. Was weiß ich, einem nicht sanktionierten Strafstoß, einem Tor, das eigentlich Abseits war.«

Rebuffo korrigierte seine Sitzposition. »Nun, das wäre äußerst grausam, meinen Sie nicht? Ein Fehler, der einmal begangen wurde, läßt sich nicht wieder ausbügeln.«

Der Kommissar legte allmählich seinen naiven Gesichtsausdruck ab. »Das stimmt nicht ganz. Wenn er einen berechtigten Strafstoß nicht gepfiffen hat, kann er dafür einen pfeifen, der nicht berechtigt ist. Oder er hat einer Mannschaft zu Unrecht einen Elfmeter gegeben und kann diesen Gefallen nun auch der anderen Mannschaft tun.«

Der Clubmanager setzte ein altväterliches Lächeln auf.

»Auf gar keinen Fall. Pardon, aber Sie sind auf dem Holzweg. Wenn ein Schiedsrichter sich so verhielte, würde er nur sich selbst schaden. Zwei Fehler sind schlimmer als einer.«

»Vielleicht in der Bewertung durch seine Vorgesetzten, sicher nicht bei den Fans. Die Ärmsten wären schon froh, wenn die Fehlentscheidungen einigermaßen gerecht verteilt wären.«

Der Clubmanager schwieg. Marco Luciani hielt die Zeit für gekommen, den entscheidenden Streich zu führen. »Die Leute, die mich über das Reglement falsch unterrichtet haben, meinten auch, daß gerade Sie, Herr Rebuffo, ein enges Verhältnis zu Herrn Ferretti und anderen Schiedsrichtern hätten. Und daß Sie manchmal sogar während der Halbzeitpause hinunter in die Kabinen gingen, um sich mit ihnen zu besprechen. Ich nehme an, daß ich auch in dieser Frage falsch unterrichtet bin.«

Rebuffo räusperte sich. Seine Augen waren zu Schlitzen verengt. »Herr Kommissar, ich stehe Ihnen für jede Auskunft gern zur Verfügung. Aber wenn unser freundschaftliches Geplauder den Anschein eines Verhörs annimmt ...«

Sie schwiegen beide für mehr als eine Minute, die Stille verwandelte das Zimmer in eine Kühlzelle. Auch dies war eine Methode, das Kräfteverhältnis zu messen: Am Ende war es Rebuffo, der das Wort ergriff.

»Ich war am Sonntag auf der Tribüne, bis ich von der Tragödie erfuhr. Es gibt Dutzende Zeugen, die das bestätigen können. Im übrigen, wenn ich Ihnen einen kleinen Rat geben darf, da Sie Ihren Angaben nach unsere Branche nicht gut kennen: Hören Sie nicht auf das Geschwätz von Fans und Journalisten, auf unserem Terrain kann immer nur eine Mannschaft gewinnen, und alle anderen meinen, sie hätten zu Unrecht verloren. Jeder kümmert sich um die eigenen Interessen, und jeder mächtige Club hat Zeitungen und Fernsehsender im Rücken, die ihn unterstützen. Außerdem werden die Streitereien oft künstlich angeheizt, um die Auflage und das Interesse an der Meisterschaft zu steigern. Neunzig Prozent aller Auseinandersetzungen, die Sie sehen, sind reine Inszenierung. Theater, nichts weiter. Im Fernsehen springen die Präsidenten einander fast an die Kehle, und danach gehen sie gemeinsam essen und verteilen friedlich den Kuchen untereinander.«

Marco Luciani nickte: »Das denke ich mir. Und das ist einer der Gründe, warum ich mich nicht mehr für den Fußball erwärmen kann.«

Er erhob sich, um sich von dem Manager zu verabschieden. Er hatte erfahren, was ihn interessierte, und Rebuffo das mitgeteilt, was dieser wissen sollte.

Rebuffo reichte ihm die Hand und hielt sie einen Moment länger als nötig fest. »Wissen Sie, Herr Kommissar, mich wundert, daß Sie bei einem Selbstmordfall so viele Nachforschungen anstellen. Wenn ich Ihnen einen Rat oder vielmehr einen Denkanstoß geben darf, ich glaube, je länger Sie dieses traurige Kapitel fortschreiben, desto größer ist die Gefahr, daß sie vielen Leuten unnötiges Leid zuzufügen: Angehörigen, Kollegen, Anhängern der Mannschaften. Und dann die Medien, Sie wissen, daß die keine Skrupel kennen und auf Sie losgehen werden. Im Moment stehen noch alle hinter Ihnen, aber sollte der Fall nicht in wenigen Tagen gelöst sein und die Meisterschaft endlich weitergehen, dann wird man die Wut an Ihnen auslassen.«

Dasselbe hatte auch der Oberstaatsanwalt gesagt. Das konnte kein Zufall sein. Rebuffo war der Drahtzieher, und es gab viele, die nach seiner Pfeife tanzten.

»Schaffen Sie mir die Beweise für einen Selbstmord herbei, Herr Rebuffo, und ich werde mit Freuden den Fall zu den Akten legen. Aber bis dahin werde ich wegen vorsätzlichen Mordes ermitteln und nicht ruhen, bis ich den Täter gefaßt habe.«

Wenige Minuten später klopfte Iannece an die Tür. Er sah aus, als hätte er eine angenehme Überraschung in petto. »Herr Kommissar«, sagte er, »da ist jemand, der Sie sprechen möchte.«

»Wer ist es? Der Mörder?«

Iannece schien beleidigt. »Ähmm … nein, der nicht. Es ist ein Versicherungsdetektiv.«

Schön und gut, wenn man einen Tag gründlich versauen will, dachte Luciani, aber es gibt für alles eine Grenze.

»Ich kann jetzt nicht, Iannece, sag ihm, er soll ein andermal wiederkommen.«

Sein Gegenüber zog eine Grimasse: »Die Person ist seit

drei Stunden hier, Herr Kommissar, und meint, es sei wichtig.«

»Sprich du mit ihm, Iannece. Das heißt: nein, schick ihn zu Giampieri. Ich habe zu tun, und ich will auf keinen Fall gestört werden.«

Er schloß die Bürotür und schaltete den Computer ein. Er klickte Tetrix an und spielte, bis ihm fast die Augen aus dem Kopf fielen.

Um halb sieben kam ihm in den Sinn, daß er seit mindestens einer Woche nicht mehr eingekauft hatte. Er beeilte sich, damit er noch vor Ladenschluß in seinen Supermarkt an der Ecke kam. Er nahm einen Einkaufswagen und fuhr die Gänge ab, auf der Suche nach etwas Eßbarem. Auf den Obst- und Gemüseständen eine Symphonie der Farben, doch bestürzt stellte der Kommissar fest, daß das Aroma fehlte. Er zog sich die Plastikhandschuhe mit ihrer Krankenhaus-Ästhetik über und betastete ein paar Tomaten: Sie waren alle makellos rund, hatten alle dieselbe rote Filzstiftfarbe, waren durchscheinend und geruchlos. Er suchte die Fleischtomaten, die er aus irgendeinem Grund für naturbelassen hielt, aber sie kosteten drei Euro pro Kilo, und das kam ihm übertrieben vor. Er musterte die Salatsorten, aber auch dort wurde er enttäuscht: Der Frisée leuchtete chemisch grün, dem Chicorée sah man auf den ersten Blick an, daß er nur nach Wasser schmeckte. Er nahm zwei Auberginen, zwei Paprika und einen Beutel Kartoffeln und hoffte, daß sie innen nicht gefroren waren, was häufig vorkam. Er mied – es war Mai – Pfirsiche und Weintrauben, die Orangen mit ihren drei Zentimeter dicken Schalen, die alle blitzblank glänzten, und die kernlosen Clementinen, die den Startschuß zu allen gentechnischen Verhunzungen gegeben hatten. Er steckte vier monochrom gelbe Bananen, die nicht ein brauner Leberfleck zierte, in einen Beutel und ging zur elektronischen Waage, um sie zu wiegen und auszupreisen. Vor ihm stand eine alte Dame mit ihren durchsichtigen Plastikhandschuhen. In die Schale hatte sie einen Beutel Orangen gelegt. Sie studierte lange die Tasten; sie hielt die Brille auf der Nase fest und suchte nach dem richtigen Symbol. Der Kommissar hatte es sofort entdeckt – links oben: »Orangen, drei Euro« das Kilo, der reine Wucher –, aber die Frau schaute ganz woandershin, nach rechts unten. Sie drückte entschlossen die Taste »Kartoffeln, ein Euro« und klebte, in der Hoffnung, daß sie ungeschoren durch die Kasse käme, das Etikett auf den Beutel.

Die Alte trat zur Seite, und der Kommissar lächelte sie an. Arme Frau, dachte er, auch sie hat das Recht, sich irgendwie gegen das Verbrechen zu wehren.

Er wog sein Obst ab, wobei er die richtigen Tasten betätigte. Noch war er nicht auf solche Tricks angewiesen, um über die Runden zu kommen. Aus reinem Pflichtgefühl ging er auch am Fischstand vorbei. Die Farbstoffe im Lachs taten ihren Dienst: große dioxinbelastete Filets lagen da in rosa Schockfarbe – zu lausigen neun Euro das Kilo. Die Doraden, acht Euro, sahen aus wie aus dem Fotokopiergerät, die Brassen waren auf Einzel- oder Doppelportion gezüchtet, und Luciano fragte sich, wieviel wohl das Quecksilber, das Fischmehl und die gefriergetrocknete Scheiße kosteten, die in den Zuchten verfüttert wurden. Wirklich fangfrisch waren nur die Sardinen, aber die kosteten sieben Euro das Kilo, und dafür hätten die Händler auch eine Diebstahlsanzeige verdient gehabt.

Er ging weiter, nahm vier Packungen Pasta, eine Packung Reis und zwei Flaschen Nudelsoße. Er ließ die Fleischtheke aus, wo schöne Hormonscheiben und mit Konservierungsstoffen gefüllte Würste prangten. Er genehmigte sich hundert Gramm Focaccia, ließ aber den Bereich mit Quiches und frischer Pasta aus, weil in den Füllungen fast immer

Parmesankäse verarbeitet war, und auf Parmesan war er allergisch. Er war auch gegen alle anderen Sorten gereiften Käses allergisch, oder zumindest glaubte er es, außerdem gegen Thunfisch aus der Dose; er konnte Eier nicht verdauen und vertrug Milchprodukte mit Ach und Krach, außer Yoghurt und Butter. Er konnte kein Bier trinken, weil ihm das furchtbare Bauchkrämpfe bereitete, nach Weißweingenuß lag er mit Kopfschmerzen flach. Hin und wieder genehmigte er sich ein Glas Rotwein, vorausgesetzt, daß der Wein nicht aus dem Barrique-Faß kam, denn inzwischen wurde ihm schlecht von diesem verlogenen Holz-Bouquet, das jeden Eigengeschmack und jedes Aroma nivellierte. Er nahm eine Flasche Lemonsoda und ging zur Kasse.

Er hatte praktisch nichts gekauft, aber wie immer starrte er ungläubig auf den Kassenbon. Wenn die Preise so weiterstiegen, dann würde er sich nie die Miete für ein Haus am Meer leisten können.

Sandro Baffigo erwartete ihn am Tresen. Er war unrasiert und sah aus, als hätte er sich seit drei Tagen nicht gekämmt. Er saß vor einem doppelten Whiskey und einer Schale mit Erdnüssen.

»Ist das dein Abendessen?« begrüßte ihn der Kommissar.

»Sieht so aus. Zum Essen ist es zu spät. Und außerdem sind im Alkohol alle Proteine, die ich brauche.«

»Das scheint mir eine anfechtbare These zu sein …«

Der Journalist unterbrach ihn. »Halt! Denk dran: Mach einem Säufer niemals Vorhaltungen. Reine Zeitverschwendung. Was nimmst du?«

»Ein Lemonsoda.«

»Ist das dein Abendessen?«

»Ja. Es enthält alle Vitamine, die ich brauche.«

Marco Luciani erzählte, wie sich die Ermittlungen entwickelten und bedankte sich für den Tip mit den Handys, der völlig neue Perspektiven eröffnet hatte. Dann fragte er Baffigo, wie der Fall in Fußballkreisen gesehen wurde.

»Die offiziellen Reaktionen sind einhellig«, sagte der Journalist, »man ist sich einig, daß der Schiedsrichter sich aus privaten Gründen umgebracht habe, infolge einer Depression, und daß der Fußball an sich sauber und über jeden Verdacht erhaben sei. Aber man ist sich auch einig, daß die Saison für einen Spieltag ausgesetzt und einmal nachgedacht werden sollte über diesen wunderbaren Sport, der ebenso wunderbar auch bleiben muß; weiter sollte man doch den Schiedsrichtern unter die Arme greifen, und wir alle müßten unsere Mitschuld eingestehen, angefangen bei der Presse; die Spieler müßten mit gutem Beispiel vorangehen und so weiter und so fort ... Diese heuchlerischen Kotzbrocken. Seit Jahren beten sie die immergleichen Floskeln herunter. Niemand wagt sich vor, weil sie fürchten, daß auch diese Ermittlung wie eine Seifenblase platzen wird, aber in Wahrheit liegen viele auf der Lauer und warten, wie die Geschichte ausgeht. Rebuffo hat reichlich Freunde, aber auch reichlich Feinde, und wenn er eines Tages auf die Nase fallen sollte, dann wird man den Schlag bis nach Australien hören. Dann werden alle aus ihren Löchern kommen, um ihm den Genickschuß zu verpassen. Wirst sehen, dann wird das wildeste Zeug erzählt: Manipulierte Spiele, bedrohte Spieler, Interessenkonflikte. Rebuffo kontrolliert direkt oder mit Hilfe von Agenten eine Heerschar von Spielern der oberen vier Ligen, außerdem viele ausländische Fußballer und eine Reihe von Trainern. Wer sich mit ihm anlegt, läuft Gefahr, ohne Verein dazustehen. Das ist vielen Spielern und vielen Trainern so gegangen.«

»Ein hübsches Stilleben.«

»Warte, warte. Da gibt es noch das Kapitel der Geistertransfers: irgendwelche Burschen, die in einer schäbigen Amateurliga ihre Spielberechtigung erhalten und später für Millionen weiterverkauft werden. So wird ein Mehrwert erzeugt, mit dem man die Bilanzen frisiert und schwarze Kassen anlegt, aus denen wiederum Schiedsrichter und organisierte Fanabteilungen bezahlt werden.«

»Wozu werden die Fans bezahlt?«

»Die organisierten Anhänger bekommen zwei- bis dreitausend Karten für die Fankurve bei Heimspielen, das sind richtige Eintrittskarten, auf denen allerdings das Siegel der SIAE* fehlt. Die werden zum Vorzugspreis verkauft, und es besteht keine Gefahr, daß die Sache auffliegt, weil die Kartenabreißer ebenfalls unter Gesinnungsgenossen rekrutiert werden, und so werden ein paar Tausender schwarz erwirtschaftet.«

»Und was hat Rebuffo davon? Wird geteilt?«

»Weiß ich nicht. Kann sein. Auf jeden Fall muß er die organisierten Fans bei der Stange halten, denn erstens provozieren sie Ausschreitungen, wenn der Club sie nicht unterstützt, die zerdeppern alles, schmeißen Gegenstände aufs Spielfeld und können so dafür sorgen, daß eine Mannschaft das Heimrecht verliert oder saftige Strafen zahlen muß. Das würde den Club am Ende viel mehr kosten. Und dann stellen die Hardcore-Fans die bewaffnete Hausmacht dar; mit ihnen bringt man lauffaule Spieler auf Trab oder solche, die ausstehende Gehälter einfordern oder eine Abfindung verlangen, um den Verein zu verlassen. So mancher, unter dessen Fenster sich zwanzig Hooligans zusammenrotten oder dessen Auto in Flammen aufgeht, sieht zu, daß er Land gewinnt. Und dann braucht man sie, um Stimmung für oder gegen den Trainer zu machen, manchmal sogar gegen den Präsidenten, wenn Rebuffo mit ihm gerade im Clinch liegt.«

»Nicht schlecht ... wirklich ein aufgeweckter Haufen. Sportlich und fair. Und die Schiedsrichter?«

* »Società italiana autori e editori«, ein Rechteverwerter, an den Tantiemen abgeführt werden müßten. (Anm. d. Übers.)

»Die sind bestechlich, das ist klar. Natürlich nicht alle. Aber viele, vor allem die berühmtesten. Das ist wie in vielen anderen Branchen auch: in der Politik, in der Justiz, im Journalismus. Je weiter oben du bist, desto wahrscheinlicher ist, daß dich faule Kompromisse dort hingebracht haben. Jeder Schiedsrichter hat seinen Preis, und es ist nicht gesagt, daß es sich dabei um Geld handelt. Manch einer ist schon mit dem ein oder anderen Nachtclub-Besuch zufrieden, Edelnutte inbegriffen; andere tun es nur aus Macht- und Ruhmsucht und machen sich zu Handlangern des Establishments, damit man ihnen für die Zukunft einen Platz in der Fußballszene freihält, in irgendeinem Club oder im Fernsehen.«

»Und Ferretti, warum tat er es?«

»Bei ihm war von allem etwas dabei. Du kannst beim ›Basic Instinct‹ anfangen, einem Privatclub bei Carmagnola, vor den Toren Turins: In erster Linie junge Osteuropäerinnen, aber auch italienische Mädchen aus gutem Haus. Dort ist er, wie es scheint, mehrmals mit Rebuffo und dessen Spießgesellen gewesen. Und dann der Einfluß natürlich: Er war mittlerweile ein internationaler Schiedsrichter, der wichtige Spiele leitete und sich Hoffnungen auf die Weltmeisterschaften machen durfte. Und wenn er es letztes Jahr nicht zu bunt getrieben hätte, dann hätte er es vermutlich auch geschafft.«

»Aber kann Rebuffo denn so dreist die Strippen ziehen? Oder benutzt er Strohmänner?«

Baffigo trank seinen Whiskey aus, und der Barkeeper brachte ihm sofort einen neuen.

»Rebuffo ist dreist. Er hält sich für besonders schlau und abgebrüht, aber in Wirklichkeit ist er so stolz auf seine Machenschaften, daß er sich keine besondere Mühe gibt, sie zu tarnen, im Gegenteil, manchmal scheint er sich damit zu brüsten. Ein bißchen so wie die Sozialisten mit den Schmiergeldern.« Er hielt plötzlich inne, weil ihm klar wurde, daß er einen Fauxpas begangen hatte. »Entschuldige, Marco, ich habe damit nicht gemeint …«

»Schon gut, das ist längst passé.«

Baffigo murmelte noch eine Entschuldigung, ehe er seinen Gedanken wieder aufnahm: »Jedenfalls ist die Schlüsselfigur – derjenige, der die Schiedsrichter nach eigenem Gutdünken einsetzt – Mario Colnago, der *designatore*. Er ist der widerwärtigste und hinterhältigste Wächter des Status quo der Macht, die Vollzugsgewalt der Fußballmafia, der mächtigen Vereine. Viele haben versucht, an seinem Stuhl zu sägen, es sind auch ein paar hübsche Skandale ruchbar geworden, wie zum Beispiel vor einigen Jahren, kannst du dich erinnern?«

»Von damals kaum, ich habe neulich etwas im Internet gelesen. Es ging um Geschenke von seiten der Präsidenten, scheint mir.«

»Ja. Die üblichen Aufmerksamkeiten zum Weihnachtsfest, allerdings im Wert von zehntausend Euro pro Stück. Wie auch immer, dieses Sackgesicht bestimmt, wer wo pfeift, was bedeutet, daß er entscheiden kann, wer die Meisterschaft gewinnt, wer absteigt, einfach alles.«

Marco Luciani war verblüfft. »Aber wurden die Schiedsrichter nicht per Losverfahren bestimmt?«

»Ach ja, das Losverfahren! Das wirkliche, konsequente Zufallsverfahren wurde nur ein einziges Mal angewandt. Und weißt du, wer den Titel geholt hat? Hellas Verona. Das spricht Bände. Da haben die großen Clubs natürlich gleich die Notbremse gezogen; zuerst haben sie das Vetorecht wegen Befangenheit eingeführt, das heißt: wenn ein Schiedsrichter ihnen nicht behagte, konnten sie verlangen, daß er ausgetauscht wurde. Überleg dir mal: ein fähiger, ehrlicher Schiedsrichter, der von Juventus Turin und AC Milan wegen Befangenheit abgelehnt wird, weil er ihnen, sagen wir, nicht zur Hand geht. Der wird nie die wichtigen Partien leiten, die Spitzenspiele, die über die Meisterschaft entscheiden. Und wenn er ein oder zwei Jahre auf dem Abstellgleis verbracht hat, wie wird er dann Spiele dieser Mannschaften leiten, wenn er wieder darf? Unbefangen? Gegen diese Schweinerei ist häufig gewettert worden, also hat man ein Gruppensystem entwickelt, aber in Wahrheit ist alles manipuliert, die legen drei oder vier Kugeln in den Topf, die richtige wird angewärmt, und dann kann's losgehen. In Italien haben wir sogar die Lottoziehung manipuliert, da kannst du dir denken, wieviel Mühe es macht, die Auslosung der Schiedsrichter zu türken.«

»Das heißt, alles wird schon vorher festgelegt.«

»Ich nenne dir nur ein paar Statistiken, ohne zu werten: Rebuffos Mannschaft hat in dieser Saison zwölf Elfmeter zugesprochen bekommen, die jeweiligen Gegner insgesamt zwei, die ohne Einfluß auf das Ergebnis blieben. Das Team begeht die meisten Fouls, mehr als die Abstiegskandidaten, kassiert aber die wenigsten Gelben und Roten Karten. Den besten Schiedsrichter Italiens, vielleicht sogar weltweit – einer, der sich nicht beeinflussen läßt –, den haben sie ein einziges Spiel von Rebuffos Team pfeifen lassen. Oft passiert es den Gegnern, daß ihnen, gerade bevor sie gegen diese Mannschaft antreten müssen, ein oder zwei Schlüsselspieler gesperrt werden. Ihnen dagegen passiert das vor wichtigen Begegnungen nie. Und hier sind nicht einmal die kleinen Zwischenfälle berücksichtigt, die Strafstöße, Abseitstore, die am Ende über den Ausgang einer Partie entscheiden.«

Baffigo trank auch den zweiten Whiskey aus. Wer weiß, ob er ihn überhaupt noch schmeckt, dachte der Kommissar.

»Und kennen sich Colnago und Rebuffo?«

»Seit langem. Schon seit der Zeit, als Rebuffo noch eine Zweit-Liga-Mannschaft managte, sind die zwei die besten Freunde. Colnago pfiff damals eine Reihe von Spielen, die für ziemlichen Wirbel sorgten. Und Colnago hatte übrigens auch ein sehr enges Verhältnis zu Ferretti, und – wie man hört – war oder ist er ein enger Freund seiner Gattin.«

Er sprach dieses »enger Freund« mit einem Unterton aus, der kaum mißzuverstehen war. Der Kommissar machte sich innerlich eine Notiz zu diesem Detail, dann orderte er eine neue Runde Lemonsoda.

»Gibt es noch etwas, was ich über dieses idyllische Ambiente wissen müßte?«

»Oh ... Da ist für jeden Geschmack etwas dabei. Spiele, die zu Gunsten illegaler Wetten beeinflußt werden. Jedes Jahr gibt es, vor allem am Ende der Saison, reihenweise abgekartete Punkteteilungen. Alle sind sich dessen bewußt, tun aber so, als wüßten sie von nichts. Ein Spieler wurde sogar – das mußt du dir mal vorstellen! – mit der Fernsehkamera eingefangen, wie er bei einem Eckstoß zu seinem Mitspieler sagt: ›Laß ihn das Tor machen.‹ Und tatsächlich hat der Stürmer einen Augenblick später getroffen. Zeter und Mordio, hitzige Diskussionen, Untersuchungsberichte und am Ende: alles wie gehabt.

Dann wird überall auf Teufel komm raus gedopt. In den Trainingslagern geht es zu wie im Krankenhaus, da sind mehr Ärzte und Apotheker als Spieler im Umlauf, mehr Spritzen als Fußbälle. Der einzige, der gewagt hat, das offen anzuprangern, trainiert jetzt in Angola.«

Sie schwiegen eine Weile. Marco Luciani hing Gedanken nach, die ihn mindestens fünfzehn Jahre in die Vergangenheit zurückführten. »Wie schaffst du es nur, dich immer noch für einen solchen Saustall zu erwärmen?«

»Ach, ich weiß es nicht. Auf der einen Seite widert es mich an, jedes Jahr schwöre ich mir zum Saisonende, daß ich künftig nur noch über Eisstockschießen und Badminton schreibe. Aber dann erwischt es mich wieder, bei jedem Saisonauftakt lecke ich Blut, ich denke über technische und taktische Fragen nach, ich schau mir die Spiele an und meine manchmal sogar, sie seien authentisch. Ich weiß nicht. Das ist, als wärest du mit einer Traumfrau zusammen: Du weißt, daß sie dich betrügt, aber du bringst es nicht fertig, sie zu verlassen. Du leidest ihretwegen wie ein Hund, und trotzdem liebst du sie.«

Das wollte dem Kommissar nicht in den Kopf. Seines Wissens hatte ihn nie eine Frau betrogen, und wenn, wäre seine Liebe sofort erloschen, da war er sicher.

»Du bist aus einem anderen Holz geschnitzt, ich weiß«, lächelte Baffigo, der Lucianis Gedanken zu erraten schien, »du hast Kompromisse nie akzeptiert. Ich kann mich noch erinnern, wie du mit den Lehrern aneinandergeraten bist ... Und ich weiß auch noch, warum du die Fußballschuhe an den Nagel gehängt hast«, sagte er, während er dem Barkeeper ein Zeichen gab.

Marco Luciani sah ihn erschrocken an.

»Nein, nein, mach dir keine Sorgen. Ich habe das nie in die Zeitung gebracht und werde es auch nicht tun.«

»Schade. Das wäre eine Bombenmeldung für dich, vor allem jetzt.«

Sein Gegenüber lächelte: »Vor ein paar Jahren hätte ich es vielleicht gebracht, aber mit der Zeit habe ich kapiert, daß man mit den Bomben nur Leute hochgehen lassen sollte, die es auch verdienen. Sonst wenden sich die Sensationsmeldungen am Ende nur gegen den, der schreibt.«

Der Kommissar senkte den Blick. Er spürte, daß er Baffigo zu Dank verpflichtet war, und sagte: »Ich werde versuchen dir einen anderen Knaller zu liefern, am Ende dieser Geschichte. Vielleicht ein Exklusivinterview mit dem Mörder.«

Der Journalist hob das Glas. »Soviel erwarte ich gar nicht. Ich will nur, daß du mir, wenn alles vorbei ist, eine Frage beantwortest.«

Als der Kommissar nach Hause kam, fand er auf der Briefkastenzeile einen dicken braunen Umschlag, auf dem mit schwarzem Filzer sein Name, aber kein Absender geschrieben stand. Er nahm ihn in die Hand und spürte durch den Umschlag einen rechteckigen, relativ leichten Gegenstand. Es waren weder Drähte noch sonst etwas Verdächtiges auszumachen. Während Luciani seine Wohnung betrat, öffnete er vorsichtig die Sendung. Sie enthielt eine Videokassette mit einem Kärtchen, auf dem stand: »Lieber Herr Kommissar, Sie haben mich heute gebeten, Beweise für den Selbstmord zu liefern. Dies ist der Videomitschnitt des Spiels vom Sonntag. Falls Sie es noch nicht getan haben, dann schauen Sie ihn sich an, er wird Sie interessieren. Was in der 21. Spielminute passiert, wird einen eurer Hauptzweifel ausräumen, und was anschließend geschieht, hätte auch weniger labile Menschen, als Ferretti es war, aus der Bahn geworfen. Die Wahrheit ist immer einfacher, als man glaubt.« Darunter die Unterschrift Alfredo Rebuffos.

Dieser Idiot gefällt sich jetzt auch noch in Ratespielen, dachte Marco Luciani. Hätte er nicht einfach sagen können, worauf er hinauswill? Allerdings mußte der Kommissar ein Versäumnis einräumen: Er hätte sich längst die Aufzeichnung des Spiels anschauen müssen. Er zog Jacke, Hemd und Hose aus, schlüpfte in T-Shirt und Bermuda-Shorts und ging in die Küche, wo er sich einen Tee mit viel Zucker bereitete. Dann schob er die Kassette in den Videorekorder, streckte sich auf dem Sofa aus und betrachtete die Partie so, wie er es noch nie getan hatte, indem er sich nämlich nur auf den Schiedsrichter und dessen merkwürdiges Spiel im Spiel konzentrierte. Bis zur zehnten Minute geschah nichts Besonderes, doch dann griff Ferretti ein: mit einer Gelben Karte für einen Spieler der Heimmannschaft. Luciani bemerkte, daß der Referee mit der linken Hand schrieb. Ein kleiner Zweifel war also schon ausgeräumt, und zwar im gewünschten Sinne. Einige Minuten später verwarnte der Schiedsrichter einen weiteren Spieler, ebenfalls aus der gastgebenden Mannschaft; dann revidierte er eine Freistoßentscheidung, anschließend pfiff er eine klare Torgelegenheit ab, weil er den Stürmer fälschlicherweise im Abseits gesehen haben wollte: Die Fernsehkamera fing einen Moment lang Adelchi ein, der unbeeindruckt alle Proteste schluckte. Die meisten Entscheidungen begünstigten Rebuffos Team; nichts Eklatantes, aber doch genug, um das Spiel in die gewünschte Richtung zu lenken. Um die 20. Spielminute herum geriet Ferretti plötzlich in die Flugbahn eines verunglückten Schusses; der Ball traf ihn aus drei Meter Entfernung am Kopf. Er ging in die Knie, sank auf alle viere, war aber geistesgegenwärtig genug, um das Spiel abzupfeifen. Er verlangte eine kurze Pause, während der Spieler, der ihn getroffen hatte, sich bei ihm entschuldigte. Auch die anderen eilten zu Hilfe. Ein Masseur drückte ihm einen nassen Schwamm an die rechte Schläfe, und einige Minuten später war der Schiedsrichter in der Lage, das Spiel fortzusetzen. Die Kamera zoomte auf ihn, während er das Spiel wieder anpfiff.

Marco Luciani griff sofort zum Telefon und wählte Vassallos Handynummer. Hoffentlich hat er es noch nicht abgeschaltet, dachte er. Er ließ es klingeln, bis eine etwas mürrische Stimme fragte:

»Ja bitte?«

»Entschuldigen Sie die späte Störung, Herr Doktor. Hier ist Luciani. Ich schaue mir gerade die Aufzeichnung des Spiels an und wollte schnell eine Frage loswerden.«

»Fragen Sie.«

»Dieses Mal an Ferrettis Schläfe … Kann das von einem harten Schuß mit dem Ball herrühren?«

Vassallo schwieg einen Moment. Er schien überrascht. »Nun … theoretisch schon. Aber von einem ziemlich strammen Schuß ... Wissen Sie, ob er während des Spiels getroffen wurde?«

»Ja, eben, genau an der Stelle.«

»Nun ... dann war das wohl der Grund. *Ein Schlag mit einem runden, nicht übermäßig harten Gegenstand mit leicht angerauhter Oberfläche*«, zitierte er aus dem Gedächtnis seinen Bericht. Er schwieg wieder einen Moment, dann fühlte er sich zu einer Entschuldigung genötigt. »Wie dumm von mir, daß ich daran nicht gedacht hatte, tut mir leid.«

»Nein, darauf konnte man nicht so leicht kommen. Die Schuld liegt allein bei mir, ich hätte mir das Video viel früher anschauen müssen.«

Er verabschiedete sich von dem Gerichtsmediziner und dachte, daß sie beide tatsächlich dumm und oberflächlich agiert hatten. Und er ertappte sich bei dem Gedanken, daß es immer leicht war, für simple Zusammenhänge komplexe Erklärungen zu finden. Sicher, wenn man noch weiter gehen wollte, konnte man unterstellen, daß der Mörder den Schuß beim Spiel beobachtet und beschlossen hatte, Ferretti genau an dieser Stelle zu treffen.

»Immer auf dieselbe Stelle, immer auf dieselbe Stelle«, murmelte Luciani, während er die Luft mit einem Karateschlag traktierte. Erst jetzt wurde ihm klar, daß Rebuffo, genau wie er auf seinem Kärtchen geschrieben hatte, an eines der entscheidenden Fragezeichen in dem Fall gerührt hatte. Allerdings war das Trauma an der Schläfe in keinem Zeitungsbericht erwähnt worden. Wie also hatte Rebuffo davon erfahren? In dem Moment ließ der Elfmeter Luciani vom Sofa aufspringen. Mit den Grübeleien war es vorbei. Für den Kommissar hatte es ausgesehen, als hätte der Stürmer sich fallen lassen, noch bevor der Verteidiger ihn überhaupt berührte, und er hatte den Eindruck, Ferretti habe eine Schwalbe gepfiffen. Aber dann machte Adelchi sich bemerkbar, die beiden führten ein kurzes Zwiegespräch, und schließlich zeigte der Schiedsrichter auf den Elfmeterpunkt.

Die dreifache Zeitlupenwiederholung bestätigte, daß der Elfmeter nicht berechtigt war, doch Ferretti stand keine Zeitlupe zur Verfügung, und er würde sie wohl auch nicht mehr sehen wollen. Die Proteste der Gastgeber überrollten ihn fast, er schaffte es mit Müh und Not, ein wenig auf Abstand zu gehen und noch zwei Gelbe Karten zu verteilen. Die Proteste dauerten über drei Minuten, dann verwandelte Rebuffos Mittelstürmer den Elfer und deutete sogar einen kleinen Torjubel an. Auf den Südrängen wurde ein Transparent entrollt, auf dem stand: »Wenn der Schiedsrichter betrügt, ist es Elfmeter«. Und just in diesem Moment war auf der Stadionleinwand eine Nahaufnahme von Ferretti zu sehen. Eine Gruppe der heimischen Fans erhob sich und begann zu applaudieren; einen Augenblick später war das ganze Stadion, vierzigtausend Menschen, auf den Beinen und klatschte in die Hände, ein schleppender Beifall voll bitterer, tief empfundener Ironie. Es gab weder Geschrei noch Sprechchöre, kein Wutgeheul, keine Schmährufe, nur diesen Applaus, der immer weiter und weiter ging, während auf der Megaleinwand – sicher nicht von ungefähr – das Standbild von Herrn Ferretti aus Livorno verharrte. Der Kommissar hatte in der Zeitung eine knappe Bemerkung zu dieser besonderen Form des Protests gelesen; aber erst jetzt, da er es selbst sah, wurde ihm dessen volle Bedeutung klar, und wie erschütternd das Ganze auf jemanden gewirkt haben mußte, der dabei auf dem Rasen stand. Der Applaus der Gastgeber ging noch zwei, drei Minuten weiter, dann wurde er von den Sprechchören der Fanblocks übertönt, und als die Fernsehkamera wieder auf die düstere Miene des Schiedsrichters schwenkte, sah Marco Luciani, daß der ätzende Hohn Ferretti bis ins Mark erschüttert hatte. Er pfiff die Halbzeit eine Minute zu früh ab, griff sich den Ball und eilte Richtung Umkleide. Mit gesenktem Kopf verschwand er im Kabinengang, während ein Pfeifkonzert der vierzigtausend Zuschauer einsetzte, das schließlich die Kommentatorenstimme überdeckte. Es war erschütternd, wenn man bedachte, daß dies die letzten Momente im Leben des Tullio Ferretti waren.

Hier endete das Videoband. Marco Luciani holte die Kassette aus dem Recorder und dachte: eins zu null für Rebuffo. Aber die Partie war noch lange nicht zu Ende, und längst nicht entschieden.

Donnerstag

Frau Ferretti, oder besser: Witwe Ferretti bewohnte eine Villa auf einem der Hügel, wo die reichsten Turiner Familien residierten. Um dorthinzugelangen, mußte man zuerst durch die breite, stark frequentierte Ausfallstraße, die am Fluß entlangführte. Eine Verkehrsader, die jeden Abend Hunderte Pendler aus dem Zentrum pumpte und in eine chaotische Blechlawine verwandelte. Während die Leute in ihren kleinen Stahlgefängnissen steckten, sahen sie die Omnibusse auf der Busspur an sich vorbeirauschen. Marco Luciani beobachtete sie oft, diese einsamen Männer zwischen Vierzig und Fünfzig, mit schütterem Haar und Ansatz zum Doppelkinn. In Hemdsärmeln saßen sie da und wirkten, bis auf wenige Ausnahmen, nicht einmal entnervt. Sie hupten nicht, schienen es nicht besonders eilig zu haben. Wahrscheinlich waren diese beiden Stunden, die sie morgens und abends im Stau verbrachten, Radio oder irgendeine CD hörend, für viele von ihnen die unbeschwertesten Momente des Tages, dachte er. Die Jobsorgen lagen hinter ihnen, und noch standen sie nicht unter dem Pantoffel von Ehefrau und Kindern und konnten in aller Ruhe ihren Gedanken nachhängen. Oder, noch besser: an gar nichts denken. Ihr Auto war das Ein-Zimmer-Apartment, das sie sich nicht leisten konnten, die Absteige, in der man eine Dose Cola trinken, Musik hören und die Kollegin anbaggern konnte, die sich ein Stück mitnehmen ließ. Nein, sie hatten es nicht eilig, nach Hause zu kommen, wo die Frau wartete, die ins Kino wollte, während ihnen einfach nur danach war, auf dem Sofa herumzulümmeln; wo die Kleinkinder warteten, die ihre ungeteilte Aufmerksamkeit beanspruchten und ihnen wie kleine Vampire den letzten Tropfen Blut und Energie aussaugten.

Marco Luciani fragte sich, ob auch der aus Livorno zugezogene Herr Ferretti manchmal seine Heimkehr hinauszögerte, wenn er von den Auswärtsspielen und Luxushotels zurückkam, von den Abendessen in schicken Restaurants, den Soireen in Privatclubs, mit gefälligen jungen Gespielinnen. Und er fragte sich, ob er nach so einem Seitensprung befriedigt, ausgeglichen und versöhnlich zu seiner Frau heimkehrte oder ob es in seinem Innern einen kleinen Riß gab, der sich von Tag zu Tag weiter öffnete. Der Kommissar erkannte, daß dies die Schlüsselfrage war, hinter der sich die Antwort auf alle anderen Fragen verbarg, auf die Frage, warum der Stuhl so weit weg stand, warum das Handy verschwunden war und sich auf Ferrettis Fingern Tintenflekken befanden.

Die Hausnummer hing an einem großen Steinportal, das von einem Eisentor verschlossen war. Das Haus lag hinter Zypressen und einer hohen Hecke versteckt. Marco Luciani stieg aus dem Wagen und klingelte an der Videosprechanlage. Eine Frauenstimme mit ausländischem Akzent fragte, wer da sei, und forderte ihn auf, rechts den Weg hochzufahren. Der Kiesweg war über einen halben Kilometer lang, der weitläufige Park sehr gepflegt, der Kommissar bemerkte einen Gärtner, der auf einer Leiter stand und mit einer riesigen Schere eine Hecke trimmte. Hinter einer Kurve lag die große cremefarbene Villa. Hellblaue Fensterläden, vor dem Eingang eine Marmortreppe. Die mittlere Balustrade war mit weiblichen Statuen verziert. Marco Luciani kam sich vor wie auf dem Set für einen Werbespot. Nicht einmal der grüne Jaguar auf dem Vorplatz fehlte, und Luciani hätte sich nicht gewundert, wenn er zwei Models – ein blondes und ein schwarzhaariges – entdeckt hätte, die, in Leopardenfelle gehüllt, neben der Haustür hockten und Wache hielten. Statt dessen wartete ein philippinisches Hausmädchen auf der obersten Treppenstufe. Es betrachtete die staubigen Schuhe des Kommissars und versicherte sich, daß er sie gründlich auf dem Fußabstreifer abtrat, ehe sie ihn durch ein bombastisches Vestibül führte, das mit Teppichen, Rüstungen, Spiegeln und Tischen im Barockstil vollgestopft war.

Die Witwe empfing ihn auf dem Sofa im Salon sitzend. Sie trug einen beigefarbenen Hosenanzug und tat, als blätterte sie gerade in einer Zeitschrift. Als sie den Kommissar sah, legte sie sofort das Magazin auf den Tisch, auf dem eine Dekantierkaraffe aus Kristallglas mit einer roten Flüssigkeit und ein leeres Glas standen. Aber sie erhob sich nicht, um den Gast zu empfangen. Sie beschränkte sich auf ein »Guten Tag, Herr Kommissar« und zeigte mit einer müden Geste vor sich auf einen Sessel.

Marco Luciani betrachtete aufmerksam die makellose Wohnzimmereinrichtung aus cremefarbenem Leder, die Teppiche, den glänzenden Marmorfußboden. In einem Vitrinenschrank standen diverse Trophäen, Pokale und Medaillen. Über dem Kamin hing ein großes gerahmtes Foto, das Ferretti zwischen Roberto Baggio und Ronaldo zeigte. An den Wänden einige Bilder, vermutlich von Wert, unter anderem ein Porträt der Hausherrin, das von einem angesagten Künstler gemalt war.

»Sie haben ein sehr schönes Haus«, sagte er in einem Tonfall, der nach purer Höflichkeit klang.

»Danke«, antwortete die Dame in genau demselben Tonfall.

Sie bot dem Kommissar einen Whiskey an, und als er ablehnte, schenkte sie sich ein ordentliches Glas ein und fragte, was sie ihm reichen dürfe. Marco Luciani antwortete, daß ein Lemonsoda ideal wäre, Tonic Water oder ein

Glas Mineralwasser ohne Kohlensäure aber auch mehr als genehm. Die Frau rief das philippinische Hausmädchen herbei und gab mit gekünstelter Stimme ein paar übertrieben harsche, knappe Anweisungen.

Der Kommissar hatte Monica Ferretti erst einmal gesehen, und nur für ein paar Minuten – kurz nach dem Ableben ihres Mannes. Verständlicherweise war sie da völlig aufgelöst gewesen, hatte farblos und wenig attraktiv gewirkt: eine Frau aus gutem Haus, an der allein die Mitgift ihrer Eltern interessant war. Jetzt, da er ihr zuhörte und sie eingehend betrachtete, merkte er schnell, daß dieser erste Eindruck nicht ganz der Wirklichkeit entsprach: Wohlgeformte Nase, volle Lippen, ein trainierter Körper. Sie war sechsunddreißig, aber der kühle Blick und die übertrieben akkurate Frisur ließen sie mindestens vier, fünf Jahre älter aussehen. Es war äußerst selten, daß Frauen sich schminkten und frisierten, um reifer zu wirken, aber dies war hier der Fall. Witwe Ferretti achtete auch genau auf ihre Gestik und ihren Tonfall, aber einem guten Beobachter entging nicht, daß ihre Eleganz nicht angeboren, sondern das Ergebnis harten Trainings war. Nein, sie war nicht in einem Viertel wie diesem hier geboren, mit Lichtschranke und Videokamera am Tor, mit Park und Hausdame. Er sah sie vor sich, wie sie in einer spießigen Mietwohnung aufwuchs, mit nur einem Bad und wahrscheinlich ohne eigenes Kinderzimmer. Keine Tragödie, aber auch kein Leben, nach dem man sich zurücksehnte. Wer einmal die Vorzüge eines persönlichen Badezimmers mit Hydromassage, eines Wintergartens voller Blumen und Pflanzen, eines Wasch- und Bügelzimmers und der Dienstboten genossen hatte, der gewöhnte sich nicht so leicht wieder um.

Da war jedoch ein Punkt zu klären: Wenn weder sie noch er aus reichen Verhältnissen stammten, wo kam dann dieses Haus her?

Die Witwe schien in seinem Gesicht gelesen zu haben und griff seiner Frage vor, einen lässigen Ton anschlagend: »Sie fragen sich bestimmt, Herr Kommissar, wie es ist, allein in einem so großen Haus zu leben. Oder vielleicht fragen Sie sich – Sie sind ja nun einmal Polizist und zum Ermitteln da, nicht um mich zu bedauern –, wie wir uns ein derart luxuriöses Heim leisten konnten ...«

Marco Luciani antwortete nicht, und er hielt sich auch nicht mit der Frage auf, ob sie ihm mit der Anspielung auf die Einsamkeit Avancen machen wollte. Er setzte nur ein Gesicht auf, das besagen sollte: Da Sie schon einmal das Thema anschneiden, gnädige Frau, lassen Sie uns Klartext reden.

»Sehen Sie, Herr Kommissar, diese Frage ist mir schon oft gestellt werden, manchmal offen, viel öfter aber wortlos, mit einem scheelen Blick. Ganz zu schweigen von dem, was nach der letztjährigen Affäre geschehen ist ... nach der Meisterschaft, meine ich. Die Journalisten, die hier auf der Lauer lagen, die Mütter der Schulfreunde von Luca, meinem Sohn. Wer auch immer hier hereinkam, schaute sich um und dachte: Hey, dann ist es also wahr, daß Schiedsrichter käuflich sind, jetzt schau dir mal an, in was für einer Villa die wohnen! Und das gilt auch für Sie, oder irre ich mich?«

Auch diesmal blieb Marco Luciani die Antwort schuldig.

»In der Regel antworten die Schiedsrichter: ›Meine Frau kommt aus einem wohlhabenden Elternhaus‹, aber mein Mann konnte nicht einmal das anführen. Meine Eltern haben mir nur eine gute Erziehung, Familiensinn und Wahrheitsliebe mitgegeben. Und auch Tullio kam nicht aus reichen Verhältnissen, wie übrigens fast keiner der Schiedsrichter; in der Regel entstammen sie dem Kleinbürgertum oder der Mittelschicht. Vielleicht weil niemand von den oberen Zehntausend in eine Trillerpfeife blasen muß, um die anderen springen zu lassen. Wie auch immer, die einzig richtige Erklärung für das hier ist, daß ein Schiedsrichter gut verdient, sehr gut sogar. Die Leute wissen das vielleicht gar nicht, denken, die Schiedsrichter wären alle Amateure und würden von Montag bis Samstag den Beruf ausüben, den sie ins Jahrbuch des Fußballs eintragen lassen: Vertreter, Geschäftsmann, Versicherungskaufmann …«

»Und in Wirklichkeit?«

»In Wirklichkeit trainieren sie von Montag bis Samstag, vier-, fünfmal die Woche, genauso eisern wie die Spieler. Und hinzu kommen Meetings, Lehrgänge, und bei internationalen Referees noch die Auslandsreisen, zu Europacup-Partien und Spielen der Nationalmannschaften.«

»Ein Vollzeitjob.«

»Genau. Und der wird entsprechend bezahlt, das heißt: im Vergleich zu den Spielern ist es immer noch wenig. Seit er Internationaler geworden war, vor sieben Jahren, verdiente mein Mann ungefähr hundertfünfzigtausend Euro im Jahr, er war ständig unterwegs und hatte schlichtweg nicht die Zeit, das Geld auszugeben. Wie Sie sehen, konnten wir uns dieses Haus leisten.«

Das alles wußte Marco Luciani bereits, aber er tat, als hörte er es zum ersten Mal. Frau Ferretti mußte diese Dinge schon so oft wiederholt und damit die immergleichen ungläubigen Mienen provoziert haben, daß er sie nicht enttäuschen wollte, indem er anders reagierte.

»Nicht schlecht … Das sollte man bei der Berufswahl in Betracht ziehen.«

»Jawohl. Wenn es nicht ein paar unliebsame Nebenwirkungen gäbe.«

»Meinen Sie die Fußballfans?«

Witwe Ferretti machte eine großmütige Geste, als ob sie mit einer Hand einen ganzen geifernden Fanblock wegwischen könnte.

»Ach, die Fans. Die bellen nur und beißen nicht. Ja, die brüllen, fletschen die Zähne, und manchmal haben sie uns wirklich erschreckt, aber sie machen nie Ernst.«

»Hin und wieder schon.«

»Das stimmt, allerdings hauen sie sich dann höchstens gegenseitig die Köpfe ein. Aber in dieser Branche würde es niemand wagen – weder Fans noch Spieler oder Offizielle –, einen Schiedsrichter anzugehen. Mit seiner Pfeife bannt dieser nicht nur die zweiundzwanzig Spieler und hunderttausend Zuschauer, sondern auch die Radiohörer, das Fernsehpublikum, Millionen Menschen. Der Schiedsrichter kann sie linken wie kein zweiter, er kann einen unberechtigten Strafstoß pfeifen oder einen glasklaren Elfer verweigern, aber niemand wird es je wagen, ihn anzufassen, er wird vielleicht einmal bedrängt, ein wenig geschubst, aber niemand würde sich trauen, weiterzugehen. Und wollen Sie wissen, warum?«

»...«

»Weil der Schiedsrichter immer nach bestem Wissen und Gewissen handelt; wenn er einmal irrt, dann deshalb, weil er auch nur ein Mensch ist. Und das wissen die Leute.«

Marco Luciani war enttäuscht von einer derart banalen Pointe. Bis dahin hatte die Frau sich wacker geschlagen; sicher, die eine oder andere pseudosoziologische Binsenweisheit hätte sie sich verkneifen können, aber alles in allem hatte sie Kaltblütigkeit unter Beweis gestellt. Aber nicht einmal sie konnte ernsthaft an diesen verlogenen Sermon über »Wissen und Gewissen« glauben, der den Leuten schon tausendmal vorgekaut worden war und bei dem alle so taten, als würden sie ihn schlucken.

»Gnädige Frau, inzwischen werden die Leute wegen einer Brieftasche oder eines Mofas umgebracht. Oder wegen eines herausfordernden Blicks. Wenn ein Schiedsrichter zu Recht oder zu Unrecht in seine Pfeife bläst, dann kann er Tausenden Fanatikern das Wochenende versauen, und außerdem kann er Millionenbeträge umschichten.«

Die Witwe lächelte: »Ich sehe, daß Sie sich mit einfachen Antworten nicht zufriedengeben. Wenn man zynisch sein wollte, könnte man sagen: Sie haben recht. Aber glauben Sie mir, für Fans, Spieler und Offizielle steht zu viel auf dem Spiel, um ein Risiko einzugehen. Der Fußball ist nicht der Alltag, in dem man sich wegen ein paar Groschen abmurkst. Hier hat jeder ein Riesenstück vom Kuchen zu verwalten, und es wäre Irrsinn, den Konditor umzubringen.«

»Und doch könnte es sein, daß Ihr Gatte ermordet wurde.«

»Mein Mann hat sich umgebracht.«

»Was macht Sie da so sicher?«

»Ich bin sicher, weil, wie gesagt, niemand ein Interesse hatte, ihn zu töten. Und dann wissen wir beide nur zu gut, warum er sich umgebracht hat.«

Marco Luciani musterte die Witwe aufmerksam.

»Sie wundern sich, Herr Kommissar? Und doch haben Sie diese Frage auf der Zunge, seit Sie hereingekommen sind, oder nicht? Aber da Sie sich nicht dazu durchringen können, und da Sie es sowieso schon wissen, sage ich: Jawohl, mein Mann und ich, wir wollten uns trennen, das heißt, ich hatte ihn praktisch schon verlassen und wäre trotz all seiner Bitten nicht zu ihm zurückgekehrt.«

Der Kommissar fühlte sich auf dem falschen Fuß erwischt. Die Gerüchte über sie und Colnago waren also mehr als billiger Tratsch.

»Ich weiß Ihre Offenheit zu schätzen, gnädige Frau. Darf ich Sie nach dem Grund fragen?«

Die Witwe schnitt eine bittere Grimasse: »Warum wir uns trennen wollten? Da fragen Sie mich noch? Haben Sie Ende der letzten Saison Zeitung gelesen? Und können Sie sich vorstellen, was eine solche Geschichte in einer Familie anrichten kann, selbst einer so intakten, wie die unsrige es war? Glauben Sie mir, die Frau eines Schiedsrichters ist an heikle Situationen gewöhnt. Wir haben gemeinsam nächtliche Telefonanrufe, anonyme Schreiben, Drohungen jeder Art durchgestanden. Selbst unsere Gartenmauer wurde mit den grauenhaftesten Parolen beschmiert. Es gibt entsprechende Anzeigen, die können Sie einsehen. Aber das alles haben wir ausgehalten und hätten es auch weiterhin getan, wenn es nicht um Luca gegangen wäre.«

»Ihren Sohn.«

»Genau. Haben Sie Kinder, Herr Kommissar?«

»Nein.«

»Schade. Aber ich denke, Sie können sich trotzdem vorstellen, was ein siebenjähriges Kind empfindet, wenn seine Klassenkameraden ihm den ganzen Tag nachrufen, sein Vater sei bestochen, gekauft, ein Betrüger. Kinder können sehr grausam sein; es verging kein Tag, an dem Luca nicht in Tränen aufgelöst nach Hause gekommen wäre. Er wurde beschimpft und mehr als einmal verprügelt. Schließlich traute er sich nicht mehr in die Schule, nicht einmal auf die Straße, denn auch da kam es vor, daß mein Mann vor mir und dem Kind beleidigt wurde.«

Marco Luciani hörte zu und empfand zum ersten Mal so etwas wie Mitleid für diese Frau, denn je länger sie sprach, desto mehr blätterte von dem High-Society-Lack ab, und eine besorgte Mutter kam zum Vorschein.

Da erschien der kleine Luca im Wohnzimmer. Ein hübscher Junge, der allerdings schüchtern und traurig wirkte. Er begrüßte den Gast mit einem höflichen »Buongiorno«, dann ging er zu seiner Mutter und flüsterte ihr etwas ins Ohr. Sie strich ihm über den Kopf und antwortete: »In Ordnung, ich komme gleich. Jetzt geh.«

Luca wollte schon hinaus, hielt dann aber inne und wandte sich an Marco Luciani: »Bist du ein Polizist?«

Der Kommissar warf der Mutter einen fragenden Blick zu und begriff, daß der Junge Bescheid wußte.

»Ja, so eine Art.«

»Willst du dir mein Zimmer ansehen?«

»Luca! Du sollst den Herrn Kommissar nicht belästigen.«

»Nur eine Minute ... ich habe es aufgeräumt.«

»Siehst du nicht, daß wir uns unterhalten? Und dann interessiert das den Kommissar auch gar nicht ...«

Marco Luciani dachte daran, wie einsam sich das Kind fühlen mußte in diesem riesigen Haus ... ohne seinen Vater. Er fragte sich, ob er von ihm für sein aufgeräumtes Zimmer gelobt werden wollte, weil er Polizist war, oder ob er einfach den Menschen kennenlernen wollte, der den rätselhaften Tod seines Vaters aufklären sollte: »Wenn Sie nichts dagegen haben, würde ich mir das Zimmer gerne ansehen.«

Die Mutter stieß einen kurzen Seufzer aus. »In Ordnung. Ich danke Ihnen. Aber nur eine Minute, Luca.«

Sie gingen hoch in den ersten Stock und ließen sich von dem Kind in ein mit Fußballpostern und Fotos tapeziertes Zimmer führen. Auf einigen waren nur Spieler, auf anderen der Vater mit berühmten Stars zu sehen. Auch von den Fanblocks gab es viele Poster, und auf dem Computer war als Bildschirmschoner ein Foto des Marassi-Stadions installiert: die Ränge unter einem Meer von Sampdoria-Genua-Schals. Und dann gab es Trikots verschiedener Mannschaften, Wimpel und Lederbälle. Überall auf den Regalen standen Pokale und Trophäen, die als Stützen für Bücher und Comic-Hefte dienten.

Um dem Kind eine Freude zu bereiten, studierte der Kommissar alle Poster und Fotos.

»Gefallen sie dir? Die schickt mir mein Vater.«

»Einfach toll. Du hast wirklich eine schöne Sammlung.«

»Keiner von meinen Freunden hat so eine.«

»Das glaube ich gern. Ich wette, daß dich alle beneiden«,

sagte er, bevor ihm einfiel, daß der Junge gerade Halbwaise geworden war.

Das Hausmädchen kam herein, um ihn aus der mißlichen Lage zu befreien. Auf einem Tablett brachte sie einen Imbiß.

»Heute darfst du auf deinem Zimmer essen«, sagte die Mutter, »danach machen wir deine Hausaufgaben fertig.«

Sie kehrten ins Wohnzimmer zurück und nahmen wieder in der Sitzecke Platz.

»Wirklich ein braver Junge«, sagte der Kommissar.

»Ja. Aber leider sehr einsam«, sagte die Witwe und wurde traurig. »Eine Zeitlang hatten wir an ein Geschwisterchen gedacht, doch dann ist es anders gekommen. Aber lassen wir dieses Thema. Wo waren wir stehengeblieben?«

»Bei den Problemen, die Sie Ende letzter Saison hatten.«

»Ach ja ... Ich wollte sagen, daß wir mit Hängen und Würgen durch das Schuljahr gekommen waren, dann sagte ich meinem Mann, daß ich ein solches Jahr nicht noch einmal mitmachen würde, daß er die Pfeife an den Nagel hängen solle. Ich wußte, welches Opfer ich von ihm verlangte, aber ich wußte auch, daß ich mein Kind zu schützen hatte und wir allesamt eine längere Auszeit brauchten.«

»Und er, wie hat er reagiert?«

»Anfangs versuchte er mich zu beruhigen. Er sagte, daß im nächsten Jahr alles vergessen wäre, daß die Fans heute schon nicht mehr wüßten, was gestern war und so weiter. Als ich jedoch insistierte, meinte er, das Spielepfeifen sei sein Leben, er bat mich, noch ein Jahr zu warten, weil zum Saisonende die Weltmeisterschaft stattfände und er gute Chancen auf eine Nominierung hätte. Ich blieb hart, doch Tullio meinte, er bringe es nicht übers Herz, er sei seinen Vorgesetzten moralisch verpflichtet und wolle nicht ausgerechnet jetzt zurücktreten, weil er sonst nur mit diesem umstrittenen Elfmeter in die Annalen eingehen würde. Er wolle noch eine brillante Saison hinlegen, bei der WM pfeifen und so zum Abschied ein Glanzlicht setzen, damit er danach vielleicht eine Stellung im Profifußball finden könne.«

Die Witwe hielt inne, um sich nachzuschenken. Marco Luciani lehnte mit einer stummen Geste ab.

»Ich verstand meinen Mann. Ich verstand seine Beweggründe, aber sie schienen mir weniger wichtig als das Bedürfnis, meinen Sohn, und auch mich, zu schützen. Wir hatten um seiner Karriere willen auf vieles verzichtet, und nun schien mir der Augenblick gekommen, in dem er sich bei uns revanchieren sollte.«

Sie hob den Blick und hoffte auf ein Zeichen der Zustimmung, des Einvernehmens. Marco Luciani machte eine Bewegung mit dem Kopf, die als solches gelten konnte.

»Damals schien mein Mann ein Einsehen zu haben. Er sagte, er würde mit seinen Vorgesetzten sprechen und darum bitten, daß er zurücktreten dürfe.«

»Darum mußte er bitten? Hätte er es nicht einfach bekanntgeben können, Punktum?«

»Dasselbe habe ich ihn auch gefragt. Er konnte mir darauf keine überzeugende Antwort geben, und ich dachte, er wolle Zeit gewinnen. Am Ende ist er, wie Sie sehen, doch nicht zurückgetreten. Er sagte, er könne nicht, aus einer ganzen Reihe von Gründen. Aber ich spürte, daß er es nicht wollte, und sagte ihm, daß es zwischen uns vorbei sei. Wir haben nicht sofort die Konsequenzen gezogen, weil wir den Jungen ganz allmählich darauf vorbereiten wollten, aber de facto lebten wir getrennt unter einem Dach. Und dann, letzten Samstag …« Sie brach ab.

»Ja?«

»… Samstag, als er nach Genua fuhr, sagte ich, er solle nicht wiederkommen. Es war sinnlos, die Sache noch länger aufzuschieben. Für ihn war das ein herber Schlag, er hat mich zigmal angerufen. Noch vor dem Spiel hat er versucht mich umzustimmen, aber ich hatte meine Entscheidung getroffen. Ich habe ihm den Hörer ins Gesicht geknallt. Freilich, wenn ich mir hätte vorstellen können …«

»Das heißt, Sie haben ihn Sonntag kurz vor dem Spiel gesprochen … und dann?«

»Was dann?«

»Haben Sie nicht zufällig auch in der Halbzeitpause telefoniert?«

Die Witwe zeigte sich erstaunt: »In der Pause? Nein, abgesehen davon, daß ich verstimmt war – ich hätte ihn nie in der Halbzeitpause gestört.«

Der Kommissar prägte sich diese Einzelheiten genau ein.

»Folglich glauben Sie«, setzte er neu an, »daß Ihr Gatte sich umgebracht hat, weil Sie sich trennen wollten?«

Im Ton der Frage schwang ein gewisser Zweifel mit, und die Witwe verkrampfte sich sofort.

»Das scheint Ihnen kein guter Grund zu sein, nicht wahr?, sich meinetwegen das Leben zu nehmen …«

»Das habe ich nicht gesagt, gnädige Frau.«

»Aber gedacht. Und sicher wäre es für jemanden wie meinen Mann – attraktiv, gerade mal Anfang Vierzig, reich, und wenn auch nicht beliebt, so doch zumindest berühmt – ein leichtes gewesen, eine jüngere Frau zu finden. Und vielleicht meinen Sie, er sei einer der Schiedsrichter gewesen, denen die Clubs Mädchen besorgen … Hostessen, Gesellschaftsdamen, wie sie genannt werden … Glauben Sie bloß nicht, ich hätte von diesen Dingen nicht gehört.«

Sie kippte noch einen Schluck Whiskey hinunter. Der Kommissar ertappte sich erneut bei dem Gedanken, daß diese Frau in eine billige Vorabendserie gepaßt hätte.

»Sehen Sie, Herr Kommissar, soviel Vertrauen eine Frau auch in ihren Mann haben mag, manchmal fragt sie sich, ob nicht auch er … Jawohl, ich würde für ihn die Hand ins Feuer legen und womöglich wie eine dumme Gans dastehen. Womöglich haben Sie bei Ihren Nachforschungen

Dinge entdeckt, die mir nie aufgefallen sind … und in diesem Fall möchte ich Sie bitten, daß Sie so taktvoll sind und es für sich behalten. Ich bin nicht vertrottelt, Herr Kommissar. Ich kenne meine Grenzen, und ich kenne die Grenzen der Männer, aber ich kannte auch die Professionalität meines Mannes, und ich bin mir ebenso meiner Verdienste bewußt, ich weiß, was ich für ihn bedeutete und was mein Sohn ihm bedeutete. Doch, man kann sich umbringen, weil man die Familie verliert, Herr Kommissar. Das ist ein hervorragender Grund. Ich weiß nicht, ob er euch Polizisten genügt, aber mir genügt er, und das ist auch die Erklärung, die ich für mich gefunden habe. Eine andere brauche ich nicht.«

Sie hatte ganz leise zu weinen begonnen, sehr dezent, wobei sie die Tränen mit einem kleinen Taschentuch auffing, um das sich ihre Faust krampfte. Marco Luciani glaubte diesen Tränen nicht. Nicht ganz. Die Frau hatte versucht, ihm eine überzeugende Lesart zu liefern, damit er den Fall abschließen konnte, und das schien ihm interessanter als viele Kleinigkeiten, die er hatte wissen wollen. Er dachte, daß es für diesmal das Klügste war, abzubrechen und sich alles Weitere für ein andermal aufzuheben.

»Auch ich halte das für die plausibelste Erklärung, gnädige Frau. Und ich habe keine konkreten Hinweise auf eine andere Hypothese. Soweit wir bisher ermitteln konnten, hing Ihr Mann sehr an der Familie, und die Trennung war für ihn sicher ein harter Schlag. Sie werden jedoch verstehen, daß es meine Pflicht ist, allen möglichen Hypothesen nachzugehen und vor allem nachzuweisen, daß es sich tatsächlich um Suizid handelte. Im Falle eines Selbstmords, dies lassen Sie mich bitte noch anfügen, ist Ihre Erklärung stichhaltig, aber sie kann nicht die einzige sein: Hätte Ihr Mann sich wegen seiner familiären Probleme umgebracht, dann hätte er dies an einem anderen Ort und zu einem anderen Zeitpunkt tun können. Aber da er beschlossen hat, den Selbstmord in der Halbzeitpause eines Fußballspieles zu begehen, sehe ich darin eine deutliche Botschaft an dieses Milieu. Wenn er sich ausgerechnet dort und in jenem Moment umbrachte, dann deshalb, weil er genau wußte, was er damit auslösen würde: Ermittlungen, Nachforschungen, Enthüllungen. Vielleicht wollte er, daß irgendein Skandal ans Licht kommt.«

Frau Ferretti sprang unvermittelt auf die Füße: »Mein Mann war in keinerlei Skandal verwickelt.« Sie hatte sofort wieder ihren künstlich gereizten Tonfall angenommen.

In Marco Luciani stieg plötzlich Haß gegen diese Frau und ihre Komödie auf. Denn dieser unvermittelte Umschwung von der trauernden Witwe zur indignierten Signora konnte nur aufgesetzt sein.

Der Kommissar hatte sich ebenfalls erhoben und sagte deutlich, jede Silbe betonend: »Gnädige Frau, bei allem Respekt, als Schiedsrichter *war* ihr Mann ein Skandal.«

Die Witwe schien eine Art Stromschlag zu durchzucken, aber sie hatte sich bewundernswert schnell wieder in der Gewalt. Nur die Oberlippe zitterte leicht.

»Ich habe mich an Anwürfe gewöhnt, Herr Kommissar, aber nicht in meinem Haus.«

»Das war kein Anwurf, gnädige Frau, es war schlichtweg die Wahrheit, und das wissen Sie. Jeder, der diese Spiele mitangesehen hat, weiß es. Und dort gilt es anzusetzen, wenn man herausfinden will, wer Ihren Mann umgebracht hat oder warum er es selbst getan hat.«

Er merkte, daß er laut geworden war, was nicht in seiner Absicht gelegen hatte.

»Verzeihen Sie«, sagte er leise, die Augen zu Boden geschlagen, »ich wollte nicht unhöflich sein. Ich werde Sie nicht länger aufhalten.«

Er hob den Blick wieder, wollte der Witwe zum Abschied die Hand geben, dachte dann aber, daß sie die Geste wohl nicht erwidern würde. Die philippinische Hausdame brachte ihn zur Tür. Er stieg ins Auto und fragte sich, weshalb der Jaguar auf dem Vorplatz stand und nicht in einer Garage, wo er vor Staub sicher gewesen wäre.

»Gehört dieser Wagen der gnädigen Frau?«

Die Philippinin kontrollierte mit einem Schulterblick, daß ihnen die Hausherrin nicht gefolgt war, dann schüttelte sie den Kopf.

»Gehörte er dem Gatten?«

Noch ein Kopfschütteln.

»Wem dann?«

Das Mädchen deutete leicht mit dem Kinn Richtung Villa. Der Besitzer mußte also im Haus sein, es jedoch vorgezogen haben, sich nicht zu zeigen. Der Kommissar schrieb sich das Kennzeichen auf und nahm sich vor, es zu überprüfen. Als er den Blick hob, sah er Luca, der ihn vom Fenster seines Zimmers aus beobachtete.

Bei Tageslicht betrachtet sah das »Basic Instinct« nicht wie eine Abzocke für Dorftrottel aus, in der verdünnter Whiskey und billige Mädchen gereicht wurden, sondern wie ein New Yorker Loft aus einem Fachmagazin für Innenarchitektur. Farbige Wände, riesige abstrakte Gemälde, winzige Tische, die über den ganzen Raum verteilt waren, niedrige Lampen, ein dekadenter Stil, in dem sich kitschiges Gold, Rot und Schwarz mit Leopardendesign mischten. In der Mitte eine Tanzfläche, die wohl auch zu kleineren Darbietungen diente, in der Luft hingen drei oder vier Plattformen mit Stahlstangen für die Stripperinnen. Im hinteren Bereich waren die Séparées mit kleinen Sofas und Tischen, rechts eine spektakuläre schneeweiße Bar, die Baffigo wohl wie die Vorstufe zum Paradies erschienen wäre. Der Kommissar warf einen Blick auf die beiden Blondinen, die auf den Barhockern saßen, und versuchte sich vorzustellen, wie der Laden am Abend aussah, mit Musik und entsprechender Beleuchtung, die Mädchen in Miniröcken, die Kellner, die die Lampen zum Schwingen brachten. Er verstand nun, warum dies hier als die exklusivste Adresse für einsame Herzen galt. Schon der Eintritt belief sich auf hundert Euro (ohne Getränke), und die Preise auf der Karte waren sicher entsprechend. Gepfefferte Preise sind letztlich immer noch die einfachste und wirkungsvollste Methode, die Kundschaft auszusieben. Von der Mitgliedskarte, die hier Pflicht war, ganz zu schweigen.

Die Blondinen tranken Cola und sahen zu Luciani herüber, weder neugierig noch abschätzig. Sie waren ausgesprochen attraktiv, hatten markante Wangenknochen und helle Augen, trugen enganliegende Blusen und Hosen; aber sie hatten weder gewagte Schlitze im Kleid noch waren sie übermäßig geschminkt, und Marco Luciani fragte sich, ob er auf der Straße erkannt hätte, womit sie ihren Lebensunterhalt verdienten. Sie schienen aus der Ukraine oder sonst einem osteuropäischen Land zu stammen, das merkte man an ihrem beharrlichen Blick. Ruhig, direkt, entschlossen: Wir kosten soundso viel, wenn es dir paßt – hier sind wir. Amen.

Der Chef des Nachtclubs, ein athletischer Mann um die Fünfzig, reichlich Gel im langen Haar, steuerte mit einem aufgesetzten Lächeln auf Luciani zu. Er ahnte, mit wem er es zu tun hatte, auch ohne Visitenkarte.

»Kommissar Luciani?«

»Der bin ich.«

»Giuseppe Saggese, sehr angenehm. Unser gemeinsamer Freund hat ihren Besuch angekündigt, aber Sie hätten ein bißchen später kommen sollen. Am Abend ist das Lokal viel gemütlicher, das wird Ihnen Ihr Kollege gesagt haben. Was will man machen, inzwischen kenne ich hier praktisch alle Dienststellen.«

Du bist ja ein ganz Ausgeschlafener, dachte Marco Luciani. Er hatte ihn vom Chef der Turiner Sittenpolizei anrufen lassen, damit er den Laden am Nachmittag aufmachte. Saggese hatte das schlecht abschlagen können, aber jetzt wollte er eine Position der Stärke beziehen. Deshalb ließ er durchblicken, daß er über die richtigen Verbindungen verfügte und Lucianis Kollegen schon oft einen Gefallen getan hatte.

»Aber tagsüber läßt es sich besser reden, meinen Sie nicht?«

Sein Gegenüber lächelte: »Ach ja, sicher. Kommen Sie, wir setzen uns in mein Büro. Was darf ich Ihnen zu trinken anbieten?«

»Ein Lemonsoda, wenn Sie das haben. Andernfalls ein Glas Wasser mit einer Scheibe Zitrone.«

»Wasser. Wollen Sie mich beleidigen, Herr Kommissar? Nehmen Sie einen Whiskey, oder ich mixe Ihnen einen Cocktail ... Sagen Sie jetzt nicht, Sie sind im Dienst und dürfen nichts trinken, wegen eines kleinen Cocktails ...«

»Vergessen Sie's. Ich trinke auch in meiner Freizeit nicht.«

Das klang genervt. Der Wirt merkte es und beschloß, nicht zu insistieren.

»Wie Sie wollen. Stefania«, sagte er, zu einer der Blondinen gewandt, »bring uns ein Lemonsoda ins Büro. Und für mich einen Schluck von meinem ganz Speziellen. Das gestatten Sie doch, Herr Kommissar? Inzwischen ist es fast schon wieder Zeit für einen Aperitif ...«, sagte er mit einem Blick auf die Uhr, »na gut, sagen wir, es ist noch Zeit für einen Verdauungstrunk.«

Sie setzten sich und redeten ein paar Minuten über das Lokal. Obwohl der Kommissar nicht gefragt hatte, wartete der Chef mit den üblichen Einlassungen auf, dies sei ein Privatclub, in dem viele berühmte Leute verkehrten, erfolgreiche Männer, und wie man weiß, ziehen berühmte Leute reichlich attraktive Mädchen an, oder womöglich ist es umgekehrt, jedenfalls arbeite er schon viele Jahre in dieser Branche und sei mit jedermann bekannt. Er sorge gerne dafür, daß diese berühmten Männer, die viel einsamer seien, als man gemeinhin annehme, ein nettes Mädchen treffen. Was dann zwischen den beiden außerhalb seines Lokals geschehe, das gehe ihn nichts an, wie auch. »Wissen Sie, hier kommen viele Mädchen aus Osteuropa her; die sind sehr selbständig, die wissen, was sie wollen, andererseits haben sie viel mitgemacht, man muß sie verstehen. Und unsere Kunden haben, wie gesagt, Klasse: Fußballer und Leute aus dem Showgeschäft, aber auch Geschäftsleute, die den ganzen Tag arbeiten und unter Druck stehen. Der Streß ist die größte Krankheit unserer Zeit, und soweit ich weiß, baut man den nicht ab, indem man sich mit Pillen vollstopft, sondern indem man einen netten Abend in Gesellschaft eines sympathischen Mädchens verbringt; man ist dann viel entspannter, wenn man nach Hause kommt, auch die Frau ist zufriedener, sind Sie nicht der gleichen Ansicht? Sind Sie verheiratet, Herr Kommissar? Nein? Gut gemacht, mich hat's als jungen Kerl erwischt, was will man tun, ich war ein Heißsporn, und zu der Zeit gab's kein Pardon, ich weiß nicht, ob ich mich verständlich mache. Man will sich amüsieren, aber danach muß man auch zu seiner Verantwortung stehen.«

Saggese sprach ohne Punkt und Komma, und Marco Luciani ließ ihn eine Weile reden. Bei der ersten Pause hakte er ein, um die Situation zu klären. Nicht aggressiv, aber ohne Umschweife. Die Situation war, daß er nicht nach Turin gekommen war, um sich halbseidene Rechtfertigungen anzuhören, und im übrigen interessiere ihn gar nicht, was in oder außerhalb dieses Ladens geschah. Er ermittele in einem Mordfall und erwarte rückhaltlose Unterstützung.

»Es ist überflüssig, daß Sie mir so etwas sagen, Herr Kommissar, wir sind Leute von Welt und verstehen uns blind. Ich will keinen Ärger, Sie ebenfalls nicht, wir sitzen also letztlich im selben Boot …«

Marco Luciani ließ ihn nicht ausreden: »Nein, wissen Sie, bleiben Sie mal in Ihrem Boot, und ich bleib in meinem, das ist mir lieber. Und wenn irgend jemand absäuft, dann bin nicht ich das.«

Der Wirt lächelte – die Miene war ein bißchen weniger freundlich. »Sie legen Wert darauf, daß Sie auf der Seite der Guten stehen, stimmt's? Sie verachten mich, weil Sie mich für einen widerwärtigen Zuhälter halten, aber versuchen Sie einmal, die Dinge aus einem anderen Blickwinkel zu betrachten. Die Mädchen wollen arbeiten, um zu leben, um sich eine Zukunft aufzubauen, um ihren Familien zu helfen …«

»Oh, bitte! Den Sermon kenne ich schon.«

»Ich zwinge niemanden, hierherzukommen, Herr Kommissar. Das schwöre ich bei meiner verstorbenen Mutter. Genausowenig zwinge ich sie, irgend etwas zu tun, beileibe nicht. Das habe ich gar nicht nötig, da draußen stehen die Mädchen Schlange, die hier Promis kennenlernen wollen. Mädchen von sechzehn, siebzehn Jahren, und glauben Sie mir: Ich kontrolliere bei allen den Ausweis, denn ich will keine Scherereien. Ich weiß, daß es Fälle gibt, wo die Mädchen gezwungen werden, erpreßt, mißhandelt …, aber das ist nicht mein Stil. Das ist der Abschaum, der Mist, den die Nigerianer mit ihrem verschissenen Voodoo-Kult anstellen, oder die Slawen. Wieso sollte ich so etwas machen? Ich arbeite auf viel höherem Niveau, warum sollte ich ein Mädchen zwingen, wenn es zehn andere gibt, die dasselbe freiwillig tun? Auch sehr viele Italienerinnen, wissen Sie? Aber mir sind die Russinnen lieber, weil sie professioneller sind, auch die Klienten trauen den Italienerinnen nicht so recht, sie haben Angst, daß die sich dann Grillen in den Kopf setzen. Wenn Sie möchten, dann sage ich Ihnen völlig unverbrämt, wie die Sache aussieht, als ob ich beim Priester im Beichtstuhl säße.«

»Das interessiert mich nicht.«

»Aber mich, Herr Kommissar. Ich will es Ihnen gerne sagen, weil ich über Sie Gutes gehört habe und Ihnen zeigen will, daß ich nichts zu verbergen habe. Hören Sie, ich verdiene gut mit dem Lokal, Eintritt und Getränke kosten ein bißchen mehr als im Schnitt, und ich beschwere mich nicht. Aber wer hier wirklich das Geld macht, das sind die Mädchen. Wissen Sie, daß eine Nacht mit einem ordentlichen Mädchen zwischen tausend und zweieinhalbtausend Euro kostet? Eine junge Italienerin, die ein normales Leben als Model, Studentin oder wohlerzogenes Töchterchen führt, die kommt hier am Wochenende her, und bald hat sie einen ordentlichen Batzen Geld angespart. Und die anderen, die öfter kommen, bringen es leicht auf fünf- bis achttausend Euro im Monat, ohne sich abzurackern und ihre Schönheit zu ruinieren. Mit dem Geld können sie nach zwei oder drei Jahren nach Weißrußland, in die Ukraine oder sonstwohin zurückkehren, ein Geschäft aufmachen oder heiraten. Und wo findet man schon einen Job, bei dem man nach drei Jahren in Pension gehen kann? Schade nur, daß sie dann nicht in die Heimat zurückkehren, die machen lieber hier weiter, solange es geht. Geld stinkt nun mal nicht.«

»Und von dem ganzen Reibach bleibt bei euch armen Mittelsmännern gar nichts hängen …«

Saggese hob die Arme: »Das ist von Fall zu Fall verschieden, Herr Kommissar. Wie ich sagte, greife ich am liebsten auf Profis zurück, die schon seit Jahren im Geschäft sind und keine Hilfe brauchen, bis auf diese kleine Operationsbasis. Aber es gibt auch Mädchen, die ohne einen Cent aus ihrer Heimat aufbrechen, illegal. Irgend jemand muß ihnen dann Reise und Grenzübertritt finanzieren, im Schlauchboot oder sonstwie, das ist riskant und teuer, und dann muß hier für Kost und Logis gesorgt werden, für Kleidung, Unterwäsche und die ganze Versorgung. Und dann muß man sich, wenn man keine Scherereien will, um einen Arbeitgeber, eine Aufenthaltsgenehmigung, Sozialabgaben kümmern. Aber auch wenn man eine andere Lösung wählt, müssen in den Botschaften dort die Räder für eine Ausreisegenehmigung geschmiert werden, dann sind da Ihre Kollegen, die Ansprüche stellen und sich nicht nur mit Naturalien abspeisen lassen. Am Ende sind das Investitionen von Tausenden von Euro, Herr Kommissar; klar, daß das Mädchen nicht weg darf, solange es das Geld nicht zurückgezahlt und einen kleinen Gewinn erwirtschaftet hat. Aber die sind, entschuldigen Sie, auch nicht von ungefähr Prostituierte geworden. Die sind kaum hier, da versuchen sie schon auf eigene Rechnung anzuschaffen, die laufen zu euch und erzählen, sie seien entführt worden oder man habe sie auf ein Schiff verfrachtet und ihnen versprochen, sie würden als Kellnerinnen arbeiten. Jetzt aber mal halb lang, wenn ich eine Kellnerin brauche, dann suche ich mir gerade so eine? Die da ...«, er wies mit dem Finger durch die geöffnete Bürotür auf die beiden Mädchen am Tresen, »haben in ihrem ganzen Leben noch keinen Teller gespült, das sage ich Ihnen. Auch in der Heimat nicht. Was die hier machen, das machten sie auch dort, mit den Touristen, für ein Abendessen im Restaurant.«

»Okay. Sie können die Sache darstellen, wie Sie wollen, aber wir sind nicht hier, um darüber zu reden. Wir sind hier, um über Schiedsrichter Ferretti zu sprechen.«

Saggese versuchte gar nicht erst zu leugnen, daß er ihn kannte.

»Was wollen Sie wissen?«

»Vor allem, wann er angefangen hat, Ihr Lokal zu frequentieren. Mit wem er kam. Wie lange er blieb. Ob es Mädchen gab, mit denen er besonders intensiv verkehrte.«

»Im allgemeinen spreche ich nie über meine Kundschaft, Herr Kommissar. Diskretion ist da oberstes Gebot. Aber da er nicht mehr unter uns weilt und über ihn eine Menge Lügen verbreitet werden ... Ferretti kam zum ersten Mal vor, ich glaube, zwei ... nein, ich würde sagen, vor drei Jahren her. Und wenn ich mich recht entsinne, kam er mit ein paar Freunden.«

»Wer war das?«

»Das weiß ich nicht, es ist zu lange her.«

Es war offensichtlich, daß er log. »Irgend jemand muß ihn doch bei Ihnen eingeführt haben. Wenn ich den Geist dieses Lokals recht verstanden habe, dann ist das ein ziemlich geschlossener Zirkel.«

»Nun ... geschlossen ... sagen wir, ich versuche jeden einzelnen kennenzulernen. Ich will kein Gesindel hier drinnen. Aber Schiedsrichter Ferretti brauchte niemand vorzustellen.«

Der Kommissar schwieg eine Weile, als wollte er klarmachen, daß die Antwort ihn nicht überzeugte.

»Wie dem auch sei«, nahm der Wirt den Faden wieder auf, »nach einer Weile kam er fast immer alleine her.«

»Und die Mädchen? War er immer mit demselben zusammen?«

»Nein, das würde ich nicht sagen. Im Gegenteil, ich glaube, er wechselte oft.«

Marco Luciani sah ihn durchdringend an, dann zog er sein As aus dem Ärmel: »Und wann hat die Geschichte mit der Brasilianerin begonnen?«

Saggese setzte ein ungläubiges Gesicht auf, allerdings einen Tick zu spät. »Die Brasilianerin?«

»Sicher.«

»Ich wüßte nicht, Herr Kommissar. Die kenne ich nicht.«

»Sagen Sie nicht so was. Ich dachte, Sie wollten mir helfen. Maria de Remedios, Wohnsitz Mailand. Ich habe Ihnen schon am Telefon von ihr erzählt.«

Saggese breitete die Arme aus. »Einverstanden, Herr Kommissar. Da Sie das schon alles wissen ... Maria hat hier ein knappes Jahr lang gearbeitet. Letztes Frühjahr ist sie dann gegangen. Die war wirklich etwas Besonderes, einsame Spitze, die hat vielen Leuten den Kopf verdreht, nicht nur Schiedsrichter Ferretti. Sie muß ihn, grob geschätzt, vor eineinhalb Jahren an Land gezogen haben, kurz darauf ist sie gegangen, aber ich weiß nicht, ob sie sich weiterhin trafen. Ich habe versucht sie zu halten, aber ich muß gestehen, daß sie selbst für ein Lokal von unserer Klasse eine Nummer zu groß war.«

»Und für wen arbeitet sie jetzt?«

Der andere lächelte wieder. »Seit damals habe ich sie nicht mehr gesprochen, und soweit ich weiß, könnte sie auch nach Brasilien zurückgekehrt sein. Aber sie arbeitete sowieso nie für jemand anderen, immer nur auf eigene Rechnung. Auch bei uns«, und hier senkte er die Stimme, »genoß sie, wie soll ich sagen ... einen Sonderstatus. Ich muß gestehen, daß ich das nie bereut habe.«

»Und Ferretti hatte ihretwegen den Kopf verloren?«

»Na völlig. Maria hatte ihn um den kleinen Finger gewickelt. Ich weiß, daß er gut zahlte, sehr gut, und er hat sie mit Geschenken überhäuft.«

Marco Luciani versuchte ihn zu überraschen: »Zahlte er oder irgend jemand anderes für ihn?«

Saggese schüttelte den Kopf. »Herr Kommissar, ich versuche Ihnen zu helfen, aber fragen Sie mich nicht Sachen ...«

»Schon gut, schon gut. Aber Sie können mir noch etwas mitgeben, falls Sie es besitzen: ein Foto von Maria. Das könnte mir bei den Ermittlungen helfen.«

»Aber hatten Sie nicht gesagt, daß Sie mit ihr gesprochen haben?«

»Schon, aber danach ist sie verschwunden. Ich glaube, sie hat Angst – was verständlich ist.«

Der Patron kratzte sich am Kinn. »Ich werde versuchen, ein bißchen herumzutelefonieren, Herr Kommissar. Und wenn ich rauskriege, wo sie steckt, dann bringe ich sie dazu, daß sie sich meldet. Was das Foto angeht … ich habe eines, aber ich glaube nicht, daß sie das überall herumzeigen können.«

Er stand auf, holte eine Schachtel aus dem Schrank, kramte eine Weile darin herum und fischte schließlich ein Farbfoto in Premium-Qualität heraus. Darauf war ein Mädchen von etwa fünfundzwanzig Jahren zu sehen, bildhübsch, mit blondem Haar und sonnengebräunter Haut. Sie lag, vollkommen nackt, auf einer Bühne, lächelte und versenkte eine Kerze zwischen ihren Beinen.

»Ich wünsche Ihnen, daß Sie sie finden, Herr Kommissar. Ich bin sicher, es ist die Mühe wert.«

Gegen fünf Uhr Nachmittag kam er in Genua an, müde, gereizt, mit heftigen Kopfschmerzen. Greta wartete vor der Haustür auf ihn. Er hatte sich nicht mehr bei ihr gemeldet und machte sich nun auf Vorhaltungen gefaßt.

»Wann kaufst du dir endlich ein Handy?« fauchte sie ihn an. »Ich stehe hier seit einer Stunde rum und laß mich in einer Tour dumm anmachen. Die Transe da vorne an der Ecke durchbohrt mich mit ihren Blicken, und ich glaube, wenn du nicht gekommen wärest, hätte sie mir die Augen ausgekratzt.«

Wenn du nicht mit so einem knappen Rock, Stöckelschuhen und Kriegsbemalung angetanzt wärest, dann könnte man dich auch nicht mit einem Flittchen verwechseln, dachte der Kommissar. Aber er sagte nur:

»Ich hatte einen furchtbaren Tag.«

»Ach, ich dagegen ... Seit drei Tagen bist du unauffindbar. Im Büro gehst du nicht ans Telefon, zu Hause bist du nicht, jetzt haben wir schon wieder diese Affenhitze, aber ich dusselige Kuh renne den ganzen Tag in diesen Scheißgassen herum. Wo warst du denn?«

»In Turin. Ich komme gerade erst zurück und würde mich gerne duschen.«

Das war eine Aufforderung, sich zu verdrücken, aber sie ging nicht darauf ein.

»Mhhm, ich würde mich auch gerne duschen.«

Er fand sich damit ab, daß sie mit hochkam, obwohl er wußte, daß er sie dann nicht so leicht wieder loswerden würde.

»Jesses, was für ein Currydunst ... Kannst du deinem Nachbarn nicht mal was sagen?«

»Was soll ich ihm denn sagen? Ist ja schließlich nicht verboten. Der im zweiten Stock kocht immerzu Kohl, das ist schlimmer.«

Sie betraten die Wohnung, und schon an der Tür stürzte das Chaos auf sie ein. Da lagen ein Paar Gummischlappen und ein Paar vergessener Schuhe, eine Tüte mit Plastikabfällen, die in die Recyclingtonne mußten, auf einem Tisch ein Haufen Papiere und Briefe, ein paar alte Zeitungen, in einer Ecke ein alter Tennisschläger und abgenutzte Bälle. Greta verzog das Gesicht: »Heiliger Strohsack ... wann hast du denn das letzte Mal hier aufgeräumt? Du könntest dir wenigstens einmal einen Schuhschrank kaufen. Du kannst doch nicht ewig so weitermachen mit diesen Schuhen, die zwischen Flur und Abstellkammer herumfliegen.«

Warum nicht, dachte der Kommissar. Das ist so was von praktisch.

Er flüchtete ins Schlafzimmer, doch Gretas Stimme drang immer wieder zu ihm durch: »Und diese Wohnung ... ich muß da … und wenn es nur die Vorhänge sind … irgend jemand.« Er konnte die Sätze problemlos zu Ende führen, denn sie hatte sie ihm tausendmal vorgebetet: Ihr gefiel diese triste Wohnung nicht, die der Vermieter mit zusammengestoppelten Möbeln eingerichtet hatte und in der eine persönliche Note fehle (in kühnen Momenten sprach sie von der »weiblichen Note«), eine Wohnung, die wie die Höhle eines Bären wirkte.

»Ich bin sicher, daß du mich nicht betrügst, weil keine Frau mit einem Minimum an Selbstwertgefühl hier einen Fuß reinsetzen würde«, sagte sie.

Dafür, daß sie hier ist, um eine angeknackste Beziehung zu retten, dachte der Kommissar, geht sie einem ganz schön auf den Sack. Aber er sagte nur: »Möchtest du etwas trinken? Ein Glas Wasser?«

»Hui, ist das nicht ein bißchen stark?«

Er drehte ihr den Rücken zu. »Schau mal nach, ob irgend etwas da ist. Du weißt, daß ich keinen Alkohol trinke.«

»O Mann, wie das nervt! Wieso mußte ich mir gerade so einen Säulenheiligen aussuchen?« Sie ging in die Küche und schaute, ob irgendwo noch ein Rest von einem alkoholischen Getränk zu finden war.

»Ich geh mich duschen. Ich beeile mich, und dann kannst du.«

Er hörte sie sagen: »Dieser Rum hier, von wann ist der denn? Wurscht, je älter, desto besser, oder?« Er war versucht, die Badtür abzuschließen, aber seitdem er als Zwölfjähriger wegen eines defekten Heizofens in Ohnmacht gefallen war und seine Mutter ihn wie durch ein Wunder gerettet hatte, brachte er es einfach nicht mehr fertig.

Er zog sich aus, kickte die Schuhe durchs Bad, knüllte seine Kleidungsstücke zusammen und verteilte sie so chaotisch wie möglich. Er hatte Lust zu schreien, ins Wohnzimmer zu rennen und sie endgültig zum Teufel zu jagen. Da sah er sich im Spiegel und war entsetzt über seine boshafte Fratze. Sein Gesicht sah verkniffen und ausgemergelt aus, auf der Stirn tiefe Falten, die Zähne zusammengebissen. Wer weiß, wie alt man mich schätzt, dachte er, während er die weißen Haare betrachtete, die nach und nach an den Schläfen sprossen. Er musterte sich eingehend, sah zwei kleine Falten am Mundwinkel, versuchte zu lächeln, zuerst sehr verhalten, dann mit Schmackes. Ein Gesichtsausdruck, den er fast nicht mehr an sich kannte. Er fragte sich, wann er das letzte Mal gelächelt oder gar herzhaft gelacht hatte, wann er das letzte Mal einen dieser Lachanfälle bekommen hatte, bei denen es einen schüttelte und man sich nicht mehr einbekam, bis einem die Luft wegblieb und der Bauch weh tat.

Aber es gab nun mal keinen Grund zu lachen, überhaupt keinen. Er hatte die kläglichen Reste eines Gesichts vor sich, in dem nur die von der Mutter geerbten hellblauen Augen einen lebhaften Glanz bewahrten, allerdings mit einer Art Staubschicht versehen.

Heute abend mache ich Schluß mit ihr, dachte er, während er sich einseifte. Heute abend muß ich auf jeden Fall Schluß machen. Es hat keinen Sinn mehr, sie geht mir auf den Zeiger, ich habe ihr nichts mehr zu sagen, und jetzt spielt sie auch noch die aufdringliche Nervensäge. Ihm kam wieder die Stimme der Brasilianerin am Telefon in den Sinn, ihre Fotografie, eine Blondine mit einem sanften Körper, an dem man, völlig relaxt, seine persönliche Lust ausleben durfte, ohne diesen ganzen Gefühlskram und vor allem ohne Hirnwichserei.

Während er die Seife abwusch, hörte er, wie sich die Tür zur Duschbox öffnete. Greta kam herein, sie war vollkommen nackt und preßte ihre harten Brustwarzen, ihren üppigen, nicht mehr so kernigen Busen, auf seine Brust. »Wie gut du riechst«, sagte sie und berührte mit der Zungenspitze seinen Hals.

»Ich bin müde, Greta.«

»Ach ja? Den Eindruck habe ich nicht«, sagte sie und schmiegte sich an sein erigiertes Glied. »Ich würde eher sagen, du bist in Bestform. Woran hast du denn gerade gedacht?«

»Nein, wirklich nicht. Der Tag war …«

»Schscht, keine Sorge, du brauchst dich um nichts zu kümmern.«

Sie kniete sich hin, und während der Wasserstrahl sie beide benetzte, nahm sie ihn in ihren Mund. Marco Luciani empfand nicht mehr das Geringste für sie, er hatte nicht einmal mehr Lust, mit ihr zu schlafen, aber das hatte er noch nie abschlagen können.

Zum Henker, dachte er, zum Henker. Er griff in ihr Haar und entspannte sich, genoß das heiße Wasser und ihre kühle Zunge. Er konzentrierte sich allein auf die Empfindungen seines Körpers und näherte sich schnell dem Punkt, wo sich alle Anspannung, die Wut und die Erschöpfung der letzten Tage entladen würden. Er spürte mit Freude, daß er den »point of no return« überschritten hatte, aber da ließ sie ihn schlagartig aus und sagte: »Nimm mich, nimm mich jetzt!« Sie drängte sich mit ihrem ganzen Gewicht an ihn, schob ihn gegen die Wand, der Wasserschlauch drückte in seinem Rücken. Er mußte ein wenig in die Knie gehen, um in sie einzudringen. Sie balancierte auf einem Bein, während sie das andere um ihn schlang und heftig mit dem Becken schlingerte. Er kam fast sofort, aus Verzweiflung, ohne jede Lust; sie gab ein enttäuschtes Winseln von sich und versuchte sich eine Weile in der Umarmung ihres Geliebten zu halten, während das Wasser langsam lauwarm und schließlich kalt wurde.

Sie machten sich auf zu einem kleinen Spaziergang. Marco Luciani empfand Trauer und Scham. Kaum war er gekommen, hatte er schon seine Schwachheit verflucht, denn nun mußte er den Augenblick der Wahrheit erneut aufschieben. Er war noch schweigsamer als gewöhnlich, während sie wie ein Wasserfall redete, um Nervosität und unbefriedigte Lust zu überspielen.

Sie kamen am restaurierten Dom und dem eleganten autofreien Vorplatz vorbei, dann gingen sie in die Via San Lorenzo, und Marco Luciani betrachtete zum tausendsten Mal die wunderschönen Palazzi, die – mitsamt ihren Balkonen, Statuen, Kapitellen, den Stuck- und Marmordekorationen – von Grund auf saniert worden waren. Er verfluchte sich, weil er nicht ein paar Jahre früher auf den Gedanken gekommen war, hier ein kleines Apartment zu kaufen. Damals war das Viertel noch von Ratten und Autoabgasen verseucht, die Patrizierhäuser verfielen und wurden zu fünfhundert oder tausend Euro pro Quadratmeter verkauft. Während jetzt, nachdem Mailänder Immobiliengesellschaften und die üblichen Insider sie en bloc gekauft und die Stadt Genua sie mit Mitteln der Europäischen Gemeinschaft restauriert hatte, Ärzte, Rechtsanwälte und Notare das Sechs- bis Siebenfache dafür hinblätterten. Dieser Gedanke machte ihm jedesmal schlechte Laune, aber er kaute lieber daran als an dem Gedanken an Greta, die Seite an Seite mit ihm ging und der er über kurz oder lang etwas sagen mußte, irgend etwas, um dieses Schweigen zu brechen, das allmählich auch ihr die Kehle zuschnürte.

Vielleicht wäre gar nichts passiert, wenn sie nicht ein junges Pärchen getroffen hätten, das einen Buggy mit Zwillingen schob. Greta blieb einen Moment stehen, um sich die Säuglinge anzuschauen und mit der Mutter ein paar Worte zu wechseln. Als sie wieder aufblickte, lächelte sie, doch in ihren Augen stand die nackte Verzweiflung.

»Hast du gesehen, wie jung die Mutter war? Vielleicht dreiundzwanzig, fünfundzwanzig höchstens.«

Der Kommissar murmelte ein unverständliches: »Darauf habe ich nicht geachtet.«

»Ich werde bald vierunddreißig.«

Wieder ein Murmeln.

»Ich habe nicht mehr viel Zeit, Marco.«

Wenn sie ihn mit seinem Namen ansprach, hieß das, die Lage war ernst.

»Ich weiß, daß wir das schon besprochen haben, aber wir können so nicht weitermachen, immer nur davonlaufen, alles aufschieben. Früher oder später müssen wir eine Entscheidung treffen.«

»Ich will nicht davonlaufen. Ich habe dir schon oft genug gesagt, wie ich darüber denke. Meiner Meinung nach sollte ein Polizist nicht heiraten.«

»Aber es gibt verheiratete Polizisten. Fast alle deine Kollegen sind verheiratet.«

»Mag sein. Die können es halten, wie sie wollen. Aber jeder hat seine eigene Moral, sein eigenes Leben, und in meinem ist eine Familie nicht vorgesehen.«

»Also bin auch ich nicht vorgesehen.«

»Das habe ich nicht gesagt«, korrigierte er, obwohl es genau das war, was er bis vor einer Sekunde gedacht und ersehnt hatte; doch die Vorstellung, sie zu verlieren und alleine zu bleiben, vollkommen allein und verlassen, hatte ihn in Panik versetzt. Oder vielleicht auch nicht, vielleicht fürchtete er sich auch nur, sie zu verlassen, weil er mit einem so großen Schuldgefühl nicht klarkommen würde.

»Das ist bequem, sehr bequem. So mußt du dich nicht festlegen, keine Verantwortung übernehmen.«

Marco Luciani schaute ihr in die Augen: »Du weißt, daß ich immer meinen Teil Verantwortung übernehme. Und sehr oft übernehme ich auch den Teil der anderen. Den Grund habe ich dir bereits erklärt, als wir uns kennenlernten.«

»Sag ihn mir noch einmal.«

»Du kennst ihn.«

»Sag ihn noch einmal.«

»Okay. Ich will nicht heiraten, und ich will keine feste Bindung, weil mein Beruf nach Unabhängigkeit verlangt: Bewegungsfreiheit, freie Zeiteinteilung; die Freiheit, das Leben aufs Spiel zu setzen, ohne daran zu denken, daß ich, wenn ich sterbe, meine Familie ins Unglück stürze. Die Freiheit, bescheiden zu leben. Ich komme mit wenig zurecht, mit extrem wenig. Aber wenn ich ein Kind hätte, würde ich es zu einem solchen Lebensstil nicht zwingen wollen, wenn ich ein Kind hätte, würde ich mehr verdienen wollen, und du kannst dir vorstellen, welche Möglichkeiten ein Polizist hat, sein Gehalt aufzubessern.«

»Dann sind alle deine Kollegen, die Familie haben, korrupt.«

»Das habe ich nicht gesagt.«

»Im Grunde schon.«

»Im Grunde nicht. Ich habe nur gesagt, daß sie leichter korrumpierbar sind. Es fängt oft so an: ›Das ist nur eine kleine Aufmerksamkeit für Ihr Kind, Herr Kommissar.‹ Und solange das Kind sechs oder acht ist, bist du sein Idol, der Vater Polizist, was meinst du, wie neidisch da die Klassenkameraden sind; aber wenn der Sprößling erst einmal vierzehn oder sechzehn ist, dann bist du bloß noch ein alter Trottel, der weder ein Moped noch eine Ferienreise bezahlen kann. Dann fängst du an, dir die eine oder andere Frage zu stellen, und wenn du damit anfängst, dann bist du schon auf dem falschen Dampfer.«

»Na, dann gib halt den Polizeiberuf auf.«

»Wieso sollte ich? Das ist meine Arbeit. Als du mich kennenlerntest, war ich schon Polizist. Und ich werde immer Polizist bleiben. Ich bin es gern. Das ist mein Leben, und wahrscheinlich ist es das einzige, was ich kann.«

»Das stimmt doch gar nicht. Du könntest alles tun. Du bist klug, hast studiert, im Gegenteil: in diesem Job verkümmern nur deine Talente. Du könntest ...«

»Ihr Frauen seid wirklich verbohrt. Ihr begeht immer wieder dieselben Fehler.«

Greta blieb mitten auf der Straße stehen. »Sag nicht *ihr Frauen*. Das ertrage ich nicht. Ich bin ich, *eine* Frau.«

»*Ihr* Frauen meint immer, ihr könntet uns ändern, oder nicht? Ich war von Beginn an aufrichtig. Ich habe dir nie etwas vorgemacht, habe alles offen gesagt. Aber du hast mir ja nicht einmal zugehört. Du hast wahrscheinlich gedacht: Der wird sich schon noch ändern. Wenn du mich nicht so wolltest, wie ich bin, dann hättest du dich gar nicht erst auf mich einlassen sollen.«

»Wir alle verändern uns. Zumindest ein bißchen. Wenn man einen Menschen liebt, dann kann man versuchen sich zu ändern, dem anderen zuliebe.«

»Aber ich will mich nicht ändern. Du weißt, daß ich dich mag, aber mich selbst mag ich noch mehr. Und das wird immer so bleiben.«

»›Ich mag dich.‹ Du hörst dich an wie ein verpickelter Teenie, der nicht den Mut hat, ›Ich liebe dich‹ zu sagen. Hast du das jemals zu einer von *uns* Frauen gesagt: Ich liebe dich?«

»Ja, als ich noch ein verpickelter Teenie war.«

»Sag's mir jetzt.«

Er schwieg.

»Sag mir jetzt, ob du mich liebst oder nicht. Ich habe ein Recht darauf, es zu wissen.«

»Ihr Frauen ...«

Die Ohrfeige traf ihn unvorbereitet. Sie war kräftig, aber er nahm vor allem das Geräusch auf der linken Wange wahr.

»Sag nicht: ihr Frauen! Das ertrage ich nicht! Du sprichst mit mir, hast du das kapiert? Mit mir!«

Sie sah verstört aus, in ihren Augen standen Tränen. Marco Luciani wurde klar, daß sie diesmal zu weit gegangen waren, viel zu weit.

»*Ihr Frauen*«, sagte er leise, »meint immer, daß eure Liebe genügt. Auch wir Männer meinen das irgendwie. Und es spielt keine Rolle, ob der Mensch, in den wir uns verlieben, uns nicht liebt, ob er einen Beruf hat, der uns nicht gefällt, ein Leben führt, das uns fremd ist, es spielt keine Rolle, wenn er keine Kinder will. Wir meinen, früher oder später wird er uns lieben, sich einen anderen Job suchen, leben wie wir, er wird Kinder wollen oder sie zumindest akzeptieren. Was von dem Menschen übrigbleibt, den wir kennengelernt haben, das ist egal, es reicht, daß er sich unserem Egoismus unterworfen hat.«

Sie weinte jetzt und gab sich keine Mühe mehr, die Tränen zu verbergen.

»Was bist du für ein Arschloch. Ein richtiges Arschloch. Jetzt willst du auch noch *mich* als Egoistin hinstellen. Ich habe dir zuliebe auf so viel verzichtet, du dagegen auf gar nichts. Es ist einfach, sich immer nur in sein Schneckenhaus zurückzuziehen, sich nie hinzugeben, nie festzulegen. Ich wette, daß man so eine Menge Weiber flachlegen kann, eine Menge dummer Hühner, die sich, so wie ich, für etwas Besonderes halten, und in Wirklichkeit sind sie wie alle anderen: ein Zeitvertreib, sonst nichts.«

»Jetzt bist du ungerecht. Mir gegenüber und dir selbst gegenüber. Du weißt, daß du nicht irgendeine bist, und du weißt, daß ich nichts mit anderen Frauen habe. Daran liegt es nicht, daß es zwischen uns nicht funktioniert, und das wollte ich dir schon lange sagen.«

»Ach ja? Das wolltest du mir sagen? Du wolltest mir den Laufpaß geben? Dann tu es doch, oder hast du nicht einmal dazu den Mumm? Du willst mit mir Schluß machen und mir auch noch einreden, es sei meine Schuld? Wann hast du das denn beschlossen? Bevor oder nachdem du mich heute Abend gebumst hast? Fick dich doch ins Knie, du Scheißkerl, du Scheißkerl, du bist ein Scheißkerl!«

Sie war plötzlich völlig hysterisch geworden. Den Kommissar streifte eine weitere Ohrfeige, er spürte, wie die Fingernägel seine Haut schraffierten, wie die Wange sofort zu brennen anfing. Er hielt ihre Handgelenke fest, während sie weiterschrie, Tränen und Beschimpfungen ausspuckte und nach ihm trat. Sie verlor ihre Schuhe, tobte aber weiter, barfuß, mitten auf der Straße, während ihr die Wimperntusche übers Gesicht lief. Marco Luciani schaute sich um und sah aus dem Augenwinkel, wie drei oder vier Leute stehenblieben, um sie zu beobachten. Er wäre vor Scham am liebsten im Erdboden versunken und wollte nur, daß sie aufhörte zu brüllen und herumzutoben wie eine Schlampe.

»Du Scheißkerl, laß mich, du Scheißkerl! Laß mich!«

Langsam näherte sich ein Pärchen. Die Frau trieb den Mann an, der offensichtlich keine große Lust hatte, sich einzumischen.

»Hör auf. Die gucken schon.«

»Dann sollen sie gucken! Die sollen sehen, was für ein Scheißkerl du bist. Schämst du dich jetzt? Du hast allen Grund, dich zu schämen!«

Er spürte, daß er sie haßte. Ja, es war schlichtweg Haß, abgrundtiefer Haß. Er fragte sich, wie er nur mit ihr hatte zusammensein, sie auch noch hatte gern haben können. Was hatte ihm nur an diesem trivialen Gesicht gefallen, das sich nun in eine grausige Fratze verwandelt hatte?

»Gibt es hier ein Problem, Fräulein?« Ein junger Bursche war aufgetaucht. Er war vielleicht zwanzig, zweiundzwanzig Jahre alt, dünn, mit Ohrring und Tätowierung am Arm. Neben ihm stand ein übergewichtiges Mädchen, älter als er und ausgesprochen häßlich, verwachsen. Sie hatte ihr Mobiltelefon in der Hand und schaute Luciani herausfordernd an:

»Wenn Sie sie nicht in Ruhe lassen, rufe ich die Polizei.«

Dem Kommissar wurde bewußt, daß er noch immer Gretas Handgelenke umklammert hielt, obwohl ihre Arme keinen Widerstand mehr leisteten. Beim Wort »Polizei« tauschten sie einen flüchtigen Blick, nur für einen Sekundenbruchteil. Aber ihnen wurde klar, daß die Situation lächerlich geworden war.

Er ließ sie los, sie holte ein Taschentuch hervor, um sich die Tränen abzuwischen. »Das ist nicht nötig, danke.« Sie sammelte ihre Schuhe ein und zog sie wieder an, während ein weiterer Schluchzer sie schüttelte.

Es hatten sich noch mehr Leute eingefunden. Der Junge wollte nicht einfach das Feld räumen, nachdem er nun im Zentrum der Aufmerksamkeit stand. Er hatte die unschuldige Jungfer den Klauen des Drachen entrissen und wollte es jedermann wissen lassen:

»Sind Sie sicher?«

»Ja, danke. Es ist alles in Ordnung. Nur ein Streit … das kommt vor.«

Auch das häßliche Entlein wollte seinen Teil vom Ruhm abhaben:

»Ja, aber handgreiflich gegen eine Frau zu werden, das geht nicht.«

Zwei oder drei Leute nickten zustimmend. Alle schauten Luciani strafend an. Das war selbst für den Kommissar zuviel.

»Hoi, hoi, hoi, habt ihr's jetzt bald? Du, Bubi, hast den Helden gespielt, Glückwunsch, jetzt verziehst du dich aber mit deiner Mißgeburt. Und dann wird bitte die Versammlung hier aufgelöst, die Polizei ist schon vor Ort«, sagte er und zückte seinen Dienstausweis.

Er nahm Greta am Arm und zog sie aus der Menschentraube, sie machten sich rasch davon, während hinter ihnen die Leute mit lauter Stimme ihre Kommentare abgaben:

»Eine Schande« … »Und so jemand soll zu unserem Schutz da sein« … »Ruft die Carabinieri«.

Der Kommissar warf einen Blick zurück. Dem häßlichen Entlein stand immer noch die Zornesröte im Gesicht. Ihr Freund hatte ihr einen Arm um die Schultern gelegt, vermied aber, sie anzusehen.

Als Luciani sich schlafen legte, war es fast drei. Wegen Greta machte er sich keine Vorwürfe, er wußte, daß sie sich nun endlich frei fühlen würde. Und er hoffte, daß es für sie nicht zu spät war und sie einen anderen Mann finden, Kinder bekommen und glücklich werden würde. Dagegen dachte er mit Beklemmung an das andere Pärchen, das er vermutlich mit einer einzigen Bemerkung entzweit hatte, mit einer billigen fiesen Bemerkung. Und diese Schuldgefühle ließen ihn die ganze Nacht nicht einschlafen.

Freitag

Alfredo Rebuffo war ein widerlicher Kerl, aber ihm war auch ein Zug von jovialer Spontaneität eigen, und so schien es nachvollziehbar, daß er sogar Freunde hatte, die ihm mit Sympathie begegneten. Man konnte – vorausgesetzt man war hartgesotten genug – mit ihm essen gehen, eine ordentliche *line* Koks schnupfen, ein paar Nutten abschleppen und befriedigt wieder nach Hause gehen.

Mario Colnago dagegen war die Arroganz in Person. Die Arroganz der Macht in ihrer schlimmsten Ausprägung, der Macht im Stile eines Staatsanwalts Angelini, die nur für sich und durch sich selbst besteht, allein dem eigenen Erhalt dienliche Bekanntschaften pflegt und keinerlei Kameradschaft kennt. Man brauchte nur sein hochgerecktes Kinn und seinen verbissenen Kiefer anzusehen, seinen verächtlichen, anmaßenden Blick, und man wußte, daß er keine echten Freunde haben konnte und daß keine Frau ihn jemals wirklich lieben würde. Es stimmt tatsächlich, daß man jenseits der Fünfzig das Gesicht hat, das man verdient, dachte Marco Luciani, während er Colnago, der in seinem Büro vor ihm saß, betrachtete.

Mario Colnagos Gesicht sprach Bände, ebenso wie sein blauer Zweireiher und die Fünfzehntausend-Euro-Rolex, an denen man den einstigen Postboten erkennen konnte, der es zu ungeahntem Reichtum gebracht hatte. Ihm Fragen zu stellen, war reine Zeitverschwendung, Colnago würde sicher nicht antworten, dachte Luciani, er schien eher der Typ, der im Kommissariat auftaucht, um selber Fragen zu stellen. Einen Versuch mußte er aber doch unternehmen.

»Herr Colnago ...«

»Doktor Colnago, wenn Sie nichts dagegen haben. Nicht um meinetwillen, sondern mit Rücksicht auf die Funktion, die ich bekleide. Und der Opfer wegen, die mir das Studium abverlangte, während ich gleichzeitig meine Schiedsrichtertätigkeit auf höchster Ebene fortführte.«

Marco Luciani schossen rund ein Dutzend Sätze durchs Hirn, die er Colnago gerne an den Kopf geworfen hätte. Dann zog er jedoch, wie immer, die verbale Notbremse, zwei, drei Bemerkungen, die der Kommissar in solchen Fällen ausspielte, um ein paar Sekunden Zeit zu gewinnen und seinen Impuls zu bezwingen.

»Gut, ich würde sagen, wir besprechen alles der Reihe nach ...«, setzte er an.

»Bevor wir beginnen, Herr Kommissar, würde ich gerne einige Dinge vorausschicken. Allem voran: Daß ich hier ohne Anwalt vorspreche, hat zwei ganz simple Gründe. Erstens habe ich nicht das Geringste zu verbergen. Zweitens habe ich selber Jura studiert und bin daher bestens in der Lage, mich gegen etwaige Tricks und Einschüchterungsversuche zu wehren.«

Marco Luciani war schon wieder drauf und dran, zurückzuschießen. Wenn hier jemand Einschüchterungsversuche unternahm, dann war das Colnago. Aber auch diesmal beherrschte sich der Kommissar. »Das ist erfreulich für Sie. Wie ich bereits sagte ...«

»Warten Sie. Ich bin noch nicht fertig. Es gibt noch etwas, das Sie wissen sollten ...«

Dem Kommissar lag eine ganze Reihe ausgesprochen origineller Beleidigungen auf der Zunge. Wieder suchte er nach einer unverfänglichen Floskel, um sie niederzuringen, doch dann spürte er, wie das Blut in seinen Schläfen pochte, und er dachte: Zum Kuckuck, wie lange soll das so weitergehen, daß ich das eine denke und das andere sage?

»Stop«, sagte er und gebot seinem Gegenüber mit vorgestreckter Hand Einhalt. »Mich interessiert nicht, was Sie mir sagen wollen. Und nachdem ich dreißig Sekunden lang ihr Arschgesicht gesehen hatte, interessierte mich nicht einmal mehr das, was *ich Ihnen* sagen wollte. Ja, schauen Sie mich nicht so an, ich habe tatsächlich Arschgesicht gesagt, und ich füge gerne noch hinzu, daß Sie ein Stück Scheiße sind, ein Lügner und ein Betrüger. Verlassen Sie diesen Raum, und lassen Sie sich bloß nicht wieder blicken, denn wenn ich Sie zufällig in einer finsteren Gasse erwische, dann rücke ich Ihnen mit Fußtritten ihre arrogante korrupte Visage zurecht.«

Mario Colnago war bereits mit krebsrotem Gesicht aufgesprungen, den Mund vor Empörung aufgerissen, und stach mit dem Finger in die Luft. Er schnaubte, sah sich auf der Suche nach Zeugen um, stammelte ein paar unverständliche Worte und platzte dann heraus: »Sie ... Sie ... Sie haben mich beleidigt, und dafür werde ich Sie anzeigen. Ich werde Sie verklagen, so wahr ich hier stehe. Ich bin wie ein Würdenträger des Staates, Sie ...«

»Finden Sie alleine raus, oder muß ich Ihnen noch einen Tritt in den Hintern verpassen? Unter uns bemerkt: ich habe Schuhgröße neunundvierzig.«

Colnago war wie der Blitz an der Tür. Er öffnete sie, drehte sich um: »Wir werden Sie wie eine Wanze zerquetschen. Ein widerliches Insekt wie Sie verdient es nicht anders. Sie wissen nicht, wen Sie sich zu beleidigen erdreistet haben. Sie werden es bald merken. Sie sind erledigt. Erledigt!«

Er ging hinaus und warf die Tür zu. Einen Wimpernschlag später knallte der Stifthalter aus Keramik, den der Kommissar geschleudert hatte, gegen die Wand. Marco Luciani war so gereizt, daß er bebte, er klammerte sich an der Schreibtischplatte fest, bis seine Knöchel weiß wurden.

Dann atmete er zwei-, dreimal tief durch, beruhigte sich und dachte mit einem Lächeln an das Gesicht, das Colnago gemacht hatte. Es war eines jener Gesichter, die einem den Tag versüßten.

»Kommissar, ein Anruf auf Leitung zwei.«

»Wer ist es?«

»Ein Versicherungsdetektiv.«

»Nein. Um Himmels willen, sag ihm, ich bin in einer Besprechung. Stell mir bitte niemanden mehr durch, ich gehe nämlich jetzt.«

Er legte auf, schaute auf die Uhr und fluchte. Er versuchte dem ungläubigen Blick Giampieris auszuweichen, der gerade hereingekommen war, unter dem Arm einen gewaltigen Aktenstapel: »Du gehst? Jetzt?«

»Ja, ich bin eh schon spät dran.«

»Und wohin gehst du?«

Wohin es mir paßt, dachte er. Aber er antwortete nur: »Ich muß jemanden treffen.«

»Ach, übrigens. Ich habe dieses Mädel von neulich wiedergesehen, die auf dem Flur war.«

»Schön.«

»Sie wollte eigentlich mit dir reden, aber wahrscheinlich hast du dich wie immer verleugnen lassen. Du hast etwas verpaßt, von vorne ist die noch besser als von hinten. Ich denke, sie kommt wieder; wenn du willst, bringe ich sie dann zu dir.«

Luciani fielen wieder ihre langen Beine, ihr geschmeidiger Gang ein.

»Nein, laß gut sein. Schöne Frauen muß man ignorieren, dann denken sie, du wärst nicht interessiert, und setzen ihren ganzen Ehrgeiz daran, dich zu verführen.«

»Aha, interessante Theorie. Und hast du auf die Art viele rumgekriegt?«

»Keine einzige«, sagte der Kommissar, klopfte seinem Vize auf die Schulter und ging zur Tür.

»Hör zu, ich muß ganz dringend weg. Kann sein, daß es nichts bringt, kann aber auch sein, daß ... Halt hier die Stellung. Ich komme am frühen Nachmittag zurück.«

Giampieri blieb eine Antwort schuldig. Naturgemäß schmeckte ihm der Gedanke nicht, daß er über eine potentielle neue Spur nicht informiert wurde. Aber ebenso naturgemäß blieb er gerne allein in dem Trubel zurück, weil er dann mit Zeugen, Anrufern und Journalisten nach eigenem Gutdünken verfahren konnte. Wer weiß, womöglich rief der Staatsanwalt gerade dann an, wenn der Kommissar außer Haus war. Und wenn der Staatsanwalt nicht anrief, dann konnte Giampieri es selbst tun, unter einem x-beliebigen Vorwand.

Während Marco Luciani aus dem Büro rannte, dachte er einen Augenblick darüber nach. Er nahm den Aufzug, sprang ins Auto und schaltete das Martinshorn ein. Scheiß drauf, dachte er, soll er doch anrufen, wen er will. Das ist das letzte Stück Freiheit, das mir geblieben ist, und das lasse ich mir von keinem nehmen.

Die Zeit von zwölf bis vierzehn Uhr am Freitag war dem Tennis geweiht, und diese zwei Stunden verteidigte Luciani eisern gegen jegliche Übergriffe der Arbeit oder sonstigen Schwachsinns. Es war nicht nur eine Frage der körperlichen Betätigung, dazu hätte er auch joggen gehen können. Aber beim Joggen bekam man den Kopf nicht frei von der Arbeit, es verlangte keine geistige Anstrengung. Wenn der Kommissar zwei Stunden lang abschalten wollte, indem er sich auf etwas anderes konzentrierte, dann mußte er Tennis spielen, möglichst gegen einen stärkeren Gegner, der kein Abschweifen, keine Unkonzentriertheit zuließ. Nach den zwei Stunden Tennis kam er oft mit einem völlig leergefegten Geist zurück, und dann konnten ihm wichtige Einfälle kommen, er entdeckte Details, die er vorher übersehen hatte, oder zumindest redete er sich das ein, um sein Gewissen zu beruhigen.

Mit heulender Sirene fädelte er sich in die Busspur ein. Er fuhr Richtung Bogliasco, einem Küstendörfchen vor den Toren der Stadt. Dort wartete ein schöner Sandplatz im Freien auf ihn.

Sein Freund Andrea war schon dabei, die weißen Linien abzukehren. Er war ein fanatischer Anhänger des Stretchings und kam deshalb mindestens eine halbe Stunde vor Spielbeginn. Er folgte einem immergleichen Ritual. Jede einzelne Geste, die auf das Betreten der Umkleidekabine folgte, war in jahrelanger Ausübung bis ins kleinste erprobt und verfeinert worden und hatte nun zur perfekten Präparation geführt. Andrea stellte die Tasche auf die Bank, möglichst immer auf dieselbe. Er zog sich aus bis auf die Unterhose, legte seine Kleider zusammen und stapelte sie fein säuberlich neben der Tasche. Dann öffnete er diese und zog der Reihe nach Socken, Schuhe, Hemd und Shorts an. (Marco Luciani fragte sich immer, warum zuerst die Schuhe und dann die Shorts, hatte diese Frage aber nie zu stellen gewagt.) Die Trikots waren immer gewaschen und gebügelt, an den Schuhen hingen nie Staubspuren der letzten Partie. Im Winter zog Andrea auch Ober- und Unterteil des Trainingsanzugs an. Er legte die Bälle in eine Reihe, stellte die Wasserflasche dazu, schichtete die Kleidungsstücke in die Tasche, verschloß diese und begann mit dem Aufwärmprogramm, das immer exakt zwölf Minuten dauerte. Er »zog« und dehnte zuerst Hände, Arme und Schultern, dann den Rumpf, Oberschenkel und Waden, wobei er sorgfältig ein- und ausatmete. Man konnte ihn dabei ruhig ansprechen, aber eine Antwort durfte man nicht erwarten, nicht einmal, daß er einem zuhörte. Danach ging Andrea pinkeln, zog sich Schweißbänder übers Handgelenk, setzte die Mütze auf, nahm Tasche und Schläger und lief zum Court.

Ein einziges Mal war er – wegen eines Autounfalls – zu spät gekommen, besser gesagt: nur fünfzehn Minuten vor offiziellem Spielbeginn. Er hatte sich entschuldigt und dann genau wie immer sein Ritual abgespult, ohne auf die Idee zu kommen, daß man es eventuell hätte verkürzen oder beschleunigen können. Sie waren mit fünfzehnminütiger Verspätung auf dem Platz aufgelaufen, und Marco Luciani fand, daß dies letztlich seine Richtigkeit hatte.

Andrea war ein langweiliger Spieler mit monotoner Taktik. Sein Vorbild war Björn Borg, und wie ein Heiligtum bewahrte er die Videos aller fünf Wimbledon-Siege des Schweden auf, um sie sich an langen Winterabenden wieder und wieder anzusehen. »Der Schlüssel ist die Konzentration«, wiederholte er, »die Konzentration und das Ausschalten von Fehlern.« Er stellte sich einen Meter hinter die Grundlinie und schlug die Bälle zurück, Vorhand, Rückhand, einen wie den anderen, immer fünfzig Zentimeter über die Netzkante und zehn Zentimeter vor die gegnerische Grundlinie. Er variierte nur manchmal die Ecke und probierte hin und wieder – das war für ihn das äußerste Risiko – einen klassischen Vorstoß: einen Stopball und danach, wenn der Gegner ans Netz gerannt war, einen Lop. Wenn Marco Luciani ein spektakulärer Punkt gelang, wie zum Beispiel ein schöner Volley oder Halbvolley, dann zollte Andrea ihm keine Anerkennung, er jammerte auch nicht, er verzog keine Miene. Er gab sich nur Mühe, noch präziser zu servieren oder zu returnieren, und in neunzig Prozent der Fälle machte er den nächsten Punkt. Ein anderer seiner Standardsätze war: »Ein Punkt ist so viel wert wie der andere, wir sind hier nicht beim Turmspringen.«

Marco Luciani ging für sein Leben gern ans Netz oder

versuchte mit spektakulären und riskanten Grundlinienschlägen zu punkten. Es war, als ob er auf dem Tennisplatz alle Exaltiertheit und allen Zauber ausleben wollte, die er sich im normalen Leben versagte. Seit fünf Jahren spielte er jeden Freitag mit Andrea, und er hatte bisher ganze drei Mal gewonnen. Oft kämpfte er sich bis in den dritten Satz vor, und manchmal war er nur zwei Punkte vom Sieg entfernt, manchmal hatte er gar einen Matchball, aber dann versaute er prompt einen Schlag, und im Handumdrehen hatte er die Partie verloren.

Auch heute gewann er den ersten Satz mit 6:3. Er spielte gut und attackierte, sooft er konnte, allerdings überstürzte er nichts, sondern wartete immer den rechten Augenblick ab. Nun führte er bei eigenem Aufschlag 5:4, dreißig beide. Es fehlten zwei Punkte zum Sieg. Wenn er von rechts aufschlug, dann ging er normalerweise nie sofort ans Netz. Jetzt überrasche ich ihn, dachte er. Er brachte einen schönen ersten Aufschlag mit Effet, doch Andreas Return sauste links an ihm vorbei und sprang genau auf die Linie: 30:40. Wenn Luciani von links aufschlug, ließ er häufig einen Netzangriff folgen, aber jetzt fürchtete er einen weiteren Passierball. Er wollte mit dem ersten Aufschlag ein As in die Mitte plazieren, doch der Ball ging ins Aus. Der zweite Aufschlag geriet zu kurz, Andrea konnte so hart returnieren, daß Marco seinen Rückhandball verschlug. Spiel für Andrea, fünf beide. Luciani mußte wieder bei Null anfangen; mit zwei Bällen hatte er eine historische Chance verspielt. Er haderte wegen dieser zwei Fehler mit sich, und schon stand es 5:6, dann ging der ganze Satz mit zwei Doppelfehlern verloren. Der dritte Satz begann katastrophal. Bevor Lucianis Zorn verraucht war, lag er schon 0:3 hinten. Den ersten Schläger zertrümmerte er an der Netzhalterung, nachdem er einen kinderleichten Volley verschlagen hatte, der ihn auf 2:4 herangebracht hätte. Die Wut versetzte ihm eine satte Adrenalinspritze, und so arbeitete er sich von 1:5 auf 4:5 heran. Dann kam der Moment, wo er einen zweiten Schläger zu Kleinholz verarbeitete, weil er einen einfachen Smash zum 5:5 verschlagen hatte.

Er kehrte mit leerer Tasche in die Umkleidekabine zurück. Die beiden Schläger lagen im Mülleimer. Beim Zerkleinern des zweiten hatte er begonnen, mit sich selbst zu reden, und er tat dies auch beim Duschen und Anziehen. Er beschimpfte sich lauthals, Andrea ließ ihn gewähren und wartete wie immer darauf, daß der Sturm sich legte.

Er duschte sich, verabschiedete sich von seinem Gegner und verabredete sich mit ihm für die kommende Woche. Dann setzte er sich mit einem Orangensaft und einem Toast an den Tresen des Tennisclubs. Nach ein paar Minuten kam ein langjähriges Mitglied an, das sein ganzes Leben im Club verbrachte und den Spitznamen »Geometer« trug. Er fragte, ob er sich zu Luciani setzen dürfe.

»Entschuldigen Sie die Störung, Herr Kommissar, ich weiß, es geht mich nichts an, aber ein solches Debakel kann ich nicht kommentarlos mit ansehen.«

Marco Luciani versuchte das Gespräch abzuwürgen. Er hatte keine Lust, sich jetzt auch noch eine Gardinenpredigt anzuhören. »Ich weiß, ich bitte Sie und alle, die am Spielfeldrand standen, um Verzeihung. Schläger zu zertrümmern … Ich hätte verdient, daß man mich aus dem Club schmeißt.«

»Vergessen Sie die Schläger, Herr Kommissar, die kann man wieder kaufen. Was sich nicht so leicht zertrümmern und wieder zusammenbasteln läßt, das ist die Selbstachtung.«

»Um Gottes willen, es war nur ein Tennismatch …«, sagte Luciani lächelnd.

»Und trotzdem setzt bei Ihnen deshalb der Verstand

aus, wie mir scheint. Ich habe gesehen, wie gut Sie heute gespielt haben, ein erhebender Anblick: flache Bälle, angeschnittene Rückhandschläge, Volleys, Sie spielen, wie man es zu meiner Zeit tat ... Irgendwann fehlten Ihnen nur noch zwei Punkte zum Matchgewinn, wenn ich nicht irre.«

»Leider irren Sie nicht.«

»Eben. Sie hatten sich mit einer bestimmten Spiel- und Angriffstaktik hervorragend geschlagen, aber für diese beiden Bälle haben Sie Ihre Taktik geändert. Warum?«

»Ich wollte meinen Gegner überraschen. Da ich dachte, er warte auf den üblichen Angriff, habe ich eine Variante gewählt.«

»Und er hat Sie aufs Kreuz gelegt.«

»Ja.«

»Es ist sinnvoll, den Gegner zu überraschen, aber nicht zwei Punkte vor dem Sieg. Das können Sie machen, wenn es 40:0 oder 0:40 steht, einfach um es einmal auszuprobieren. Aber die entscheidenden Bälle müssen mit Hilfe der Statistik gespielt werden: Wenn ein bestimmter Angriffsschlag dem Gegner nicht behagt oder ihn schon einmal in die Bredouille gebracht hat, dann mag er sich noch so sehr darauf einstellen – er wird sich vor dem Schlag fürchten, und Angst ist schon der halbe Fehler. In den entscheidenden Momenten darf man nie improvisieren, in den entscheidenden Momenten braucht man einen klaren Verstand, einfache Lösungen. Und mit Improvisation stellt man sich selbst ein Bein, immer.«

»Aber es ist die Phantasie, die meinem Spiel das gewisse Etwas verleiht.«

»Oder das gewisse Etwas nimmt.«

»Wieso nimmt?«

»Weil die Phantasie dafür sorgt, daß Sie die schönsten und spektakulärsten Punkte machen. Aber die Punkte sind alle gleich viel wert, ein Rückhand-Slice, den Sie Halbvolley im Hechtsprung spielen, zählt genausoviel wie der Return, den Sie aus Unachtsamkeit ins Netz hauen. Sie haben es immer auf die spektakulären Punkte, die überraschenden Konterbälle abgesehen, aber für jeden Punkt, den Sie machen, geben Sie zwei ab.«

»Nun, wenn man keinen Spaß dabei hat, braucht man gar nicht erst zu spielen.«

Der Geometer lächelte. »Genau. Das ist es. Dann gehen Sie auf den Platz, um Spaß zu haben, nicht um zu gewinnen. Das sind zwei Paar Stiefel. Aber wenn Sie nur auf dem Platz stehen, weil Sie Spaß haben wollen, warum kriegen Sie dann Tobsuchtsanfälle?«

Marco Luciani senkte den Blick.

Der Geometer legte ihm eine Hand auf die Schulter. »Hören Sie auf einen alten Hasen, der zu seinen Glanzzeiten ein paar schöne Siege gefeiert hat. Sie sind Polizeikommissar, oder? Ich glaube nicht, daß Sie, wenn Sie einen Mörder fangen wollen, nur auf die Phantasie bauen, im Sinne von Spürsinn und Intuition. Sie werden eine Unmenge an Fakten kontrollieren, Beschattungen, Verhöre durchführen, also stundenlanges Arbeiten mit Hilfe der Statistik. Dann wird irgendwann wahrscheinlich auch der Moment kommen, wo Sie die Erleuchtung haben, doch das passiert erst nach der nötigen Kleinarbeit.«

»Nun, meistens ahne ich von Anfang an, wer der Schuldige ist.«

»Sehr gut. Das heißt, Sie verstehen, mit welchem Gegner Sie es zu tun haben. Aber wenn er dann nicht gesteht, beginnt der Kampf, um ihn festzunageln. Und dann müssen Sie die richtige Strategie entwickeln, um ihn weichzukochen, um ihn zu schlagen. Sie müssen seinen Schwachpunkt finden. Wobei nicht gesagt ist, daß Sie nicht hinter dem Falschen her sind. Folglich müssen Sie in jedem Fall alle

Tatumstände und alle anderen potentiellen Täter überprüfen, oder nicht?«

»Richtig«, sagte Marco Luciani, wobei er mit Erleichterung dachte, daß diesen Teil der Arbeit vor allem Giampieri erledigte.

»Gut. Und auf der Gegenseite, wie sieht es da aus? Ich wette, daß es zwei Grundtypen von Mördern gibt: den Instinkttäter, der in einer bestimmten Situation aus Affekt handelt, sei es Zorn, Habgier, Eifersucht oder sonstwas, und dann den Rationalen, der die Tat bis ins letzte Detail plant, einen Fluchtweg vorbereitet, die Spuren verwischt. Habe ich recht?«

»Ähmm … könnte man sagen.«

»Nun, ich denke, es versteht sich von selbst, daß ihr achtzig, wenn nicht neunzig Prozent von den impulsiven Tätern fangt, denen, die sich von einem Tobsuchtsanfall oder sonst einem Aussetzer hinreißen lassen – die gehen euch fast von alleine ins Netz. Und, sagen wir, fünfzig Prozent … oder weniger?«

»Deutlich weniger: dreißig Prozent.«

»… dreißig Prozent von den Abgebrühten, die vorher jeden Spielzug planen und an der Grundlinie bleiben, die euch zum Fluchen und Schwitzen bringen, bis ihr euch am Ende totgelaufen habt. Denn je länger die Partie dauert, desto geringer werden eure Chancen, sie festzunageln. Heißt es nicht, ein Mörder muß in den ersten achtundvierzig Stunden dingfest gemacht werden, sonst klappt es nicht mehr?«

Marco Luciani ahnte, daß es nicht mehr lange dauern würde, bis der Geometer ihn mit dem Fall stichelte, der jetzt in den Zeitungen breitgetreten wurde. »Ja, so sagt man«, meinte der Kommissar und erhob sich, »und für die Mehrzahl der Fälle gilt das nach wie vor, auch wenn sich die wirkliche Deadline dank neuer technisch-wissenschaftlicher Methoden um rund drei Wochen verschoben hat. Nur ist in unserem aktuellen Fall nicht gesagt, daß es überhaupt einen Mörder gibt.«

»Den Mörder gibt es immer, Herr Kommissar. Auch wer sich selbst umbringt, ist ein Mörder.«

Als Luciani gegen halb vier ins Büro zurückkam, wartete Iannece sofort mit einer Nachricht von Giampieri auf: Kaum sei der Kommissar weg gewesen, habe Doktor Delrio angerufen und nach ihm verlangt. Giampieri habe gefragt, ob es sich um etwas Dringendes handle, und da dem so war und sein Vize nicht wußte, wie er den Kommissar kontaktieren konnte, war er selbst zum Staatsanwalt gegangen. Er werde umgehend Bericht erstatten.

»Ingenieur Giampieri meinte, ich solle Ihnen das nicht sagen, Herr Kommissar, aber es scheint, daß Doktor Delrio nicht erfreut darüber war, daß Sie unauffindbar waren; er hat gesagt, es sei an der Zeit, daß Sie sich ein Handy besorgen.«

»Wenn er gemeint hat, du sollst es mir nicht sagen, warum sagst du es dann?«

Iannece schaute verschmitzt. »Ach, Herr Kommissar, er hat mir gesagt, daß ich es Ihnen nicht sagen soll, weil er genau wußte, daß ich es doch tun würde. Wenn er gewollt hätte, daß ich es Ihnen nicht sage, hätte er es auch mir nicht gesagt.«

Die Erklärung war absolut einleuchtend.

»Und warum, meinst du, wollte er, daß ich es erfahre?«

»Um Sie in Schwierigkeiten zu bringen, weil er Ihren Posten will.«

Marco Luciani biß sich auf die Lippe. »Das ist möglich. Aber dann wäre es sinnvoller gewesen, den Mund zu halten und abzuwarten, bis Doktor Delrio mich direkt maßregelt. Da er mich informiert hat, könnte ich mir jetzt ernsthaft Gedanken machen, ein Handy kaufen und so dafür sorgen, daß ich erreichbar bin.«

»Jesus …, Herr Kommissar. Manchmal wundere ich mich, wie jemand so klug und gleichzeitig so naiv sein kann. Giampieri kennt Sie doch, er weiß, daß Sie, nachdem ich Sie informiert habe, stinksauer sein und das Handy aus Prinzip nicht kaufen werden. Oder täusche ich mich?«

Marco Luciani war verärgert und verzog das Gesicht. Es behagte ihm nicht, daß er so leicht zu durchschauen war. »Du täuschst dich nicht, Iannece. Du täuschst dich ebensowenig wie Giampieri. Offensichtlich kennt ihr mich inzwischen viel zu gut. Aber eines Tages werde ich euch alle zum Narren halten, es wird euch die Sprache verschlagen. Das kannst du Giampieri ruhig sagen.«

Ianneces Miene verfinsterte sich. »Sagen Sie es ihm selbst, Herr Kommissar. Ich verrate dem Ingenieur nichts. Ich bin loyal, und wenn ich einer Person die Geheimnisse einer anderen Person anvertraue, dann mache ich das nicht auch andersherum. Ich habe keine gespaltene Zunge, meine Zunge ist nur gegabelt, und damit Schluß.«

Er wollte hinausgehen, doch da der Kommissar merkte, daß er schon wieder ins Fettnäpfchen getreten war, versuchte er die Sache auszubügeln.

»Iannece …«

»Bitte, Herr Kommissar?«

»Was meinst du, wird Giampieri meinen Posten übernehmen?«

»Früher oder später, warum nicht? Er ist fähig, intelligent. Er arbeitet genau. Er vergißt nie irgend etwas …«

Marco Luciani schluckte das mit einem Lächeln.

»… aber meiner Meinung nach will er zu hoch hinaus. Und wer hoch hinaus will, der fällt tief.«

Der Kommissar blieb allein zurück, vor sich einen Berg von Verhörprotokollen. Calabrò hatte erstklassige Arbeit geleistet und praktisch alle Leute befragt, die zum Tatzeitpunkt in den Kabinen waren: Spieler, Zeugwarte, noch einmal den Hausmeister und die Ordnungskräfte der Heimmannschaft. »Nichts Außergewöhnliches«, hatte Giampieri auf die Begleitnote geschrieben. Marco Luciani wollte die Akte schon zuklappen und ungelesen weglegen. Dann holte er tief Luft, steckte die Kappe des Kugelschreibers in den Mund und begann, die Protokolle Wort für Wort nach einem noch so kleinen Hinweis abzusuchen. Er würde gewissenhaft und genau werden wie kein zweiter, bei der Arbeit und auf dem Tennisplatz. Nun war Schluß mit den Luftschlössern, den genialen Eingebungen, den Improvisationen. Er mußte besser planen, Fragen vorbereiten und die Gegner genau studieren. Er machte eine Weile weiter, er gähnte zwar ununterbrochen, riß sich aber zusammen. Am deprimierendsten waren die Aussagen der Fußballer, eine Litanei von »Ich weiß nicht«, »Ich erinnere mich nicht«, »Ich habe nichts gesehen«, dazwischen eine Reihe vorgefertigter Phrasen. Wenn Calabrò die Sprache auf Korruption brachte, auf umstrittene Schiedsrichterentscheidungen, ver- und gekaufte Spiele, dann ging die Klappe endgültig runter. Nicht nur bei Rebuffos Spielern, auch bei den anderen. Sicher waren sie die letzten, die sich um ihre Spielwiese mit Verträgen von fünf bis zehn Millionen Euro jährlich bringen wollten.

Gegen halb sechs kam Roberto Valle in Lucianis Büro. Obwohl er in Zivil war, roch man den Digos-Agenten* einen Kilometer gegen den Wind. Er trug einen blauen Anzug, dazu eine Krawatte, die nicht zum Hemd paßte.

»Hallo Marco, wie geht's?«

»Ganz gut, und dir?«

»Ach, ich habe es satt, den Zoowärter zu spielen. Die Fußballfans sind einfach Tiere. Ich kann es gar nicht er-

* »Digos« ist der italienische Verfassungsschutz. (Anm. d. Übers.)

warten, mal wieder so einen schönen Ausflug nach Kuba zu machen. Aber diesmal bleibe ich mindestens sechs Monate. Falls du verstehst, was ich meine«, sagte er und deutete dabei einen Macarena-Tanz an.

»Was hast du denn da Schönes für mich?«

Valle hatte ein Bündel Briefe in der Hand, die er dem Kommissar mit sorgenvoller Miene reichte: »Es sind noch mehr Drohbriefe gekommen.«

»Bestens. Die kommen gleich zu den Akten«, sagte Marco Luciani, wobei er die Briefe nahm und neben den Korb mit dem Altpapier legte.

Valle hielt ihn zurück. »Warte mal. Lies sie vorher. Vier oder fünf sind vollkommen bescheuert, aber einer scheint ernst zu sein, da ist größte Vorsicht geboten.«

Der Kommissar blätterte sie eilig durch. Er haßte anonyme Briefe, sie lösten dasselbe Gefühl in ihm aus, wie wenn man nach Hause kam und feststellte, daß Einbrecher die Schubkästen durchwühlt hatten: das Gefühl, daß jemand alles über einen weiß, weil er in den intimsten Geheimnissen hat herumschnüffeln können, während wir nichts von ihm kennen, nicht einmal sein Gesicht.

In zwei Briefen wurde behauptet, gegen Rebuffos Mannschaft sei eine Verschwörung im Gang; die Journalisten wurden der Parteilichkeit bezichtigt und bedroht, ebenso die Polizei, die angeblich von den anderen Mannschaften gedungen sei. Die Briefe hatten einen ähnlichen Inhalt, waren beide mit dem Computer geschrieben, im gepflegten Italienisch halbintellektueller Fans, die offenkundig nach einer Triebabfuhr suchten und ihre Drohungen sicher nicht wahr machen würden. In zwei anderen Briefen standen Sachen wie: »Ihr werdet alle sterben, ihr Drecksbullen«, außerdem beteten sie Sprechchöre der Fans und Todesdrohungen nach. Sie waren aus ausgeschnittenen Zeitungslettern zusammengesetzt, wie in einem Agatha-Christie-

Krimi. Luciani heftete sie innerlich sofort unter der Rubrik »Schwachsinn« ab.

Der letzte Brief war handgeschrieben, allerdings mit Schablone, damit kein Graphologe ihn analysieren konnte. Ein ähnlicher war bereits am Dienstag eingegangen, mit dem schlichten Inhalt: »Passen Sie auf, Kommissar Luciani, lassen Sie die Selbstmörder in Ruhe.« Der neue Brief wiederholte wortwörtlich diesen Satz und fügte an: »Wir wissen, wo du bist.«

Roberto Valle wartete, bis Luciani ihn gelesen hatte. »Genauso wie der von neulich.«

»Ja, ich erinnere mich. Die Buchstabenschablone macht immer einen starken Eindruck.«

»An deiner Stelle würde ich ihn nicht auf die leichte Schulter nehmen. Läufst du immer noch ohne Waffe herum?«

»Sicher.«

»Meinst du nicht, daß …«

»Willst du meine Meinung hören: Keine Waffe, außer im Dienst und in Notfällen. Dies hier scheint mir, bisher zumindest, kein Notfall zu sein.«

Valle schüttelte den Kopf: »Ich könnte dir ein paar Leute als Personenschutz geben.«

»Was du nicht sagst.«

»Wenn die Jungs dahinterstecken, die ich im Auge habe, anarchistische Fans, dann sind sie gefährlich. Die können ziemlichen Schaden anrichten, ich habe sie schon in Aktion gesehen, denen kommt man mit Vernunft nicht bei. Es besteht der Verdacht, daß auch die Bombe vor der Agentur für Zeitarbeit auf ihr Konto geht.«

Der Kommissar schnaubte. Die Vorstellung, sich ständig vorzusehen, behagte ihm nicht, ebensowenig wollte er dauernd zwei Bodyguards im Schlepptau haben. Die gegen eine Bombe sowieso nichts ausrichten konnten.

»Wenn es Fußballfans sind, glaube ich nicht, daß sie so gefährlich sind«, sagte er in Gedanken an Witwe Ferretti, »deren Interessen stehen hier ebenfalls auf dem Spiel, und wenn, dann verkloppen sie sich höchstens untereinander. Aber so weit zu gehen, daß sie sich an einem Polizeikommissar vergreifen ... die wissen, daß sie das äußerst teuer zu stehen käme.«

»Das auf jeden Fall«, lächelte Valle. »Denk trotzdem drüber nach und nimm die Pistole mit.«

Er versuchte sich wieder auf die Protokolle zu konzentrieren, aber da schob Iannece den Kopf durch den Türspalt.

»Herr Kommissar, ich bin es, Iannece.«

»Das sehe ich. Was gibt es denn?«

»Da drüben ist der Versicherungsdetektiv. Er möchte Sie gerne eine Minute sprechen.«

»Mamma mia, das ist vielleicht ein Nervtöter. Sag ihm, daß ich beschäftigt bin.«

»Wenn Sie gestatten, Herr Kommissar, würde ich gerne eine Wanze für ihn brechen. Er wartet seit zwei Stunden. Und es ist schon der dritte Tag, daß er hier antanzt. Er hat gesagt, daß ihr eine Minute genügt.«

Marco Luciani bekam Gänsehaut bei diesem »ihr«. Nun begnügte Iannece sich nicht mehr mit seinen typisch süditalienischen Grammatikfehlern, inzwischen verwechselte er auch noch die Personalpronomina.

»Okay, komm, ich hab's kapiert. Laß ihn herein, dann geht er mir wenigstens nicht mehr auf die Nüsse. Aber wenn er innerhalb von genau drei Minuten nicht wieder draußen ist, dann kommst du hereingestürmt und brüllst: ›Notfall, wir müssen los, es gehe um Leben und Tod.‹ Verstanden?«

»Vollkommen, Herr Kommissar.«

»Und wenn ich sage: ›Aber hat das denn nicht noch

einen Augenblick Zeit‹, dann bestehst du darauf, daß es ein Notfall ist. Vergiß das nicht.«

»Keine Sorge, Herr Kommissar. Verlassen Sie sich ganz auf mich!«

Iannece schloß die Tür. Luciani verteilte ein paar Papiere auf dem Schreibtisch, damit er vielbeschäftigt wirkte. Kaum hatte es geklopft, nahm er den Telefonhörer ans Ohr und tat so, als hätte er gerade ein äußerst wichtiges Gespräch zu führen.

»Herein!« knurrte er.

Der Versicherungsdetektiv blieb einen Moment auf der Schwelle stehen – im Gegenlicht zeichnete sich eine großgewachsene kurvenreiche Silhouette in dunkelgrauem Kostüm ab. Das lange braune Haar fiel weich über die Schultern, die Augen einer Gazelle und das Lächeln von jemandem, der weiß, daß er überall gern gesehen ist ... *Sie* ist das, dachte Luciani, die junge Frau aus dem Flur. Er legte den Hörer falsch herum auf den Apparat und sagte nachträglich: »Ich ruf dich nachher zurück.«

»Entschuldigen Sie, wenn ich so zudringlich bin, Herr Kommissar. Darf ich hereinkommen?«

Die Stimme hatte Wärme – und Wirkung. Kein Gesäusel, kein Gezirze. Professionell. Die Rehaugen fixierten Luciani und bohrten sich in seinen Blick.

Marco Luciani schluckte, hüstelte, wollte ihr schon entgegengehen, blieb stehen, beugte sich hinab, um die Papiere aufzulesen, die auf den Boden gesegelt waren, sagte: »Bitte, setzen Sie sich doch«, streckte ihr die Hand hin, spürte jedoch, daß sie verschwitzt war, führte die Bewegung weiter, als ob er ihr das Büro zeigen wollte, warf die Papiere auf den Schreibtisch, wischte sich die Handfläche am Hosenbein ab, sagte: »Entschuldigen Sie, aber hier drin herrscht immer das Chaos« und wandte sich der Tür zu, als ob die Kollegen daran schuld wären. Er wollte sich schon setzen, hielt dann inne, um ihr den Vortritt zu lassen, er schloß einen Jackettknopf, fuhr sich mit der Hand durchs Haar – es sollte wie ein Ausdruck der Erschöpfung wirken, in Wahrheit richtete er seine Frisur –, schließlich wollte er die Papiere zu einem Haufen zusammenschieben, stieß aber gegen den Kaffeebecher, dessen Inhalt sich über Schreibtisch und Fußboden ergoß.

»Scheiße.«

Er warf wahllos einige Blätter auf die Lache, um sie aufzusaugen, und hoffte, daß sie nicht wichtig waren. Dafür wird Iannece büßen, dachte er. Er knüllte das Papier zu einer feuchten braunen Kugel zusammen, quetschte sie irgendwie in den Mülleimer, saute sich dabei die Hände ein, die er wiederum an den anonymen Drohbriefen abwischte. Als er sich wieder setzte, wagte er nicht, sie anzusehen. »Entschuldigen Sie«, sagte er, »das ist heute nicht mein Tag.«

Sie hatte es geschafft, ernst zu bleiben. »Ich bitte Sie, Herr Kommissar. Das muß für Sie eine brutale Woche sein, ein Nervenkrieg.«

Marco Luciani dankte ihr im stillen, daß sie die peinliche Situation überspielt hatte. Was für eine jämmerliche Figur er abgegeben hatte, schlimmer als ein pubertierender Tölpel! Und wer war die Dame schließlich schon? Lediglich eine der sensationellsten Schönheiten, die ihm je über den Weg gelaufen waren. Er wagte noch einen verstohlenen Blick – ihre Mimik verriet keine Spur von Ironie, nicht einmal Mitleid. Vielleicht konnte er wieder Boden gut machen. Sie hatte ihn in einem Moment der Schwäche, der Hilflosigkeit erwischt. Er hatte wenig geschlafen, sich nur mit Hilfe von Kaffee auf den Beinen gehalten, aber der Schönheit konnte man sich nicht stellen, wenn man mental nicht vorbereitet war. Jetzt würde er allerdings wieder kühl, distanziert und selbstsicher werden. Er holte tief Luft und zwang sich, ihr direkt in die Augen zu sehen, wie einer Gleichgestellten, oder besser: wie ein Vorgesetzter seinem Untergebenen. Danach würde er noch einmal von vorn beginnen.

Die Versicherungsdetektivin saß auf der Stuhlkante vor dem Schreibtisch. Sie hatte ihre langen Beine übereinandergeschlagen und ihre schwarze Lederhandtasche neben sich gestellt. Der zweite Eindruck war, selbst ohne den Überraschungseffekt, noch verheerender als der erste: Die grasgrünen Augen strahlten ausdrucksvoll. Der Mund war leuchtend rot, die Fesseln, auf die er blitzschnell einen Blick warf, schmal und elegant. Sie konnte nicht älter als achtundzwanzig sein.

»Was kann ich für Sie tun, Frau Doktor ...«

»Lanni. Sofia Lanni.«

»Marco Luciani«, sagte er, was er sofort bereute. Sie wußte natürlich, wer er war.

»Ich weiß, daß Sie mit dem Fall Ferretti betraut sind, Herr Kommissar. Auch ich widme mich mit meinen bescheidenen Mitteln diesem Fall, und zwar im Auftrag der Hunch-Gruppe, bei denen Herr Ferretti vor zwei Jahren eine Lebensversicherung abgeschlossen hat.« Sie lehnte sich ein wenig zur Seite, um ihre Handtasche aufzunehmen. Das Dekolleté in Kostüm und elfenbeinfarbener Bluse ließ für einen Moment den BH aus heller Spitze erahnen. War das Absicht? Luciani verneinte das innerlich. Sofia Lanni wirkte nicht, als wäre sie auf solche Methoden angewiesen. Oder zumindest wollte er nicht, daß sie es war.

»Bitte, das hier ist eine Kopie der Police. Die ist natürlich streng vertraulich, aber in Ihrem Fall ... Ich denke, diese Information könnte Ihnen von Nutzen sein, vor allem wenn man bedenkt, daß Sie – wenn ich nicht irre – in erster Linie klären müssen, ob es sich um Selbstmord oder Mord ...«

Iannece platzte, ohne zu klopfen, zur Tür herein.

»Kommissar! Kommissar!« Er war aufgeregt, als ob das ganze Gebäude in Flammen stünde.

Marco Luciani verfluchte Iannece innerlich bis ins zwanzigste Glied.

»Was ist denn los, Iannece?« fragte er in möglichst ruhigem Ton.

»Herr Kommissar, ein Notfall! Höchste Dringlichkeit. Wir müssen sofort los.«

»Beruhige dich, Iannece. *Bist du sicher*, daß es so gravierend ist?« Er versuchte mit einem Augenzwinkern, seine Aufmerksamkeit auf die Besucherin zu lenken. Iannece sollte kapieren, daß das Theater nicht mehr nötig war.

Iannece deutete dies auf seine Weise und wendete sich direkt an Sofia Lanni: »Glauben Sie mir, es geht um Leben und Tod, wir müssen da sofort hin.«

Sie fixierte den Kommissar, ein wenig verstört.

»Hör mal, Iannece, ich hatte dir gesagt ...«

»Ich weiß, was Sie mir gesagt hatten, Herr Kommissar, aber es ist wirklich die Hölle los.«

Marco Luciani sah den fragenden Blick der Frau und merkte, daß Iannece die Sache nur noch schlimmer machen würde, wenn er ihn weiterreden ließ.

»Okay, okay. Hol schon mal das Auto, ich komme sofort.«

Sie standen gleichzeitig auf.

»Verzeihen Sie, Frau Doktor, im Moment geht es hier so zu. Ich hatte angeordnet, mich auf keinen Fall zu stören, aber wie Sie sehen ...«

Sofia Lanni machte aus ihrer Enttäuschung keinen Hehl. Der Kommissar dachte, daß sie mit ihrem Schmollmund furchtbar sexy aussah. »Ich müßte mit Ihnen mal in Ruhe reden, Herr Kommissar. Wenn Sie irgendwann einen Moment Zeit hätten, gegen Abend etwa ... Ich bin in der Stadt, hier ist meine Visitenkarte mit der Handynummer.«

Marco Luciani nahm sie und steckte sie in die Brieftasche. Einen Moment stellte er sich vor, daß die Frau sich nicht nur beruflich für ihn interessierte, daß sie ihm die Nummer aus einem ganz anderen Grund zusteckte.

Sie gab ihm die Hand: »Rufen Sie mich an, wenn Sie einen Augenblick Ruhe haben. Auch spätabends. Für eine halbe Stunde. Das ist wichtig für mich, und womöglich auch für Sie.«

Wieder wandte er den Blick als erster ab. Er öffnete ihr die Tür und ließ sie in den Korridor vorausgehen, weil er sie von hinten sehen und, während sie auf ihren hochhakkigen Schuhen davonstöckelte, den Déjà-vu-Effekt genießen wollte. Doch Iannece zog ihn zum Fahrstuhl. »Auf geht's, Herr Kommissar, wir müssen.«

Marco Luciani kam der Verdacht, daß Iannece nicht nur Theater spielte, er beschleunigte den Schritt, fand aber die Zeit, sich noch einmal – wie zufällig – umzudrehen. Er wollte sie um jeden Preis noch einmal von hinten betrachten, wenigstens für einen Augenblick. Aber sie war stehengeblieben und sah zu ihnen hin, sie lächelte ihnen zu und machte mit der Hand ein Zeichen.

Kaum waren sie im Aufzug, als Iannece den Knopf für die Tiefgarage drückte, er lehnte sich an die Wand und grinste von einem Ohr zum anderen. »War ich gut, Herr Kommissar? Geben Sie es zu, Sie sind selbst drauf reingefallen ...«

Marco Luciani drückte den Nothalteknopf.

»Iannece, wir zwei müssen mal ein ernstes Wörtchen miteinander reden.«

Am Abend hatte er ein wenig mehr Appetit. Er schrieb das den beiden Tennisstunden zu, und nur diesen. Nach der Dusche hatte er sich auf die Waage gestellt – genau siebzig Kilo zeigte sie an. Nach dem Salat aus wildem Lattich und Karotten gönnte er sich eine Banane, dann nahm er eine Tasse Tee mit Zitrone, setzte sich aufs Sofa und stellte, ganz leise, eine CD mit Barockmusik an.

Es gab Instinkttäter und Verstandestäter. Und auch wer sich selbst tötet, kann das auf zwei Arten tun. Ein hypothetischer Selbstmord ist immer geplant, und oft gehen der erfolgreichen Tat mehrere Fehlversuche voraus. Aber der allerletzte Schritt kann einem plötzlichen Impuls entspringen. Das klassische Beispiel sind Fälle mit Schlaftabletten oder aufgeschnittenen Pulsadern. Ein Streit, die soundsovielte Enttäuschung, man kommt abends nach Hause und sagt: jetzt ist Schluß.

Sollte Schiedsrichter Ferretti sich selbst umgebracht haben, dann hatte er sich für die spektakulärste Variante entschieden, im Stadion, in der Halbzeitpause eines absoluten Topspieles. Er wußte, daß er Frau und Kind damit zusätzliche Probleme bescherte, aber offensichtlich hielt er für wichtiger, daß es alle mitbekommen oder sogar miterleben würden. Daß alle verstehen würden. Vielleicht war es der grausam-ironische Beifall, der ihm den Todesstoß versetzt hatte, doch der Selbstmord war letztlich geplant gewesen. Er mußte alles vorbereitet haben, das Seil, das abgelegene Zimmer: Schiedsrichter sind akribisch, fast manisch genau. Aber wenn sein Selbstmord ein klares Signal sein sollte, warum hatte er dann keinen Zettel hinterlassen, einen Brief, ein paar Abschiedszeilen für die Familie, oder irgendeine Anklageschrift gegen den, der ihn in den Tod getrieben hatte?

Oder vielleicht steckte die Botschaft gerade in den störenden Zwischentönen, in den Dingen, die fehlten (Schlüssel, Handy, Abschiedsgruß) oder in dem weggerückten Stuhl. Hatte Ferretti womöglich selbst Verwirrung gestiftet, damit sein Selbstmord wie ein Mord aussah? Das ergab keinen Sinn, es sei denn, er wollte, daß seiner Frau die Versicherungsprämie ausbezahlt wurde. Oder daß das System des Profifußballs ins Wanken geriet, ein Verdacht auf bestimmte Leute fiel. Das konnte sein. Aber wenn er sich an jemandem rächen wollte, dann wäre es einfacher gewesen, eine etwaige Bestechung zu gestehen, Reue zu zeigen, Namen zu nennen. *Das* hätte einen faustdicken Skandal gegeben.

Und wenn man ihn umgebracht und dann einen Selbstmord inszeniert hatte? Nun, das hätte vieles erklärt. Aber klar, ein Auftragskiller wäre wohl professioneller vorgegangen. Es sei denn, er hätte diesen Selbstmord absichtlich so stümperhaft inszeniert. Aber dann wurden die Motive vollkommen schwammig. Wer konnte Interesse an einem solchen Chaos haben, das den ganzen Profifußball lahmlegte?

Handy, Zettel, Schlüssel, Stuhl. Das entsprach vier spektakulären Schlägen, vier Vorstößen ans Netz. Nun galt es herauszufinden, ob diese vier Attacken geplant waren oder dem Affekt entsprangen. Vier genau plazierte Volleys können den Sieg in einem Tennismatch bringen, vier verhunzte Volleys bedeuten die Niederlage. Luciani mußte nun diese vier Volleys parieren, vier perfekte Passierbälle spielen. Der Gegner mag noch so gut am Netz stehen, es bleibt immer eine winzige Lücke, durch die man den Ball schlagen kann. Die Lücke, die dieser vermaledeite Andrea fast immer fand.

Der Kommissar versuchte sich Herrn Ferretti vorzustellen, auf der anderen Seite, direkt hinter dem Netz, den Schläger in der Hand. Aber er wirkte nicht wie ein Spieler, der sich in die Ballwechsel stürzt, er übernahm ungern die Initiative. Er war ein Mann mit Methode, rational, genau, äußerst seriös. Wenn jemand Verwirrung gestiftet hatte, dann nicht er. An irgendeinem Punkt mußte ein weiterer Akteur das Spielfeld betreten haben.

»Was nehmen Sie, Herr Kommissar?«

»Einen Salat niçoise, ohne Eier. Und eine große Flasche Mineralwasser ohne Kohlensäure.«

»Sie enttäuschen mich, Herr Kommissar. Nehmen Sie gar nichts von dem Fisch? Einen Happen von dem fritierten? Der ist gar nicht schlecht, wissen Sie.«

»Nein, wirklich nicht. Nachher esse ich vielleicht ein Dessert.«

»Hmm ...«

»Aber bestellen Sie ruhig, was Sie wollen. Nehmen Sie auf mich keine Rücksicht.«

Alfredo Rebuffo nickte erleichtert. »Na, ich werde Sardinen mit grüner Soße und ein bißchen fritierten Fisch als Vorspeise nehmen. Und dann die Spaghetti mit Hummer. Die sind traumhaft, wissen Sie.«

»Wein?« fragte der Kellner.

»Herr Kommissar?«

»Für mich nicht, danke.«

»Antialkoholiker?«

»Nein, aber mittags trinke ich nie.«

»Und essen tun Sie auch nicht ... Bringen Sie mir einen Pigato, aber gut gekühlt, bitte.«

Die beiden Männer schwiegen. Seit Luciani seinen Fuß in diesen überteuerten Protzschuppen gesetzt hatte, bereute er, sich auf das Treffen eingelassen zu haben. Es war wohl mehr als ein Zufall, daß Rebuffo kurz nach Colnagos Tobsuchtsanfall um eine Unterredung gebeten hatte. Der Manager lächelte zufrieden und versuchte eine ungezwungene

Gesprächsatmosphäre und so etwas wie Vertrauen herzustellen. Er sprach eine Weile über das Wetter, über die Stadt, die ihm sehr gefalle, und von einer Ausstellung, die er im Palazzo Ducale besucht habe. Der Kommissar hörte zu und gab hin und wieder einsilbige Antworten. Er gestand es sich ungern ein, aber an Rebuffos selbstsicherem Gebaren war etwas, das ihn gleichzeitig faszinierte und einschüchterte, wie die Erinnerung an ein früheres Leben.

»Den Kommissaren in den Büchern ähneln Sie nun wahrlich nicht … die bringen ihre Zeit mit Essen und Trinken zu.«

»Nein.«

»Oder mit Kochen. Einige sind hervorragende Köche, wenn ich nicht irre.«

»Ja.«

»Wie erklären Sie sich das?«

»Was?«

»Wie erklären Sie sich, daß Ihre Kollegen in den Büchern so ein Faible für das Essen haben?«

»Ich wüßte nicht. Ich lese schon seit Jahren keine Krimis mehr. Ich bin noch auf dem Stand von Sherlock Holmes und Maigret.«

»Nun, das ist schade. Auch unter den neueren sind sehr gute … zum Beispiel gibt es einen spanischen Kommissar, das heißt, er ist Privatdetektiv, an dem sollten Sie sich ein Beispiel nehmen: Lebt in einer Villa mit Garten, ißt nur fangfrischen Fisch und trinkt nur Liebhaberweine. Der weiß das Leben zu genießen, und auch an Mädchen herrscht kein Mangel.«

»Schön für ihn. Die Ermittler, die ich kenne, tanken Pizza und Bier …«

»Vielleicht weil sie abhängig Beschäftigte sind. Wir wissen, daß der Staat mit seinen Dienern nicht großzügig umspringt. Sehen Sie, jemand, der zum Beispiel Ihr Talent hat, der sollte sich selbständig machen, seine Erfahrung und seine Intelligenz für Privatkunden einsetzen ... Ich bin sicher, da könnten Sie verdienen, soviel Sie wollen. Es gibt jede Menge Unternehmen, die bei Spezialaufträgen ehemalige Polizisten und Militärs einsetzen, auch im Profifußball.«

Aha, er will also mit offenen Karten spielen, dachte Marco Luciani.

»Zucken Sie nicht zusammen. Das war kein Bestechungsversuch, nur ein guter Rat. Und außerdem versucht man jemanden zu korrumpieren, der eine Wahrheit vertuschen oder eine andere schlucken soll. In unserem Fall dagegen will niemand, daß Sie die Wahrheit vertuschen, Sie sollen sie nur akzeptieren.«

Der Manager machte eine Verschnaufpause, in erster Linie weil er sich auf die Sardinen konzentrieren wollte, die in Sekundenschnelle verputzt waren. Er trug einen Anzug von Armani und ging wohl täglich zum Friseur, aber im Grunde war er der Sohn eines Dachdeckers geblieben und aß mit entsprechendem Appetit. Dann sprach er weiter, wobei er die Augen des Kommissars fixierte: »Sie wissen, daß der Schiedsrichter sich umgebracht hat. Es liegt klar auf der Hand, daß dem so ist. Es kann nicht anders sein. Können Sie sich einen Mörder vorstellen, der unbemerkt ein vollbesetztes Stadion betritt, in die Umkleidekabine des Schiedsrichters marschiert, ihn aufknüpft, ohne daß dieser sich wehrt, ohne Spuren an seinem Körper zu hinterlassen, und dann seelenruhig wieder hinausmarschiert, ohne gesehen zu werden?«

Marco Luciani leerte sein Wasserglas. Er hatte den Salat noch nicht angerührt. »Selbst wenn wahr wäre, was Sie sagen, so gibt es immer noch etwas, was nicht ins Bild paßt.«

»Kleinigkeiten. Nichts, was man nicht erklären könnte. Wie zum Beispiel der angebliche Schlag, um das Opfer zu betäuben. Oder die Hände, die er sich vermutlich selbst gefesselt hat. Oder die Gegenstände, die in dem Raum verschoben wurden. Es ist klar, daß …«

»Da scheinen Sie ja besser informiert zu sein als die Polizei. Wenn ich es recht bedenke … da Sie schon einmal das Hämatom an der Schläfe des Opfers erwähnen: von diesem Detail war nirgendwo in der Presse die Rede. Woher wußten Sie davon?«

Rebuffo verlor nicht die Contenance. »Ich habe meine Quellen … Ich kann mich schließlich nicht nur auf die Journaille verlassen. Ich bin überzeugt, daß ihr selbst nicht an die Mordtheorie glaubt, sonst hättet ihr schon etwas unternommen, ihr hättet zumindest gegen jemanden ermittelt, eine Wohnung durchsucht.«

»Es gibt keinen Grund zur Eile.«

»Ganz im Gegenteil, Herr Kommissar, es gibt allen Grund zur Eile. Die Leute wollen diesen häßlichen Zwischenfall so schnell wie möglich vergessen und sich wieder im Stadion vergnügen, den Fußball von seiner schönsten Seite erleben. Kümmert es Sie denn gar nicht, daß morgen keine Spiele stattfinden, daß Millionen Menschen einen trüben Sonntag verbringen werden?«

»Meinen Sie das im Ernst? Halten Sie das wirklich für ein Argument, das bei mir ziehen könnte? Glauben Sie, daß mir etwas an den dämlichen Fußballfans liegt? Ich weiß selbst, daß für die in einem Monat alles vergessen ist und sie wie eh und je auf den Rängen herumbrüllen werden. Aber das werden sie so oder so tun.«

»Darf ich Ihnen weitere Argumente liefern?«

»Zum Beispiel?«

»Zum Beispiel, daß der Fußball zu den wichtigsten Wirtschaftszweigen dieses Landes gehört. Da ist ein Milliardenkapital gebunden, das nicht brachliegen darf. Haben Sie eine Vorstellung, wieviel uns Ihre Ermittlungen kosten?«

»Das ist mir gleichgültig. Es würde euch sogar gut tun, mal wieder auf den Teppich zu kommen.«

»Sie denken dabei an die Spielergehälter, und womöglich haben Sie recht, Herr Kommissar. Aber überlegen Sie mal, wie viele Otto Normalverbraucher es gibt, die ebenfalls vom Fußball abhängen, da geht es um Tausende Arbeitsplätze: Die Toto-Annahmestellen, die Journalisten, bis hin zu den Händlern, die Schals oder Würstchen verkaufen ...«

»Nicht einmal dieses Argument zieht bei mir. Sie werden schon geahnt haben, daß ich keine Würstchen esse.«

Rebuffo schwieg eine Weile, als ob er nicht weiterwüßte. Dann setzte er neu an: »Ich habe den Eindruck, daß Sie einen Kreuzzug starten, Herr Kommissar. Und Sie gehen damit in die Irre. Unsere Branche ist vielleicht nicht vorbildlich, aber auch was die skandalträchtigen Gehälter angeht ... ich versichere Ihnen, daß wir das Geld nicht einfach zum Fenster rauswerfen. Jeder Spieler wird nach seiner sportlichen Leistung taxiert, aber auch nach seinem Image, seiner Attraktivität für Sponsoren. Kein Betrag ist von sich aus hoch, ich achte darauf, daß ich niemandem mehr bezahle, als er wert ist, aber wenn ich in einem besonderen Moment einen besonderen Spieler brauche, dann schaue ich nicht aufs Geld«, sagte der Manager, wobei er Luciani wieder fixierte.

Der Kommissar war erstaunt, wieviel Rebuffo preisgab. Es war nur zu offensichtlich, welchen Spieler er unter Vertrag nehmen wollte.

»Sie balancieren über einem Abgrund, Herr Rebuffo.«

»Wer reich ist, hat die Auswahl, Kommissar. Was weiß ich, eine schöne Villa in der Karibik zum Beispiel. Das Klima ist angenehm, und die Mädchen, das können Sie mir glauben, sind wie aus dem Bilderbuch. Es gibt Leute, die sich vor dem Nichtstun fürchten, aber nicht einmal das ist ein Problem: Für viele große Firmen, für Sport-Events werden dort fähige

Leute gesucht, Sicherheitsexperten ... Falls jedoch ein intelligenter, studierter Mensch nach Höherem strebt, eine andere Laufbahn möchte: in Justiz oder Politik ...«

»Das klingt schon interessanter, aber nicht einmal das zieht bei mir.«

Alfredo Rebuffo schwieg einen Moment, bis der Kellner die Sardinen abgeräumt und die fritierten Seefrüchte aufgetragen hatte. Er langte mit den Fingern sofort nach einem Tintenfisch und grub mit sichtlichem Genuß die Zähne hinein: »Hmm, was für eine Delikatesse ... der zergeht auf der Zunge. Sich die Freuden des Daseins zu versagen ist eine Todsünde.«

Dem Kommissar war schon ein wenig übel, er fürchtete, daß der Fettgeruch in seinen Kleidern hängenbleiben würde. Er wollte nur weg, so schnell wie möglich weg.

Der Manager sprach mit vollem Mund: »Lassen Sie mal hören. Welches Argument würde bei Ihnen denn greifen?«

Marco Luciani schenkte sich noch ein Glas Wasser ein und trank einen Schluck. »Ein schriftliches Geständnis, daß man den Schiedsrichter bestochen hat, zum Beispiel. Daß man die letzte Meisterschaft dank Korruption und Erpressung gewonnen hat. Wenn Sie selbst und Ihr Clubpräsident zurücktreten würden. Eine Liste mit allen bestechlichen Schiedsrichtern und eine Rückerstattung aller erschlichenen Titel. Soll ich weitermachen?«

Rebuffo erstarrte, einen Shrimp in der Luft haltend. »Ich verstehe nicht, wovon Sie reden.«

»Ich dachte, wir würden mit offenen Karten spielen.«

»Diese Karten kenne ich nicht.«

Es herrschte Stille. Dann erhob sich Marco Luciani und zog das Portemonnaie aus der Tasche.

Der Manager wollte ihn davon abhalten. »Nein, ich bitte Sie. Sie sind mein Gast. Oder meinen Sie, daß auch ein Salat einen Bestechungsversuch darstellen könnte?«

»Neben Ihnen zu sitzen, bedeutet schon, käuflich zu sein.«

Er ging zur Kasse, um seinen Anteil zu bezahlen. Der Manager stand auf und folgte ihm mit funkelndem Blick.

»Sie sind ein Verlierer«, zischte er, »einer von denen, die am Ende immer das Nachsehen haben. Ich kenne diesen Typus gut, wissen Sie. Ich erkenne Verlierer- und Gewinnertypen, und ich irre mich nie.«

Marco Luciani fixierte ihn. »Sie sind wahrscheinlich der einzige, der immer noch so redet. Verlierer, Sieger. Was soll das sein?«

Er bewegte sich Richtung Ausgang. Sein Gegenüber blieb ihm auf den Fersen.

»Sie werden diesen Fall als Selbstmord abschließen müssen. Und das wissen Sie besser als ich. Wir werden Ihretwegen nur noch ein bißchen Zeit verlieren, vielleicht auch ein bißchen Geld, aber am Ende werden wir recht bekommen, und Ihnen wird nur Ihr lächerlicher Stolz bleiben. Der Stolz der Unterlegenen.«

Marco Luciani betrachtete ihn, und mit möglichst viel Verachtung in seinem netten Lächeln sagte er: »Sie haben da ein bißchen Petersilie am Zahn hängen.« Dann ging er hinaus.

Von oben betrachtet sah die Villa wie das Haus einer kinderlosen Familie aus, das Haus eines alten Ehepaars, das nicht mehr die Kraft hat, regelmäßig zu streichen und Schönheitsreparaturen durchzuführen. Ein Paar, das sich nach außen abgeschottet hat und auch die Dienstboten nur noch für das Notwendigste kommen läßt. Der Pool, in dem er als Kind geschwommen war, lag unter einer großen grünen Plane, auf der sich Blätter, Zweige und Flugsand sammelten. Und sein Tennisplatz mit Tartanbelag, sein geliebter Tennisplatz, war seit Jahren verlassen, das

Netz hing durch, einige Platten hatten sich gelöst. Auch der Kies auf den Wegen war zerwühlt, durchmischt mit Blättern, die seit Wochen nicht aufgelesen wurden. Nur die Rosen im Garten leuchteten in einem kräftigen Rot, wie vor vielen Jahren; die Frau, die sie seit langem pflegte, mußte noch über eine ruhige und sichere Hand verfügen.

Marco Luciani ließ den Blick über den Hügel des »Boschetto« schweifen und betrachtete nacheinander jede Villa, jedes Haus, das in dem Wäldchen versteckt lag. Hie und da stieg aus einem der Gärten, die zwischen Trockenmauern gezwängt waren, der Rauch eines Reisigfeuers oder der Strahl einer Besprenkelungsanlage in den Himmel. Unten lag Camogli mit seinen gelben, roten und rosafarbenen Häusern, die Kapelle am Meer, die azurblaue Fläche, die von den Fährschiffen nach San Fruttuoso durchpflügt wurde.

Dieser Holzkopf von Manager hat sich nicht einmal richtig über mich informiert, dachte Marco Luciani. Er weiß eine Menge, aber das Entscheidende weiß er nicht. Er hat sich nicht einmal die Mühe gemacht, herauszubekommen, was mich wirklich interessieren könnte, womit er mich hätte ködern können. Offensichtlich sind Männer sehr einfach gestrickt: Geld, Häuser, Frauen. Vielleicht noch ein Auto. Er hätte ein bißchen mehr Phantasie aufbringen können, mir vielleicht ein paar Wimbledon-Tickets, zwei neue Schläger oder ein Abendessen mit Anna Kournikowa anbieten können. Er hätte zumindest gezeigt, daß er meine Vorlieben kennt. Die Läden der Villa waren fast alle geschlossen, der Westflügel sah aus, als wäre er lange schon unbewohnt. Das war der Flügel mit den Gästezimmern und -bädern. Er stellte sich die weißen Laken vor, die Sessel und Sofas einhüllten, den Staub, der die Terrazzoböden bedeckte, das Parkett, das allmählich Glanz und Halt verlor. Wahrscheinlich war auch das Billardzimmer schon lange verschlossen, auch dort mußte ein Laken über dem grünen

Filz liegen. Tücher über dem Pool, Tücher über den Polstermöbeln, Tücher über dem Billardtisch und auch über dem Auto in der Garage. Leichentücher. Leichentücher, in die sich Erinnerungen von Menschen hüllten, die in diesem Haus früher die Ferien verbrachten. Und eines Tages würden sie die Menschen selbst einhüllen, und zwar für immer.

Er meinte, hinter der Glastür zur Küche, im Erdgeschoß, einen Schatten gesehen zu haben. Instinktiv sprang er zurück, versteckte sich hinter einem Baum. Er blieb eine Weile in Deckung, während sein Herz heftig schlug. Er versuchte langsam und tief zu atmen, langsam und tief. Als er sich ein wenig beruhigt hatte, warf er noch einen flüchtigen Blick auf die Tür. Der Schatten war, falls es ihn gegeben hatte, verschwunden.

Er machte sich auf den Heimweg, er war so müde, daß er mit den Füßen schlurfte. Es war ein anstrengender Tag gewesen, doch nun konnte er endlich ins Bett und sich ausschlafen; am nächsten Tag würde ihn vielleicht eine angenehm warme Sonne wecken, die die Welt in erfreulicheres Licht tauchte.

Er kam durch menschenleere Gassen, wo er nur einen Marokkaner traf, der sich schleunigst sonstwohin verdrückte, dann ein Grüppchen betrunkener Südamerikaner, die ihn fragten, wo »las putas« seien. Der Kommissar schickte sie ein Stück weiter. Als sie ihn zum Mitkommen animierten, verabschiedete er sich mit einer vagen Geste und ging seines Weges. Er bog um eine Ecke, wobei er heftig auftrat, um die Ratten zu verscheuchen. Er wollte starr geradeaus schauen, filzte mit dem Blick schließlich aber doch wieder die Ritzen unter den Müllcontainern. Er ekelte sich davor, Ratten aufzuspüren, aber noch schlimmer war es, wenn sie ihm völlig unvermittelt vor die Füße schossen.

Die Straßenlaterne bei seinem Haus funktionierte nicht,

auf dem Boden lagen Scherben: Offensichtlich hatte ein Junge sich einen Spaß daraus gemacht, sie mit Steinen abzuschießen. Die letzten fünfzehn Meter würde Luciani in nahezu völliger Finsternis zurücklegen, was ihm nicht behagte. Er holte die Schlüssel hervor und klimperte, um die Ratten zu verscheuchen. In einem Hauseingang zu seiner Rechten schien sich etwas zu bewegen; Luciani ging zügig weiter, bog in den Weg zu seinem Haus ein und wäre fast gegen zwei junge Männer geprallt, die wenige Meter vor dem Eingang standen. An ihren Blicken und den mit bunten Schals vermummten Gesichtern war zu erkennen, daß sie seinetwegen da waren. Einige Sekunden lang rührten sie sich nicht, Marco Luciani wartete, daß sie den Weg freigeben würden, doch die zwei sahen ihn herausfordernd an, als ob sie einen Vorwand für eine Schlägerei suchten. Sie waren kahlrasiert, trugen Lederblousons, Jeans und Springerstiefel. Soweit er sehen konnte, waren sie Anfang, Mitte Zwanzig, kleiner als er, aber kräftiger, und sie machten einen sehr entschlossenen Eindruck.

»Kommissar Luciani.« Die Stimme in seinem Rücken klang arrogant, mit starkem süditalienischem Akzent. Für einen Moment glaubte er sich in einem Mafiafilm, er dachte, er brauchte sich nur umzudrehen und würde den Killer mit der Schrotflinte sehen; während der Schuß fiel, würde noch einmal sein ganzes Leben vor seinem inneren Auge ablaufen.

Er drehte sich langsam um, wobei er versuchte die beiden Glatzköpfe im Auge zu behalten. Da standen noch zwei vermummte Burschen, die ihm den Fluchtweg abschnitten. Einer paßte von der Statur her zu den anderen, aber dahinter stand eine Art Riesenbaby, das einen Baseballschläger in Händen hielt. »Guten Abend, Herr Kommissar«, sagte der Kleinste. Er mußte der Anführer sein.

»Guten Abend«, antwortete der Kommissar mit lauter

Stimme. Angesichts der Gefahr war er, er wußte selbst nicht, warum, merkwürdig ruhig und kühl geworden. Er hätte sich am liebsten in eine Ecke gesetzt und die Szene wie ein unbeteiligter Zuschauer beobachtet.

»Sie sind zu neugierig, Herr Kommissar. Sie mischen sich in Sachen ein, die Sie nichts angehen. Sie suchen um jeden Preis einen Schuldigen, wollen unbedingt unsere schöne Meisterschaft ruinieren.«

Sie werden nicht wagen, mich zu schlagen, dachte Marco Luciani. Das sind nur vier verpißte Hooligans, die mir Angst einjagen wollen.

»Sie haben alles falsch gemacht, Herr Kommissar.«

Der Riese wog den Baseballschläger in der offenen Handfläche. Marco Luciani hörte in seinem Rücken die Springmesser aufschnappen. Wenn ich nur meine Pistole hätte, dachte er für einen Moment, und im selben Moment: Was dann? Würde ich sie alle umbringen? Seine Antwort war: ja, ich würde diese vier Arschlöcher abknallen, einen nach dem anderen, ohne Reue.

Der Kerl, der die ganze Zeit geredet hatte, ließ ebenfalls sein Messer aufspringen, und da machte es auch bei Luciani – in Hirn und Bauch – »klick«. Er hatte kapiert, daß sie ihn attackieren wollten und daß der Anführer den Anfang machen mußte. Er holte tief Luft und konzentrierte sich auf diesen. In der Karateausbildung bei der Polizei hatten sie gelernt, einem Frontalangriff auszuweichen, den Arm des Angreifers zu blocken und dann als Waffe gegen die anderen zu kehren. Aber das Training in der Turnhalle war eine Sache, der Straßenkampf in einer engen Gasse eine andere, mit vier Gegnern und ohne jede Bewegungsfreiheit.

Einen Moment lang herrschte völlige Stille, dann waren plötzlich ein Schrei und Gerenne zu hören. Es schien, als brauste ein D-Zug heran, der die beiden Hooligans vor Luciani wegfegte; der Zug setzte seine Fahrt fort, rammte Luciani und fegte auch die beiden Schläger in seinem Rücken weg. Dann wirbelten Gummiknüppel, Helme, Schreie, Blut, das kreuz und quer spritzte, während sich der Kommissar mit letzter Kraft gegen den Eingang seines Hauses lehnte und die vier Burschen am Boden irgendwie versuchten, ihre Köpfe mit den Armen zu schützen. Die Schlagstöcke prasselten auf sie nieder, mit furchtbarer Wucht, wieder und wieder, unaufhörlich, bis die ersten Anwohner an den Fenstern auftauchten und ein alter Mann brüllte: »Schluß jetzt, ich ruf die Polizei, ihr könnt euch daheim in eurem Dschungel massakrieren, ihr Scheißbimbos.«

Roberto Valle schob sein Visier hoch und salutierte vor Kommissar Luciani. Auf seinem Gesicht ein zufriedenes Lächeln. Ein anderer Polizist kniete auf dem Rücken des Riesenbabys, dessen Gesicht blutüberströmt war, er legte ihm Handschellen an, während vier seiner Kollegen ab und zu einem der am Boden kauernden Burschen einen Tritt verpaßten.

»Aufhören, das reicht, laßt sie in Ruhe«, sagte Marco Luciani mit schwacher Stimme. Die Prügelei hatte ihm noch mehr zugesetzt als die gezückten Messer.

»Die wollten dich fertigmachen, Kommissar«, sagte Valle mit lauter Stimme, »wir haben alles gesehen, eine Sekunde später, und die hätten dich kaltgemacht.«

»Zum Glück sind wir rechtzeitig gekommen«, fügte er nach einer kurzen Pause hinzu. »Seit drei Nächten observieren wir deine Wohnung, unbemerkt. Ich hatte es dir gesagt, solche Drohungen muß man ernst nehmen, ich kenne sie, diese Schweinehunde von Hooligans.«

Marco Luciani löste sich von der Hauswand. Er konnte sich kaum auf den Beinen halten und war völlig durchgeschwitzt. Er legte Valle eine Hand auf den Arm. »Danke«, sagte er schlicht, »aber jetzt sollten wir doch ein paar Rettungswagen rufen.«

Valle achtete nicht auf ihn. »Diesmal kriegen wir euch wegen Mordversuchs dran, ihr werdet euch da nicht herauswinden, ihr Scheißkerle«, sagte er zum Anführer der Bande. »Und dann noch gegen einen Polizeikommissar … das bringt euch zehn Jahre ein, mindestens.«

Der Bursche spuckte zwei Zähne und dicke Blutklumpen aus. Er heulte und sagte, von heftigem Schluchzen unterbrochen, etwas wie: »Dreckschwein. Scheißbulle. Wir haben ihm nichts getan, wir haben nur Spaß gemacht, wollten ihn nur ein bißchen erschrecken.«

Valle trat ihm in den Magen, der Hooligan gab ein Röcheln von sich und verstummte dann. »Siehst du? Die haben ihre Verteidigungsstrategie schon parat. Scheiße, sind alles studierte Juristen, diese Verbrecher: Bedrohung und unerlaubter Waffenbesitz, sechs Monate auf Bewährung. Und am Sonntag sitzen sie schon wieder seelenruhig im Stadion oder stehen hier unten und warten auf dich.«

Er zeigte ein säuerliches Lächeln und hob ein Messer vom Boden auf. »Nur schade, daß sie versucht haben, mich abzustechen.« Er holte tief Luft, starrte Luciani in die Augen und jagte sich das Messer in den Oberschenkel.

Der Kommissar machte einen Satz rückwärts. Valle starrte ihn weiter an, ohne einen Schmerzenslaut von sich zu geben. »Und du kannst das bezeugen.«

Er wartete, bis die Rettungswagen da waren, schaute zu, wie der Kollege und die verbeulten Hooligans abtransportiert wurden, und obwohl Valle ihn dazu drängte, wollte er nicht mit ins Krankenhaus. Im Grunde hatte man ihn nicht einmal berührt. Er ging in die Wohnung. Seine Hände zitterten immer noch ein wenig, mehr aus Nervosität denn aus Angst. In seinem Kopf hallten die Schläge der Gummiknüppel und die Schreie nach. Wenn er auch nur ansatzweise vorgehabt hatte, etwas zu essen – nun war sein Magen völlig im Eimer. Er setzte Wasser auf, und als der Tee fertig war, rührte er einen Löffel Honig hinein und streckte sich, nachdem er eine alte Kassette von Lucio Quarantotto angestellt hatte, auf dem Sofa aus. Das Band rauschte und eierte furchtbar, aber der Kommissar freute sich, daß er einer der wenigen war, die noch ein Exemplar davon hatten.

Bei jeder Schlägerei sind wir dabei
Wenn sich das Messer lohnt, was immer lohnt
Das Messer, das in den Mund fährt und dort arbeitet
Oder in den Bauch

Während die Leute
Abhauen
Während die Leute
In heller Aufregung
Während die Leute
Die Polizei rufen

Und dann und dann ist alles vorbei
Die Schlacht ist geschlagen, aber ich bitte euch:
Laßt uns einander liebkosen
Vor dem Polizisten, der sich nicht umarmen läßt

Wir, die Schlägerbrigaden,
Die leben, um sich zu schlagen

Er hatte nie kapiert, wo diese unbändige Lust an der Gewalt herkam, in seinem ganzen Leben hatte er ein einziges Mal jemanden geschlagen, weil es die allerletzte Möglichkeit war, sich gegen einen Übergriff, eine himmelschreiende Ungerechtigkeit zu wehren. Aber es hatte zu nichts geführt, und seitdem hatte er nie wieder jemanden angerührt, obwohl sein Beruf ihm täglich die Gelegenheit bot. Nein, er fand keinen Geschmack an der Gewalt um der Gewalt willen, als Unterwerfungsritual, an der rohen Gewalt, bei der sich Recht und Unrecht nicht mehr unterscheiden ließen, die einfach nur dem Brutalsten zum Sieg verhalf.

Er hatte Colnago angedroht, daß er ihn in einer finsteren Gasse mit Tritten traktieren würde, und prompt hatte er die Quittung bekommen. Fast wäre er selbst in einer finsteren Gasse unter die Räder gekommen. Wenn Valle nicht eingegriffen hätte, dann würde er jetzt vielleicht nicht auf dem Sofa liegen und das vertraute Klacken des Gehstocks der Alten hören.

Zweite Woche

Sonntag

Marco Luciani setzte sich und bestellte ein Lemonsoda ohne Eis. Es war ein lauer Abend, die Lichter des Porto Antico spiegelten sich im gekräuselten Wasser und entfalteten eine hypnotisierende, entspannende Wirkung. Er hatte sich möglichst weit von den Lautsprechern der Bar weggesetzt, weil er von der Musik nicht gestört werden wollte. Es waren noch nicht viele Leute da, nur einige Pärchen und eine Gruppe junger Kerle um die Fünfundzwanzig, auf deren Tisch sich die leeren Gläser stapelten. Sie versuchten sich möglichst anzuturnen, bevor es auf die Jagd ging; der Alkohol sollte ihre Schüchternheit in Charisma verwandeln. Vielleicht hätte auch ich mit einem Glas Cognac im Blut im Büro nicht wie ein Tolpatsch gewirkt, dachte Marco Luciani. Als junger Mann wußte er mit Frauen umzugehen, er war er selbst, benahm sich natürlich, brachte sie zum Lachen. Aber seine Rolle als Polizist hatte ihm nach und nach jede Selbstsicherheit genommen, und nun stand er, mit siebenunddreißig Jahren, einer gutaussehenden Frau so hilflos gegenüber wie ein Schuljunge, der entweder übertrieben gleichgültig reagierte oder hoffnungslos unbeholfen. Er erwartete gar nicht, daß er amüsant, brillant und verführerisch wirkte wie andere Männer, aber wenigstens natürlich wollte er sein, ab und zu mit einer originellen Bemerkung aufwarten, einen klugen Satz von sich geben.

Er betrachtete das Firmament – die Tage wurden länger. Der Himmel war noch nicht schwarz, sondern kobaltblau, und die ungewöhnlich warme Luft löste eine Vorfreude auf den Sommer aus, wie Luciani sie schon lange nicht mehr gespürt hatte. Er nahm die jungen Leute in der Bar genauer unter die Lupe. Die Burschen waren nicht viel jünger als er selbst, aber sie schienen ihm so fern, als ob sie seine Kinder wären. Sie trugen lange Koteletten und Gel im Haar, einige waren gepierct oder hatten Tattoos auf den Unterarmen. Unter den schwarzen Jacketts und den bunten Hemden lugten die im Fitneßcenter gestählten Brustmuskeln hervor. Auf der einen Seite fand er sie abstoßend, auf der anderen mußte er gestehen, daß sie in den Augen einer Frau wohl allesamt attraktiver und schicker wirkten als er selbst. Und auch die Mädchen waren unglaublich hübsch, im Schnitt viel hübscher als zu seiner Zeit. Vielleicht ein bißchen zu dünn, aber jedenfalls begehrenswert, und ihr Kleidungsstil und ihre Blicke sandten unzweideutige Signale aus. Sie wirkten nicht wie Mädchen, die lange fackelten, wenn ihnen nach Sex war.

Er dachte an Greta, an das häßliche Pathos ihrer zerlaufenen Schminke, wie sie ihre Schuhe verloren und ihn auf der Straße attackiert hatte. Und auch er kam sich häßlich, ärmlich und deplaciert vor, in seinem Polohemd, dem Ralph-Lauren-Imitat, das er bei einem senegalesischen Straßenhändler gekauft hatte, der Hose, den Schuhen, die aus irgendeinem Schlußverkauf stammten. Als er sich entschloß, ein anderes Leben anzufangen, hätte er nicht gedacht, daß man so schnell aus dem gehobenen Marktsegment fallen würde, bloß weil man nicht mehr die Schaufenster studierte, die Kleidungsstücke nicht mehr sorgfältig auswählte und zusammenstellte, vor dem Verlassen der Wohnung nicht mehr in den Spiegel blickte.

Im Vergleich zu Greta, im Vergleich zu ihm, aber auch im Vergleich zu den vier Flittchen, die in dieser Bar herumkicherten und mit dem Hintern wackelten, strahlte Sofia Lanni wie eine Perlenkette in einem Ramschladen. Eine reinrassige Schönheit, die einem den Atem und die Selbstbeherrschung nahm. Er bereute, daß er sich hier mit ihr verabredet hatte. Das Lokal war sicher zu romantisch, und selbst wenn sie nicht sofort das Ralph-Lauren-Imitat erkannte, so würde seine Aura des frischgebackenen Singles sie sicher in die Flucht schlagen. Es wäre besser gewesen, sich im Büro zu verabreden, auf Distanz zu bleiben, die Sache auf rein beruflicher Ebene abzuhandeln. Und danach hätte man vielleicht peu à peu ...«

Er leerte sein Glas und schüttelte den Kopf. Ich bin ein Trottel, dachte er, ich weiß, daß sie zu attraktiv für mich ist, und dann verdient sie sicher mehr als ich ... und trotzdem schaffe ich es nicht, insgeheim *nicht* an sie zu denken, ich schaffe es nicht, mir *keine* Illusionen zu machen. Sie kommt heute abend hierher, weil sie auf mich angewiesen ist. Punkt. Und wenn die Ermittlungen abgeschlossen sind, dann ist es auch mit den Rendezvous vorbei.

Er wiederholte stumm die alte Preisfrage, die sie sich als Jugendliche immer gestellt hatten: »Du hast zwei Möglichkeiten: Du gehst mit Kim Basinger ins Bett, aber niemand erfährt es. Oder du gehst nicht mit Kim Basinger ins Bett, aber alle glauben, du hättest es getan.«

Er entschied sich in der Regel für die zweite Option, »denn wenn man annimmt, ich hätte es mit Kim Basinger getrieben, dann werden jede Menge Frauen mit mir ins Bett wollen«.

»Ihrem Lächeln nach zu urteilen, war das heute ein guter Tag für Sie, Herr Kommissar.«

Sie war unbemerkt an ihn herangetreten. Sie trug eine smaragdgrüne Baumwollhose, ein weißes Polo-Shirt und über den Schultern einen blauen Pulli. Sie hatte ihr Haar hochgesteckt, und das grüne Brillengestell unterstrich ihre Augenfarbe: grün wie der Rasen von Wimbledon. Marco Luciani hatte sich auf die junge Karrierefrau aus seinem Büro eingestellt, aber jetzt schmolz er dahin wie eine

Wachspuppe angesichts dieses ungeschminkten Engels. Schweigend fixierte er sie einige Sekunden, bis sie glaubte, er habe sie nicht wiedererkannt.

»Ich bin es, nur ohne Dienstuniform, Herr Kommissar. Darf ich mich trotzdem setzen?«

Marco Luciani versuchte wieder Haltung anzunehmen. Er stand auf und rückte ihr den Stuhl zurecht.

»Entschuldigen Sie. Ich war ins Träumen geraten ...« Er führte den Satz nicht zu Ende, freute sich aber fast über seinen zweideutigen Gehalt, man konnte ihn als simple Redewendung oder als gewagtes Kompliment verstehen.

Sie überging dies nonchalant, ebenso wie die Tatsache, daß sich die Blicke aller im Raum versammelten Männer an ihr festgesaugt hatten. Marco hätte gerne ein Mal, ein einziges Mal im Leben ausprobiert, was man dabei empfand.

»Ich habe von dem Überfall gehört. Wie geht es Ihnen?«

Er schnaubte verächtlich und zuckte mit den Schultern, was er sofort wieder bereute. Er wollte nicht den harten Hund spielen, womit er sich nur lächerlich machte, aber er wollte sich auch nicht bemitleiden lassen und vielleicht das bißchen Macht verlieren, das er über sie hatte. »Ich habe ganz schöne Angst ausgestanden«, antwortete er, »aber zum Glück ist es noch einmal gutgegangen. Ist nicht der Rede wert.«

Sie merkte, daß sie ihn in Verlegenheit gebracht hatte, und wechselte schnell das Thema.

»Hier ist es wirklich wunderschön, Herr Kommissar. Die Luft tut gut, und der Meerblick ist so entspannend ... Ihr seid wirklich zu beneiden dafür, daß ihr hier das ganze Jahr lebt.«

»Verzeihen Sie, daß ich schon bestellt habe, aber der Kellner warf mir böse Blicke zu. Was nehmen Sie?«

»Ich hätte gern einen Aperitif, einen Martini, ich habe nämlich noch nicht gegessen. Und Sie?«

»Ach, ich … nein, im Grunde«, log er. Er hatte eine halbe Pellkartoffel, drei Scheiben Rote Beete und sogar einen Honigkeks gegessen. Er fühlte sich pappsatt.

»Hätten Sie Lust, nach dem Aperitif etwas essen zu gehen?«

»Und ob. Sehr gern«, sagte er mit einem gezwungenen Lächeln.

Sofia Lanni winkte, und sofort erschien der Kellner.

»Stört es Sie, wenn ich mit der Tür ins Haus falle und sofort auf mein berufliches Anliegen zu sprechen komme, Herr Kommissar? Dann haben wir es wenigstens hinter uns.«

»Ich bitte Sie. Deswegen sind wir doch hier.« *Weswegen denn sonst?*

»Nun, wie ich Ihnen beim letzten Mal darlegen wollte, hatte Herr Ferretti bei uns, vor etwa zwei Jahren, eine Lebensversicherung abgeschlossen. Er zahlte jeden Monat einen Betrag ein, der ihm, im Falle des Ablebens, drei Milliarden italienische Lire – 1,5 Millionen Euro – eingebracht hätte. Vor kurzem, genauer gesagt, letzten Sommer, hatte er um eine Verdoppelung von Beitragssatz und Prämie nachgesucht. Angesichts der Anfeindungen, denen er sich nach der letzten Fußballsaison ausgesetzt sah, versuchten wir erst einmal Zeit zu gewinnen. Wir brachten als Vorwand vor, jenseits der Vierzig sei ein neuer Gesundheits-Check vonnöten. Wie Sie wissen, werden solche Prämien im Unglücksfall ausgezahlt, bei einem Autounfall zum Beispiel, bei einer tödlichen Krankheit oder Mord. Aber natürlich nicht im Falle der Selbsttötung.«

»Die Begünstigte war die Ehefrau, nehme ich an.«

»Der Sohn. Aber klar, solange er nicht volljährig ist, würde die Mutter das Geld verwalten.«

Sofia Lanni trank einen Schluck Martini, dann redete sie weiter.

»Als wir vom Tod Herrn Ferrettis erfuhren, hofften wir, es würde sich um Selbstmord handeln. Da die Beiträge erst seit kurzem geleistet wurden, wäre eine Prämienzahlung für die Versicherungsgesellschaft ein glatter Verlust. Nichts Dramatisches, Gott bewahre, aber in Krisenzeiten wie diesen spielen auch 1,5 Millionen in der Bilanz eine Rolle.«

»Und folglich hat man Sie beauftragt, sich des Falles anzunehmen.«

»Genau. Ich muß gestehen, daß ich, da ich nie mit Ihnen sprechen konnte, versucht habe, über andere Quellen an Informationen zu kommen, im Polizeipräsidium ... wirken hochhackige Schuhe und Kontaktlinsen oft wahre Wunder«, sagte sie mit einem schelmischen Lächeln.

Marco Luciani sah reihenweise Denunzianten vor sich. Er sah Giampieri, der mit ihr in genau dieser Bar an einem Tischchen saß, oder in einem noch intimeren Lokal. Und er selbst hatte die Frau ignoriert und an seinen Vize verwiesen!

»Dann werden Sie inzwischen mehr wissen als ich«, sagte er, sichtlich verärgert.

»Glauben Sie nicht, daß Sie der einzige unbestechliche Polizist sind, Herr Kommissar. Vielleicht haben Sie Ihre Leute auch zu gut im Griff. Oder vielleicht haben sie kapiert, daß ich ein anständiges Mädchen bin, von dem man keine konkreten Gegenleistungen erwarten darf. Am Ende habe ich nicht viel mehr erfahren als das, was auch in der Zeitung stand.«

Sie trank noch einen Schluck Martini. »Als ich Sie vorgestern sah, wußte ich sofort, daß Sie ein aufrichtiger Mensch sind. Ich bin hergekommen, um Ihnen ganz offen vorzuschlagen, daß wir einander unter die Arme greifen. Denn ich meine, wir haben etwas Wichtiges gemein.«

»Das wäre?«

»Obwohl es in Ihrem Interesse liegt, diese haarige Geschichte schnell abzuschließen, und obwohl Sie von allen

Seiten Druck bekommen, ermitteln Sie weiter im Sinne einer Mordtheorie. Und obwohl es meinem und dem Interesse meiner Gesellschaft zuwiderläuft, die mich übrigens rausschmeißen würde, wenn sie es erführe, verrate ich Ihnen eine bemerkenswerte, höchst interessante Tatsache.«

»Die wäre?«

Sofia Lanni machte eine Pause, um die Spannung zu erhöhen.

»Wenn ich sie Ihnen anvertraue und sie sich als so interessant erweist wie versprochen, werden Sie mich dann über den Gang der Ermittlungen auf dem laufenden halten?«

Marco Luciani spürte in seinem Magen eine wohlige Wärme, seine Beine schienen dahinzuschmelzen. Das war nicht mehr nur eine Frage von Schönheit und attraktivem Äußeren, er spürte schon nach diesen wenigen Minuten, daß sie auf einer Wellenlänge lagen, daß sie ihre jeweilige Rolle mit ähnlicher Ironie betrachteten, und er genoß die Vorstellung, in Sofia Lanni eine Gehilfin und Vertraute zu haben. *Natürlich nur das, nichts weiter.*

Er versuchte kühlen Kopf zu bewahren und sich nicht festzulegen.

»Ich werde Ihnen einige Dinge sagen, die Ihnen helfen können. Natürlich dürfen Sie mit niemandem darüber sprechen.«

»Natürlich.«

»Ich bin ganz Ohr.«

Sie stellte das Glas ab. Es war schon leer. »Tut mir leid, Herr Kommissar, aber ich komme um vor Hunger. Ich werde erst reden, wenn ein Teller Spaghetti vor mir steht. Kennen Sie ein Lokal hier in der Nähe?«

Marco Luciani schüttelte es. Als er das letzte Mal in der Gegend ein Lokal betreten hatte – vielleicht vor etwa drei Jahren – lag er mit dem Kellner im Clinch, ehe er überhaupt Platz genommen hatte. Und schon früher, als er noch zum

Essen ausging, weil seine Freundin oder ein Freund ihn praktisch mit Gewalt mitschleifte, hatte er alle Restaurants dieser Gegend hassen gelernt: Entweder sind die Kellner rotzfrech, oder sie machen um zehn die Küche zu. Manche bescheißen dich bei der Rechnung, andere geben dir ganze drei Fleischbällchen zu zehn Euro das Stück. Einige pferchen ihre Gäste so zusammen, daß dein Nachbar dir den Rauch direkt ins Gesicht bläst, oder sie setzen dich, falls du alleine kommst, auf die Eselsbank an der Klotür, selbst wenn das ganze Lokal leer ist, »man weiß ja nie«, es könnten ja plötzlich fünfzig Gäste auf einmal hereingeschneit kommen. Bei manchen ißt du zweimal gut, und beim dritten Mal ist das Niveau unter aller Kanone. Im Geiste strich er jedes dieser Lokale mit einem schwarzen Kreuz aus der Liste. Und so hatte noch vor der Zeit, als sein Magen die Nahrungsaufnahme verweigerte, der gastronomische Stadtplan seiner Stadt die Gestalt eines Friedhofs angenommen.

»Ich weiß nicht«, sagte er, »da ist eines wie das andere.«

Sie gingen hinaus auf die Hafenmole, und nach wenigen Schritten deutete der Kommissar auf den Schriftzug eines Restaurants: »Ist das okay?«

Marco Luciani konnte sich nicht erinnern, jemals da gewesen zu sein, aber es war eines dieser teuren Aufschneiderlokale, die schon mit einem schwarz eingebrannten Kreuz geboren werden. Das riesige Brandmal über dem Eingang schien noch bedrohlich zu qualmen. Wahrscheinlich steckten die Kellner unter weißen Kapuzen und warteten auf Kunden, die sie an eben dieses Kreuz nageln konnten.

»Klar, sehr okay«, lächelte sie. Er gab sich einen Ruck und betrat vor ihr das Lokal. Es war weitläufig, mit zu hohen Räumen, zu dicht gedrängten Tischen, Claudio Baglioni* im Hintergrund und einer gedämpften Beleuchtung, die so

* Äußerst populärer Schlagersänger, der von sich und seinen Fans für anspruchsvoll gehalten wird. (Anm. d. Übers.)

tat, als wollte sie für anheimelnde Atmosphäre sorgen, in Wahrheit aber nur die Stromkosten drückte. Er sagte nichts, setzte sich und fing ihren komplizenhaften Blick auf.

»Noch einen Augenblick Geduld. Ich will nur schnell bestellen«, sagte die Detektivin und legte ihre Hand auf die seine.

Marco Luciani hatte das Gefühl, seine Finger lösten sich auf. Die Räume wurden niedriger, das Licht hüllte sie ein, die Hintergrundmusik verwandelte sich in ein Violinkonzert von Pachelbel. Als der Kellner die Karte brachte, schien es fast, als würde er lächeln.

Luciani betrachtete das Angebot. Die Preise waren unmäßig, nichts sprach ihn an. Die Verwendung bestimmter Artikel zur Bezeichnung der Gerichte bestätigte, daß die Örtlichkeit das geeignete Ziel für einen Napalmangriff war. Er schloß im Geiste »*die* Dinkeltagliatelle an Shrimps und Zucchini« aus, »*das* Risotto mit Sepia und Trüffelchen«, »*das* Triptichon aus Gemüsequiche«, »*das* Filet an rotem Pfeffer und Rotweinsoße«, »*die* Spargel-Julienne mit Parmaschinken«. Sogar die Salate waren mit Artikel versehen und stellten ein Kuddelmuddel aus Nüssen, Äpfeln, Avocados und Ziegenkäse dar. Der einzige Trost war, daß die Portionen in solchen Lokalen für gewöhnlich winzig waren.

Sofia Lanni bestellte Tagliatelle und Filet. Er verlangte einen Grünen Salat, woraufhin der Kellner pikiert bemerkte: »Ist das alles?«

»Das ist mehr als genug, danke.«

Die Detektivin musterte Luciani mit sorgenvoller Miene: »Haben Sie keinen Hunger, Herr Kommissar?«

»Keinen großen, um ehrlich zu sein.«

»Aber ein bißchen Wein werden Sie doch wenigstens trinken ... mögen Sie lieber weißen oder roten?«

»Wählen Sie, ich nehme ein Lemonsoda, wenn es das hier gibt.«

Der Kellner ging mit der Bestellung und hinterließ eine frostige Atmosphäre. Die Sofia Lanni mit ihrer warmen Stimme sofort verscheuchte.

»Betrachten Sie das hier als Dienst, oder sind Sie Antialkoholiker?«

»Sagen wir, ich trinke sehr selten.«

»Und essen auch immer so wenig? Deswegen sind Sie so dünn ...«

»Essen schadet dem Organismus. Das habe ich irgendwo gelesen.«

»Ich wette, Sie rauchen auch nicht.«

»Erraten. Ich rauche hin und wieder eine Zigarre, wenn es etwas Besonderes zu feiern gibt.«

»Hmm, das ist kurios. Wann haben Sie denn die letzte geraucht?«

»Pff, weiß ich nicht mehr. Vielleicht letztes Jahr.« (In Wirklichkeit wußte er es genau: An Silvester hatte er sich zu Hause eine kubanische Zigarre gegönnt, um zu feiern, daß er den idiotischen Menüs und todlangweiligen Parties entgangen war.)

»Das heißt, Sie feiern nicht oft. Das ist schade. Und darf ich Sie nach dem Anlaß für die letzte Zigarre fragen?«

»Ach, nichts Besonderes: nur eine Gefahr, der ich entronnen bin.«

»Viele Frauen würden Ihnen jetzt sagen, daß ein Mensch ohne Laster ein langweiliger Mensch ist.«

»Ein Mensch ohne Interessen ist ein langweiliger Mensch. Jedenfalls für mich.«

Sofia Lanni lächelte: Die Antwort hatte ihr gefallen.

»Gut, da die Arbeit zweifellos zu Ihren Interessen gehört, ist es Zeit, Ihre Neugier zu befriedigen. Ich nehme an, Sie haben die Gattin des Schiedsrichters kennengelernt.«

Marco Luciani nickte.

»Auf mich hat es den Eindruck gemacht, als ob ihr das Geld und ihre privilegierte Stellung sehr viel bedeuteten.«

Sie schaute den Kommissar an, als warte sie auf ein Zeichen der Zustimmung, dann fuhr sie fort: »Und doch hat mir Frau Ferretti, völlig wider Erwarten und ganz offiziell, mitgeteilt, daß sie den Tod ihres Mannes als Selbstmord betrachtet. Und daß sie nicht um die Auszahlung der Prämie nachsuchen wird. Im Gegenteil, sie hat mich um die Unterlagen für eine Verzichtserklärung gebeten, damit der Fall so schnell wie möglich zu den Akten kann.«

Marco Luciani schwieg.

»Kommt Ihnen das nicht merkwürdig vor, Herr Kommissar, daß jemand so einfach auf 1,5 Millionen Euro verzichtet? Auf drei Milliarden Lire?«

»Und ob mir das merkwürdig vorkommt.«

Er dachte einige Sekunden nach, dann redete er weiter: »Aber man muß sehen, was sie als Gegenleistung bekommt. Offensichtlich würden die Spuren in einem Mordfall auch irgendwelche Skandale zutage fördern, und ich bin sicher, daß die Witwe das nicht will. Und jemand anderes auch nicht, jemand, für den drei Milliarden noch weniger ins Gewicht fallen als für sie.«

»Aber trotzdem, welchen Vorteil zieht sie daraus, wenn der Fall so schnell ad acta gelegt wird?«

»Sie setzt den Gerüchten ein Ende. Sie streicht womöglich eine noch höhere Prämie von den Freunden ihres Mannes ein. Und sie übt gehörigen Druck auf die ermittelnden Behörden aus. Wenn sie zeigt, daß sogar die Familie von einem Selbstmord überzeugt ist, bestätigt sie den Verdacht, daß wir uns aus persönlichen Gründen in die Sache verbissen haben. Für die Sportgazetten und die Zeitungen, die den großen Clubs nahestehen, wäre das ein gefundenes Fressen.«

Sofia Lanni warf einen schuldbewußten Blick auf den

Salat des Kommissars, dann machte sie sich mit Appetit über die Tagliatelle her. Beim ersten Bissen schloß sie die Augen und gab ein genüßliches Winseln von sich. Es war ein Vergnügen, ihr beim Essen zuzusehen.

»Das heißt, für Ihre Gesellschaft ist der Fall quasi abgeschlossen.«

»Vorgestern hat mein Chef mich angerufen, um die Sache zu beschleunigen, aber ich habe ihm gesagt, daß ich nicht überzeugt bin. Deshalb hat mich heute der Oberboß angerufen, der Allmächtige in Person, um mir mitzuteilen, daß er mit meiner Arbeit sehr zufrieden sei, daß er wisse, wie sorgfältig ich meine Ermittlungen führe, und daß ich ihm nichts mehr beweisen müsse. Und er hat hinzugefügt, daß sie mir die volle Provision für die drei Milliarden auszahlen und eine Woche Urlaub schenken, auch wenn dies ein einfacher Fall war, der in beiderseitigem Einvernehmen abgeschlossen wurde.«

Marco Luciani war versucht, sie nach der Höhe ihres Anteils zu fragen. Doch er verkniff sich das und sagte nur: »Die Botschaft ist klar.«

»Glasklar: Klapp den Aktendeckel zu und mach dir einen faulen Lenz, uns soll's recht sein. Ich brauche wohl nicht darauf hinzuweisen, daß meine Versicherungsgesellschaft vom selben Konzern kontrolliert wird, der auch die Aktienmehrheit an einem bestimmten Fußballclub hält …«

Sie aßen eine Weile weiter. Dann brach Marco Luciani das Schweigen.

»Warum erzählen Sie mir das?«

»Aus demselben Grund, aus dem Sie die Nachforschungen nicht einstellen wollen. Wir sind Ermittler, wir tun das nicht für den Gehaltsscheck am Monatsende oder für eine Provision, sondern aus Jagdinstinkt, weil wir die Wahrheit wissen wollen, oder zumindest alles daran setzen wollen, sie herauszufinden. Das ist eine Frage des Gewissens, der

Selbstachtung. Sehen Sie, ich weiß wirklich nicht, ob der Schiedsrichter sich umgebracht hat oder ermordet wurde, ich weiß nur, daß ich eine Wahnsinnslust habe, es herauszufinden.« Ihre grünen Augen leuchteten hinter den Brillengläsern.

Marco Luciani lächelte: »Wenn man Sie rausgeschmissen hat, bewerben Sie sich bei der Polizei.«

Sofia Lanni hob das Glas: »Ihr habt mich schon abgelehnt, vor drei Jahren.«

Sie redeten nicht mehr über den Fall. Marco Luciani begann sie ebenso behutsam wie gnadenlos zu verhören. Über die Familie, die Ausbildung, den Job. Ihr Leben in Mailand, wo genau sie arbeite. Die Ferien, ihre Reisen. Er fragte mit keinem Wort, ob sie verheiratet, verlobt oder verliebt sei, und sie schnitt das Thema nicht an. Ein gutes Zeichen, dachte der Kommissar, bei einem zweideutigen Treffen streut eine Frau, die auf Sicherheitsabstand gehen und Avancen vorbauen will, Bemerkungen ein wie: »Auch mein Mann ist ganz verrückt nach ...« oder: »Das sage ich meinem Freund auch immer ...«. Aber dann dachte der Kommissar, daß dies ja kein zweideutiges Treffen war, sondern einfach ein Arbeitsessen; und wenn sie nicht von ihrem Partner sprach (denn so eine Frau mußte einfach irgendwie gebunden sein), hieß das, daß sie es für überflüssig hielt, erotische Implikationen zu zerstreuen, denn sie dachte nicht, daß so etwas überhaupt in Frage käme. Das bedeutete unterm Strich: daß sie keine Abwehrhaltung einnahm, war ein schlechtes Zeichen.

Er schwankte eine Weile zwischen den beiden Interpretationen hin und her, bis ihm die »Objektivierungs-Methode von Delrosso« in den Sinn kam. Ein Kommilitone hatte sie ihm an der Uni beigebracht – sie war unfehlbar: Er mußte sich nur vorstellen, er säße am Nebentisch und beobachtete seinen Tisch. Dann mußte er sich ausmalen, was er gerade über sich und Sofia Lanni denken würde. Vom Nebentisch aus hätte er, ohne jeden Zweifel, gedacht: Wer ist denn diese Sexbombe? Und was will die mit der Vogelscheuche? Entweder ist er ein durchgeknallter Millionär, aber so sieht er nicht aus, oder er besitzt aus unerfindlichen Gründen etwas, hinter dem sie her ist. Sie läßt ihn ein bißchen an ihrer Muschi schnuppern, bis sie hat, was sie will, und dann ist sie weg. Aber wenn er nicht bescheuert ist, auch wenn er so aussieht, dann wird er sich nicht mit dem Beschnuppern zufriedengeben, sondern den Einsatz erhöhen.«

Sofia Lanni vertilgte das Filet, ohne auf ein weiteres genüßliches Quietschen zu verzichten; sie brachte den Kommissar dazu, eine Panna cotta – eine Portion für zwei – zu bestellen. Doch dann aß sie das Dessert allein. Am Ende stand sie auf und sagte, sie müsse kurz auf die Toilette, statt dessen zahlte sie heimlich die Rechnung. Als Marco Luciani protestierte, legte sie noch einmal ihre Hand auf die seine und ließ sie eine Weile dort ruhen: »Sie sind nur mitgekommen, um mir Gesellschaft zu leisten, Herr Kommissar. Es ist offensichtlich, daß Sie schon gegessen hatten, es aber nicht zugeben wollten. Das wäre wirklich der teuerste Blattsalat der Geschichte.«

Sie gingen wieder an die frische Luft.

»Nun, Herr Kommissar, war der Abend so interessant, wie versprochen?«

Marco Luciani machte eine zustimmende Geste. Er mußte an sich halten, um nicht zu sagen, daß er viel, viel mehr als das gewesen war.

»Nun, laut unserer Abmachung sind Sie jetzt mit einer Enthüllung dran.«

Er hatte schon entschieden, was er ihr sagen würde. Und auch, was er nicht sagen würde. Aber als er zum Sprechen ansetzte, wurde ihm bewußt, daß er sie wiedersehen wollte, um jeden Preis. Und daß der Vorschlag, den

Einsatz zu erhöhen, wie sein Tischnachbar meinte, gar nicht so abwegig war.

»Was man versprochen hat, muß man auch halten«, sagte er, »aber heute ist es vielleicht schon ein wenig spät.«

Sie seufzte und versuchte, ihre Enttäuschung zu überspielen.

»Jetzt sagen Sie nicht, daß Sie auch noch früh schlafen gehen!«

»Normalerweise nicht. Aber heute war wirklich ein harter Tag.«

»Dann also morgen. Kann ich Sie auf dem Handy anrufen, im Büro gehen Sie ja nie ans Telefon?«

»Ich habe kein Handy, tut mir leid.« Vielleicht das erste Mal, daß es ihm wirklich leid tat.

Sofia Lanni hob die Augen gen Himmel, dann lächelte sie: »Dann rufen Sie mich an. Aber versuchen Sie nicht unterzutauchen. Sonst schlage ich vor der Dienststelle mein Zelt auf.«

»Ich rufe Sie an. Versprochen.«

Sie schauten einander eine ganze Weile in die Augen. Und diesmal schlug sie den Blick zuerst nieder. Dann trat sie einen halben Schritt zurück und streckte ihm die Hand hin. Er drückte sie kurz und sah zu, wie sie in ein Taxi stieg. Wieder goutierte er den Anblick ihres strammen runden Hinterns. Zwei oder drei Minuten lang wiegte er sich wie ein Kretin auf der Stelle, dann schaffte er den ersten Schritt. Bis spät in der Nacht streunte er auf den Hafenkais herum.

Montag

Als er aufwachte, war er wie zerschlagen. Er hatte heftige Kopfschmerzen und einen Druck im Magen. Er duschte, zog ein Jackett und außerdem eine Krawatte an. Letzteres tat er zwar ungern, aber bei Zeugenaussagen vor Gericht galt der Schlips als unverzichtbar. An diesem Morgen stand das Eilverfahren gegen die Hooligans an, die ihm vor der Haustür aufgelauert hatten; und auf dem ganzen Weg von der Wohnung bis zum Justizpalast wog Luciani die verschiedenen Alternativen ab, die seit zwei Tagen in seinem Kopf herumspukten.

Gleich würde er in den Zeugenstand treten, die rechte Hand heben und die Wahrheit berichten müssen, die reine Wahrheit und nichts als die Wahrheit. Aber konnte er das wirklich tun? Wenn er die Sache genau so darstellte, wie sie sich abgespielt hatte, würden die vier Hooligans am selben Tag noch auf freien Fuß gesetzt werden, weil es einfach keine schwerwiegenden Anklagepunkte gab. Dann konnten sie sich den nächsten vorknöpfen und abstechen. Während Valle, der zwar ein gewalttätiger Fanatiker war, Luciani aber den Arsch gerettet hatte, mit einer saftigen Strafe, einer Degradierung und womöglich der Entlassung aus dem Polizeidienst rechnen mußte. Klar, rein theoretisch würde Luciani gerne auf Kollegen wie Valle verzichten. Aber solange im Rechtssystem der Status quo herrschte und Urteile nur auf dem Papier vollstreckt wurden, würde es immer Polizisten geben, die Beweise manipulierten und sich selbst zu ihrem »Recht« verhalfen. Nein, dachte er, eine solche Rechtfertigung ergibt keinen Sinn. Selbst wenn wir von der Schuld eines Menschen hundertprozentig überzeugt sind, dürfen wir ihn nicht auf diese Weise festnageln. Das würde dazu führen, daß wir irgendwann, aus Bequemlichkeit, Gewohnheit oder Karrierestreben, einen Unschuldigen ans Messer liefern.

Wenn er unter Eid die getürkte Version seines Kollegen über die Messerstecherei auf der Gasse bestätigte, war das ein gravierendes Vergehen. Wenn er ihn andererseits verriet, würde er weder in Genua noch sonstwo je wieder als Kommissar arbeiten können: Ein Polizist reitet niemals einen anderen Polizisten rein. Luciani befand sich in der Zwickmühle, und wofür er sich auch immer entschied – er würde auf jeden Fall das Ideal der Gerechtigkeit verraten, für das er seit Jahren verzweifelt kämpfte.

Als er im Gerichtssaal eintraf, war er immer noch unschlüssig. Er war verblüfft, wieviel Publikum gekommen war. Unter den Zuhörern waren Leute jeden Alters und jeder Provenienz; zahlreiche Jugendliche waren leicht als Fußballfans zu erkennen, auch wenn sie weder Schals noch Fahnen dabeihatten, aber vor allem waren sehr viele Journalisten da. Vier oder fünf von ihnen versuchten Luciani aufzuhalten, sie warfen ihm ein paar Fragen an den Kopf, doch der Kommissar gab zu verstehen, daß er nicht sprechen könne. Dann setzte er sich in den Bereich, der den Zeugen vorbehalten war.

Die Vorstellung, einen Eid abzulegen und dann vor all diesen Leuten Lügen zu erzählen, setzte ihm körperlich zu, sein Magen war auf die Größe einer Faust geschrumpft, sein Kopfschmerz bohrte.

Nach zehn Minuten betraten die vier Angeklagten den Saal, gekleidet wie Musterknaben. Sie trugen gebügelte Hosen und Hemden, auf die schwarzen Blousons und ihr Piercing hatten sie verzichtet. Irgendwer hatte sie aufpoliert und darauf dressiert, beim Richter einen guten Eindruck zu hinterlassen – gegen die Verbrechervisagen und den stupiden Gesichtsausdruck war dieser Jemand allerdings machtlos gewesen.

Als Marco Luciani den Verteidiger auftauchen sah, entfuhr ihm ein Laut der Überraschung. Die Sache der vier Vorstadtrowdys wurde nicht von einem gewöhnlichen Pflichtverteidiger vertreten, nein, um diese vier Hooligans herauszupauken, hatte sich der Anwalt herbemüht, der als Kronprinz des Turiner Gerichtsstands galt. Wobei es sich bei ihm tatsächlich um einen Prinzen handelte, er stammte nämlich aus einer steinreichen Sippe, die mit vielen Turiner Patrizierfamilien verwandt und verschwägert war, mit jenen Kreisen, in die sich auch Schiedsrichter Ferretti – über den Fußballrasen – hatte vorarbeiten wollen. Vielleicht hatte der Prinz sich von der Aussicht auf Publicity und Eigenwerbung locken lassen, oder vielleicht hatte ihn auch der Clubmanager per Telefon um einen Abstecher nach Genua gebeten, auf daß er vor Gericht seinen aristokratischen Namen in die Waagschale werfe.

Der erste, der aussagte, war Roberto Valle. Auf dem Weg in den Zeugenstand – er humpelte an einer Krücke – kam er bei Luciani vorbei und zwinkerte ihm zu. Jetzt macht er Hackfleisch aus ihnen, dachte Marco Luciani. Doch kaum stand Valle vor dem Richter, fing er an, die Vorfälle in sehr mildem Licht darzustellen, als eine Art Dummen-Jungen-Streich. Er sagte, er und seine Kollegen hätten sich als Personenschützer auf einem gewöhnlichen Kontrollgang befunden – bei einem so heiklen Fall nichts als Routine. Als sie gesehen hätten, daß Luciani eingekreist und bedroht wurde, hätten sie eingegriffen und die vier Hooligans mit ihren Gummiknüppeln attackiert. Auf die betreffende Frage hin sagte Valle, daß er sich wohl an das Blitzen der Messer – vor seinem Eingreifen – erinnern könne, doch, so fügte er hinzu, niemand habe sie benutzt, und – auf eine Nachfrage der Verteidigung – man könne auch nicht mit Gewißheit behaupten, daß die vier sie überhaupt hätten benutzen wollen. Auf eine weitere Frage der Verteidigung antwortete er, bei einem Handgemenge auf so engem Raum könne er wahrlich nicht sagen, wer ihn verletzt habe. Und als der Anwalt der vier Hooligans auf die merkwürdige Bewegungsrichtung des Messers hinwies – die Stichverletzung in seinem Oberschenkel verlaufe von oben nach unten, nicht von unten nach oben – gab er zu, daß es theoretisch möglich sei, daß einer der Hooligans, wer auch immer, ihn auf so unorthodoxe Art verletzt habe, weil es im Fallen passiert sei, und daher sei es theoretisch möglich, daß der Junge es unabsichtlich getan habe.

Kaum hatte er die erste Verblüffung überwunden, dämmerte Marco Luciani, was gespielt wurde. Nachdem Valle gesehen hatte, wer da aus Turin angerückt war, hatte er wohl Lunte gerochen; er wußte, daß er nicht auf einer allzu kontroversen Version der Fakten bestehen durfte, andernfalls würde das Hickhack der Gutachten und Gegengutachten, der lancierten Zeitungsgerüchte beginnen, bis schließlich »irgendein Scheißkommunist in der Robe«, wie Valle sie nannte, ein Ermittlungsverfahren gegen ihn einleiten würde. Daher hatte er beschlossen, den Ball flachzuhalten, sehr flach.

Dann war der Kommissar dran: Er erzählte von dem Hinterhalt vor seinem Haus, gab die Drohungen in genauem Wortlaut wieder, sagte, die Hooligans hätten die Messer gezückt und den Eindruck gemacht, als seien sie entschlossen, sie zu gebrauchen. Die Verteidigung legte Widerspruch ein, und der Richter bat Marco Luciani, von subjektiven Einschätzungen abzusehen und sich auf die reinen Fakten zu beschränken. Der Kommissar empfahl ihm innerlich, er solle sich ins Knie ficken, und da er von der ganzen Schmierenkomödie die Nase voll hatte, sagte er, nach dem Eingreifen Valles habe er sich an die Hauswand gelehnt und nichts mehr gesehen. Die restlichen Fragen beantwortete er einsilbig.

Der Anwalt der Angreifer hatte seine Mandanten angehalten, so wenig wie möglich den Mund aufzumachen. Sie sagten häufig: »Ich weiß nicht ...«, »Ich erinnere mich nicht ...« und baten um die Erlaubnis, ein Schreiben zu verlesen. Darin entschuldigten sie sich bei Luciani, sie bekundeten Reue und betonten, daß sie ihn nur hatten erschrekken wollen. Nie und nimmer hätten sie ihre Messer gebraucht.

Der Kronprinz der Verteidigung hatte bereits eine Kopie des Schreibens an alle anwesenden Journalisten verteilt. Und zu deren Ergötzung zog er auch beim Plädoyer alle Register.

»Das sind junge Burschen, denen das Leben alles versagt hat«, sagte er, »weil *wir* ihnen alles versagt haben. Zerrüttete Familien, Lehrer, die ihnen nicht weiterhelfen konnten oder wollten, ein gewalttätiges Milieu, in dem das Geld nie bis zum Monatsende reicht und wo keine Hoffnung besteht, daß es im nächsten Monat besser wird. Und trotzdem haben diese Jungs ein gutes Herz, das zu Liebe fähig ist; das zeigt sich gerade in ihrer Hingabe an den Sport, eine aufrichtige und rückhaltlose Hingabe, wie in einer echten Liebesbeziehung, ja mehr noch: bisweilen ist diese Liebe zum Sport noch edler, noch ehrlicher, weil sie selbst Enttäuschungen und bitteren Niederlagen trotzt. Da diese Jungs nun ihre Mannschaft bedroht sahen, von allen Seiten belagert, mit Schmähungen und Anwürfen überhäuft, was blieb ihnen da zu tun? Wie Ritter im Mittelalter machten sie sich auf, ihre Minne zu verteidigen, sie sind in die Schlacht gezogen, um der Ehre ihrer Mannschaft, ihrer großen Liebe willen, wie es jeder couragierte und opferbereite Mann tun würde.«

Marco Luciani hoffte, daß der Anwalt der Anklage aufspringen und »Einspruch, Euer Ehren!« brüllen würde, doch dieser blieb mit unbeteiligter Miene sitzen, er schien in irgendwelche Unterlagen vertieft, und vielleicht hörte er nicht einmal zu bei den pseudosoziologischen Ammenmärchen, die der Prinz aus dem Hut zauberte.

»... deshalb bin ich überzeugt, daß sie niemandem weh tun, sondern dem Opfer nur Angst einjagen wollten. Bedenken Sie, welche Unbedarftheit sie an den Tag legten bei dem Versuch, einen Polizisten einzuschüchtern, einen zwei Meter großen Kommissar, der zehn Dienstjahre auf dem Buckel hat! Sie können meines Erachtens von Glück reden, daß der Kommissar sich nicht gewehrt hat, daß er einen kühlen Kopf und beachtliche Selbstbeherrschung bewiesen hat, sonst wäre es den Burschen schlecht ergangen. Er hätte die Waffe ziehen und sie allesamt wie Kaninchen abknallen können.«

Auch diesmal machte der Staatsanwalt sich nicht die Mühe, darauf hinzuweisen, daß der Kommissar unbewaffnet gewesen war. Von wegen »Einspruch, Euer Ehren«, dachte Marco Luciani, den Kronprinzen hätte man windelweich prügeln müssen, sich einen Knüppel schnappen, über die Brüstung springen und ihn – ohne auch nur ein Wort zu sagen – vertrimmen müssen, ihn bearbeiten wie einen Sandsack, bis einem schließlich die Arme schmerzten.

»... Sie dagegen haben hart zugefaßt, was auch der Bericht des Krankenhauses bestätigt. Die Beamten wissen, wo und wie sie zuschlagen müssen, womit ich keinesfalls, absolut in keinster Weise, die Tatsache rechtfertigen will, daß einer der Jungs ein Messer dabeihatte. Und ich bin sicher, daß dieser junge Mann es damals wie heute bereut, daß er dieses Messer, das er nicht einmal zu gebrauchen weiß, mitgeführt hat.

Denn er setzte es nicht einmal zur Selbstverteidigung ein, er stürzte schlichtweg zu Boden und verletzte den Beamten, der ihn schlug, da er sich instinktiv an ihm festklammerte, er verletzte ihn versehentlich. Daß er keinen Schaden anrichten wollte, ersieht man auch aus der Tatsache, daß er eine völlig harmlose Stelle getroffen hat, genauer gesagt, die Stelle, wo er den denkbar geringsten Schaden anrichten konnte: den Oberschenkel.«

Der Anwalt machte eine Pause, schaute zuerst Valle, dann den Staatsanwalt an. Die letzten Worte hatte er in fast ironischem Ton vorgetragen, womit er durchblicken ließ, daß er noch viel mehr und noch ganz anderes hätte erzählen können. Er hatte beschlossen, die Version der Polizei nicht in Zweifel zu ziehen und eine Variante zu wählen, die den Interessen aller entgegenkam.

Als der Kronprinz sich setzte und der Anklagevertreter begann, ein paar unzusammenhängende Sätze zu stammeln und die Höhe der geforderten Strafe zu beziffern, war für Luciani endgültig klar, daß man sich schon vor der Verhandlung abgesprochen hatte. Kein Kampfgeist, kein Feuer auf seiten des Staatsanwalts, dessen Aufgabe es gewesen wäre, vier Kriminelle hinter Gitter zu bringen, die – man mochte die Sache nun drehen und wenden, wie man wollte – einen Polizeikommissar überfallen und bedroht hatten und offenkundig gewillt gewesen waren, noch weiter zu gehen. Der Ankläger plädierte noch nicht einmal auf Mordversuch, sondern nur auf Schlägerei, unerlaubten Waffenbesitz, Nötigung, Widerstand gegen die Staatsgewalt und Körperverletzung. In der Summe: zwei Jahre Haft, die bei mildernden Umständen jedoch zur Bewährung ausgesetzt wurden. Allerdings beantragte er zusätzlich ein sattes Schmerzensgeld: hunderttausend Euro für Valle und zwanzigtausend für Luciani. Der Kommissar fing einen Blick des Kollegen auf und kapierte, warum dieser eine so milde Aussage abgelegt hatte: Rebuffo würde schon dafür sorgen, daß das Schmerzensgeld in Rekordzeit eintraf und Valle in den Genuß einer ausgedehnten Rekonvaleszenz auf Kuba kam.

Der Kronprinz ergriff wieder das Wort und leitete geschmeidig zu einem Gnadengesuch über. Es gab hier nichts mehr zu hören, nichts zu erfahren. Marco Luciani hatte Lust, in den Zeugenstand zu treten und ihnen allen ins Gesicht zu brüllen, daß sie ein Haufen von Schwindlern waren, daß es Leute wie sie waren, die das Land in den Ruin trieben, und daß ihresgleichen schuld war, wenn Unschuldige im Gefängnis verrotteten und die Schuldigen draußen waren, frei, jederzeit wieder zuzuschlagen, bis schließlich kein Mensch mehr an Recht und Gesetz glaubte. Dann dachte Luciani, daß auch er unter Eid die Unwahrheit gesagt hatte und daß er das nicht so schnell vergessen würde. Er verließ den Gerichtssaal, ohne den Richterspruch abzuwarten.

Zur Mittagszeit versuchte er Sofia Lanni zu sprechen, doch eine Anrufbeantworterstimme sagte, daß sie im Moment nicht erreichbar sei. Für mich wird sie es nie sein, dachte der Kommissar zerknirscht. Er hatte sich am Abend vorher wohl gefühlt, in ihrer Nähe ging es ihm gut. Aber jetzt, bei wachem Verstand, sagte er sich immer wieder, daß diese Frau eine Nummer zu groß für ihn war, daß er sich von ihr fernhalten sollte, ehe er anfing, sich irgendwelche Illusionen zu machen.

Dann versuchte er wieder die Brasilianerin anzurufen. Auch das ohne Erfolg.

»Vielleicht war es ein Fehler, ihr zu vertrauen«, dachte er, während er das Büro verließ. »Ich hätte schlichtweg dafür sorgen müssen, daß man sie aufspürt; wenn Giampieri das wüßte, würde er einen ganz schönen Tanz machen.« Er kaufte ein wenig Brot, Tomaten und Salat und ging nach Hause, um sich umzuziehen. Er wollte die Krawatte und die

Schuhe loswerden, einen Happen essen und ein paar Stunden für sich sein – fernab von Präsidium und Kollegen, von Valle und den Anrufen des Staatsanwalts. Schlimmer kann es nicht mehr werden, dachte er, während er in seine Gasse bog, aber als er vor seinem Hauseingang eine vertraute Gestalt erblickte, wußte er, daß er sich mal wieder getäuscht hatte.

Greta kam mit einem schüchternen Lächeln auf ihn zu, küßte ihn auf beide Wangen. Sie war herausgeputzt, geschmackvoll gekleidet und geschminkt, zu geschmackvoll für einen gewöhnlichen Montag morgen.

»Wie geht es dir? Ich habe erst heute früh von dem Überfall gehört. Ich bin ins Polizeipräsidium gelaufen, aber da hat man mir gesagt, du seist bei Gericht. Dann bin ich zum Gericht gerannt, aber du warst schon weg. Ich habe einen Kollegen gefragt, und der meinte, du seist nach Hause gegangen.«

Ihr Tonfall war herzlich und einfühlsam, als ob sich zwischen ihnen nichts geändert hätte, als ob die Szene von neulich keine Trennung, sondern nur ein kleiner, längst überwundener Störfall gewesen wäre.

»Mir geht's gut, alles in Ordnung«, sagte er ein wenig brüsk, damit sie merkte, daß sie sich keine Illusionen zu machen brauchte. Er wollte nicht, daß sie mit hochkam, aber er konnte sie auch nicht einfach auf der Straße stehen lassen. Er betrachtete seinen Einkauf, als wollte er sagen: »Ich muß gehen.« Sie flüsterte: »Kann ich einen Moment mit hochkommen? Ich könnte dir etwas zu essen machen, und dabei reden wir ein bißchen.«

»Wir haben schon ausführlich geredet, will ich meinen.«

Sie holte tief Luft. »Ach komm, Marco, wir sind zwei erwachsene, zivilisierte Menschen. Wir brauchen uns doch nicht gleich zu hassen, wir können doch zumindest Freunde bleiben.«

Der Kommissar öffnete die Wohnungstür. Die Unordnung war noch spektakulärer als beim letzten Mal. Greta wollte schon eine Bemerkung machen, hielt sich aber zurück.

»Hast du Lust auf eine Pasta?« fragte sie, während sie in die Küche marschierte, als ob sie zu Hause wäre.

»Ich habe keine Zeit, ich muß wieder zum Dienst. Ich wollte nur ein bißchen Salat essen.«

»Hast du was dagegen, wenn ich mir eine Pasta mache? Ich hab vielleicht einen Hunger …«

Und ob ich etwas dagegen habe, dachte der Kommissar. Ich habe dir eben gesagt, daß ich in Eile bin, was willst du jetzt, daß ich gehe und dich hier alleine in meiner Wohnung lasse? Doch er sagte nur: »Mach ruhig.«

»Wo ist denn der Topf?«

»Der muß wahrscheinlich gespült werden.«

Greta ging zur Spüle, und diesmal konnte sie sich eine Bemerkung nicht verkneifen.

»Himmel hilf. Wie kann man nur mit einem einzigen Wasser- und einem Soßentopf leben! Und einer Pfanne, die noch dazu so klein ist.«

Wenn man alleine ist und das auch bleiben möchte, dann schon, dachte Marco Luciani.

Sie fing an, sauberzumachen. »Ich weiß, daß ich das schon einemillionmal gesagt habe: Warum gehen wir denn nicht wirklich mal zu IKEA? Da kannst du dir ein bißchen Geschirr kaufen und vielleicht sogar einen Schuhschrank für die Diele.«

Das Wort »IKEA« traf ihn wie ein Blitzschlag. Verdammt, dachte er, ich bin wirklich schrottreif, Alzheimer läßt grüßen. Er nahm sie am Arm und sagte: »Gehen wir.«

»Was heißt das: Gehen wir?«

»Gehen wir. Auf der Stelle.«

»Wohin denn?«

»Zu IKEA.«

Er zerrte sie fast hinaus, während sie protestierte, weil sie noch nichts gegessen hatte. Aber sie freute sich, daß er auf ihren Vorschlag eingegangen war, wenn auch auf etwas merkwürdige Weise, und daß sie noch ein wenig mit ihm zusammensein konnte.

Sie stiegen ins Auto, Marco Luciani schwieg, während seine Gedanken wie wild um den immergleichen Punkt kreisten. Ein paarmal blieben sie im Verkehr stecken, und um das Schweigen zu brechen, fing Greta an, von der Schule und ihren Schülern zu erzählen. Das tat sie oft, und fast immer, um sich zu beklagen. »Kannst du dir das vorstellen? Die sind vierzehn, fünfzehn Jahre alt und rauchen! Fast alle, vor allem die Mädchen. Von den Handys ganz zu schweigen, da nehme ich ihnen jeden Tag ein paar ab. Der Unterricht ist ihnen völlig schnurz, wirklich völlig, wenn es nach ihnen ginge, würden sie den ganzen Tag mit ihren SMS und ihren dümmlichen Computerspielen zubringen. Ich hätte nicht erwartet, daß ich das einmal sagen würde, aber ich fühle mich wie eine von diesen alten Schreckschrauben, die ich als Mädchen immer gehaßt habe, aber wir waren zu unserer Zeit nicht so.«

»Klar doch. Wir waren ganz genau so. Furchtbar.«

»Nein, nein. Ein bißchen schwierig, okay, das ist die Pubertät oder was auch immer du willst, aber hier liegt das Problem woanders, das ist die Fernsehgeneration, die sind vom Fernsehen total verblödet. Manzoni ist für die chinesisch, Lichtjahre entfernt.«

Der Kommissar konnte solche Reden nicht ertragen. Oder vielleicht hatte er sie einfach schon zu oft gehört.

»Wir sind auch eine Fernsehgeneration. Und auch ich fand Manzoni zum Kotzen. Oder genauer: ich finde ihn heute noch zum Kotzen.«

»Komm, das sagst du jetzt nur, weil du wie immer widersprechen mußt. Du weißt genau, daß zu unserer Zeit das Fernsehen anders war, da kamen Opern, Theaterstücke, alte Filme ... Die Jugend von heute sieht nur Quizsendungen, Busen und Fußball. Man will, daß sie ohne Hirn aufwachsen, keine Wertvorstellungen entwickeln, damit man sie besser manipulieren kann, damit sie die Marktschreier aus dem Fernsehen wählen.«

Marco Luciani schenkte ihr kaum Gehör, aber ehe sie ans Ziel kamen, mußte er noch eine lange Philippika über sich ergehen lassen, diesmal gegen eine Kollegin, die montags immer krank machte, und gegen den Rektor, der das hinnahm. Dann fing Greta an, sich über ihre Mutter zu beklagen, die sie ständig fragte, wann sie ihr endlich einen Schwiegersohn und Enkelkinder bescheren würde. In diesem Moment entdeckte der Kommissar zum Glück das IKEA-Schild am Ende der Uferstraße, und er nutzte die Gelegenheit, um Greta zu unterbrechen. Sie stieß einen Freudenschrei aus und meinte: »Wow, ich hätte nicht gedacht, daß wir es jemals bis hierher schaffen würden. Es wird dir gefallen, du wirst sehen, die haben hier wirklich alles.«

»Nein, hör mal, du weißt, daß ich diese überlaufenen Geschäfte hasse ... ich muß nur etwas nachschauen, und dann verschwinden wir gleich wieder.«

Sie drückte ihm einen Kuß auf die Wange, der bedrohlich schmatzte.

Sie ließen das Auto auf dem überdachten Parkplatz und gingen zum Eingang zurück. Sie kamen an der Wickel- und der Spielstation vorbei, wo man Kinder abgeben konnte, auf daß sie in einem mit Plastikbällen gefüllten Käfig herumhüpften. Ein paar Kleinkinder kletterten auf der Rutsche herum, die Mütter, die sich nicht getraut hatten, sie allein zu lassen, überwachten sie von draußen, während die Männer mit Bücher- und CD-Regalen hantierten.

Als Luciani und Greta die Treppe hochkamen, wurden sie von Katalogen, Papiermaßbändern, Bleistiften und Notizblöcken empfangen, in die Maße und Anzahl der zu erwerbenden Artikel einzutragen waren. Der Kommissar tauchte sofort in die vorderen Räume ein, in komplett eingerichtete Interieurs. Die erste Konfrontation mit Betten, Bücherregalen und Teppichen erwies sich als weniger traumatisch als gedacht. Im Gegenteil: bei genauerer Betrachtung meinte er, daß diese Möbel seiner tristen Wohnung, trotz der niedrigen Preise, zu einer Art Quantensprung verhelfen konnten. Und daß er, im Besitz eines Morkedal-Doppelbetts, zweier Moldes-Nachttischchen und eines Nordnes-Kleiderschranks, eine Frau mit in seine Wohnung hätte nehmen können, ohne sich zu schämen. Und da er schon mal da war, konnte er sich wirklich die Pfannen und die Schuhschränke anschauen. Er dachte, daß Greta ausnahmsweise mal eine sinnvolle Idee gehabt hatte, und brachte es sogar fertig, ein kleines schuldbewußtes Lächeln in ihre Richtung zu schicken.

Sie gingen die Treppe hinunter und fanden sich in der Haushaltsabteilung wieder, wo Greta sich gleich einen riesigen Wagen schnappte. Sie meinte, sie wolle sich ein wenig umsehen. Er trat auf die Abteilung mit den Töpfen zu und versuchte sich zu vergegenwärtigen, was ihm fehlte: Sicher ein Deckel, aber er kannte den Durchmesser nicht, und vielleicht eine Pfanne, die ein wenig größer als seine alte war. Er fing an, ergonomische Griffe und Anti-Haft-Beschichtungen zu studieren, prüfte eine Kasserolle Kavalkad, gewann aber den Eindruck, daß die Preise nicht so niedrig waren wie angenommen. Er suchte mit dem Blick nach Greta, fand sie und sah, daß sie bunte Papierservietten in der Hand hielt. In ihrem Einkaufswagen befanden sich bereits sechs Teetassen, die außen blau und innen grün waren, Pappteller, sechs Gläser mit der Aufschrift »Aqua«, eine

Packung großer gelber Kerzen und ein riesiges Paket mit kleinen weißen Kerzen, eine Salatschüssel aus Plastik, eine Menagerie mit Pfeffer- und Salzstreuer.

»Für wen soll denn das ganze Zeug sein?«

»Für deine Wohnung. Und sag nicht ›das ganze Zeug‹. Das sind alles hübsche Sachen.«

»Aber wollten wir nicht eigentlich einen Schuhschrank und, eventuell, eine Pfanne kaufen?«

»Ach komm, sei kein Spielverderber, wenn wir schon mal da sind ... Und dann sind die Sachen hier geschenkt.«

»Geschenke, die man aber bezahlen muß. Und ich brauche keine sechs Teetassen. Wann waren je sechs Leute auf einmal in meiner Wohnung?«

»Sie waren nicht da, weil dir die Tassen fehlten. Jetzt kannst du sie einladen.«

Der Kommissar brummte, daß er etwas kontrollieren müsse, und wandte sich ab, wobei er einen Treffpunkt für später nannte. Er begann, in den Sälen herumzuwandern. Er wich jungen Ehemännern aus, die unter dem Gewicht riesiger blauer Taschen in die Knie gingen, während ihre Frauen sie mit einem Set Rekyl-Messer bedrohten. Hin und wieder blieb er stehen, um sich ein Bücherregal oder einen Vitrinenschrank anzusehen, und jedesmal spürte er auf den ersten Blick eine instinktive Anziehungskraft, eine übermächtige Lust, sie mitzunehmen, nach Hause zu rasen und sie aufzubauen. Er kam an der Sofa-Abteilung vorbei und hielt an, um Probe zu sitzen – eine neue Couch hätte er gebrauchen können. Aber wenn er ehrlich war, dann kosteten die attraktivsten Modelle eine Stange Geld, wie in jedem anderen Laden. Auch bei den Preisen der Bürostühle wurden keine halben Sachen gemacht, jedenfalls bei den Modellen, die solide wirkten. Er kam endlich in die Sanitärabteilung und war schon drauf und dran, einen Wäscheständer zu kaufen, doch dann beschloß er, daß er die Wäsche weiterhin im

Freien aufhängen würde. Zwar ließen die Mistviecher von Tauben oft ihren Dreck darauf fallen, aber das war ihm immer noch lieber als Kleidung, die nach abgestandener Luft roch. Er kramte überall herum, überprüfte genau die Preise, fand das bestätigt, was er vermutet hatte, und plötzlich begann sich der Nebel, der ihn umfangen hatte, zu lichten: Alles um ihn herum zeigte sein wahres, grauenhaftes Gesicht, diese Möbel, die Leute, diese Ideologie des Einkaufszentrums, und dann seine Arbeit, sein Leben und die permanente, unbezwingbare Ungerechtigkeit, die jedes Ding durchdrang. Wie ein Schiffbrüchiger klammerte er sich an eine Packung Plastikzwicker, und ohne sich dessen bewußt zu werden, öffnete er sie und fing an, mit einer Klammer herumzuspielen, sich langsam die Finger einzuklemmen.

Plötzlich hatte sich eine bleierne Müdigkeit über ihn gelegt. Er mußte sich auf den unsäglichen Bezug einer Lycksele-Couch setzen und lange tief durchatmen, um langsam den Kopf wieder freizubekommen. Aber die Bilder des jämmerlichen Durcheinanders in seiner Wohnung, in die die Frau seiner Träume niemals einen Fuß setzen würde, mischten sich mit den Bildern der tristen Umkleidekabine, seine eigene Einsamkeit mit der des Schiedsrichters aus Livorno, die Forderungen Gretas mit denen der Witwe Ferretti, die in ihrer Millionärsvilla saß. Wenn ich so weitermache, dachte er, werden sie mich auch irgendwann von einem Haken an der Decke schneiden.

Als er wieder auf die Beine kam, war fast eine halbe Stunde vergangen. Er ging Richtung Kassenbereich und wollte schon den Laden verlassen, als er Greta rufen hörte. Er hatte sie völlig vergessen. Sie schob einen Wagen, in dem sich die Waren stapelten. Obendrauf thronte, in prekärem Gleichgewicht, die blaue Plastiktasche. Mit einem entrückten Lächeln im Gesicht rauschte Greta heran, fast hätte sie ihn überfahren.

»Schatz, wo warst du denn? Schau mal, was ich geleistet habe.«

Schatz?! dachte Marco Luciani. Er schaute in den Wagen und sah einen Mischmasch aus Holz, Kleiderbügeln, Räuchergefäßen und kleinen Ribba-Bilderrähmchen, ein blaues Plastik-Badezimmer-Set aus Zahnpasta- und Zahnbürstenhaltern sowie einem Mülleimer, dazu passend einen Badvorleger; weißes Besteck, Weingläser, Dosenöffner, einen Nußknacker und einen Stoffwurm. Er hob mit einem Finger den Rand der Plastiktasche und zählte mit Schaudern zwei Handtuch-Sets, Bettwäsche, weiße Vorhänge, zwei Strandmatten und eine Tischlampe namens Hade. Er schloß die Tasche, bevor er den Rest identifiziert hatte. Auf dem Warenberg balancierten ein Ficus Benjamini und ein anderes tropisches Gewächs, wie ihm noch nie eins untergekommen war.

»Fehlt nur die Pfanne«, sagte er in ironischem Ton.

Greta machte einen Satz: »Wie blöd von mir, die hab ich total vergessen. Und dann müssen wir noch den Schuhschrank mitnehmen. Was meinst du, sollen wir noch einmal zurück, oder kommen wir ein andermal wieder?«

Marco Luciani wollte ihr sagen, daß sie eine dumme Kuh, eine Vollidiotin, ein Konsumjunkie sei und daß er ihr die Pfanne da reinschieben würde, wo es am meisten weh tat. Aber er sagte nur: »Du machst Witze.«

»Nein, wieso? Für mich war das ein himmlisches Vergnügen, und ich komme gerne wieder.«

Marco Luciani beschloß, daß es diesmal soweit war, er würde sie beleidigen: »Sag mir nur eines: Wie lange waren wir zusammen? Zwei Jahre. Dann müßtest du mich inzwischen ein bißchen kennen. Meinst du wirklich, daß ich diesen ganzen Scheißdreck kaufen will? Kerzen, Bilderrähmchen und Tischsets aus Plastik? Daß ich jetzt an die Kasse marschiere und zahle?«

Greta sah enttäuscht und beinahe erschrocken drein: »Nun … äh … wolltest du nicht deine Wohnung ein bißchen verschönern?« sagte sie vorsichtig lächelnd.

»Nein. Ich nicht. *Du* wolltest meine Wohnung aufmöbeln. *Ich* will hier nur so schnell wie möglich weg, raus aus diesem Scheißlabyrinth, und ich habe nicht vor, auch nur einen Cent hierzulassen. Es gibt hier drinnen wahrscheinlich eine Million Sachen, und alles ist Dreck.«

»Schscht, die Leute gucken schon.«

»Das ist mir scheißegal. Es ist sogar besser, wenn sie das sofort kapieren, das glaube ich gern, daß sich in Schweden jedermann scheiden läßt, einmal zu IKEA, und die Sache ist klar, eure Frau, die ihr für intelligent hieltet, hat sich in eine hirnlose Idiotin verwandelt. Und dann beschwerst du dich über deine Schüler und das Fernsehen!«

Greta starrte ihn an. Ihr kamen die Tränen, aber sie weinte nicht. »Ich bin nicht deine Frau.«

Marco Luciani wollte sagen: »Und du wirst es auch nie werden.« Und dann sagte er es. Sie blickte ihn an, als ob er sie erdolcht hätte. Langsam ließ sie den Einkaufswagen los und ging zum Ausgang. Er rief sie nicht zurück.

Als er nach Hause kam, war er vollkommen niedergeschlagen. Er sah die Schuhe, die in der Diele herumflogen, die Zeitungsstapel, auf denen sich der Staub sammelte, und wäre angesichts der Unordnung fast hysterisch geworden. Er zog sich aus, behielt nur Boxerhorts und Schlappen an und begann wie wild aufzuräumen.

Acht Minuten vor sieben – er wollte, daß der Anruf ganz beiläufig wirkte, als ob er keine besondere Uhrzeit abgewartet hätte – rief er Sofia Lanni an. Sie verabredeten sich für halb zehn vor ihrem Hotel, wobei er klarstellte, daß er vorher im Büro zu Abend essen würde. Noch ein Abendessen und noch einen Kellner wollte er nicht über sich ergehen lassen.

Er war versucht, Iannece um den Dienstwagen zu bitten. Er schämte sich ein bißchen, Sofia Lanni mit seinem alten Renault Clio abzuholen: Klar, daß die Frauen sich in dich und nicht in dein Auto verlieben sollen, aber trotzdem sollte man nicht gleich am Anfang wie ein Lumpensammler auflaufen. Abgesehen davon, daß er sich in seinem Kleinwagen, in dem er mit dem Kopf ans Dach stieß und die Knie seine Schultern überragten, noch unbeholfener und mieser fühlen würde. Er war sich bis zuletzt nicht schlüssig, dann fiel ihm ein, daß er seinen Clio seit mindestens drei Monaten nicht mehr saubergemacht hatte, und so entschied er sich schließlich doch für den Dienstwagen. Wie erwartet, witterte Kollege Iannece sofort, daß etwas im Busch war, und fing an, Fragen zu stellen:

»Was ist denn mit Ihrem Wagen? Ist er kaputt? Soll ich ihn mir einmal anschauen?«

»Nein, nein, Iannece. Da ist nur … Ich habe einen Auswärtstermin und bin spät dran, ich brauche einen schnellen Wagen.«

»Eile mit Feile, Herr Kommissar. Die Hatz ist des Hasen Tod.«

»Sehr weise, Iannece. Daran solltest du denken, wenn du am Steuer sitzt.«

»Aber ich bin ein Autopilot, Herr Kommissar. Reiner Instinkt. Wenn ich daran denke, daß ich langsam fahren sollte, baue ich einen Crash. Wenn ich rase, ohne nachzudenken, geht alles gut. Sie dagegen sind ein vorsichtiger Pilot. Und wissen Sie, wie man in der Formel 1 sagt? Langsamer Fahrer, tödlicher Fahrer.«

Marco Luciani griff sich in den Schritt, um das Unglück abzuwehren. »Schön«, schnitt er ihm das Wort ab, »gibst du mir jetzt die verflixten Schlüssel, oder brauchst du einen schriftlichen Antrag mit Brief und Siegel?«

»Nein, ich will nur nicht, daß am Ende das Auto Ihr Siegel trägt ...«

Der Kommissar erhob sich mit drohender Gebärde.

»Autos und Weiber, ich hielt Sie für gescheiter«, seufzte Iannece. Er warf dem Kommissar die Schlüssel zu, und Marco Luciani, der sofort rot geworden war, griff ins Leere.

Er kam absichtlich zehn Minuten zu spät. Sofia Lanni wartete vor dem Eingang des Hotels. Sie trug die Sandalen einer römischen Sklavin: ohne Absatz und mit Lederriemchen, die sich an ihren Waden hochrankten. Ihr Rock war kurz, zwar kein Minirock, doch als sie sich neben ihn setzte, entblößte er ein ordentliches Stück Oberschenkel. Sie duftete nach Sommer und Strandspaziergängen im Abendrot. Obwohl sie einen Büstenhalter trug, zeichneten sich die Brustwarzen unter der weißen Bluse ab. Der Kommissar spürte, wie sein Geschlecht gegen den Hosenlatz drückte, er breitete notdürftig die Schöße des Jacketts darüber und hoffte, daß sie nichts davon mitbekäme.

»Verzeihen Sie die Verspätung, aber das war wieder ein höllischer Tag.«

»Kein Problem. Ich kann es mir denken.«

»Ich konnte nicht einmal mehr zu Hause vorbeischauen und habe den Dienstwagen nehmen müssen.«

»Ach ... das heißt, das Ding hier ist der Polizeifunk?« fragte sie, wobei sie auf den wuchtigen Apparat am Armaturenbrett zeigte.

»Ja. Sie dürfen sich einen Musiktitel wünschen und Grüße durchgeben.« Was für ein beschissener Gag, dachte er sofort. Noch dazu eine Anspielung auf die siebziger Jahre, da war sie noch gar nicht auf der Welt.

Die Detektivin lächelte wohlwollend: »Wo soll es denn hingehen?«

»Ich würde gerne raus aus dem Zentrum. Auch wenn es heute bewölkt ist, wollte ich ein bißchen an die Riviera di Levante, frische Luft schnappen. Kennen Sie die Ecke?«

»Kaum. Hin und wieder fahre ich nach Portofino, Camogli, Santa Margherita. Ich war ein paarmal in Sestri Levante und den Cinque Terre.«

Da hast du's, dachte Marco Luciani, ich dachte, ich könnte ihr imponieren, aber sie kennt schon alles aus dem Effeff.

»Am liebsten habe ich Camogli«, fügte sie mit einem Lächeln hinzu, »da würde ich gerne wieder mal hin.«

Marco Luciani hob eine Augenbraue und fragte sich für einen Moment, ob sie wußte … Nicht doch, dann hätte sie das einfach übergangen.

»Gut«, sagte er, »ist gebongt.«

Er entschied sich gegen die Autobahn, denn von der Aurelia aus hatte man, sobald man aus dem Zentrum raus war, einen traumhaften Ausblick. Wer nicht hetzen mußte, der konnte hier den Alltag abstreifen, sich wie im Urlaub fühlen. Ideal, um sich auf einen romantischen Abend einzustimmen. Früher hatten sie gesagt: Wenn ein Mädchen nicht einmal in Camogli schwach wird, dann ist die Sache aussichtslos. Das war die Karte, die man ausspielen mußte, wenn alles andere versagt hatte oder wenn man wirklich verliebt war und der letzte Schachzug keinen Ausrutscher erlaubte.

Sofia Lanni gab ein paar konventionelle Kommentare ab, wie schön die in die Felsen geschmiegten Villen seien, es sei ihr Traum, eine davon zu besitzen, ganz für sich alleine, mit einem kleinen Garten und einer Treppe, die hinunter ans Wasser führte. »Für so eine Villa würde ich alles tun. Sogar einen Mord begehen, wenn es dazu auch noch eine Tischtennisplatte gäbe.«

»Und würden Sie sich dort nicht langweilen, so ganz allein?«

»Ach, an so einem Ort wäre ich nicht lange allein. Ich hätte eine Menge Liebhaber«, sagte sie lachend.

»Nun, ich glaube nicht, daß Sie ein Haus am Meer brauchen, um Liebhaber zu finden.«

»Hmmm ... vor allem müßte ich mal ein bißchen abschalten, ein bißchen aus der Tretmühle meines Jobs herauskommen. Die Frau in mir pflegen und die Zeit finden, mich einem Mann zu widmen.«

Den Kommissar durchlief ein Schauder. Wer weiß, vielleicht hatte sie tatsächlich keine feste Beziehung. Vielleicht ging sie tatsächlich zu sehr in ihrer Arbeit auf; und manchmal haben die attraktivsten Frauen wirklich weniger Männer als andere, weil alle sie für unnahbar halten. Nur die Ruhe, sagte er sich. Nur nicht schon wieder in diese Richtung denken.

»Nun, dann gehen Sie doch auf den Vorschlag Ihres Oberindianers ein«, sagte er, »kassieren Sie Ihre Prämie, mieten Sie sich in einem schönen Häuschen oder einem Hotel ein, und machen Sie Urlaub hier an der Riviera.«

Sie warf ihm einen scheelen Blick zu. »Führen Sie mich nicht in Versuchung ... Ich habe Ihnen gesagt, daß ich vorher den Fall lösen will. Sonst wäre der Urlaub für mich kein Genuß.«

Nach rund zwanzig Minuten waren sie in Recco, dann bogen sie Richtung Camogli ab. Sie umrundeten den Ortskern und fuhren mit dem Wagen hinunter bis zum letzten Parkplatz des Dorfes. Da Werktag war, fanden sie gleich eine Lücke. Aber das Wetter verhieß nichts Gutes, es war windig, dicke Regenwolken hingen am Himmel.

»Sie sind vielleicht ein bißchen zu dünn angezogen«, sagte Marco Luciani, und er nutzte diesen Vorwand, um ausgiebig ihre Beine zu betrachten.

»Nein, es paßt schon«, sagte sie, wobei sie ihre Jacke anzog, »lassen Sie uns ein paar Schritte gehen, und dann können wir vielleicht irgendwo einkehren und etwas trinken.«

Zum Beispiel eine Flasche Champagner in einem Hotelzimmer, dachte der Kommissar, die ich Tropfen für Tropfen aus deinem Nabel sauge. Aber er sagte nur: »Klar.«

Sie gingen gemächlich den Spazierweg hinunter. Zur Linken lagen das Meer und der dunkle Himmel, den inzwischen eine fast lückenlose Wolkendecke überzog. Zur Rechten eine Wand aus schmalen, hohen, eng aneinandergeschmiegten Häusern, einfache Fischerhäuser, die mit den Jahren zum Luxusobjekt für reiche Mailänder geworden waren. Alle perfekt restauriert, mit kleinen Terrassen und Balkonen, auf denen sich früher die Fischerfrauen in Erwartung ihrer Ehemänner die Augen verrenkten. Heute saß man dort in der ersten Reihe und betrachtete den Golf und den Monte di Portofino. Stellenweise waren zwischen den Häusern winzige Durchlässe: kleine Treppen, die steil hinauf in den Dorfkern führten. Manche waren so schmal, daß sich gerade mal ein Erwachsener hindurchzwängen konnte.

Sie kamen zur Kirche und zum kleinen Hafen, es waren keine Luxusjachten da, aber es wimmelte von einfachen alten Booten und Schaluppen, die mit Rudern, Netzen und Reusen ausgestattet waren. Das war mehr als Kulisse, hier gab es immer noch ein paar echte Fischer, und frühmorgens war es ein besonderes Schauspiel, wenn sie mit ihren Kisten voller Fisch vom Meer zurückkamen. Dann konnte man verweilen und Stoppelfische und Blöker kaufen, die man dann im eigenen Garten über dem Feuer grillte.

Sie gingen ein paar Schritte an der Mole entlang, betrachteten sehnsüchtig die Lichter der Boote auf dem

Meer und der Häuser in den Klippen. Es war kaum jemand unterwegs, und Sofia Lanni fröstelte nun ganz deutlich. Der Kommissar tat so, als hätte er ein paar Regentropfen abbekommen und lotste Sofia in eine Bar vor dem Hafen.

Innen sah das Lokal wie eine Schiffsmesse aus, überall dunkles Holz, im Fußboden verankerte Tische und Messing-Bullaugen. Sie setzten sich, und Sofia Lanni bestellte einen »Roten Orient«. Er bestellte dasselbe, ohne recht zu wissen, worum es sich handelte. Aber da er beschlossen hatte, aufs Ganze zu gehen, meinte er, ein Tropfen Alkohol könnte seinen Schutzpanzer aufweichen, ihn zumindest für einen Abend aus dem selbst auferlegten Joch von Strenge und Pflichtbewußtsein befreien.

Beim ersten Schluck war ihm klar, daß er mit einer Granate zündelte. »Hervorragend«, lächelte er, »ein bißchen stark, aber hervorragend.«

Sofia Lanni erwiderte das Lächeln. »Schmeckt er Ihnen? Das sind vier oder fünf verschiedene Rum-Sorten mit einem bißchen Grenadine. Und jetzt, Herr Kommissar, tut es mir leid, wenn ich Ihnen den Abend verderbe, aber ich kann es nicht mehr erwarten; seit Tagen spannen Sie mich auf die Folter. Kann ich Ihnen ein paar Fragen zu unserem Fall stellen?«

Marco Luciani hatte noch einen kräftigen Schluck genommen und fühlte sich schon leicht angetrunken. Am liebsten hätte er gesagt, daß er inzwischen alles durchschaut hatte, er wollte sein Wissen herausbrüllen, um sie zu beeindrucken. Dann betrachtete er die grünen Augen, die Lippen, das Lächeln und dachte, daß die Ermittlungen sich als langwierig und aufwendig erweisen würden, daß sie einander noch sehr oft wiedersehen mußten, ehe die Wahrheit ans Licht käme.

»Fassen wir die Geschichte kurz zusammen«, sagte sie leise, »der Schiedsrichter hat sich in der Halbzeitpause erhängt, oder er wurde erhängt. Einige Fakten passen aber nicht ins Bild, und nach dem, was ich in der Zeitung gelesen und selbst in Erfahrung gebracht habe, sind das vor allem vier Dinge: Der Stuhl stand zu weit von der Leiche entfernt, der Tisch war weggerückt, es fehlte ein Abschiedsbrief ... und, natürlich: die Tür war abgeschlossen. Ist das soweit richtig?«

Der Kommissar stimmte zu: »Mir scheint, Sie wissen sogar schon zuviel.«

»Das heißt, das alles ist wahr?«

Marco Luciani gab ein Geräusch von sich, das »ja« bedeuten sollte.

»Dann gibt es noch eine ganze Reihe von Fragen, die mir bisher niemand beantwortet hat. Warum, zum Beispiel, war der Schiedsrichter allein in einer Kammer, die normalerweise nicht benutzt wird. Wie ist er dort gelandet?«

»Weil er sich ungestört umziehen wollte. Da steckt kein Geheimnis dahinter, das machte er immer so. Und im Marassi-Stadion hatte er diese Kammer schon mehrfach benutzt.« Er fragte sich, ob er ein intimes Detail für sich behalten sollte, dachte dann aber: scheiß drauf. »Er schämte sich, nackt von anderen Männern gesehen zu werden, auch von seinen Linienrichtern.« Dann bereute er sofort, daß er es verraten hatte, und sagte: »Das muß aber unter uns bleiben.«

»Alles, was Sie mir sagen, wird unter uns bleiben«, antwortete sie ein wenig pikiert. »Das heißt, er ist nicht extra dorthingegangen, um sich umzubringen ... und andererseits konnte ein Mörder gewußt haben, wo er zu finden war. Er konnte sogar gewußt haben, daß er ihn dort allein antreffen würde, in einem abgelegenen Raum.«

»Und damit sind wir wieder bei Null angelangt.«

»Ja. Und das Hämatom, das er am Kopf hatte?«

Nach Rebuffo war sie bereits die zweite, die von diesem

Indiz sprach, obwohl es nicht an die Öffentlichkeit gedrungen war. Die Miene des Kommissars verdüsterte sich. »Sie wissen tatsächlich zuviel.« Als sie ein Lächeln voll gespielten Schuldbewußtseins aufsetzte, schüttelte er den Kopf: »Ich habe mir das Video vom Spiel angesehen. Das kam höchstwahrscheinlich von einem verirrten Schuß.«

Sofia Lanni dachte laut nach: »Hmm, damit fällt ein weiterer Grundpfeiler der Mordtheorie.« Da schien Bedauern mitzuschwingen, aber sie hatte sich sofort wieder im Griff. »Noch eine ungeklärte Frage: die Anrufe. Haben die Verbindungsübersichten etwas ergeben? Haben Sie sie überhaupt schon?«

Sie hatte ihren Cocktail schon fast ausgetrunken und schien trotzdem glasklar, eine Kampfmaschine in voller Aktion. Marco Luciani war noch nicht einmal bei der Hälfte, und seine Hirntätigkeit war schon deutlich verzögert.

»Von den Verbindungsübersichten haben wir noch keine bekommen, das wird dauern, der letzte von Zeugen beobachtete Telefonkontakt war mit der Ehefrau, kurz bevor Ferretti das Hotel Richtung Stadion verließ. Der Schiedsrichter muß in der Umkleide ein Handy gehabt haben, ein Handy, das wir nicht gefunden haben, und das spricht für einen Mord. Soweit ich in Erfahrung bringen konnte, rief ihn gewöhnlich jemand während der Halbzeitpause an, Journalisten und Clubmanager tun das, um Kritik und gute Ratschläge loszuwerden. Das ist natürlich offiziell verboten, aber es gibt Leute, die da keine Skrupel kennen.«

»Leute wie Alfredo Rebuffo?«

Im Kopf des Kommissars schrillte eine kleine Alarmglocke. »Haben Sie ihn kennengelernt?«

»Leider. Ein ekelhafter, schmieriger Kerl. Ich will gar nicht auf Details eingehen, aber er scheint mir jemand zu sein, dem kein Trick zu schmutzig wäre.«

»Ja. Er macht keinen sehr gewinnenden Eindruck. Aber leider habe ich bisher nichts gegen ihn in der Hand.«

Sofia Lanni fing wieder an, ihre Notizen durchzublättern. »Und das Seil? Hatte er das mitgebracht oder dort gefunden?«

Marco Luciani war der Meinung, daß er genug verraten hatte: »Über das Seil wissen wir fast nichts. Es war neu, folglich hat es entweder der Schiedsrichter oder sein Mörder extra für die Tat besorgt. Ein ganz gewöhnliches Wäscheseil, eine Sorte, die in zig Geschäften verkauft wird. Wir haben halb Genua abgeklappert, aber wir sind nicht fündig geworden. Keine Spur von dem Kauf.«

»Er könnte es auch in Turin besorgt haben.«

»Sicher. Wir haben einige Geschäfte in der Umgebung seines Hauses überprüft. Aber da wird die Suche zu schwierig. Wer weiß, wo und wann der Kauf getätigt wurde, vielleicht ist es Monate her.«

Im Magen des Kommissars breitete sich allmählich eine angenehme Wärme aus. Das Licht war schummrig, das Mädchen neben ihm das schönste und begehrenswerteste, das er je gesehen hatte. Er dachte, ein Verhör müßte immer so geführt werden, nicht mit einem Glas Wasser, einer Lampe, die dich blendet, und einem wutschäumenden Polizisten, der dir in die Ohren brüllt. Setzt eine Detektivin wie Sofia Lanni vor den abgebrühtesten Serienmörder, und er wird euch jedes Geständnis unterschreiben.

»Und über den Abschiedsbrief weiß man wirklich nichts? In einer Zeitung hieß es anfangs, ihr hättet einen gefunden, aber dann war nie wieder die Rede davon.«

»Kein Brief. Aber er könnte etwas geschrieben haben. Von seinem Notizblock fehlt ein Blatt, und sein Kugelschreiber fehlt ebenfalls.«

Sofia Lanni blieb der Mund offenstehen. »Verflixt.« – »Verflixt«, wiederholte sie nach kurzem Schweigen, »das kompliziert die Sache gewaltig … Wenn man den Abschiedsbrief fände, wäre das der entscheidende Beweis für Suizid.«

Der Kommissar merkte, daß er zu weit gegangen war, und versuchte zurückzurudern: »Vielleicht ist es so, aber es ist nicht gesagt, daß dieser Brief existiert, das ist nur eine Hypothese. Das Blatt könnte in Wirklichkeit auch schon früher abgerissen worden sein, und den Kugelschreiber hatte er womöglich gar nicht dabei. Für die Eintragungen in seinen Block benutzte er einen besonderen Bleistift, der noch in seiner Brusttasche steckte.«

Sie sprachen noch lange über andere Details. Die Detektivin stellte neue Verbindungen her, löste andere, arbeitete die neu gewonnenen Informationen ein. Sie bestellte eine zweite Runde, und als die Gläser kamen, benetzte Marco Luciani nur die Lippen, ohne zu trinken. Sie gingen noch einmal die Zeugenaussagen durch, außerdem Gewohnheiten, familiäres Umfeld und Bekanntschaften Ferrettis. Nirgendwo gab es den entscheidenden Hinweis, weder für die eine noch für die andere Theorie.

Je mehr Zeit verstrich, desto weniger folgte Marco Luciani dem Inhalt des Gesprächs und desto häufiger warf er verstohlene Blicke auf die Schenkel der Detektivin. Er fragte sich, wonach sie schmecken, wonach sie duften mochten. So vorsichtig er auch war – irgendwann schien sie einen seiner besonders gründlichen Blicke abgefangen zu haben; sie verkrampfte sich sofort.

»Gut, Herr Kommissar, ich möchte Sie nicht langweilen. Ich würde sagen, für heute abend belassen wir es dabei«, sagte sie plötzlich ernst.

Marco Luciani merkte, daß er den Fehler seines Lebens begangen hatte. Statt sich zu entspannen, dabei aber vernünftig zu bleiben, hatte er sich betrunken und die Kontrolle über sich verloren. Er hatte sich wie ein Schwein, wie ein Triebtäter benommen. Und vor allem hatte er sie in ihrer beruflichen Rolle nicht ernst genommen, er hatte ihr nur zerstreut zugehört und dabei an etwas ganz anderes gedacht.

»Entschuldigen Sie mich einen Moment.«

Er stand auf, zog das Jackett aus und ging auf die Toilette. Er mußte ein bißchen von dem Alkohol loswerden, sich die Schläfen kühlen, seine Selbstkontrolle und seinen klaren Verstand zurückgewinnen. Er sagte sich, daß der Abend ganz gut gelaufen war, solange sie über den Fall Ferretti gesprochen hatten. Doch dann hatte sie ihn erwischt, wie er ihre Beine anstarrte, und das schien sie ... enttäuscht zu haben. Als meinte sie: Ich will hier mit dir über die Arbeit reden, will mit dir die Lösung in einem komplizierten Fall finden, und du denkst nur darüber nach, wie du mich ins Bett kriegst. Und der Ton, mit dem sie diesen Satz gesprochen hatte ... immer noch höflich, keine Frage, aber in Wahrheit eiskalt.

Er krempelte die Ärmel hoch und hielt das Gesicht unter den Wasserhahn. Sein Kopf war schwer, er konnte sich nicht konzentrieren, verstand nicht, wer an diesem Abend das Ruder in der Hand hielt und wohin er den Kahn lenkte. Er hatte sich eine Weile vorgemacht, daß Sofia Lanni mehr von ihm wollte als nur ein paar Informationen zum Fall, etwas Persönliches, und wenn es nur Freundschaft und Vertrauen waren. Aber wozu überhaupt? Er ließ noch einmal Wasser über Handgelenke und Schläfen laufen und hatte plötzlich wieder einen klaren Kopf. Ich muß hinübergehen und jeden weiteren Fehler vermeiden, sagte er sich. Vielleicht war noch nicht alles verloren, vielleicht hatte er noch eine Chance.

Sofia Lannis zweiter »Roter Orient« war fast ausgetrunken. Das war keine Frau, das war ein Pumpwerk. Sie stand auf, bevor er sich setzen oder irgend etwas erwidern konnte.

»Es ist ein bißchen spät geworden, was meinen Sie? Sollen wir los?«

Marco Luciani schaute auf die Uhr und spürte einen tödlichen Stich in der Brust. Es war gerade mal halb zwölf.

»Oh ... natürlich. Natürlich, wir können ruhig gehen.« Er zog sein Jackett an und zahlte die Rechnung. Inzwischen fiel heftiger Regen. »Wollen Sie, daß ich das Auto hole?«

»Nein, das fehlte gerade noch. Ich mag außerdem Regen.«

Sie liefen schnell den Weg am Meer entlang, wobei sie unter den Häusern Schutz suchten. Aber der Wind kam von der Seite, und schon nach einer Minute waren sie tropfnaß. Der Kommissar wechselte auf die rechte Seite, um das Mädchen gegen die Windböen abzuschirmen. Sie zitterte, schmiegte sich an seinen Arm, lachte und sagte immer wieder: »Mamma mia, mamma mia.« Er triumphierte innerlich, dieser Körperkontakt kam ihm vor, als wäre er, nach endlosem Schmachten in der Hölle, wieder unter den Lebenden.

Sie kamen ans Auto, der Kommissar wollte die Schlüssel hervorholen und die Beifahrertür aufschließen. Doch er fand die Schlüssel nicht. Mehrmals suchte er alle Taschen in Jackett und Hose ab. Vergebens. Er umrundete das Auto, vielleicht steckte der Schlüssel in der Tür oder im Kofferraumschloß. Nichts.

»Was ist los?« Sofia Lanni hüpfte auf der Stelle, in einer Schlammpfütze. Die Sandalen einer römischen Sklavin waren vollkommen hinüber.

»Ich kann die Schlüssel nicht finden. Ich muß sie in der Bar gelassen haben.«

»Ach du liebe Zeit. Sind Sie sicher?«

»Ich hoffe es. Hier sind sie nicht. Ich laufe noch mal zurück und suche unterwegs den Pfad ab. Stellen Sie sich so lange hier in den Hauseingang.«

Die Detektivin fröstelte. »In Ordnung. Aber beeilen Sie sich bitte. Hier ist es affenkalt.«

Er rannte bis zur Bar. Der Besitzer half ihm, alles abzusuchen, auch in der Toilette. Der Schlüssel war nicht da. Er ging den Weg noch einmal langsam zurück, suchte sorgfältig den Boden ab, bis der Regen ihn bis auf die Knochen durchweicht hatte. Von dem Schlüssel keine Spur.

Sofia Lanni wartete im Hauseingang auf ihn. Jemand mußte ihr die Tür geöffnet haben.

»Nichts?« fragte sie, als sie sein enttäuschtes Gesicht sah.

»Nichts.«

»Und nun?«

»Keine Ahnung, ich glaube nicht, daß um diese Zeit noch ein Zug geht. Ich werde versuchen ein Taxi zu rufen.«

»Vergessen Sie es. Das habe ich schon probiert. Am Taxistand ist niemand, und unter der Nummer, die dort steht, ist nur ein Anrufbeantworter geschaltet. Die öffnen morgen früh um sechs wieder.«

»Au Backe ... dann müssen wir jetzt ein Taxi aus Genua kommen lassen.«

Sofia Lanni hatte die Arme um ihren Oberkörper geschlungen. Ihre Haare waren tropfnaß, die Kleider durchweicht, die Waden schlammverspritzt, und ihr Zittern war nicht mehr zu unterdrücken. Selbst so sah sie noch wunderschön aus, und noch erregender.

»Ich schaffe das nicht mehr, Herr Kommissar. Ich muß sofort aus den Klamotten raus und in ein warmes Bad, sonst liege ich morgen mit Fieber im Bett. Und auch Sie scheinen mir nicht in bester Verfassung.«

Marco Luciani schaute an sich hinunter. Er sah abscheulich aus. Er nieste zweimal so heftig, daß er einen Vogel vom Baum hätte blasen können.

»Das heißt?«

»Hier vorne ist ein Hotel. Lassen Sie uns ein Zimmer nehmen, und morgen überlegen wir in aller Ruhe, was zu tun ist.«

Im Hirn des Kommissars bimmelten die Osterglocken. Die Gedanken flitzten wie Tennisbälle umher. Sollte tatsächlich eine hauchdünne Chance bestehen, daß sie ... Dann betrachtete er den Eingang des Hotels. Ein Fünf-Sterne-Luxus-Etablissement, pompös und teuer wie kaum ein anderes an der Riviera. Er fragte sich panisch, was es wohl kosten würde. Zum Henker, dachte er, während sein Herz raste, wenn tatsächlich auch nur die geringste Aussicht bestünde – ich würde alles Geld der Welt dafür geben.

Obwohl sie tropfnaß und ohne Gepäck auftauchten wie zwei illegale Einwanderer, die gerade einem Schlauchboot entstiegen waren, empfing sie der Mann am Eingang mit einem ehrerbietigen Lächeln, als hätte er Onassis oder Jacqueline Kennedy vor sich.

Dies war der Augenblick der Wahrheit. Sollte er ein Zimmer oder zwei verlangen? Bei einem Zimmer tat er, als ob schon alles geritzt wäre, was sie als Beleidigung empfinden könnte. Bei zweien würde sie ihn für einen Gentleman oder – wahrscheinlicher – für einen Hirnie halten. Während er feige seinen Schritt verlangsamte, trat sie entschlossen an die Rezeption.

»Haben Sie zwei Zimmer?« fragte sie.

Diesmal läuteten die Totenglocken. Marco Luciani sah 250, 300 Euro mit höhnischem Gruß aus seiner Brieftasche flattern. Ihm fiel ein, daß er immer noch Sofia Lanni einquartieren und für sich das vermaledeite Taxi rufen konnte. Das konnte er über die Spesen abrechnen.

»Ich habe nur noch eine Junior-Suite«, sagte der Portier. »Sie ist sehr hübsch, mit einem großzügigen Schlafzimmer, einem großen Bad und einem Wohnzimmer mit Schlafcouch.« Das Herz des Kommissars schlug wieder. »Die nehmen wir«, sagte er. Nach dem Preis fragte er nicht.

Sofia Lanni kam aus der Dusche. Sie trug einen flauschigen weißen Bademantel und hatte ein Handtuch um die Haare gewickelt. Die nackten Füße sahen aus wie zwei verirrte Küken. »Ahhh, ich fühle mich wie neugeboren«, seufzte sie, »das Badezimmer steht zu Ihrer Verfügung, Herr Kommissar.«

»Ich wollte herauskriegen, wie diese bescheuerte Schlafcouch funktioniert …«

»Lassen Sie doch, darum kümmern wir uns später. Jetzt sollten Sie die Klamotten loswerden, sonst holen Sie sich den Tod.«

Als er in die Dusche stieg, zitterte er vor Kälte und Aufregung. »Lassen Sie doch«, hatte sie gesagt. »Lassen Sie doch.« Der Tonfall hatte wieder warm und herzlich gewirkt, fast verführerisch. Nachdem Amor ihn in eine Gletscherspalte gestoßen hatte, ließ er Luciani jetzt wieder Frühlingsluft schnuppern. Der Kommissar blieb lange unter dem heißen Wasser, unsicher, wie er sich nach dem Duschen verhalten sollte. Er wusch sich sorgfältig mit den Probefläschchen des Hotels und segnete die Direktion dafür, daß Zahnputz-Sets für den Notfall bereitstanden.

Als er aus dem Bad kam, trug er einen herrlichen Bademantel. Sein strammes Geschlecht, das partout nicht unten bleiben wollte, hatte er sich mit dem Gürtel auf den Bauch gebunden. Wenn sie nicht genau auf die betreffende Stelle starrte, würde sie es nicht bemerken.

Sofia Lanni lag ausgestreckt auf der Chaiselongue im Wohnzimmer. Sie hatte eine Flasche Champagner und zwei Gläser aus dem Kühlschrank geholt und betrachtete das Panorama der Bucht. Die Suite war ein Traum, antikes

Mobiliar, warme Teppiche, Tapeten und Stoffbezüge in Weiß und Hellblau.

»Unglaublich, Herr Kommissar, finden Sie nicht?«

»Ja, wunderschön. Eine wundervolle Aussicht.«

»Nein ... ich meine, ausgerechnet heute, wo wir über die Häuser in den Klippen geredet haben, darüber, einmal abzuschalten, ein bißchen Zeit für sich zu haben ... Und jetzt sind wir hier, als ob wir das alles so ausgeheckt hätten.«

»Wirklich. Wie in einem Film. Der Regen, die verschwundenen Schlüssel, das Hotel ...«

Sie schenkte ihm Champagner ein und reichte ihm mit verschmitzter Miene das Glas.

»Lassen Sie uns anstoßen.«

»Worauf?«

»Hmm ... auf den Urlaub. Heute abend möchte ich mich wie im Urlaub fühlen.«

Er näherte sich ihr, die Gläser schlugen aneinander, sie trank in einem Zug aus. Für eine kleine Ewigkeit herrschte Stille, dann kam Sofia Lanni seinem Gesicht einen Hauch näher, sah ihm tief in die Augen. Der Kommissar ließ sich in diesen grünen See gleiten, verlor das weiße Ufer aus den Augen.

»Und du, hast du keine Lust, Urlaub zu machen, Kommissar?«

Er roch den Duft ihres Atems. Sie schloß die Augen, er ließ sie noch einen Moment offen, dann berührte er ihre Lippen und ließ sich hinabsinken in das grüne Naß.

Das Morgenlicht weckte ihn um sechs. Sofia hatte ihm den Rücken zugewandt und schlief; das über das Kopfkissen gebreitete Haar glänzte himmlisch. Er stand vorsichtig auf, um sie nicht zu stören, und ging ins Bad. Er hatte sehr wenig geschlafen, fühlte aber keine Müdigkeit. Keine Gelenkschmerzen, keinen Reif um den Kopf. Nur eine unbestimmte Sehnsucht und ein Lächeln, das er nicht mehr aus seinem Gesicht brachte. Sie hatten ihre Kleider zum Trocknen über die Wanne gebreitet. Auch die Handtasche der Detektivin stand da. Luciani setzte sich auf die Kloschüssel und fixierte die Tasche. Er kämpfte gegen die Versuchung an, obwohl er wußte, daß der Kampf aussichtslos war. Schließlich stand er auf, warf einen Blick ins Schlafzimmer, als befürchtete er, von ihr gesehen zu werden. Dann öffnete er die Handtasche. Darin fand er die Autoschlüssel.

Dienstag

Sie frühstückten auf dem Balkon, mit einem Ausblick, den Gott an einem glücklichen Tag geschaffen hatte. Eine sanfte, aber unnachgiebige Brise hatte die Wolken Richtung Westen geschoben, und die Sonne war über dem Berg von Portofino aufgestiegen, als wollte sie dieser neuen Affäre ihren Segen erteilen. Sie schliefen noch einmal miteinander in dem riesigen Doppelbett, dann döste Marco Luciani noch ein bißchen, während Sofia Lanni ausgiebig badete und nochmals Kaffee bestellte. Gegen Mittag gingen sie wieder zum Wagen, und es war Sofia, die den Schlüssel wiederfand: Hinter einem der Hinterräder. »Offensichtlich haben wir ihn gestern, im Regen und in der Dunkelheit, nicht gesehen«, meinte sie. Der Kommissar wollte die Rechnung zahlen und nach Genua zurückkehren, die Detektivin meinte, sie würde noch ein paar Stunden im Hotel bleiben, sich an den Pool legen und die Frühlingssonne genießen. Marco Luciani hatte den Eindruck, daß sie vor allem allein sein wollte oder ihn allein lassen wollte, damit sie über die Ereignisse nachdenken konnten. Er überlegte lange, was er ihr zum Abschied sagen sollte, doch die Sätze klangen entweder blaß oder aufgesetzt, oder abgeschmackt. Am Ende küßte er sie auf die Wange und sagte: »Wir sprechen uns«, was unnatürlich und deplaciert wirkte.

Er wollte gerade seine Kreditkarte wieder einstecken, als Sofia Lanni an die Rezeption gelaufen kam. Sie war in Badeschlappen und Bademantel, in der Hand hatte sie das Handy, dessen Mikrophon sie abdeckte. »Dein Büro«, sagte sie leise, »angeblich suchen sie dich schon seit Stunden. Ob du zufällig bei mir seist, haben sie gefragt. Ich habe es nicht fertiggebracht zu lügen. Ich meinte, ich hätte dich in der Nähe gesehen und würde dich suchen gehen. Was soll ich denn jetzt sagen?«

Marco Luciani schaute sie an. Das Mädchen sah schuldbewußt drein, und doch schimmerte eine gewisse Befriedigung durch, weil sie ihn in Verlegenheit gebracht hatte und nun jedermann wußte, daß er ihr an die Angel gegangen war. Denn *sie* war es gewesen, die das Ruder in der Hand gehalten hatte, von Anfang an, und sie würde entscheiden, wann und wo die Fahrt zu Ende war.

»Gib schon her«, sagte der Kommissar ein wenig brüsk.

Giampieris Stimme klang zögerlich, aber nicht nur, weil er Luciani über das Mädchen aufgespürt hatte.

»Entschuldige Marco, ich habe dich überall gesucht und es schließlich auch auf diesem Weg probiert. Ich hoffe, ich störe nicht.«

»Kein Problem. Ich bin mit der Detektivin ... einige Details der Versicherungspolice durchgegangen, aber ich war unterwegs ins Büro.«

»Hör mal. Es gibt wichtige Neuigkeiten. Wir haben Ferrettis Handy gefunden.«

»Was? Und wo war es?«

Giampieris Stimme wurde noch ein bißchen zaghafter: »Nun, also ... klingt ein bißchen absurd, aber ... Es war in seinem Auto, in der Hotelgarage.«

»Was soll das denn heißen? Hatten wir das nicht durchsucht?«

»Nun ... streng genommen ... ich glaube, daß es sich jemand angeschaut hatte, aber es gab ja eigentlich keinen Grund für eine besonders gründliche Durchsuchung. Heute morgen kam seine Frau, um das Auto abzuholen, und da hat sie es gefunden. Sie sagt, es sei im Handschuhfach gewesen, unter dem Fahrzeugschein und anderen Sachen.«

Marco Luciani entfuhr ein hysterisches Lachen. »Ich kann nicht glauben, was ich da höre. Ich glaub es einfach nicht. Ihr habt das Auto nicht durchsucht.«

»Nein, hör mal. Das Problem ist nur, daß in der Hotelgarage kein Empfang war, sonst hätten wir es über das Signal längst geortet. Jedenfalls hatten wir überall nach dem Handy gesucht, auch im Hotelzimmer.«

Marco Luciani hätte seinen Vize fast angebrüllt, er sei ein Kretin und noch größere Kretins seien die Leute von der Spurensicherung, weil sie per Satellit die Sachen suchten, die sie vor der Nase hatten. Aber er hielt sich zurück, denn er wollte bei Sofia Lanni keinen schlechten Eindruck hinterlassen. Er sagte nur: »Wenn das die Art ist, wie du ermittelst, wirst du wohl nicht so schnell meinen Posten übernehmen.«

Giampieri am anderen Ende der Leitung stand der Atem still. Ein lautstarker Anschiß wäre weniger verletzend gewesen. »Soll ich auf dich warten, bevor ich den Speicherchip untersuche?« brachte er im Flüsterton heraus.

»Ja, warte auf mich. Ich komme sofort. Aber ich weiß jetzt schon, daß das nichts bringt, wie immer.«

Sie versammelten sich um das leblose Objekt, als hätten sie es mit einem jener mysteriösen archäologischen Fundstücke zu tun, die aus einer anderen Welt zu stammen scheinen: Medaillons mit Sternenkarten, Scheiben, die mit rätselhaften, unleserlichen Inschriften überzogen waren, Schlüssel aus unbekannter Materie, mit denen man die U-Boote von Atlantis öffnen konnte.

»Hier drin steckt die ganze Wahrheit«, sagte Giampieri mit feierlicher Stimme, ehe er das winzige Motorola-Handy der Kriminaltechnik gab, »denn inzwischen ist unser ganzes Leben da drinnen gespeichert: Ortswechsel, Kontakte, Anrufe, Gemütszustand und Gefühle. Man muß sie nur entziffern können, und das ist unsere Aufgabe.«

Während er auf das Ergebnis wartete, rief der Vizekommissar reihum noch einmal Linienrichter, Hausmeister, die Ordner im Stadion und die Spieler an. Er wollte überprüfen, ob man den Schiedsrichter tatsächlich mit Handy im Stadion gesehen hatte. An den vorangegangenen Tagen hatte er weiter Verwandte, Freunde und Bekannte befragt, hatte immer wieder aufs neue – diesmal mit größerem Zeitabstand – dieselben Fragen gestellt. Unermüdlich kontrollierte er, ob ihre Version der Fakten stets dieselbe blieb. Manchmal reichte eine winzige Inkohärenz, um einen Fall zu lösen. Ein falsch verstandenes Wort, eine Differenz von einer Minute oder einem halben Meter.

Für Luciani hatte sich durch den Handy-Fund kaum etwas geändert, auch nicht die schlechte Meinung, die er von seinen Leuten hatte. Er beschränkte sich darauf, die SMS und die gespeicherten Anrufe zu kontrollieren. Nachdem er nichts Interessantes gefunden hatte, verlangte er, daß man ihm das Telefonbuch aus Ferrettis Handy abschrieb. Dann schloß er sich im Büro ein, spielte Tetris und überlegte, wie und wann er sich bei Sofia Lanni melden sollte.

Gegen drei Uhr nachmittags rief Baffigo an. Er wollte wissen, ob das Handy wichtige Hinweise geliefert habe.

»Woher weißt du, daß wir es gefunden haben?«

»Das weiß doch jedes Kind. Meinst du, die Witwe behält so eine Nachricht für sich?«

»Ach ja, klar. In ihrem Spielchen bringt sie das weiter: hundert Zusatzpunkte für die Suizidtheorie.«

»Und?«

»Nein, nichts bisher. Aber wenn sich etwas ergeben sollte, bist du der erste, der es erfährt.«

Der Journalist lachte: »Ja, ja, ich hab schon verstanden. Sieht man sich mal wieder am Abend, oder hast du zuviel zu tun?«

Marco Luciani meinte, einen ironischen Unterton herauszuhören. Ob der Journalist auch schon von Sofia Lanni wußte?

»Nein, an einem der nächsten Abende können wir uns gern treffen.«

»Sag mir nur eines: Warum taucht das Handy gerade jetzt auf? Ich meine, könnte das nicht auch die Witwe dort deponiert haben?«

»Ich würde dir gerne sagen, daß es sich so verhält, aber die Erklärung ist leider viel einfacher. Das geht auf unsere Kappe.«

»Nein! Du willst doch nicht sagen, daß das Handy die ganze Zeit dort war und ihr es nicht entdeckt habt?«

»Hmm.«

»Na ja … Kopf hoch, wie heißt es: ›Nur wer nichts macht, macht auch keine Fehler.‹ Hoffen wir, daß wenigstens etwas dabei herauskommt.«

Der Kommissar legte auf. Er hatte sich vor seinem Freund blamiert und bereute, daß er ihn nicht seinerseits auf den Arm genommen hatte, weil Baffigo Schiedsrichter Ferretti zu Unrecht verleumdet hatte. Wenn das Handy im Auto geblieben war, fiel die Theorie der Telefonkontakte zur Halbzeit in sich zusammen, zumindest für den betreffenden Sonntag.

Giampieri kam und berichtete, daß sich allein der Hausmeister noch daran erinnern konnte, Schiedsrichter Ferretti im Stadion mit Handy gesehen zu haben, daß aber auch er nicht mehr ganz sicher sei. Der Hausmeister habe den Eindruck, er habe ihn mit »irgend etwas« hantieren sehen, als wolle er eine SMS verschicken; aber auf die gezielte Nachfrage, ob das statt eines Handys auch ein Palm hätte sein können, habe er geantwortet: »Was fürn Ding?«

»Meiner Meinung nach ist er nicht sehr zuverlässig. Einer,

der einen Palm nicht von einem Handy unterscheiden kann …«, schloß er mit angewiderter Miene. Er ließ die Liste mit Ferrettis Telefonverzeichnis da und ging. »Wir rufen sie der Reihe nach an und fragen, ob er sich bei jemandem gemeldet hat. Man weiß ja nie.«

Marco Luciani ging die Liste durch. Rund hundert Namen, die ihm nichts oder fast nichts sagten, außer Adelchi, Colnago und Cavallo. Als er zu »P« wie »Physiotherapeut« kam, fand er eine Nummer, die ihm bekannt vorkam. Er glich sie mit dem gelben Notizzettel ab – es war die Nummer der Brasilianerin. Ihm kam noch etwas in den Sinn: Er suchte die Handynummer von Saggese, checkte noch einmal die ganze Liste und fand die entsprechende Nummer unter »Mineraldrinks«. Offensichtlich hatte sich der Schiedsrichter bei Saggese nicht nur Mädchen, sondern auch noch anderen, nicht ganz legalen Stoff besorgt.

Um sechs klingelte das Telefon, und Sofia Lannis Stimme strich seidig um sein Ohr.

»Ich melde mich, damit du dich nicht mit der Frage quälst, ob du es tun sollst oder nicht.«

»Ich wollte es gerade tun«, sagte er, »ohne Qual, in diesen Dingen handle ich aus dem Bauch heraus, ohne Kalkül.«

Sie gab ein wenig überzeugt klingendes »Hmm« von sich. »Laut Handbuch für die junge Single-Frau sollte ich dir jetzt eine Verschnaufpause gönnen und mich nicht an dich hängen. Im Gegenteil, ich müßte mich rar und damit wahnsinnig begehrenswert machen. Aber wenn auch ich auf jedes Kalkül verzichten darf, dann muß ich gestehen, daß ich dich unheimlich gern sehen würde. Jetzt. Sofort.«

Der Tonfall der letzten beiden Worte sorgte beim Kommissar für eine gewaltige Erektion. Er rief Giampieri über die Hausanlage an und sagte, er müsse einen Moment weg, im Notfall sei er über den Piepser zu erreichen.

Seine Gewissensbisse, daß er den Posten verlassen hatte, dauerten genau so lange wie der Weg in die Tiefgarage und die Autofahrt zu dem Apartment, das Sofia auf einem Hügel gemietet hatte. Man hatte von da oben einen faszinierenden Blick über die grauen Dächer von Innenstadt und Hafen. Kaum hatten sie sich geküßt, wußte der Kommissar definitiv Bescheid: Der mysteriöse Tod des Schiedsrichters interessierte ihn nicht mehr, oder besser gesagt: er interessierte ihn nur, weil er dadurch Sofia Lanni wiedersehen konnte, weil er mit ihr stunden- und tagelang Hypothesen spinnen und komplizierte Szenarien entwerfen durfte, in denen die Mächtigen Ränke schmiedeten und gesichtslose Killer dangen.

Es war jetzt das Mysterium der Frau, das Mysterium ihrer mit einer außergewöhnlichen Sinnlichkeit gepaarten Schönheit, was ihn in Beschlag nahm. Dieses Mädchen konnte zugleich unschuldig wie ein Engel und schamlos wie eine Hure sein, eine Mischung, wie sie ihm noch nie untergekommen war und die ihn wie einen Schulbuben erregte. Er lag auf dem Bett und versuchte sich nur auf die Empfindungen des Augenblicks zu konzentrieren, während sie ihn liebte, wie es keine Frau je getan hatte, und ihre Zunge Schauder durch seinen ganzen Körper jagte.

»Vorsichtig, gleich komme ...«

»Hmm.«

»Nein, wirklich, ich halte es nicht ...«

»Hmm. Du brauchst es nicht auszuhalten. Du sollst es genießen. Genieße es jetzt. In meinem Mund.«

Die Lust ging ihm durch Mark und Bein, es war, als ob man seinen Leib zerquetschte, um jeden Lebenssaft herauszupressen, während sich Sofias Fingernägel in sein Fleisch gruben. Er konnte nicht verhindern, daß ihm eine Art Urschrei entfuhr, aus rätselhaften Abgründen, vielleicht aus dem Schacht, in dem er sich vor Jahren eingebuddelt hatte.

Seine Beine zuckten, der Kitzel stieg bis über Schultern und Kopf, und endlich entlud er sich in ihr. Anfangs tat es fast weh, dann durchströmte ihn ein unendliches Glücksgefühl.

Anschließend kam er sich wie ein dünnes leeres Häutchen vor, er wollte sich in ein finsteres Eck verkriechen, um zu schlafen, ohnmächtig zu werden. Sie legte ihr Gesicht auf seinen Bauch und ließ seinen Samen herausfließen, nicht, als ob sie sich davor ekelte, sondern fast wie eine Opfergabe, eine Spende an die heidnischen Götter.

Er glaubte nicht, daß er es noch einmal schaffen würde. Dreimal an einem Tag, innerhalb weniger Stunden. Er spürte eine leichte Übelkeit und ein Pochen im Kopf und merkte, daß es für diesen Tag vorbei war. Er versuchte sie wegzuschieben, um sie nun seinerseits zu verwöhnen. Er gönnte sich eine Minute Erholung und dachte, daß er sich sofort danach, wirklich sofort danach, aufraffen würde, um ihr zu zeigen, daß er ihr genauso … Er nahm seinen ganzen Stolz zusammen und streckte mit einer gewaltigen Anstrengung den Arm aus, legte ihr die Hand auf die Hüfte. Sie nahm seine Hand in die ihre, schmiegte sich an ihn und flüsterte: »Schhhhh, laß uns ein wenig schlafen, bitte, ja?«

Mittwoch

Er kam sehr zeitig ins Polizeipräsidium, nachdem er in der Nacht praktisch kein Auge zugetan hatte. Er hatte der schlafenden Sofia Lanni noch einen Kuß auf die Schulter gedrückt und das Apartment im gleißenden Licht des Sonnenaufgangs verlassen. Er fuhr nach Hause und traf auf der Türschwelle den Nachbarn aus Sri Lanka, der unterwegs zur Arbeit war und mit einem zuckersüßen Lächeln grüßte. Der Kommissar antwortete, wahrscheinlich zum ersten Mal, mit einem ähnlich strahlenden Lächeln, auch wenn er in seinem Innersten spürte, daß irgend etwas faul war. Es war nicht die Sorge um den ungelösten Fall und auch nicht die ständige Frustration über die Ungerechtigkeit der Welt und die Sinnlosigkeit seiner Arbeit, sondern eine böse Vorahnung.

Er hatte die schmerzhafte Lektion gelernt, daß man nie mit dem Guten rechnen sollte; und gerade in so einem Moment, da alles bestens zu laufen schien, spürte er, daß irgendwo eine böse Überraschung lauerte.

Als er die Bürotür öffnete, war sie wieder da, diese Vorahnung, so stark, daß sie ihn fast betäubte. Jemand hatte eine Zeitung auf seinen Schreibtisch gelegt und einen Artikel rot eingerahmt. Es war ein Leitartikel auf der ersten Seite, mit dem Titel »Der Fußball ist nicht Tangentopoli*«. Dem

* Landesweiter Korruptionsskandal, der Anfang der neunziger Jahre die Schmiergeldpraxis zwischen italienischer Wirtschaft und Politik aufdeckte und zum Untergang der sogenannten »Ersten Republik« führte. (Anm. d. Übers.)

Kommissar schwante gleich, worum es ging. Er blieb stehen und begann zu lesen. Der Artikel war in gemäßigtem, aber klarem Ton geschrieben. Er begann mit einer vordergründigen Würdigung von Lucianis Arbeit, wandelte sich aber schnell in eine vernichtende Kritik.

Zuerst verbreitete er sich darüber, daß man unbedingt »die Sache bis ins letzte aufklären« müsse, daß auch der allerkleinste Zweifel über das moralische Fundament einer Branche ausgeräumt werden müsse, die inzwischen fest in unserem Leben verankert sei und das »nationale Image« im Ausland präge. Der Autor gab seiner Hoffnung Ausdruck, daß es im Profifußball keine heiligen Kühe gebe, andererseits aber auch keine schmutzigen Spielchen, mit denen bestimmte Clubs geschädigt werden sollten. Daß niemand diese Tragödie mißbrauche, um sich einen sportlichen Vorteil zu verschaffen, um die laufende Meisterschaft nachhaltig zu beeinflussen oder ein zweifelhaftes Licht auf die vergangenen zu werfen, die, »solange das Gegenteil nicht bewiesen«, mit sportlicher Fairneß ausgetragen worden seien.

Der Autor stellte die Frage, warum sich ein nach außen hin einfacher Fall – der tragische Selbstmord eines depressiven Menschen – von Tag zu Tag weiter zu verwirren schien. »Mit den Ermittlungen wurde ein absolut integrer Kommissar betraut, ein Mann, der jedoch etwas zu obsessiv seiner Idee von Gerechtigkeit nachjagt und weder sich noch sonst jemandem etwas durchgehen läßt.« Zwar nannte der Autor Luciani nie beim Namen und tat, als wollte er dessen »unbestechliche Seele« und »den unbeugsamen Willen« loben, – im Grunde meinte er aber, daß der Kommissar in seinem Vorsatz, um jeden Preis einen Schuldigen zu finden, auf Abwege geraten sei und Unschuldige in Bedrängnis bringe. Daß der Kommissar damit einen »Kreuzzug im Stile eines Savonarola« (hier hätte es Luciani fast vom Hocker gehauen) und letztlich einen Kampf gegen die Windmühlen führe. Um seine These zu untermauern, enthüllte der Journalist, daß »dieser Ermittler immer schon gnadenlos seine Vorstellung der Justitia verfolgt hat: Als sein Vater, einer der bekanntesten und reichsten Strafverteidiger Italiens, in den Tangentopoli-Skandal verwickelt wurde, gehörte er zu dessen strengsten Richtern. Der Kommissar änderte seinen Nachnamen, brach jeden Kontakt zum Vater ab und verzieh ihm nie, nicht einmal nachdem der betagte Herr seine Schuld gegenüber der Gesellschaft beglichen hatte.« Dann kam der Leitartikler auf Einzelheiten der Ermittlungsarbeit zu sprechen, er berichtete von dem »verspäteten« Fund des Handys im Auto des Schiedsrichters; er kritisierte summarisch die Art, mit der Nachforschungen und Haussuchungen durchgeführt wurden, und erklärte, daß der Handy-Fund einen Grundpfeiler der Mordtheorie sprenge und außerdem Schiedsrichter Ferretti von den Unterstellungen reinwasche, die man über ihn verbreitet habe. Der Artikel war nur mit zwei Kleinbuchstaben unterzeichnet: *m. t.* Sie paßten weder auf den Chefredakteur noch auf die für gewöhnlich mit dem Fall betrauten Reporter.

Luciani grübelte eine Weile, wobei er im Büro hin und her spazierte. So einen Artikel bekam man nicht oft zu lesen, und schon gar nicht über einen unbedeutenden Polizeikommissar. Wenn schon, wäre es sinnvoller gewesen, sich über den zuständigen Staatsanwalt aufzuregen, auch wenn es de facto die Polizei war, die die Ermittlungsarbeit leistete. Es war nicht so sehr die Tatsache, daß man sein privates Schicksal breitgetreten hatte, was Luciani verstörte – das war ohnehin kein Geheimnis –, sondern der Umstand, daß eine der größten Zeitungen des Landes einen solchen Frontalangriff gedruckt hatte. Das bedeutete, daß jemand aus der Chefetage den Auftrag erteilt und den Stoff geliefert hatte. Jemand, der Luciani gegenüber der Staatsanwaltschaft in Bedrängnis bringen wollte. Genauer gesagt: jemand, der vermutlich selbst zur Staatsanwaltschaft gehörte und nach einem Vorwand suchte, um dem Kommissar die Ermittlungen zu entziehen, oder ihn zumindest zwingen wollte, den Fall auf die Schnelle abzuschließen.

Er las den Artikel noch einmal und fragte sich, wer der Judas sein könnte. Viele waren es nicht, die seine Vergangenheit kannten. Er hatte alle Brücken zu seinem früheren Leben abgebrochen, war in eine andere Stadt gezogen und hatte die wenigen Freunde aufgegeben, die während des Justizskandals nicht die Flucht ergriffen hatten. Es kam zwar noch manchmal vor, daß er jemanden von früher wiedersah, aber das wurde immer seltener, und in der Regel wußte der Betreffende nichts über Lucianis neues Leben. Sicher, rein theoretisch konnte ihn jemand auf einem der raren Zeitungsfotos wiedererkannt und sein Wissen einem Reporter gesteckt haben. Wahrscheinlicher war aber, daß die Information von einem der wenigen Eingeweihten kam: Angelini und ein paar andere Staatsanwälte, womöglich sogar Delrio selbst; oder von einem der Kollegen, vorneweg Giampieri. Vielleicht sogar, unfreiwillig, von seinem früheren Klassenkameraden Baffigo, der, wenn er trank, zu übertriebener Redseligkeit neigte. Aber wer geplaudert hatte, war im Grunde zweitrangig, entscheidend war, was nun passieren würde.

Da läutete das Telefon. Es war Baffigo, mit belegter, müder Stimme:

»Grüß dich, altes Haus. Ich habe gerade die Zeitungen geholt. Die haben dir heute was Schönes eingebrockt.«

»Holla, wie kommt's, daß du schon auf bist?«

»Was heißt hier schon? Ich bin gerade erst nach Hause gekommen. Hör mal, ich schlaf mich jetzt richtig aus, und wenn ich nüchtern bin, fahre ich in die Redaktion. Dann zahl ich ihm das heim, diesem Sackgesicht. Ich rufe auch noch ein paar Freunde bei anderen Zeitungen an, und dann sorgen wir dafür, daß diesen Drecksfaschos der Arsch aufgerissen wird.«

»Komm, vergiß es, Baffo …«

»Nein, das vergesse ich nicht. Der Konflikt hat eine politische Dimension angenommen. Die sollen aufhören, den Richtern und jedem, der seine Pflicht tut, in die Parade zu fahren. Hast du kapiert, aus welcher Ecke die Attacke kam?«

»Ich habe nur einen Verdacht.«

»Dann sag ich es dir. *m. t.* ist der Stellvertretende Direktor, Marzio – aber alle nennen ihn Marcio* – Tanini. Über die Logenbrüder auf den Posten gekommen. Der gehörte früher zur P 2 und ist aufs engste mit Angelini und somit auch mit Colnago, Rebuffo und dieser ganzen Mischpoke verbandelt. Ein Stück Scheiße. Sie haben es erst im Guten probiert, dann durch Bestechung, dann durch Einschüchterungen. Da du nicht nachgibst, sind sie jetzt zu persönlichen Angriffen übergegangen: Sie wühlen in deiner Vergangenheit, haben ihre Schießhunde bei Journaille und Staatsanwaltschaft losgehetzt. Du weißt, was das bedeuten kann …«

»Ja. Das weiß ich. Du meinst, es wäre besser, wenn ich aus der Deckung käme? Wenn ich es zuerst preisgebe?«

»Nein. Absolut nicht. Wie heißt es: *excusatio non petita* … Wie auch immer: Hat die Staatsanwaltschaft schon reagiert?«

»Bisher nicht. Aber ich habe das Gefühl, daß sie jeden Moment anrufen werden.«

»In Ordnung, dann mache ich jetzt die Leitung frei. Ich gebe dir am Nachmittag Bescheid.«

Punkt elf betrat der Kommissar Delrios Büro. Der junge Staatsanwalt schien durch den Artikel nicht aufgebracht zu

* it.: faulig. (Anm. d. Übers.)

sein, er begrüßte den Kommissar sogar mit einem tröstenden Lächeln, ließ ihn Platz nehmen und rief in der Bar an, um zwei Kaffee zu bestellen. Die paar Minuten Wartezeit überbrückte er mit Smalltalk über das Wetter und die bevorstehenden Ferien, er fragte, wo der Kommissar im Sommer hinzufahren gedenke. Marco Luciani dachte, daß er garantiert nirgendwohin fahren würde, denn er wollte sparen und sich eine andere Wohnung suchen. Doch er antwortete, er wisse es noch nicht, er redete vage vom Meer, vielleicht Korsika. Der Staatsanwalt war begeistert, Korsika kenne er gut. Er empfahl Luciani einige vom Tourismus fast unberührte Stellen, »sogar am fünfzehnten August habe ich da einsame Strände gefunden«. Der Kommissar nickte halbherzig, doch irgendwo in seinem Hirn tauchte das Bild von Sofia Lanni auf, die an einem endlos weißen einsamen Strand oben ohne aus dem Meer kam, sich auf ihn legte und ihre gebräunten, salzigen Brüste auf seine Lippen preßte. Diese Vision nahm ihn für eine Weile gefangen, dann hatte er überschlagen, daß er sie, ohne allzu große Opfer, höchstens zum Zelten mitnehmen konnte. Und daß dies der Anfang vom Ende ihrer Beziehung sein würde.

Delrio setzte die höfliche Konversation fort, bis der Kaffee kam. Doch kaum hatte der Junge aus der Bar sie allein gelassen, war Schluß mit dem Geplänkel: »Es ist wohl besser, wenn ich jetzt zum Punkt komme, Herr Kommissar. Doktor Angelini ist sehr aufgebracht über den Artikel, aber vor allem über den Stand der Ermittlungen. Ich muß gestehen, daß er über Sie einige kritische, über Ihren Vize Giampieri dagegen positive Kommentare abgegeben hat. Ihr Stellvertreter macht im übrigen auch auf mich einen hervorragenden Eindruck.«

»Er ist ein fähiger Bursche«, sagte Marco Luciani, »beschlagen, genau, effizient. Und ehrgeizig.«

»Ich mag ehrgeizige Leute. Die Ehrgeizigen sind der

Motor der Gesellschaft«, antwortete Delrio, und der Kommissar fühlte sich sofort wie ein abgesoffenes Auto, das am Straßenrand steht, während die anderen der Zukunft entgegenrasen.

»Sei's drum. Ich habe Sie gegen Angelinis Kritik in Schutz genommen, ich tat es gerne und aus Überzeugung. Sie sind ein hervorragender Ermittler und haben Bedeutendes geleistet. Ich habe mir erlaubt, Sie auch gegen die Kritik des Journalisten in Schutz zu nehmen. Den Direktor kenne ich persönlich, und ich habe ihn bereits angerufen, um gegen Tonfall und Gehalt des Artikels zu protestieren. Ich habe noch einmal klargestellt, daß ich die Ermittlungen leite und allein dafür verantwortlich bin und daß ich weitere Angriffe auf meine Mitarbeiter nicht dulden werde. Ich habe auch dafür gesorgt, daß einige mit mir befreundete Journalisten aktiv werden und morgen etwas diametral Entgegengesetztes schreiben. Ich mußte ihnen einige Argumente liefern ... das heißt, ein paar Einzelheiten, die wir noch nicht publik gemacht hatten, natürlich zweitrangige Details, die aber Zweifel an der Selbstmordthese nähren. Sie sollen klarmachen, warum die Ermittlungen weiterlaufen und warum sie zu Recht weiterlaufen, bis nicht der letzte Zweifel ausgeräumt ist.«

Marco Luciani wußte nicht, was er erwidern sollte. Er sagte: »Ich danke Ihnen«, und beließ es dabei.

»Soweit die Sache mit dem Zeitungsartikel – damit sollte man meiner Meinung nach keine Zeit mehr verschwenden. Aber unter uns gesagt, und das soll nicht nach außen dringen, auch ich mache mir ein bißchen Sorgen. Sie können sich nicht vorstellen, welchem Druck wir wegen der Geschichte standhalten müssen. Ein bißchen geht es um *panem et circenses*, Brot und Spiele, alle machen sich Sorgen um die armen Fans, die sich nach der schönsten Nebensache der Welt sehnen und für die sonntags wieder der Ball rollen soll. Aber vor allem sind Leute auf höchster Ebene in die Sache involviert, und Sie wissen besser als ich, wieviel Geld an den Clubs hängt. Aber Millionen Euro, und das ganze System ist verzahnt, ein Mechanismus, bei dem der erste Stein, der fällt, den nächsten kippt, dann den nächsten, und so weiter, nach dem Dominoprinzip. Die Schiedsrichter müssen den mächtigsten Clubs zum Sieg verhelfen, denn die brauchen die Gelder aus dem Fernsehtopf und von Sponsoren, um den Schuldenberg bei den Banken abzutragen; und die Banken, die von den Politikern kontrolliert werden, haben Geld an die Clubprasidenten geliehen, die ihrerseits die Parteien finanzieren. Wenn die Politiker nicht gleich auch Clubpräsidenten sind und die Siege der Mannschaft zum Stimmenfang nutzen. Ich brauche nicht darauf hinzuweisen, daß in wenigen Monaten Wahlen anstehen – in Italien stehen ja immer in wenigen Monaten Wahlen an.«

Ferretti war der erste Dominostein, der gekippt war, und der Stein daneben, mit dem Gesicht Alfredo Rebuffos, war nun bedenklich am Wackeln. Wenn auch er fiel, dann würde er das ganze liebevoll aufgebaute Spiel mitreißen.

»Was wollen Sie mir damit sagen?« fragte Marco Luciani.

»Nichts. Nur daß Sie mein Vertrauen genießen, aber daß uns nicht allzuviel Zeit bleibt. Deshalb bitte ich Sie, so schnell wie möglich vorzugehen, nicht hinter ... zweitrangigen Fährten herzurennen und den Fall abzuschließen.«

»Wie abzuschließen?«

»Durch Aufdeckung der Wahrheit natürlich«, sagte der andere lächelnd. »Von Ihnen erwarte ich nichts Geringeres als die Wahrheit, die über jeden Zweifel erhaben ist.«

Der Kommissar schwieg einen Moment. Dann kam er zu dem Schluß, daß er besser ein für allemal klären sollte, mit was für einem Typus er es hier zu tun hatte. Luciani mochte dadurch arrogant wirken, aber er mußte wissen, was er von Delrio erwarten durfte.

»Die Wahrheit? Die haben viele von mir verlangt, vom ersten Tag der Ermittlung an, aber jeder meinte, sie bereits zu kennen, und wollte schlichtweg, daß ich sie ebenfalls akzeptiere. An welcher Wahrheit sind Sie interessiert? Mord? Selbstmord? Korruption? Liebeskummer? Wahnsinn?«

Doktor Delrio beugte sich ein wenig vor, stützte die Ellbogen auf den Schreibtisch und massierte seine lange Nase. Er wiegte sich einige Sekunden vor und zurück und sagte schließlich in beherrschtem Ton:

»Gut. Sehr gut, sehr gut. Ich sehe, daß mein Vertrauen in Sie nicht auf Gegenseitigkeit beruht. Ich sage Ihnen gleich, daß Ihr Ton mir nicht gefallen hat, aber ich verstehe, daß Sie unter Druck stehen, und für diesmal lasse ich die Sache auf sich beruhen. Legen wir ruhig die Karten auf den Tisch, und reden wir offen. Staatsanwalt Angelini wollte Ihnen von Anfang an den Fall entziehen; und der heutige Artikel über Tangentopoli hätte ihm den Vorwand geliefert, es zu tun. Ich sprach heute morgen lange mit ihm, stellte klar, daß ein solcher Schritt uns schaden würde, weil es eine Art Schuldeingeständnis wäre. Die Presse würde Hackfleisch aus uns machen. Ich sagte ihm, daß wir beide, ich wie er, eine peinliche Figur abgeben würden. Schließlich hat Angelini stillgehalten, doch er gibt mir nur noch drei Tage, 72 Stunden, um den Fall abzuschließen. Danach wird er es auf seine Weise tun.«

»Das bedeutet?«

»Ich weiß nicht, was er vorhat, aber ich fürchte, er hat schon genaue Pläne mit uns beiden. Wenn das Ultimatum abgelaufen ist, wird er mich wahrscheinlich vor die Alternative stellen: Entweder lasse ich Sie fallen und übertrage die Ermittlungen auf jemanden, der handzahm ist, zum Bespiel Ihren Vize, oder ich weigere mich, und dann werde ich ebenfalls fallengelassen. Wie Sie wissen, kann mir der Oberstaatsanwalt den Fall entziehen und ihn selbst übernehmen. Was gravierende Folgen hätte, in erster Linie für meine Karriere, in zweiter für die Ihrige, Herr Kommissar, und drittens für die Wahrheitsfindung.«

Marco Luciani hörte aufmerksam zu, ohne etwas zu sagen.

Staatsanwalt Delrio nahm die Kiste mit den Zigarren und bot dem Kommissar davon an. Als dieser ablehnte, zündete er sich, betont langsam, eine etwa zehn Zentimeter lange Zigarre an, was bedeutete, daß das Gespräch noch lange nicht zu Ende war. Er nahm zwei oder drei Züge, wobei er seinem Gegenüber in die Augen sah, und dann fing er an:

»Vielleicht ist es am besten, wenn ich Ihnen zuerst einen Überblick über die Lage verschaffe. Ich schätze Sie sehr, Herr Kommissar, und ich brauche Sie als Verbündeten. Ich muß sichergehen, daß Sie meine Motive verstehen und teilen, denn ich weiß, daß Sie nichts tun würden, woran Sie nicht glauben, wovon Sie nicht überzeugt sind. Hören Sie mir deshalb genau zu, ich werde Ihnen die Situation ohne jede Heuchelei auseinandersetzen, und am Ende werden Sie abwägen.«

Delrio zog noch einmal an der Zigarre, dann lehnte er sich auf dem Stuhl zurück.

»Wie Sie wissen, ist Doktor Angelini seit vielen Jahren, und bis zum heutigen Tag, einer der mächtigsten und einflußreichsten Staatsanwälte Italiens. Auch wenn seine Karriere ihren Höhepunkt vielleicht mit der Staatsanwaltschaft in Rom erreicht hatte, kann man die Versetzung nach Genua nicht als Degradierung begreifen. Vor allem weil hier in den letzten Jahren außergewöhnliche Dinge passiert sind, Vorfälle von nationaler und internationaler Tragweite. Die Unterstützung durch Angelini war für mich existentiell, sie ermöglichte mir eine Blitzkarriere, und nun hat es das Schicksal noch einmal gut mit mir gemeint, denn durch den aktuellen Fall bin ich überall in der

Presse und mache mir im In- und Ausland einen Namen. Ich bin mir durchaus bewußt, jede Sekunde bin ich mir der Tatsache bewußt, daß von diesem Fall meine Zukunft abhängen kann.«

Marco Luciani setzte ein Mona-Lisa-Lächeln auf, das alles Mögliche bedeuten konnte: Zustimmung, Ablehnung, Spott. Delrio fuhr fort:

»Es ist für mich von fundamentaler Bedeutung, daß dieser Fall zu einem guten Abschluß kommt, das heißt, im Sinne der Wahrheit. Der einzig richtigen, unumstößlichen Wahrheit. DER Wahrheit. Ob der Schiedsrichter sich nun selbst umgebracht hat oder umgebracht wurde, das ist für mich nur bedingt von Bedeutung. Wenn wir nachweisen, daß er sich umgebracht hat, werde ich dafür gelobt werden, daß ich einen Skandal verhindert und den Profifußball gerettet habe; ein Haufen mächtiger Leute und die – nennen wie sie so: rechte und halbrechte – Presse werden mich unterstützen und mir Beifall zollen, und Doktor Angelini wird von mir begeistert sein. Sollte sich dagegen herausstellen, daß Ferretti aus Gründen getötet wurde, die irgendwie mit dem Fußball zusammenhängen, und wenn vielleicht sogar irgendeine schillernde Persönlichkeit in den Fall hineingezogen würde, dann wäre auch das sehr vorteilhaft für mich, in gewisser Hinsicht sogar noch besser. Ich würde mir den Ruf des absolut integren Staatsanwalts erwerben, der auf nichts und niemanden Rücksicht nimmt, die linke Presse würde mich aufs Schild heben und vergöttern, und Sie wissen, wieviel das in meinem Job zählen kann.«

»Aber über die zweite Variante«, warf der Kommissar ein, »wäre Angelini nicht besonders erfreut.«

Delrio nickte: »Genau. Das ist der zentrale Punkt, an dem ich seit Tagen kaue. Es stimmt zwar, daß Doktor Angelini noch sehr mächtig ist, aber wahr ist auch, daß Angelini in einigen Jahren pensioniert wird. Das ist die ideale

Gelegenheit, um mich von ihm abzunabeln und auf eigene Füße zu stellen. Sein Schiff zu verlassen, bevor es leck schlägt und mich mit in die Tiefe zieht. Wissen Sie, Angelini hat viele Freunde, aber auch viele Feinde, und wenn er geht, dann wird hier alles anders werden, dann werden alte Rechnungen beglichen. Und dann möchte ich nicht mit dem alten System identifiziert werden, sondern Bestandteil des neuen sein. Wenn möglich, möchte ich unter denen sein, die es leiten.«

Marco Luciani hörte ihm zu und konnte sich eine Art Bewunderung für diesen unverhüllten Zynismus nicht verkneifen. Delrio machte kein Geheimnis aus seinem Ehrgeiz, aber er war nicht so arrogant und kompromißlos wie Angelini, nein, er war schlauer, oder zumindest flexibler. Vielleicht eine Frage des Alters, oder vielleicht einer Ausbildung, in der absolut jeder moralische Bezugspunkt, jedes Dogma fehlte, die sich je nach Situation bei den Zehn Geboten, dem Kommunistischen Manifest oder bei Kennedy bediente, solange nur das jeweils passendste Zitat mit einem verbindlichen Lächeln serviert wurde. Der Kommissar hatte Delrio schon mehrmals im Fernsehen gesehen, wie er eine kurze Erklärung abgab und dabei eine blendende Figur machte: ernsthaft, gebildet, mit dem passenden Bonmot für jede Gelegenheit. Man konnte ihn sich leicht in naher Zukunft auf einem prestigeträchtigen Posten vorstellen, im Licht der Öffentlichkeit, zum Beispiel in der Drogen- oder Mafiabekämpfung. Und in einigen Jahren würde er vielleicht als unabhängiger Kandidat auf der Liste irgendeiner Partei (natürlich derjenigen, die ihm die größten Chancen auf einen Sieg einräumte) auftauchen und den Sprung in die Politik wagen. Wenn er dann herausgeholt hatte, was herauszuholen war, würde er vielleicht der Politik wieder den Rücken kehren, sie der Korrumpierbarkeit bezichtigen und erneut seines Richteramts walten, als ob nichts gewesen wäre.

»Ich stimme mit Doktor Angelini in einem Punkt überein«, setzte Delrio seine Rede fort, »die Ermittlungen dürfen sich nicht übermäßig lang hinziehen. Aber um sie abzukürzen, würde er sie dem erstbesten übertragen, der ihm schnell eine Version zusammenbastelt, die mit dem Verdikt ›Selbstmord‹ endet.«

»Auch wenn vieles ungeklärt bliebe?«

»Das kümmert ihn nicht. Wie ich bereits sagte, geht Angelini demnächst in Pension; er muß nur seinen Freunden einen letzten Gefallen tun und sich einen sorgenfreien Lebensabend sichern. Welches Interesse sollte er haben, sich ausgerechnet jetzt in die Nesseln zu setzen? Für mich liegt die Sache völlig anders: Die Zweifel bleiben über Jahre, über Jahrzehnte bestehen, und das ist eine Affäre, die, falls sie unaufgeklärt bleibt, ein Nachspiel haben könnte wie Ustica, Bologna oder der Selbstmord Calvis. Eines dieser hübschen italienischen Kollektivrätsel, in dem sich Enthüllungsreporter, Regisseure und Historiker suhlen. Das, dank eines Literaturnobelpreisträgers, auf den Theaterbühnen landet. Und mein Name wird immer mitschwingen, wird damit identifiziert werden, und ich will mein Leben und meine Karriere lang als derjenige gelten, der den Fall gelöst hat, nicht als derjenige, der ihn hat versanden lassen. Ich will keine Leichen im Keller.«

Marco Luciani betrachtete ihn interessiert und konzentriert, wie ein Entomologe sein Insekt, dessen Geheimnisse er endlich durchschaut hat. Das war ein besonderes Exemplar, keine Frage, eine Weiterentwicklung der Spezies. Er war nicht von Natur aus zynisch, sondern aus freier Entscheidung, und darin lag sein großes Potential.

»Sie sind nicht besser als Angelini, wissen Sie das?« sagte er schließlich. »Auch Sie suchen nicht die Wahrheit an sich, sondern *eine* Wahrheit, die Wahrheit, die Sie in Ihrem politischen Ehrgeiz am weitesten bringt.«

Sein Gegenüber setzte ein Pastorenlächeln auf. »Wie ich eben sagte, halte ich den Ehrgeiz für eine wichtige Gabe, die für individuellen Wohlstand und kollektiven Fortschritt sorgt.«

»Ich habe sie nicht, diese Gabe«, sagte Marco Luciani, »aber ich habe meine Gründe, warum ich weiterermitteln will. Und ich versichere Ihnen, daß ich den Fall lösen werde. Ich weiß allerdings nicht, ob die Wahrheit am Ende die ist, die Sie sich wünschen.«

Delrio lächelte immer noch: »Ich sagte Ihnen bereits, daß das kein Problem darstellt. Bringen Sie mir die Lösung, und lassen Sie meine Sorge sein, wie ich daraus Kapital schlage, ob es nun Selbstmord oder Mord ist.«

Der Staatsanwalt erhob sich, gab Luciani die Hand, und dieser wunderte sich, wie kalt die Innenfläche war und wie kräftig der Händedruck.

»Sie haben etwas auf dem Kasten, Herr Kommissar. Und Angelini wird Sie nie kaufen. Deshalb setze ich auf Sie. Aber überspannen Sie den Bogen nicht, eines Tages werden Sie merken, daß die Rolle des Unbestechlichen zu schwer auf einem lastet. Auf jedem, auch auf Ihnen.«

Marco Luciani verließ die Staatsanwaltschaft mit einem beklemmenden Gefühl in der Brust. Es gab niemanden, dem er rückhaltlos vertrauen konnte, das war ein Schachspiel, in dem die Bauern plötzlich über Eck sprangen wie die Pferde, und die Pferde flitzten wie die Läufer, die schwarzen Steine gingen ihn frontal an, doch auch die weißen waren bereit, ihm in den Rücken zu fallen. Er steckte mitten im Gemetzel und konnte nur versuchen unter den Hieben wegzutauchen.

Sie setzten sich an den kleinen Tisch, in die Kochnische des Apartments. Er trug nur Boxershorts, sie ein riesiges Tennishemd und weiße Frottee-Socken. Sofia Lanni öffnete die

Verpackung des Mürbekuchens und schnitt zwei große Stücke ab, dann holte sie das Vanilleeis aus dem Gefrierschrank und tat zwei üppige Portionen auf die Teller. Marco Luciani hatte keinen großen Appetit, aber er gab sich Mühe, ein Lächeln aufzusetzen und zu essen.

Kaum war er an der Apartment-Anlage eingetroffen, hatte er in Sofia Lannis grünen Augen gelesen, daß ihr etwas auf den Nägeln brannte, daß sie ihn aber nicht mit Fragen bedrängen, sondern warten wollte, bis er selbst mit der Sprache herausrückte. Ihre kräftige, wortlose Umarmung verriet, daß sie den Hetzartikel gegen ihn gelesen hatte und daß sie vermutlich auch die Reaktionen und Kommentare im Fernsehen kannte.

Er hatte ihr innerlich für die Zurückhaltung gedankt, war ins Badezimmer gestürmt, hatte zuerst heiß, dann kalt geduscht, war zu Sofia Lanni ins Schlafzimmer gegangen und hatte sich von ihr aufwärmen lassen. Sie hatten ausgiebig und zärtlich miteinander geschlafen, dann hatten sie eng umschlungen im Bett gelegen, bis der Hunger sie in die Küche trieb.

Der Kommissar war noch schweigsamer als gewöhnlich, die Detektivin wartete darauf, daß er zu reden anfing. Sie schliefen miteinander und kannten sich doch kaum, sie hatten sich voreinander nackt und wehrlos gezeigt, hatten zusammen Lust empfunden, geschwitzt, geschrien, hatten einander zärtliche und obszöne Dinge gesagt, aber keiner dieser Augenblicke war so peinlich gewesen wie dieses lange Schweigen, das Schweigen zweier Fremder, die halbnackt in derselben Küche saßen.

Als sie sah, daß die Falten auf Marco Lucianis Stirn immer tiefer wurden, und ahnte, daß er dasselbe dachte wie sie, suchte Sofia Lanni nach einem möglichst unbeschwerten Ton und nahm einen weiten Umweg, um ihr Ziel zu erreichen.

»Ist dir klar, daß du mir praktisch nichts von dir erzählt hast? Ich weiß nur, daß du Polizeikommissar bist, ehrlich und unbestechlich, daß du nichts ißt, und ich weiß nicht, wo du die Kraft hernimmst, mich zu bumsen …«

Er brummte mit vollem Mund: »Und ob ich heute abend esse.«

»Nein, im Ernst. Bist du Einzelkind? Hast du Geschwister? Leben deine Eltern noch? Was hast du studiert? Ich weiß nicht, ob du religiös bist, welche Bücher du liest, ob du gerne verreist … Das ganze Zeug halt, das ihr Kerle normalerweise einem Mädchen auftischt, bevor ihr es verführt und sitzenlaßt. Wenn ich es recht bedenke, hast du nicht einmal diese Anstrengung unternommen, ich habe es dir viel zu leicht gemacht.«

»Was soll das jetzt? Wir haben doch eine Menge geredet …«

»Aber fast nur über die Arbeit. Das ist doch traurig. Ich meine, offensichtlich hat es funktioniert, aber jetzt würde ich gerne mehr erfahren. Ich bin kein oberflächliches Ding, auch wenn du vielleicht gedacht hast … Meine Herren, ist dir das eigentlich klar? Ich habe mich praktisch auf dem Silbertablett ausgestreckt, und du hast dich einfach über mich hergemacht, du Lüstling!«

Während sie redete, wechselte sie zwischen Lächeln und gespieltem Ärger, und ab und zu tat sie, als wollte sie ihn ohrfeigen, oder sie schoß mit ihren schmachtenden Augen grüne Pfeile nach ihm ab. »Nein, das schwöre ich, du kommst nicht mehr an mich ran, bevor du mir nicht alles über dich erzählt hast.«

Marco Luciani wußte zu schätzen, daß sie ihm die Wahl ließ: Wenn er wollte, konnte er über den Artikel reden. Wenn nicht, konnte er ein Alternativthema anschneiden. So kam er wenigstens auf andere Gedanken, wenn er schon seinen Kummer nicht loswurde.

Sie gab ihm noch ein kleines Stück Kuchen und fügte einen Schlag Eis hinzu. Er wehrte sich nicht. Später würde er warten, bis sie schlief, ins Bad laufen und alles wieder ausspeien. Während er überlegte, wo er beginnen sollte, und die letzten Happen hinunterschluckte, spürte er, wie aus seinem Unterleib eine andere Art von Appetit aufstieg. Er verlor sich im Anblick von Sofia Lannis Beinen, spürte den Drang, sich vor sie hinzuknien und sie zu küssen, an der zartesten Stelle der Schenkel, um sich dann hochzuarbeiten, immer höher, und erneut einzutauchen …

Sie zog die Knie an die Brust und packte die Beine unter das T-Shirt. »Hör schon auf, mich so anzuschauen. Ich hab's dir gesagt: Da kommst du nicht mehr ran.«

Der Kommissar wußte, daß sie Spaß machte. Aber er wußte auch, daß er auf ihre Hilfestellung eingehen mußte, wenn er nicht wollte, daß sich ein kleiner Riß zwischen ihnen auftat; und ein kleiner Riß kann auf lange Sicht eine Katastrophe heraufbeschwören.

»Okay. Du hast eine Frage frei. Nein: zwei.«

»Ach, jetzt hör dir das an! Nur nicht zu großzügig, bitte! Und dann gibst du mir vielleicht noch einsilbige Antworten.«

»Nein, nein, ich rede dann. Ich erzähle dir alles.«

»Erzähl mir von deiner Familie. Von deinen Eltern, deinen Brüdern und Schwestern.«

Er tat immer noch, als wollte er sich sperren: »Hey, das nennst du eine Frage? Ich meinte so was wie: ›Was hast du studiert?‹ Das ist keine Frage, das ist eine komplette Therapiesitzung.«

Sie zog ihr T-Shirt ein Stück hoch, entblößte die Beine, streckte sie aus und legte einen Fuß auf seinen Oberschenkel. »Nur Mut. Wenn du schön brav bist, kommt nachher die Frau Doktor und untersucht dich.«

Marco Luciani begann, ihre Zehen zu streicheln, die

Fußsohlen zu massieren. Er spürte, daß er in Kürze wieder in Wallung geraten würde, noch einmal, so unglaublich es schien. Mit leiser Stimme begann er zu reden, ohne sie anzuschauen, und er erzählte ihr Dinge, die er noch nie jemandem anvertraut hatte.

»Ich bin Einzelkind. Meine Eltern leben noch, aber für mich ist es so, als wären sie tot. Zumindest mein Vater. Sie wohnen nicht weit von hier, aber ich habe sie seit Jahren nicht gesehen.«

Er spürte, daß ein Schauder durch ihre Fußsohlen ging.

»Die Gründe will ich dir nicht im einzelnen erklären, das Wesentliche stand in dem Zeitungsartikel. Sagen wir, ich bin in einer sehr exponierten, reichen Familie aufgewachsen, ohne mir je die Frage zu stellen, was hinter diesem Reichtum steckt. Als ich es entdeckte, war ich bereits an der Universität, ich studierte Jura und glaubte sogar an all die schönen Reden über Recht und Gesetz, vor dem alle gleich sind, und so weiter. Es ist nicht schön, wenn man kurz vor dem Studienabschluß steht, bereit, die Stelle des Vaters einzunehmen oder ihm zumindest in der Kanzlei an die Seite zu treten, und dann kommen plötzlich im Morgengrauen die Carabinieri ins Haus und führen diesen Vater in Handschellen ab.«

Er schwieg eine Weile. Er würde dieses Bild nie aus seinem Gedächtnis bekommen.

»Natürlich war ich von seiner Unschuld überzeugt. Ich hätte für ihn die Hand ins Feuer gelegt. Aber beim Prozeß kamen dann schwerwiegende Beweise ans Licht. Kontakte zu den Richtern, Kontakte zu Politikern und Unternehmern, Bankkonten im Ausland. Mein Vater war sicher nicht der Kern der Untersuchung, die Richter wollten die großen Fische schnappen, die Politiker. Aber mein Vater steckte mit Haut und Haaren drin im Bestechungssystem.

Er war der Mittelsmann, der Rechtsbeistand. Alle hatten sich enorm bereichert, und die Zeche zahlte die Gemeinschaft. Ich, du, alle.«

Sofia Lanni sagte nichts. Sie streichelte ihn vorsichtig mit dem Fuß und hörte ihm zu. Sie kannte ein wenig die Geschichte des großen Schmiergeldskandals, damals war sie ein kleines Mädchen und interessierte sich nicht besonders für solche Sachen, aber monatelang war in allen Zeitungen und Nachrichtensendungen die Rede davon gewesen.

»Ich nehme an, daß du von der ganzen Angelegenheit gehört hast.«

Sie nickte. »Ja, aber ehrlich gesagt kann ich mich an keinen Luciani in dem Zusammenhang erinnern. In dem Artikel steht, du hast deinen Nachnamen geändert.«

»Ich habe den Mädchennamen meiner Mutter angenommen, da ihre Familie keine männlichen Nachkommen hat.«

Er sagte ihr, wie sein Vater hieß, und sie riß die Augen auf. Es war nicht einfach, sich diese direkte Verbindung zwischen einem der berühmtesten Anwälte Italiens, einem Mann mit Villen, Jachten und Millionenhonoraren, und einem bescheidenen Polizeikommissar vorzustellen, der auf fünfzig Quadratmetern lebte, in einer schmutzigen Gasse, die nach Curry stank.

»Am Ende wurde mein Vater verurteilt. Acht Jahre und sechs Monate in erster Instanz. Aber dank Berufungsverfahren, erneuter Berufung, Strafmilderung, Straferlaß und so weiter hat er schließlich nicht einen Tag im Gefängnis verbracht, abgesehen von den paar Monaten direkt nach der Festnahme, als sie ihn zum Reden bringen wollten. Ihm wurde auch die Bekleidung öffentlicher Ämter untersagt, was später, ich weiß nicht wie, annulliert wurde, außerdem bekam er noch eine Reihe kleinerer Strafen auferlegt, vielleicht wurde ihm irgendwann auch die Zulassung als Strafverteidiger entzogen, aber nach einigen Jahren muß alles erlassen worden sein, denn er nahm seine Tätigkeit wieder auf, als ob nichts gewesen wäre. Im übrigen sind nach und nach auch alle anderen wieder aus ihren Löchern gekrochen. Die Politiker, die Unternehmer. Natürlich auch die korrupten Richter: in eine andere Stadt versetzt, das war's. Ich weiß selbst nicht, worauf ich damals hoffte, einerseits wollte ich meinen Vater nicht am Pranger sehen, andererseits wollte ich, daß er bestraft wird und die Strafe abbüßt, dann hätte ich ihm eines Tages verzeihen, ihn wieder in die Arme schließen können. Keine Ahnung, ist wahrscheinlich irgend so eine bescheuerte katholische Vorstellung, die ich mit mir rumtrage, ich, der ich nie religiös war, aber für mich kann man, wenn man nicht gebüßt hat, nicht einfach wieder mit weißer Weste herumlaufen.«

Er schenkte sich ein bißchen Wasser ein. Er war es nicht gewohnt, soviel zu reden.

»Jedenfalls habe ich am Ende beschlossen, daß seine Strafe ich sein würde. Vielleicht habe ich das aus Egoismus getan, um nicht mein ganzes Leben lang als ›Sohn von ...‹ zu gelten. Oder vielleicht aus Anmaßung und Hochmut, weil ich das Gefühl haben wollte, besser als er und alle anderen zu sein. Im Grunde ist es absurd, die Stelle von Richter und Schöffen einnehmen zu wollen, in einem typisch italienischen System, das seit Jahrhunderten besteht und das offenkundig entwickelt und benutzt wurde, weil es zu unserer Mentalität paßt. Wir sind damit einverstanden. Nur ist meine Mentalität eine andere. In meinem kleinen Bereich, in dem ich mehr oder weniger schalten und walten kann, ist Gesetz Gesetz, und es wird danach verfahren.«

Er schwieg eine Weile. Sie streichelte ihn weiter.

»Als ich mit dem Studium fertig war und wir mitten im Skandal steckten, meinte mein Vater, er werde mir den Wehrdienst ersparen, damit ich sofort ein Referendariat in der Kanzlei eines Freundes beginnen könne. Ich erwiderte, daß das überhaupt nicht in Frage komme, daß ich mich umgehend bei der Polizei bewerben wolle und daß ich dies für den Rest meines Lebens sein würde: Polizist. Für meinen Vater wäre das, allein schon das, ein herber Schlag gewesen. Keinen Nachfolger zu haben, keinen Erben, dem er seine Kanzlei übertragen konnte. Die ganze Mühe umsonst, die Korruption, die Machenschaften, Übergriffe, alles seiner Meinung nach Opfer, die er für mich gebracht hatte. Das ging eine ganze Weile so: Jedes Mal, wenn ich Heimaturlaub hatte, stritten wir uns; ich war hin und her gerissen zwischen dem Mitleid mit ihm, der nun einmal mein Vater war und blieb, und dem Haß auf das, was er repräsentierte.

Eines Tages stritten wir wieder, er warf mir all die Privilegien an den Kopf, die ich ihm zu verdanken hatte, Motorräder, Autos, Urlaubsreisen und die Mädchen, die sich angeblich nur mit mir einließen, weil ich Geld hatte. Mir wurde klar, daß er nichts bereute und daß er im Innersten seines Herzens überzeugt war, daß ich ihm eines Tages recht geben und am Ende das komfortable Leben akzeptieren würde, das er für mich geplant hatte. Und mir wurde auch klar, daß ich, solange ich in diesem Haus wohnte und an ihrem Tisch aß, von seinen Betrügereien profitierte. Daß ich sie in gewisser Weise legitimierte. Also kündigte ich an, daß ich sie verlassen und niemals wiedersehen würde. Auf meinen Wunsch wurde ich aus dem Testament ausgeschlossen – wenn sie mir etwas hinterlassen hätten, hätte ich es sowieso einem guten Zweck gestiftet. Ich kehrte in meine Kaserne zurück und unterschrieb einen weiteren Zeitvertrag. Dann stellte ich den Antrag auf Namensänderung, und unter neuem Namen wurde ich Polizist. Inzwischen sind es zehn Jahre, daß ich meinen Vater nicht gesehen habe.«

Sofia Lanni spürte, daß er sich langsam wieder einigelte. »Und deine Mutter?« fragte sie schnell.

Marco Luciani seufzte. »Meine Mutter steht zu ihm. Und alles in allem ist das richtig, es ist besser so. Sie ist inzwischen auch nicht mehr die Jüngste und könnte kein anderes Leben mehr führen. Außerdem hat sie es immer gewußt, glaube ich. Wir haben zwar nie offen darüber geredet, aber sie war dabei, bei den Diners auf den Jachten und bei den Empfängen. Ihre besten Freundinnen waren mit Politikern, Richtern, Assessoren und Zeitungsdirektoren verheiratet. Sie ist nicht dumm, aber auch nicht schlecht. Er tat es aus Ehrgeiz und Machtgier, und um ein paar Showgirls flachzulegen. Sie dagegen, sie tat es vielleicht wirklich mir zuliebe. Sie könnte gemerkt haben, wie er wirklich war, und sich verstellt haben, um mich zu schützen. Sie war es, die mir die Liebe zur Kultur, zur Literatur, zu den schönen Dingen mitgegeben hat. Sie hat mir beigebracht, daß Geld nicht das Wichtigste ist im Leben, daß ein Gemälde nicht Emotionen wachruft, weil es Hunderttausende kostet, sondern daß es Hunderttausende kostet, weil es Emotionen wachrufen kann.«

»Nicht einmal zu ihr hast du mehr Kontakt?«

»Ab und zu schreibe ich ihr. Und hin und wieder sehen wir uns, aber sehr selten. Ich habe den Eindruck, daß sie mit dem Altern nicht zurechtkommt, sie hatte immer einen Hang zu Depressionen, und ich fürchte, es wird mit den Jahren schlimmer. Aber schließlich ist sie erwachsen, hat sich so entschieden. Das ist nicht mehr mein Problem.«

Er schwieg. Er war so ausgelaugt, als hätte er einen ganzen Monat lang geredet.

Sofia Lanni fragte nicht weiter. Sie hatte jetzt einiges von diesem großen, spindeldürren Mann begriffen: sein mönchisches Dasein, seine Anspruchslosigkeit, seinen krampfhaften Hang zur Selbstkasteiung, seine Scheu, auch nur in den Dunstkreis des Lasters zu geraten. Das alles war äußerst simpel, dazu brauchte man kein Psychologe zu sein. Wer ihn korrumpieren oder verbiegen wollte, würde stets gegen eine Betonwand rennen. Wer ihn verführen wollte, lief Gefahr, ebenfalls abzuprallen, aber er hatte eine kleine Chance.

Sie nahm ihre Beine von den seinen, zog ihn hoch, nahm ihn, nachdem sie seinen schwachen Widerstand gebrochen hatte, in den Arm und wiegte ihn. Er ist federleicht, dachte sie.

Donnerstag

Er wachte kurz nach fünf Uhr auf, schrieb Sofia Lanni einen Zettel und fuhr mit dem Auto hinunter an den Porto Antico. Von dort fuhr er weiter Richtung Wohnung, durch die fast menschenleeren Gassen. Das war die schönste Tageszeit, wenn die Morgensonne mit ihren ersten Strahlen die Schatten der Häuser schraffierte und sich in der kalten Nachtluft langsam die laue, fast schon sommerliche Atmosphäre des Wonnemonats Mai ausbreitete. Er kaufte die Zeitung und fünfzig Gramm einer dünnen heißen Focaccia. Er ging hinauf in die Wohnung, stellte die Kaffeekanne auf, legte eine Klaviersonate von Ludovico Einaudi ein, bis auch in seinem Hirn, ganz allmählich, das Licht die Schatten vertrieb.

Rechts auf dem Titelblatt war der von Alessandro Baffigo gezeichnete Artikel. Die Überschrift lautete: »Auf seiten der Wahrheit«. Punkt für Punkt wies er die Behauptungen zurück, die *m.t.* am Vortag aufgestellt hatte. »Der Profifußball ist, falls er es jemals war, keine Insel der Glückseligen mehr, auf die die gemeine Staatsanwaltschaft ihren Fuß nicht setzen kann oder darf. Der Profifußball ist einer der größten Wirtschaftszweige des Landes, in dem Milliarden Euro umgesetzt, Tausende Arbeitsplätze geschaffen oder vernichtet werden. Die Clubpräsidenten sind die wichtigsten Unternehmer, Manager und Politiker des Landes, zahlreiche Vereine sind an der Börse notiert, und an der Börse wird nach klaren Regeln operiert. Wenn jemand einen Fehler begangen hat, muß er bestraft werden. Wenn jemand die

Regeln verletzt hat, muß er verfolgt werden. Das, und nur das, wollen Staatsanwalt Michele Delrio und Kommissar Marco Luciani herausbekommen. Wir haben es hier mit einer verzwickten, komplexen Affäre zu tun, und da gewaltige Interessen auf dem Spiel stehen, bekommen viele Leute den Mund nicht auf, was die Arbeit der Ermittler enorm erschwert. Eins steht fest: Es wird einige Zeit dauern, bis geklärt ist, ob Schiedsrichter Ferretti sich umgebracht hat oder umgebracht wurde. Aber hier geht es nicht mehr allein um die von uns allen ersehnte Wahrheit in einem tragischen Todesfall, sondern um das wahre Gesicht einer Branche, die Tag für Tag mit einem gewinnenden Lächeln an unsere Haustür klopft. Wir wollen wissen, ob dieses Lächeln aufgesetzt oder ehrlich ist, ob wir die Haustür (und unsere Herzen, unsere Geldbeutel) aufschließen sollen für ein Milieu, das Spiel und Spaß verspricht, ob immer noch der Wahlspruch gilt: ›Der Bessere möge gewinnen‹, ob der sportliche Wettkampf, den wir sehen, echt oder manipuliert ist, ob es sich um eine abgesprochene Show handelt, deren Ergebnis von vornherein festgelegt ist. Wir haben es satt, daß Mannschaften auf- und absteigen, weil es am Runden Tisch beschlossen wurde, daß man eine Auslosung der Schiedsrichter fingiert, daß der Transfermarkt nur dazu mißbraucht wird, die Bilanzen zu manipulieren; wir haben es satt, daß sich in den Umkleidekabinen Visagen zeigen, die besser in amerikanische Gangsterfilme passen würden. Und wir haben genug von dieser neuen Machtzentrale des Fußballs, die ihre Tentakel in die Finanzwelt, in die Politik und in die Justiz ausgestreckt hat. Wer sich nach ein bißchen Sauberkeit sehnt, der kann nur voller Hoffnung und Bewunderung auf die laufenden Ermittlungen schauen. Und er kann sich glücklich preisen, daß ein Kommissar ermittelt, den selbst seine Verleumder als absolut integer bezeichnen. Denn im Augenblick ist Kommissar Marco Luciani die beste Garantie dafür, daß der Dreck, falls es ihn gibt, nicht unter den Teppich gekehrt wird.«

Die Lobeshymne wurde langsam peinlich. Dieser Artikel würde dem Kommissar noch ein paar neue Feinde und neue Probleme bescheren. Aber seinem Herzen hatte die Lektüre trotzdem gutgetan. Der Artikel steckte voller Rhetorik und Entrüstung, wie man sie derzeit selten zu lesen kriegte. Gefragt waren im Moment nämlich die zynischen, abgebrühten Kommentatoren, die sich als Männer von Welt geben wollten, indem sie paradoxe Lösungen erfanden, statt schlichtweg auf Einhaltung der Regeln zu pochen.

Er schaltete sein Aufnahmegerät ein und faßte noch einmal die wesentlichen Neuigkeiten in dem Fall zusammen. »Ferrettis Handy wurde von uns sichergestellt. Es war in seinem Wagen. Die Gattin behauptet, sie habe es dort gefunden, als sie den Wagen aus der Tiefgarage des Hotels holen wollte. Der Schiedsrichter hätte es folglich dort liegenlassen, bevor er Richtung Stadion aufbrach. Der Beamte, der den Wagen am Sonntag abend durchsuchte, behauptet, das Handy sei nicht dagewesen, doch mir scheint wahrscheinlicher, daß Witwe Ferretti ehrlich und der Beamte ein Trottel ist. Natürlich hätte jemand das Handy auch später dort deponiert haben können, jemand, der die Selbstmordtheorie stützen möchte. Wenn das Handy im Auto war, bedeutet dies: der Mörder hat es nicht aus der Kabine mitgehen lassen. Doch das Risiko wäre zu groß gewesen.

Wie dem auch sei – das Handy selbst liefert keine wichtigen Hinweise; es sind keine SMS gespeichert, was auffällig ist, aber nicht verdächtig, da Ferretti ein ordnungsliebender Mensch war und den Speicher vermutlich regelmäßig löschte. Seit dem Tatzeitpunkt war das Handy die ganze Zeit über ausgeschaltet, und als es angestellt wurde, gingen weder SMS noch Anrufe ein, was ja auch logisch ist: Grabesstille. Was das Telefonbuch betrifft: Es finden sich darin

Nummern von Kollegen, Bekannten und Verwandten, die restlichen Anschlüsse werden gerade einer Kontrolle unterzogen. Es finden sich Colnago, Adelchi, Cavallo. Rebuffo fehlt. Die Nummer der Brasilianerin ist unter ›Physiotherapeut‹ gespeichert, nicht schlecht. Saggeses Nummer unter ›Mineraldrinks‹. Ach ja: natürlich keine Fingerabdrücke. Außer von Ferretti und seiner Frau.«

Er rief im Büro an und sagte Giampieri, er werde erst am Nachmittag kommen, der Vize solle die Besprechung leiten. Luciani wollte sich nicht den Journalisten aussetzen, die nur eine Reaktion auf den Hetzartikel aus ihm herauskitzeln wollten. Dann rief er in der Redaktion an, um sich bei Baffigo zu bedanken, doch der war nicht da. Luciani schaute auf die Uhr und stellte fest, daß es noch nicht einmal zehn war: Um die Zeit war Baffigo seinen Kater noch nicht los. Der Kommissar zog T-Shirt und Shorts an, schnürte seine Joggingschuhe und machte sich auf den Weg.

Er schaffte die erste Runde, ohne Quälerei, in der üblichen halben Stunde. Er lief relativ langsam, damit sein Bewußtsein wach blieb, denn er grübelte über den Fall und Angelinis Ultimatum nach: Ihm blieben nur noch achtundvierzig Stunden, um die Ermittlungen abzuschließen. Danach würde der Staatsanwalt ihm den Fall entziehen, und er stünde wie ein Trottel da. Aber wenn er es schaffte, waren das auch die letzten achtundvierzig Stunden mit Sofia Lanni.

Im Moment interessierten ihn nicht so sehr die ungeklärten Details als vielmehr die Personen, die um diesen an der Decke baumelnden Schiedsrichter kreisten. Ferretti war sein Leben lang ein verlogener, widerlicher Kerl gewesen, aber der Kommissar fand nicht richtig, daß er nach seinem Leben nun auch noch den Tod vergeudete. Luciani hätte sich gewünscht, daß die Leiche im schwarzen Leibchen sich erhob und mit dem Zeigefinger auf denjenigen wies, der ihn korrumpiert hatte. Daß sie dafür sorgte, daß eine ganze Welt zusammenbrach, eine Welt, die sich auf Lüge, Geld und Heuchelei gründete. Wenn jemand ihn wirklich geliebt hätte, dachte der Kommissar, dann würde dieser Jemand jetzt zumindest versuchen, Ferrettis Tod einen Sinn zu geben. Aber es gab keinen, der ihm wirklich nachtrauerte, diesem Tullio Ferretti aus Livorno, außer vielleicht seinem Sohn, der jedoch noch zu klein war, in dem Alter, in dem der Vater ein Held und der beste Mensch der Welt ist.

Und wer weiß, dachte Marco Luciani, ob eines Tages mir jemand nachtrauert, wenn ich abtrete. Ich tue alles, um ein ehrliches Leben zu führen, um die Regeln einzuhalten, ich versuche nie, die anderen zu übervorteilen; aber kann ich behaupten, daß ich echte Freunde habe, eine Frau, Kinder, Bewunderer, die eines Tages um mich weinen werden?

Nein, das konnte er nicht behaupten. Er hatte sich für das Alleinsein entschieden, und alles, was er tat, hatte nur für ihn allein Bedeutung: Seine Askese, seine Opfer, sein Training, selbst das Joggen, das er gerade betrieb und das ihm weder Medaillen noch Applaus einbringen würde. Wenn er noch an diesem Tag beschlossen hätte, mit dem Trinken anzufangen, bis zum Platzen zu fressen, sich auf Kompromisse einzulassen, wenn er beschlossen hätte, sein ganzes Leben auf den Kopf zu stellen – es hätte keinen Menschen gekümmert. Im Gegenteil: auf viele hätte er ein bißchen sympathischer, ein bißchen menschlicher gewirkt.

Er sah, daß die Ampel grün war, und bog plötzlich ab, ohne zu wissen, warum. Er überquerte den Corso Italia, verließ seine gewohnte Trainingsstrecke und lief bergauf in eine Seitenstraße. Er hielt sich auch nicht mehr an sein normales Tempo, sondern setzte zu einem Sprint von hundert, zweihundert, dreihundert Metern an. Sein Herz hämmerte, weniger vor Anstrengung als vielmehr vor Freude, daß er plötzlich sein Trainingsprogramm aufgegeben hatte. Er kam auf der Piazza Leopardi heraus, und als er das Geschrei und das Dotsen eines Fußballs hörte, das vom Bolzplatz am Betsaal kam, blieb er plötzlich wie angewurzelt stehen. Wie lange hatte er kein Fußballspiel am Betsaal mehr gesehen ... nun, seit er das letzte Mal dort gespielt hatte, vielleicht mit fünfzehn. Also seit über zwanzig Jahren. Er war für sein Leben gern auf diesen Bolzplatz gegangen, hatte täglich dort gespielt; er war mit Abstand das größte Talent gewesen, und nachdem er in einer richtigen Nachwuchsliga angefangen hatte, sagten seine Trainer ihm eine Zukunft in der Serie A voraus.

Er blieb stehen, trat an das Tor und betrachtete die spielenden Kinder. Er hatte ein fröhliches Mischmasch kunterbunter Trikots erwartet, Kinder jeden Alters und unterschiedlicher Größe; statt dessen sah er zwei Mannschaften aus zehn- bis elfjährigen Jungs in Einheitstrikots. Die eine Mannschaft blau, die andere gelb. Es gab sogar einen Schiedsrichter: Anscheinend eine offizielle Begegnung, die von einer Menge Eltern am Spielfeldrand verfolgt wurde. Luciani fragte sich gar nicht erst, warum die Kinder vormittags Fußball spielten, statt in die Schule zu gehen. Er lehnte sich ans Tor und schaute eine Weile zu. Es fiel sofort auf, daß keines der Kinder lächelte, die Mienen waren ernst oder verbissen, ein Trainer salbaderte unentwegt, und auch viele Eltern brüllten Anfeuerungsrufe oder Anweisungen aufs Feld.

Ein Junge in blauem Trikot grätschte einem Gegner beherzt in die Beine, und als der Schiedsrichter pfiff, hob er die Arme, als wollte er sagen: »Wer denn? Ich?« Er setzte dieselbe tumbe Unschuldsmiene auf wie die Profifußballer, während sich der andere im gelben Leibchen theatralisch am Boden wälzte. Ein Vater schrie: »Bravo, immer drauf, brich ihm die Knochen«, und ein anderer schrie als Antwort: »Stell ihn runter, Schiri, stell diesen Drecksack vom Platz!« Auf dem Feld kam es zu ersten Handgreiflichkeiten, doch der Schiedsrichter verteilte schnell zwei Gelbe Karten, dann wurde die Partie mit einem Freistoß fortgesetzt. Die Nummer sechs der Gelben versuchte es mit einem direkten Torschuß, verzog den Ball aber gründlich, und einer seiner Mitspieler rief ihm zu, er solle sich ins Knie ficken. Ein Vater sprang am Zaun hoch und schrie: »Schwachkopf! Was war'n das für 'ne Gurke? Laß Gianni die Freistöße treten!« Auch eine Mutter bellte Ratschläge aufs Feld: »Deck deinen Mann! Bleib dran!« Kurz darauf lief der Kapitän der Gelben allein in den gegnerischen Strafraum. Als der Torhüter sich näherte, versuchte der Angreifer nicht einmal aufs Tor zu schießen, sondern legte gleich eine saubere Schwalbe hin. Sämtliche Eltern der Gelben sprangen auf und brüllten: »Elfmeter!«, und die Eltern der Blauen schrieen: »Nein, er hat ihn nicht einmal berührt!« Der Schiedsrichter ging zu dem Jungen und zeigte ihm die Gelbe Karte, und der Vater des Kindes fing an, den Schiri zu beleidigen. Er wollte aufs Spielfeld rennen, doch seine Frau hielt ihn zurück, deckte den Unparteiischen aber gleichfalls mit Kraftausdrücken ein.

Marco Luciani wandte sich ab und fiel wieder in leichten Trab. Er steuerte den Corso Italia an, wo er seinen gewohnten, einsamen Lauf fortsetzen wollte. Vielleicht war es zu spät, viel zu spät für das Großreinemachen im Fußball.

Am Nachmittag rief er mehrmals in der Redaktion an, um Baffigo über die jüngsten Entwicklungen zu informieren. Nachdem man ihm in der Telefonzentrale der Zeitung zum x-ten Mal gesagt hatte, Baffigo sei nicht da, man wisse nicht, wann er zurückkomme, begriff Luciani, daß etwas passiert war. »Ich bin Kommissar Luciani«, hakte er nach, »ich versuche es schon den ganzen Tag, auch auf seinem Handy, aber er geht nicht ran. Kann man ihn denn nicht ausfindig machen?«

»Ach, Herr Kommissar. Ich wußte nicht, daß Sie es sind. Baffigo ist im Krankenhaus.«

Marco Luciani dachte sofort an einen Unfall. Oder an einen Mord, der wie ein Unfall aussehen sollte. »Im Krankenhaus? Was ist denn passiert?«

»Er hatte heute nacht … eine Krise. Eine seiner typischen Krisen. Sie haben ihn ins San-Martino-Spital gebracht. Auf die Intensivstation.«

Luciani ließ alles stehen und liegen und rannte zu seinem Auto. Als er auf die Intensivstation kam, sah er draußen einige Kollegen Baffigos, Kriminalreporter, die er von früheren Fällen her kannte. Ihre Mienen waren alles andere als beruhigend. Sie tranken gemeinsam einen Kaffee aus dem Automaten, und Luciani ließ sich auf dem Korridor erzählen, was vorgefallen war.

»Sie haben ihn heute morgen gegen halb neun hier eingeliefert. Das war reiner Zufall. Er hatte Glück, denn ausgerechnet heute war Putztag bei ihm, und seine Zugehfrau fand ihn bewußtlos am Boden liegen. Wenn es an einem anderen Tag passiert wäre – wer weiß, wann man ihn gefunden hätte. Vor den Abendstunden hätten wir uns keine Gedanken gemacht.«

Luciani klingelte an der Tür zur Station, und als er seinen Dienstausweis präsentierte, ließ man ihn passieren. Ein Pfleger zeigte ihm, wo er sich die Hände waschen sollte, gab ihm einen Mundschutz, einen grünen Kittel und Überschuhe, dann brachte er ihn zum verantwortlichen Stationsarzt.

»Ich bin Kommissar Luciani. Könnte ich Herrn Baffigo sehen?«

Sein Gegenüber betrachtete ihn ein wenig verwundert. »Sind Sie dienstlich hier? Oder sind Sie mit ihm verwandt?«

»Ich bin ein Freund, aber es betrifft auch eine Ermittlung.«

Sie fixierten einander eine Weile, dann senkte der Arzt die Augen. »Natürlich, kommen Sie«, sagte er und brachte Luciani zu Baffigos Zimmer. »Sie können ihn von hier aus sehen, von der Scheibe aus. Es bringt nichts, wenn Sie hineingehen, er kann ohnehin nicht sprechen.«

Marco Luciani betrachtete den Freund. Er lag hingestreckt auf dem Bett, Kopf und Rücken mit Kissen gestützt. Überall an seinem Körper hingen Schläuche und Infusionen, auf dem Mund hatte er eine Atemmaske, auf dem Kopf ein großes Pflaster, über einem satten roten Fleck von Chromquecksilber. Neben ihm stand ein Apparat, der die lebenswichtigen Organe überwachte.

»Schläft er?« fragte der Kommissar.

Der Arzt preßte die Lippen zusammen. »Genau genommen … liegt er im Koma.«

»Im Koma!?«

»Ja, ein leichtes Koma, das wir medikamentös herbeigeführt haben. Wir müssen es einige Tage aufrechterhalten, um ihn zu behandeln und wieder einigermaßen auf die Beine zu bringen.«

Seit Marco Luciani gehört hatte, daß Baffigo im Krankenhaus war, schwirrte eine Frage in seinem Kopf herum: »Hören Sie … sind wir sicher, daß er nicht … überfallen wurde oder sonst etwas in der Richtung?«

Der Arzt schaute ihn verblüfft an: »Wie meinen Sie das?«

»Ich sehe, daß er einen Kopfverband trägt.«

»Ach das … er muß sich im Fallen den Kopf angeschlagen haben, aber das ist nichts Ernstes. Nur ein Horn und ein paar Abschürfungen.« Dann sah er den Kommissar durchdringend an: »Sie wissen, wo das Problem bei Herrn Baffigo liegt, oder?«

»Ich denke schon. Er trinkt ein bißchen viel.«

Der Arzt hob die Augenbrauen. »›Er trinkt ein bißchen

viel‹ ist nicht die korrekte Umschreibung. Ihr Freund ist Alkoholiker im Endstadium, der Alkohol hat ihn fast schon umgebracht.«

Marco Luciani wußte nicht, warum, aber er fühlte sich schuldig.

»Ist es so schlimm? Könnte er es nicht mit einer Entziehungskur versuchen?«

»In dem Stadium, in dem er sich befindet, glaube ich nicht. Eine Entziehung könnte sein Leben vielleicht um ein paar Monate verlängern, vielleicht um ein Jahr, aber es würde ihm dreckig gehen, und ich weiß nicht, ob es die Sache wert wäre. Man müßte eigentlich das gesamte Blut reinigen und eine neue Leber implantieren, aber selbst dann … Sein Organismus ist geschädigt und würde wohl kaum eine solche Operation überstehen. Wenn er so weitermacht, glaube ich, daß schon die nächste Krise fatal sein wird.«

Marco Luciani betrachtete weiter den leblosen Körper hinter der Scheibe. Auch wenn sie sich jahrelang nicht gesehen hatten und der Kommissar Baffigo nicht besonders vermißt hatte, setzte ihm die Vorstellung zu, daß er sterben würde. Sein ehemaliger Schulkamerad war wie ein Freund zu ihm gewesen, hatte ihm geholfen, als er Hilfe brauchte, ohne eine Gegenleistung zu erwarten. Das kam nicht alle Tage vor.

»Wann werden Sie ihn aus dem Koma holen?«

Der Arzt zuckte mit den Achseln. »Vielleicht genügen ein paar Tage, drei vielleicht. Mir wäre es lieber, wir müßten ihn nicht lange im künstlichen Koma halten, aber das hängt davon ab, wie er auf die Behandlung anspricht.«

Der Kommissar merkte sich diesen Zeitraum und setzte sich ein neues Ultimatum, um den Fall abzuschließen. Wenn Baffigo wieder aufwacht, möchte ich ihm die Lösung des Falles zum Geschenk machen, dachte er.

Er stieg wieder ins Auto, schwenkte gen Westen und suchte im Radio den Klassik-Sender. Er wollte ein bißchen herumfahren, ohne Ziel, und in aller Ruhe nachdenken. Er ließ sich eine Weile von Händel begleiten, dann für gut eine halbe Stunde von Vivaldi. Als der Sprecher eine Arie aus der »Diebischen Elster« ankündigte, dachte Luciani, daß sie wahrscheinlich in Gedanken an einen korrupten Schiedsrichter, ganz in Schwarz, komponiert worden war. Er erkannte die Melodie und lächelte.

Freitag

Als er aufwachte, lag Sofia Lanni noch zusammengerollt auf dem Bett, das Gesicht ihm zugewandt. Sie schlief immer so, nach dem Sex, das Kissen zwischen die Beine geklemmt, damit der Rücken gerade lag. Er vertiefte sich in ihren Anblick, und manchmal war sein Blick so intensiv, daß sie davon erwachte; sie schlug dann plötzlich die Augen auf und wirkte fast verschreckt, als fürchtete sie, im Schlaf ein Geheimnis oder eine Schwäche offenbart zu haben. »Schlaf jetzt auch«, sagte sie dann, drehte sich sofort auf die andere Seite und zog die leichte Decke über die Schultern. Marco Luciani blieb noch auf und malte sich ihre vollendeten Formen unter dem Laken aus – Phantasievorstellungen, deren Heftigkeit ihn selbst überraschte.

Diese Frau, dieses Mädchen hatte an seinen Grundfesten gerüttelt und in wenigen Tagen seine Prinzipien erschüttert: Einsamkeit, Enthaltsamkeit, Askese. Auch in Sachen Sex hatte der Kommissar jüngst zur Magersucht geneigt. Als Jugendlicher war seine Begierde so bedingungslos gewesen, daß sie keinen Raum für anderes ließ, aber dann hatte auch auf diesem Gebiet eine Art Appetitlosigkeit eingesetzt, die Überzeugung, daß es unterm Strich die Sache nicht wert war. Jedes Mal, wenn er mit Greta schlief, spürte er, daß er sich schlicht und ergreifend in ihr entleerte, und jedes Mal wußte er, daß er das nächste Mal ein wenig ausgetrockneter sein würde. Und eines Tages würde er nicht einen Tropfen mehr hergeben, bei ihr nicht, und bei keiner anderen Frau. Es fiel ihm nicht schwer, sich zu beherrschen, und manchmal brachte er sie zum Höhepunkt, verzichtete selbst aber darauf und lebte das bißchen Lust, das ihm geblieben war, später unter der Dusche aus.

Bei Sofia Lanni war Marco Luciani wie eine Espressokanne, die auf der Feuerstelle stand: War er einmal am Siedepunkt, dann gab es kein Halten mehr, er entlud sich mit Gewalt, pumpte vier, fünf lange Spritzer seines Samens in sie, während er versuchte sein Schreien zu unterdrücken. Dann kam sie schnell mit ihm gemeinsam, und manchmal lachte sie mit ungläubigem Stolz darüber, daß sie ihm soviel Lust bereitete.

Danach betrachtete er ihr sanftes Engelsgesicht und fragte sich, ob neben dem Sexualtrieb bald auch seine anderen Sinne wieder erwachen würden: die Lust an Geselligkeit, am Essen, am Trinken, am Reden und Lachen. Der Schwachpunkt an einem Turm ist immer das Fundament, dachte der Kommissar, aber er dachte auch, daß er nicht einknicken durfte, denn wenn er zusammenbrach, würde niemand sich die Mühe machen, einen neuen Turm zu errichten, einen Turm, der widerstandsfähiger und schöner war, genau im Lot und sachgemäß verputzt. Nein. In dem Moment, in dem er zusammenbrach, würde von seinem leuchtenden Beispiel nur ein Trümmerhaufen bleiben.

Er stieg ins Auto, aber ehe er den Motor startete, blieb er eine Weile sitzen, die Augen geschlossen. Es ist an der Zeit, den Fall abzuschließen, dachte er, und gleich danach wird auch diese Beziehung zu Ende sein. Das weiß ich genau. Sinnlos, daß ich mich weiter Illusionen hingebe. Am besten, ich tue es sofort, solange mir noch ein bißchen Stolz und gesunder Menschenverstand geblieben sind, denn je länger die Sache dauert, desto schwieriger wird es.

Er hätte gerne Angelinis Ultimatum ignoriert und neue Indizien für eine Mordtheorie gesammelt. Aber wenn man die Ermittlungsergebnisse objektiv betrachtete, hatten sich die wichtigsten Fragen nach und nach von selbst erledigt: Der Schlag auf den Kopf war ein banaler Schuß mit dem Ball gewesen, Kugelschreiber und Abschiedsbrief hatten – bis zum Beweis des Gegenteils – nur in Lucianis Phantasie existiert, Tisch und Stuhl waren nur in der Erinnerung des Hausmeisters verschoben gewesen (der im übrigen auch der einzige war, der sich an das Handy erinnerte). Pech nur, daß das Handy die ganze Zeit im Auto war. Und wenn die Aussage des Hausmeisters in einem Punkt widerlegt war, dann war auch der Rest unglaubwürdig. Sicher, es blieb die Frage nach dem verschwundenen Schlüssel, aber das reichte nicht, um eine so komplexe und aufwendige Ermittlung fortzusetzen. Für dessen Verschwinden konnte es verschiedene Erklärungen geben, aber selbst wenn es die nicht gab – mit diesem Schlüssel kam man in kein Gericht und kein Gefängnis der Welt. In puncto Tatmotiv war er mehr als jeder andere an der Wahrheit interessiert, er wollte beweisen, daß seine Theorie die richtige war. Aber die anderen interessierten sich nur bedingt für das Motiv: Wenn einmal bewiesen war, daß es sich um Selbstmord handelte, wurden die Gründe zweitrangig.

Ja, es war Zeit, den Fall als Selbstmord zu den Akten zu legen und Sofia Lanni adieu zu sagen. Es war Zeit, wieder in die Realität zurückzukehren, wo das Gesetz an die Mächtigen ebenso wenig herankam wie verkrachte Polizisten an schöne Frauen.

Er würde Giampieri Bescheid sagen, und gemeinsam würden sie eine Pressekonferenz anberaumen, damit sich niemand übergangen fühlte. Aber wenn Baffigo bei Bewußtsein wäre, dachte er, während er den Clio anließ, würde diese Sensationsmeldung ihm gehören.

Er fuhr zu Hause vorbei, um sich umzuziehen. In der Gasse traf er die Frau des Ceylonesen, die gerade eines der

Kinder zur Schule brachte. Luciani grüßte mit einem lautstarken Buongiorno, woraufhin sich das Kind plötzlich direkt vor ihm aufpflanzte. Es lächelte übers ganze Gesicht, reckte den Kopf, so hoch es konnte, und betrachtete ihn doch aus unendlicher Ferne: »Wie groß bist du?«

»Fast zwei Meter«, sagte der Kommissar.

»Wieso fast?«

»Weil mir ein paar Zentimeter fehlen.«

Das Kind schien enttäuscht und meinte, es müsse den Kommissar trösten: »Na ja, du kannst ja noch wachsen.«

»Na, und ob ... Aber dazu muß ich reichlich Wasser trinken, wie die Bäume.«

Das Kind dachte einen Moment lang nach. Dann wechselte es das Thema: »Und was ist dein Lieblingsverein?«

»Hmm ... ich weiß nicht. Was ist dein Lieblingsverein?«

»Sampdoria Genua«, sagte das Kind, wobei es auf einen Aufkleber mit blauem Kreis auf seinem Rucksack zeigte.

»Ach. Und wieso?«

»Weil die das schönste Trikot haben.«

Die Antwort überraschte Luciani. »Recht hast du«, sagte er und verabschiedete sich. Was beschäftigt nicht alles die Phantasie eines Kindes, dachte er, oft sind Kinder einfach für die stärkste Mannschaft, aber manchmal lassen sie sich auch von einem schillernden Namen, einer Farbe oder einem einzelnen Spieler leiten. Ihm kam wieder das Bild auf dem Monitor des kleinen Ferretti in den Sinn: die Schals, Fahnen und Transparente, unter denen die Südtribüne des Marassi-Stadions verschwand, und plötzlich wurde ihm klar, daß er etwas übersehen hatte, was womöglich von entscheidender Wichtigkeit war.

Er rief Giampieri im Büro an, ließ sich die Adresse des Hausmeisters geben und fuhr sofort zu dessen Wohnung. Sie lag in einem Viertel oberhalb des Marassi, nur einen

Steinwurf vom Stadion entfernt. Der Hausmeister wirkte überrascht und auch ein wenig verschreckt; er bot Marco Luciani einen Kaffee an, den dieser aus Höflichkeit annahm. Die Wohnung war bescheiden, aber ordentlich, der Hausmeister lebte allein, und der Kommissar hatte den Eindruck, daß nie eine Frau einen Fuß in die Wohnung gesetzt habe.

»Ich brauche nochmals Ihre Hilfe, Herr Sciaccaluga. Ich muß Ihnen eine Frage stellen und bitte Sie, denken Sie genau nach, ehe Sie antworten.«

»Nur zu, wenn ich Ihnen behilflich sein kann …«

»Ihrer Aussage nach hatten Sie den Eindruck, daß Herr Ferretti an besagtem Tag sein Handy dabeihatte. Sie sind sich aber nicht sicher. Was soll das heißen? Haben Sie ihn telefonieren sehen oder nicht?«

»Das habe ich Ihren Leuten schon ein paarmal erklärt, aber ich sage es gerne noch einmal. Die Sache ist die: Ich habe ihn kurz gesehen, während er, meiner Meinung nach, eine SMS schickte. Er hielt etwas in der Hand, aber ich bin nicht hundertprozentig sicher, ob es ein Handy war.«

»Wie hat sich die Szene denn abgespielt? Beschreiben Sie sie mal.«

»Nun, ich meine … Ferretti kam mit den Linienrichtern ins Stadion … Ich habe ihm den Schlüssel gegeben, für ihn hatte ich die Kammer weiter hinten vorbereitet, weil er für sich sein wollte. Ich begleitete die Linienrichter, bis sie ihre Umkleide betraten, dann wollte ich auch den Schiedsrichter in seine bringen, doch da sagt er: ›Entschuldigen Sie einen Moment‹, und kehrt um Richtung Spielfeld, zum Eingangstunnel. Ich bin ihm nicht sofort nachgelaufen, aber als er nach einer Weile nicht zurückkam, wollte ich nachschauen, was er trieb, und da habe ich eben gesehen, daß er mit irgendeinem elektronischen Apparat hantierte, aber genau in dem Moment war er fertig, er steckte das Ding in die Tasche und sagte: ›Wir können gehen.‹«

Marco Luciani überlegte eine Weile. »Wollte er das Spielfeld kontrollieren?«

»Nein, den Platz hat er kurz danach inspiziert. Ich weiß nicht, was er tat, aber jedenfalls dauerte es nicht allzu lange.«

»Erinnern Sie sich, ein Geräusch gehört zu haben, irgend etwas? Versuchen Sie, die Augen zu schließen und sich die Szene vorzustellen.«

Gehorsam folgte der Hausmeister der Anweisung. Dann schüttelte er den Kopf.

»Nein, ich glaube nicht ... kein Knall oder eine Detonation. Nur die üblichen Sprechchöre der Fans, wenn ich nicht irre.«

Der Kommissar suchte eine Telefonzelle und rief bei Linienrichter Cavallo an. Er hielt sich einige Minuten mit höflichem Geplänkel auf, dann fragte er nach Ferrettis Handy.

»Ich sagte es bereits Ihren Mitarbeitern, ich weiß nicht, ob er es am Sonntag dabeihatte.«

»Ja, das ist mir bekannt. Aber ich möchte, daß Sie mir das Telefon beschreiben. Was für eine Art Handy war es? Einfach, modern, ultraflach ... Sie werden es ein paarmal gesehen haben.«

»Früher hatte er ein normales, schwarz, glaube ich, eins von diesen winzigen Modellen. Zu Weihnachten hat dann ein Clubpräsident allen Schiedsrichtern, und auch uns Linienrichtern, Handys der jüngsten Generation geschenkt, diese komplizierten Dinger, mit denen man auch fotografieren kann ...«

»Wer hat sie euch geschenkt?«

»Daran erinnere ich mich nicht einmal. Wir bekommen so viele Sachen. Ich habe es meiner Tochter gegeben, ich habe eine vierzehnjährige Tochter, Sie können sich vorstellen, was die mich allein an Telefongebühren kostet.

Aber Ferretti und Adelchi behielten sie, und ich glaube, mittlerweile benutzten sie sie auch.«

»Das heißt, Sie haben die beiden immer mit den neuen Handys gesehen?«

»Ich würde sagen, ja. Nach Weihnachten schon.«

»Ich danke Ihnen, Herr Cavallo. Grüßen Sie mir Ihre Tochter, und behalten Sie die Telefonrechnung im Auge.«

Der Kommissar betrat im Sturmschritt das Polizeipräsidium, er platzte in Giampieris Büro und verkündete triumphierend: »Weißt du, wie viele Millionen Handys es in Italien gibt?«

Der Vize zuckte mit den Achseln: »Keine Ahnung.«

»Sechsundfünfzig Millionen. Praktisch eines pro Kopf«, sagte Luciani ins Blaue hinein.

»Gut.«

»Aber ich habe keins. Und weißt du, was das bedeutet?«

»Daß du ein Snob bist und ich dich nie erreichen kann.«

»Nein, das bedeutet, jemand anderes hat zwei. Wie beim Hähnchen von Trilussa. Und weißt du, wer zwei Handys hatte?«

»Wer?«

»Tullio Ferretti aus Livorno.«

Giampieri riß die Augen auf. »Und wo ist das zweite Handy?«

»Das hat der Mörder.«

Innerhalb weniger Minuten hatte Marco Luciani seine Haltung radikal geändert: ein Abschluß der Ermittlungen war kein Thema mehr. Dieses neue Indiz hebelte jedes Ultimatum aus, es stärkte die Mordtheorie, und Luciani würde zu Recht verkünden, daß er nicht eher Ruhe gab, bis er den Täter gefunden hatte.

Er dachte wieder an Sofia Lannis Beine, an die perfekte Rundung ihres Hintern, wenn sie auf dem Bauch schlief, und an ihr wunderschönes Gesicht, das sich beim Orgasmus in eine entrückte, zeitlose Ikone zu verwandeln schien.

Giampieri verlangte eine Erklärung, und der Kommissar erläuterte, gegen einen Kaffee, was für eine Ahnung ihn umtrieb: »Ich bin fast sicher, nein, ich bin sicher, daß der Schiedsrichter ein zweites Handy bei sich hatte. Das alte, das er normalerweise benutzte, hatte er im Auto gelassen, und das haben wir auch gefunden, besser gesagt: ihr habt es mit einwöchiger Verspätung gefunden. Ins Stadion hatte er ein neues mitgenommen, eines mit integrierter Kamera. Das war wohl das Sonntagshandy, für die intimen Freunde, auf dem er vermutlich auch noch einmal die Aktionen der ersten Halbzeit anschauen konnte: Tore, umstrittene Elfmeter und so weiter. Eine Art Zeitlupe in Direkteinspielung. Ferretti benutzte es vor der Partie: Er betrat die Umkleide, hörte vermutlich einen Sprechchor der Fans, die schon ihre übliche Show abzogen, er sah die Tribüne mit all den Schals und machte ein Foto, das er seinem Sohn schicken wollte. Per E-Mail nehme ich an. Ist das technisch möglich?«

»Sicher.«

»Gut. Durch eine Überprüfung des Computers läßt sich das verifizieren. Aber wenn wir uns den Ärger mit Hausdurchsuchung, Beschlagnahmung etc. pp. sparen wollen, reicht auch ein Blick auf die Verbindungsübersicht, falls man sich endlich bequemt, sie uns zu übermitteln. Wenn Ferretti das Foto an die Mailadresse geschickt hat, müßte die Nummer des zweiten Handys auftauchen, oder?«

Giampieri schaute ihn verwundert an: »Wo auftauchen?«.

»In der Verbindungsübersicht des Festnetztelefons, das ans Internet angeschlossen war.«

»Tja, interessante Theorie. Aber in der virtuellen, und auch in der elektronischen Wirklichkeit wird der Computer mit einem Server verbunden, und in den Übersichten bleibt nur die Spur von der Verbindung zwischen Festnetzanschluß und Server. Wenn du sehen willst, welche E-Mails jemand bekommen hat, mußt du sein Mailprogramm öffnen, vorausgesetzt, er hat die Mail gespeichert.«

Der Kommissar war sprachlos. »Ach, du weißt doch, daß ich von diesem technologischen Kram nicht die Bohne verstehe. Im übrigen bist du nur deshalb mein Vize, damit du meinen genialen Eingebungen das technologische Rüstzeug gibst ... Und sag mal, Herr Ingenieur, läßt sich das irgendwie feststellen, ohne das Kind zu verhören oder das Haus zu durchsuchen?«

Giampieri setzte eine zerknirschte Miene auf: »Es besteht die Möglichkeit. Wir armen Nerds kennen sie, und auch einige höherentwickelte Affen haben gezeigt, daß es in wenigen Stunden zu begreifen ist. Wenn du willst, nehmen wir uns eine Woche frei, und dann versuche ich es dir zu erklären.«

»Versuch's erst gar nicht. Mach's und basta.«

»Auch wenn es ... eher illegal wäre?«

»Ich habe dich nicht gehört. Was?«

»Es wird eine Weile dauern.«

Marco Luciani nickte. Er verabschiedete sich von seinem Vize und schärfte ihm ein, mit niemandem über die mögliche Wende zu sprechen: »Und ich meine niemanden, Nicola, nicht einmal hier im Haus: Es darf keine undichte Stelle mehr geben, ich will, daß diese Sache absolut geheim bleibt.«

Er begab sich in sein Büro und dachte halblaut nach: »Ich hätte gleich merken müssen, daß Ferretti das Handy gewechselt hatte: Wozu hätte er sich sonst die Nummer der Brasilianerin auf einen Zettel notiert? In seinem alten Handy war die Nummer gespeichert, und in sein neues wollte er die Nummer offensichtlich nicht eingeben, aus irgendeinem persönlichen Grund ...«

Er rief sofort Delrio an und informierte ihn über die Neuigkeit. Auch den Staatsanwalt bat er um absolute Verschwiegenheit, außerdem sollte er Angelini dazu bringen, die Verbindungsübersichten zu bewilligen. Delrio meinte, Luciani solle ganz beruhigt sein, er werde ihm bald Bescheid geben. Dann rief der Kommissar im Krankenhaus an und fragte nach Baffigos Befinden. Man sprach von »deutlichen Anzeichen der Besserung«, man werde den Patienten vermutlich am folgenden Tag aus dem Koma holen. Anschließend telefonierte er mit Sofia Lanni, die er ebenfalls über die Neuigkeiten im Fall Ferretti informierte, wobei er erklärte, wie er auf die Idee mit dem zweiten Handy gekommen war. Sie jubelte: »Phantastisch. Das erscheint absolut einleuchtend. Das heißt, wir sind wieder am Ball mit unserer Mordtheorie. Wenn mein Chef das erfährt, trifft ihn der Schlag. Ich habe ihm kürzlich mitgeteilt, daß wir dabei sind, den Fall als Selbstmord abzuschließen, ich rufe ihn gleich noch einmal an ...«

»Warte, sprich vorerst mit keinem darüber. Es ist nur eine Idee, wir haben noch keinen Beweis.«

»Okay. Kein Problem. Hör mal, warum kommst du nicht gegen Abend zu mir? Ich hatte auch eine Idee ...«

Marco Luciani spürte, wie es in seinen Schenkeln prikkelte: »Ich werde dasein.« Da der Vormittag extrem ergiebig gewesen war, ging er Tennis spielen ohne Gewissensbisse.

Als er zum Club kam, fiel ihm ein, daß er keinen Ersatz für die demolierten Schläger besorgt hatte. Er bat den Geometer leihweise um dessen Schläger, den ihm dieser mit Freuden und mit vielsagender Miene aushändigte: »Ich weiß nicht, ob er zu Ihrem Spiel paßt. Das ist ein Schläger für Grundlinienspieler.«

»Um so besser. Genau das brauche ich heute.«

Auf dem Weg nach Bogliasco hatte er über die Niederlagenserie gegen Andrea nachgedacht und sich gefragt, ob es nicht an der Zeit sei, die Taktik zu ändern. Er hatte jüngst viel gejoggt und fühlte sich trainiert wie nie, er hätte problemlos drei oder vier Stunden auf dem Platz stehen können. Aber vor allem spürte er, daß er auf mentaler Ebene gereift war, daß er die Ermittlung mit Methode geführt hatte, jede Spur prüfend, ohne sich auf Hirngespinste einzulassen. »Diese Mentalität müßte ich auf mein Tennisspiel übertragen«, hatte er geschlossen, »jetzt, da ich über die entsprechende mentale und körperliche Verfassung verfüge, müßte ich mich einmal an der Grundlinie postieren und schauen, wer von uns früher nachgibt, ich oder Andrea, statt wie gewöhnlich gleich aufs Ganze zu gehen.«

Als er das Feld betrat, war er sicher, daß er seinem Gegner eine denkwürdige Lektion erteilen würde. Er nahm sich vor, kein Serve-and-volley zu spielen, nicht um jeden Preis das As zu suchen, sondern einen hohen Prozentsatz erster Aufschläge ins Feld zu bringen und nur dann ans Netz zu gehen, wenn er keine Wahl mehr hatte. Er verlor 6:0, 6:1, in nicht mal einer Stunde. Wie ein Irrer war er hin und her gerannt, um endlose Ballwechsel zu spielen, die stets mit seinem Fehler endeten.

Als er vom Feld ging – eher ungläubig als wütend –, nahm der Geometer ihm den Schläger aus der Hand, als ob Luciani ihn geschändet hätte.

»Was stellen Sie denn an, Herr Kommissar? Sie haben das ganze Match lang zwei Meter hinter der Grundlinie geklebt.«

»Ich wollte mal meine Taktik ändern.«

»Tolle Idee. Ein Mann, der fast zwei Meter groß ist, verzichtet auf einen starken Aufschlag und die Offensive. Damit haben Sie Ihrem Gegner in die Hände gespielt.«

»Aber wenn ich offensiv spiele, verliere ich immer ...«

»Sie verlieren nicht, weil Sie in die Offensive gehen, sondern weil Sie die entscheidenden Ballwechsel vergeigen. Oder wie ich bereits letztes Mal sagte: Weil Sie bei den entscheidenden Ballwechseln improvisieren, umdenken, das Überraschungsmoment suchen. Statt einfach weiter Ihr Spiel zu machen, Sie selbst zu sein.«

Marco Luciani senkte die Augen: »Nichts mache ich richtig.«

Der Geometer gab ihm einen Klaps auf die Schulter: »Kommen Sie mit, ich lade Sie auf einen Kaffee ein. Zumindest haben Sie heute Entschlossenheit gezeigt, Sie haben eine taktische Linie gewählt und bis zum Ende durchgehalten. Schade, daß es die falsche war. Wenn Sie es das nächste Mal mit der richtigen versuchen, werden Sie gewinnen.«

Sofia Lanni öffnete ihm die Tür, gekleidet wie ein Stubenmädchen. Sie trug ein Paar halbhohe Schnürstiefel, schwarze Strümpfe mit Beinnaht, einen schwarzen Minirock mit kleiner Schürze und eine weiße Bluse auf blanker Haut. Auf dem Haar, das sie zu zwei Teenagerzöpfchen geflochten und hochgesteckt hatte, saß ein Häubchen, ebenfalls weiß. Das Wohnzimmer war in das Licht der verschiedenartigsten Kerzen getaucht, die überall im Raum verteilt waren, der Tisch für eine Person gedeckt. Es duftete nach Braten, Kartoffeln und Apfelkuchen. Ich hasse Äpfel, dachte der Kommissar, während er Sofia Lannis durch die Bluse schimmernden Brustwarzen betrachtete.

Später lag der Kommissar in einem matten Halbschlaf und starrte an die Decke, während sie schlief. Noch nie war er nach dem Sex so euphorisch und befriedigt gewesen, nicht einmal nach dem allerersten Mal, nicht einmal als er wirklich verliebt gewesen war.

Er hatte lange auf den Augenblick gewartet, um Greta zu verlassen, er war sicher gewesen, daß er als Single, ohne die sperrige Präsenz einer Frau, ohne die fortwährenden Urteile und die Kritik an seiner Askese, seinen Obsessionen und seinen Vorlieben, endlich eine maßgeschneiderte Existenz würde führen können. Aber da war sofort Sofia Lanni auf den Plan getreten und hatte alles über den Haufen geworfen, jetzt gab es diese wunderbare Frau, eine sinnliche und heißblütige Geliebte, wie er es noch nie erlebt hatte. Wenn er ihre Augen, ihre Beine, ihren Hintern betrachtete, wußte er, daß Schönheit der entscheidende Faktor im Dasein war, daß Schönheit sich mit nichts anderem vergleichen ließ. Die anderen Gaben erreichen unseren Verstand, man kann sie abwägen und messen, während die Schönheit in Herz und Bauch fährt, irgendeinen geheimnisvollen Primärinstinkt anspricht, und es gibt nichts, womit man sich ihr entziehen könnte. Er hatte es vorher nie bemerkt, aber jetzt erkannte er sein gewaltiges Bedürfnis nach Schönheit, er dürstete danach, und vielleicht hatte Sofia Lannis Erscheinung deshalb diese Sprengkraft entwickelt. Er hatte die Nase voll von mittelmäßigen Frauen, mittelmäßigen Klamotten, von dieser Wohnung, für die er sich vor jedermann schämte. Wenn er nie etwas anderes erlebt hätte, wäre es für ihn vielleicht zu ertragen gewesen, aber jetzt spürte er, daß die Zeit der Strafe, die Zeit der Askese nicht ewig dauern konnte, denn man lebt nur einmal, und dieses Leben wollte er mit Sofia Lanni verbringen. Und wenn er sie an sich binden wollte, dann gab es für ihn nur eins: Er mußte ihr das unbeschwerte Luxusleben seiner Jugend bieten. Er wollte wieder seine Villa an der Riviera, mit Tennisplatz und Pool, ein schönes Auto, eine Hängematte, die im Garten zwischen den Bäumen schaukelte. Er wollte weiße Leinenhosen und einen Panama-Hut, Schuhe für zweihundertfünfzig Euro und Reisen in exotische Länder, und eines Tages, vielleicht, Kinder, die er verwöhnen konnte.

Als er erwachte, war er gleichzeitig enttäuscht und erleichtert. Er konnte sich genau an die nächtlichen Gedanken erinnern, wußte aber nicht, ob sie ihn im Schlaf oder im Wachen heimgesucht hatten. Das machte keinen geringen Unterschied. Er stand auf, trank in großen Schlucken aus einer Wasserflasche, ging zum Pinkeln ins Bad und wusch sich das Gesicht. Er betrachtete sich im Spiegel und dachte, daß alles nur ein böser Traum gewesen war, ein Moment der Schwäche. Ich darf jetzt nicht einknicken, dachte er, ICH DARF JETZT NICHT EINKNICKEN. Er lebte in einer tristen Wohnung, war erschreckend dürr und trug alle Enttäuschung der Welt in sich, aber ihm waren Selbstachtung und Eigenliebe geblieben, und das war alles, was er brauchte.

Samstag

Als er ins Präsidium kam, wartete Iannece auf der Schwelle zu seinem Büro. Sein Gesichtsausdruck verriet sofort, daß etwas sehr Schlimmes passiert war.

»Ja wo waren Sie denn bloß, Herr Kommissar? Wo waren Sie bloß? Wir haben es heute nacht erfahren, und seitdem suche ich Sie wie ein Verrückter.«

»Was erfahren?«

»Ja wie? Wissen Sie denn gar nichts?«

»Wovon denn, Iannece? Laß die Spielchen.«

»Sie haben den Mörder gefaßt. Die Carabinieri. Die haben einen Luden aus Turin verhaftet, eine Prostitutionsaffäre, mit allem Drum und Dran.«

Marco Luciani blieb der Mund offenstehen, er konnte es nicht glauben.

»Du meinst den Schiedsrichter?«

»Ja, klar doch. Wen denn sonst?«

»Aber warum habt ihr mich denn nicht informiert?«

»Wenn ich es Ihnen doch sage: Wir suchen Sie seit heute nacht, Herr Kommissar. Aber Sie hatten mir nicht gesagt, wo ich Sie erreichen kann, und der Piepser war tot.«

Marco Luciani kontrollierte den Apparat an seinem Gürtel. Er hatte ihn am Vorabend ausgestellt, kaum daß Sofia Lanni ihm die Tür geöffnet hatte. Er fummelte ein bißchen an den Knöpfen herum und murmelte etwas von einem Defekt; Iannece bedachte ihn mit einem halb vorwurfsvollen, halb mitleidigen Blick.

»Ich weiß, was du jetzt denkst, Iannece. Aber du irrst dich. Ich war hinter einer Spur her, die vielversprechend schien … das heißt, sie scheint es noch immer. Wo ist Giampieri?«

»Er ist zum Staatsanwalt, vor etwa zehn Minuten ist er los. Sie waren ja nicht da, Herr Kommissar, ich bin sogar bei Ihrer Wohnung gewesen … Haben Sie außer Haus geschlafen?«

Marco Luciani wußte, daß er einen Riesenbock geschossen hatte. Der einzige Ausweg war, es einzugestehen und sich zu entschuldigen, aber der Gedanke, daß die Carabinieri ihn ausgebremst hatten, benebelte sein Hirn. »Wo ich schlafe, geht nur mich was an, Iannece«, sagte er eisig, »und wenn er eben erst los ist, dann hole ich ihn noch ein. Aber sagst du mir jetzt erst einmal, was passiert ist?«

Iannece reckte das Kinn in die Luft – er war eingeschnappt. »Das steht in der Zeitung, Herr Kommissar. Der Herr Ingenieur hat sie Ihnen auf den Schreibtisch gelegt. Da finden Sie alle Einzelheiten, mehr haben die Carabinieri uns auch nicht gesagt.«

Marco Luciani betrat sein Büro, sah die Zeitung – dieselbe, deren Stellvertretender Direktor ihn vor kurzem abgekanzelt hatte – und die Nachricht, die sein Vize auf einen Notizzettel geschrieben hatte: »Ich habe dich gesucht, aber du warst nicht da. Hoffentlich nichts Ernstes. Bin unterwegs zum Staatsanwalt, versuch mir einen Durchblick zu verschaffen.«

Iannece war auf der Schwelle stehengeblieben. Als er Luciani auf den Stuhl sinken und die Zeitung aufschlagen sah, ging er weg und murmelte halblaut: »Verreck, wie die Genueser sagen: Manchmal zieht ein Schamhaar besser als zehn Ochsen.«

Der Kommissar tat, als hätte er das überhört. Aber er stellte sich die zehn Ochsen vor, die auf seinen Kopf herunterkrachten und ihn unter ihren Fladen begruben.

Auf der Titelseite war rechts oben ein Kasten, außerdem war die dritte Seite komplett dem Fall Ferretti gewidmet. Die Schlagzeile des sensationellen Aufmachers ging über acht Spalten: *Opfer der Schutzgeldmafia im Prostitutionsgewerbe*; keine Gänsefüßchen, kein Fragezeichen. *Besitzer eines Turiner Nachtclubs im Fall Ferretti verhaftet*, fügte die Unterzeile an, wobei sie stolz darauf hinwies, daß dies eine »Exklusivmeldung« sei. Auf einem Foto weiter unten war Saggese zu erkennen.

Wenn das stimmt, bin ich erledigt, dachte Marco Luciani, während er anfing, den Artikel zu lesen, den ein gewisser Antonio Dall'Olio gezeichnet hatte.

Herr Ferretti sei schon monatelang vor seinem mysteriösen Ableben, so der Journalist, Morddrohungen ausgesetzt gewesen, weil er eine brasilianische Prostituierte vor ihren Zuhältern schützte. Der Autor stellte klar, daß zwischen dem Referee und dem Mädchen absolut nichts gelaufen war, aber Herr Ferretti habe sich das Schicksal des Mädchens »zu Herzen genommen« und es zu »befreien« versucht. Zuerst bedrohten die Zuhälter ihn, dann verlangte man Geld, anfangs zwanzigtausend Euro, dann weitere dreißigtausend, dann nochmals fünfzigtausend. Doch als die Forderungen immer weiter stiegen – am Ende auf zweihundertfünfzigtausend –, beschloß der Referee, die Zuhälter anzuzeigen, weshalb man ihn eliminiert habe.

Die Carabinieri hätten diese Geschichte dank eines Schlüsselzeugen rekonstruiert, eines Freundes, dem Ferretti seine Lage geschildert habe. Oberst Salvatore Lo Bianco und seine Leute seien, wie Dall'Olio schrieb, von Anfang an hinter dieser Spur hergewesen, allerdings heimlich, und nachdem man den Beweis für die Zahlungen gefunden hätte, habe man die Schlinge zugezogen. Saggese war in der Nacht, in aller Verschwiegenheit, verhaftet worden, die Vorwürfe lauteten auf organisierte Prostitution und unerlaubten Waffenbesitz, im Büro seines Nachtclubs war nämlich eine nicht registrierte Pistole gefunden worden. Aber der Journalist ließ durchblicken, daß es nur eine Frage von Stunden sei, bis der Hauptvorwurf – der Mord am Schiedsrichter – bestätigt werde. Der Haftbefehl sei von Oberstaatsanwalt Angelini ausgestellt worden, was Luciani ziemlich spanisch vorkam, denn das wäre eigentlich Delrios Aufgabe gewesen. Zu der jungen Prostituierten machte der Artikel keine genaueren Angaben, gab nur zu verstehen, daß sie sich an einem geheimen Ort befinde, unter dem Schutz der Carabinieri. Marco Luciani setzte ein fieses Lächeln auf: Wer weiß, ob ihr das etwas bringt, daß sie den Personenschutz der Zuhälter durch den der Carabinieri ersetzt hat. Wer weiß, wer bei der Gratisverköstigung die höheren Ansprüche stellt.

Er legte die Zeitung beiseite und wußte nicht, sollte er sich ängstigen oder erleichtert sein: Die Geschichte steckte voller absurder Widersprüche und unsinniger Hypothesen. Ist ja schön und gut, wenn man sich etwas aus den Fingern saugt, um den Namen des Verblichenen zu schützen und der Familie nicht auf den Schlips zu treten, aber wer gibt schon so viel Geld aus, weil er sich das Los einer Nutte »zu Herzen nimmt«? Und was den Geldtransfer anging: Ferrettis Konten hatten sie auch durchleuchtet und nichts Verdächtiges gefunden. Die einzige größere Abhebung, um die vierzigtausend Euro, datierte noch aus dem Vorjahr. Die Witwe hatte erklärt, das Geld habe man für Renovierungsarbeiten in Haus und Garten gebraucht, und es war ein leichtes, das zu überprüfen. Das Auftauchen eines »Schlüsselzeugen« machte das Ganze noch suspekter: Das war gewöhnlich die Formel, mit der man einer am Reißbrett entworfenen Lösung eine gewisse Glaubwürdigkeit zu verleihen suchte. Und auch das ausgeklügelte und riskante Vorgehen der möglichen Täter paßte nicht zu den Gepflogenheiten der Schutzgeldbanden: Dort schlug man knallhart zu, ohne falsche Spuren zu legen. Im Gegenteil, in dem Milieu war man darauf bedacht, daß jeder wußte, was lief und mit wem er sich anlegte. Wenn sie Ferretti hätten umbringen wollen, hätten sie ihn auf offener Straße abgeknallt, ohne lange zu fackeln.

Das einzige, was ihn wirklich wurmte und ihm Sorgen bereitete, war die Tatsache, daß die Carabinieri die Brasilianerin aufgespürt hatten: Dafür mußte er sich an die eigene Nase fassen, er hatte diese wichtige Spur nicht mit der nötigen Konsequenz verfolgt, hatte sich damit begnügt, Saggese einmal zu vernehmen, danach hatte er die Sache einfach auf sich beruhen lassen, und bestimmt nicht aus Zeitmangel. Er dachte an die Stunden, die er mit Sofia Lanni verbracht hatte, und sein Magen schnürte sich zusammen, nicht so sehr aus schlechtem Gewissen als vielmehr aus Sehnsucht, dem sehnsüchtigen Wunsch, dieser Tag möge schnell zu Ende gehen, damit er sich wieder neben ihr im Bett ausstrecken konnte.

Er stand auf, um zur Staatsanwaltschaft zu gehen, doch dann dachte er, daß er dort besser nicht mit leeren Händen vorstellig wurde. Er mußte vorher etwas mehr herausbekommen, mußte versuchen, sich mit einem schnellen Gegenzug aus dieser Zwickmühle zu befreien. Er wollte schon Baffigo anrufen, doch dann fiel ihm ein, daß dieser im Krankenhaus war. Er versuchte es unter der Nummer eines Reporters, den er in der Klinik getroffen hatte, und dieser bestätigte, daß Baffigo noch auf der Intensivstation liege, aber vermutlich noch am selben Tag aus dem Koma geholt werde. Was die Verhaftung Saggeses anging, schäumte der Journalist vor Wut, weil die Konkurrenz das Rennen gemacht hatte. Die anderen hätten die Information unter Garantie im voraus bekommen, meinte er, denn die Verhaftung habe mitten in der Nacht stattgefunden, nach Redaktionsschluß. Somit sei klar, daß das Blatt vorher von den Carabinieri einen Tip bekommen und die Druckmaschinen unter Dampf gelassen habe. Dall'Olio, der Autor des Artikels, arbeite im Sportressort, er sei einer der Intimfreunde Rebuffos, einer der Halbzeit-Telefonisten, die den Schiedsrichtern steckten, mit welchen Entscheidungen sie richtig oder falsch gelegen hatten. Der hätte einen solchen Text niemals ohne den Segen des Bosses geschrieben, am wahrscheinlichsten sei sogar, daß er ihn auf dessen direkte Anweisung hin verfaßt habe. Aber so verhaßt er auch in der Branche war, blöd sei Dall'Olio nicht, und wenn er sich so weit aus dem Fenster lehne, dann müsse er wohl – ebenso wie die Carabinieri – etwas Konkretes in der Hand haben.

Marco Luciani verabschiedete sich von dem Reporter, war wieder drauf und dran, zur Staatsanwaltschaft zu laufen, aber wieder dachte er, daß er vorher besser noch ein Telefonat führen sollte: Diesmal mit Carabinieri-Oberst Lo Bianco. Nach all den Jahren der Rivalität kannten sie sich gut, es verband sie eine aufrichtige gegenseitige Abneigung, die sie mit geheuchelter Kameradschaft und Duzen überspielten. Sie ließen keine Gelegenheit aus, dem anderen einen Schlag unter die Gürtellinie zu verpassen, und versuchten stets als erster die Fälle zu lösen, die eigentlich in den Kompetenzbereich des anderen fielen.

Der Telefonist ließ Luciani einige Minuten warten und tat, als könne er Lo Bianco nicht finden. Schließlich brüllte der Kommissar derart unsägliche Kraftausdrücke in den Hörer, daß er wenige Sekunden später die Stimme des Obersts, in ihrem nervtötenden sizilianischen Singsang, an der Strippe hatte.

»Lo Bianco am Apparat.«

»Ach, hast du dich dazu herabgelassen, ans Telefon zu gehen ... Marco Luciani hier.«

»Kommissar Luciani. Ist uns eine Laus über die Leber gelaufen? Hat eine schlechte Nachricht auf den Magen geschlagen?«

»Hör mal zu, Lo Bianco. Ich weiß nicht, was du dir davon versprichst. Aber diesmal hast du es übertrieben.«

»Ich hätte übertrieben? Und was trug sich seinerzeit mit dir und dem Fall Piras zu? Als du mir von eurem Zeugen kein Sterbenswort anvertrautest?«

»Schnee von gestern. Wir haben vor dem Oberstaatsanwalt einen Pakt geschlossen. Das ist nicht einmal einen Monat her.«

»Und ich gab mein Wort. Und hielt es. Aber wenn ihr nicht wißt, wie man ermittelt, und die Zeugen, die ihr bereits befragtet, zu mir gelaufen kommen. Was soll ich dann tun? Sie wegschicken?«

»Was ist das für eine Geschichte mit der Prostituierten? Wer ist das?«

»Hach, eine blonde Brasilianerin, eine echte Scheenheit.«

»Hör zu, Lo Bianco. So wie die Sache in der Zeitung steht, hat sie weder Hand noch Fuß. Was habt ihr Konkretes vorzuweisen?«

Der Oberst schwieg ein paar Sekunden: »Nenenee, Herr Kommissar, das darf ich dir nicht verraten. Weißt du, was du machen kannst? In zwei Stunden findet hier die Pressekonferenz statt, da werde ich alle Einzelheiten erklären. Natürlich bist auch du eingeladen.«

Marco Luciani schluckte ein Schmähwort hinunter. »Sag mir nur, ob der Clubbesitzer gestanden hat.«

Lo Bianco kicherte: »Noch nicht. Der spielt den harten Mann, du kennst das ja, aber in ein paar Stunden ist er weichgekocht.«

»Ach, Luciani ...«, setzte er nach einer kurzen Pause nach.

»Ja?«

Die Stimme wurde hart: »Komm uns nicht in die Quere. Die Operation ist abgeschlossen, und wenn du wieder versuchst, uns einen Streich zu spielen, dann platzt mir diesmal der Kragen.«

»Ich denk gar nicht dran. Ich werde keinen Finger rühren. Macht nur weiter, ihr seid sowieso auf dem Holzweg, und am Ende werdet ihr schön beschissen dastehen.«

»Hahaha. Ich halte dich auf dem laufenden. Natürlich mit Hilfe der Presse. Küß die Hand, Exzellenz ...«

Luciani schaute auf die Uhr. Inzwischen war es zu spät, um noch mit einer akzeptablen Entschuldigung zu der Besprechung zu stoßen. Dann konnte er auch gleich noch etwas überprüfen, darauf kam es nun auch nicht mehr an. Er telefonierte mit Calabrò und ließ sich die Akte mit den Vermögensverhältnissen Ferrettis und seiner Frau bringen, auch wenn sie die schon in- und auswendig kannten. Wenn der Schiri tatsächlich hunderttausend Euro an Saggese gezahlt hatte, dann mußte er sie schließlich irgendwo hergenommen haben. Der Kommissar blätterte Kontoauszüge durch, aber nach einer halben Stunde sinnloser Arbeit kam ihm eine Eingebung: Lo Bianco war herausgerutscht, daß der Schlüsselzeuge jemand war, den sie bereits verhört hatten. Und das engte das Feld gewaltig ein. Jemand, dem Ferretti seine Nöte mit der Brasilianerin anvertraut hatte; das konnte folglich nicht die Frau sein, auch nicht Colnago, der zur Witwe ein enges Verhältnis hatte, ebensowenig Cavallo, weil Ferretti zu ihm keinen guten Draht hatte. Blieb Adelchi, sein treuer Mitstreiter – das war eine plausible Hypothese. Außerdem blieb Rebuffo, und auch das war plausibel, wenn tatsächlich er es war, der Ferretti in Saggeses Club eingeführt hatte. Klar doch, das ist nur logisch, dachte der Kommissar, wenn ein Zuhälter Geld von mir verlangt und dann die Forderungen immer weiter in die Höhe schraubt, dann wende ich mich an einen Mittelsmann, der uns beide kennt und einen Kompromiß finden kann. Zweihundertfünfzigtausend Euro sind eine Menge Holz, auch für einen gutsituierten Mann wie Ferretti; eine solche Summe bekam man nicht zusammen, ohne etwas von seinem Besitz zu veräußern und ohne daß die Frau etwas davon mitbekam. Ferretti war ja kein Fußballspieler, sondern nur Schiedsrichter.

Ein Gedanke zog den anderen nach sich, und plötzlich herrschte Klarheit in Lucianis Kopf, als ob zwei Dolomo einen bohrenden Zahnschmerz weggeblasen hätten: Warum sollte der Schiedsrichter all das Geld aus eigener Tasche hinblättern, wenn er jemand anderen darum bitten konnte? Jemanden, für den zweihundertfünfzigtausend Euro letztlich nur den Bruchteil eines Spielergehalts darstellten? Und wenn nun das der Grund war, dachte er, warum Herr Ferretti weiter pfiff, ohne seiner Frau eine vernünftige Erklärung liefern zu können? Bevor er abdankte, mußte er seine Schuld begleichen, mußte er noch eine Saison mitspielen. Zweihundertfünfzigtausend Euro waren kein Pappenstiel, aber wenn man bedachte, was dem Verein ein Meistertitel einbrachte, waren es Peanuts.

Doch, in dieser Theorie paßte alles zusammen: Ferretti verliebt sich in die Brasilianerin, will ein neues Leben anfangen, mit ihr fliehen. Er braucht Geld, um sie auszulösen, kann (und will) sein eigenes Kapital nicht angreifen, weil seine Frau das merken würde; oder vielleicht bringt er auch einen Teil auf, aber als Saggese den Preis erhöht, beschließt er, sich an Rebuffo zu wenden. Dieser akzeptiert, als Gegenleistung muß Ferretti noch eine Saison, sagen wir, wohlwollend, pfeifen. Aber angenommen, Rebuffo hätte das Geld ihm oder gleich den Zuhältern gegeben – warum hätten diese Ferretti dann umbringen sollen? Und warum hätte Ferretti, wenn er bekam, was er wollte, sich umbringen sollen?

Wie gerne würde ich jetzt Saggese in die Finger kriegen, dachte er. Jetzt müßte er endlich die Wahrheit ausspucken, nicht diesen ganzen Schwachsinn über Schlauchboottransfers und Mädchen, die ihr Schicksal selbst in die Hand nahmen.

In nicht einmal einer Stunde hatte er genug Material zusammen, um beim Staatsanwalt eine Reihe ernsthafter Zweifel zu schüren. Er stand auf, ging zur Tür, doch das Telefon hielt ihn genau in diesem Moment zurück. »Herr Kommissar, Herr Rebuffo ist in der Leitung. Soll ich ihn durchstellen?«

Klar, *das* Spektakel läßt der sich natürlich nicht entgehen, dachte Marco Luciani. »Natürlich, stell ihn durch«, sagte er, wobei er sich räusperte, damit seine Stimme fester klang. »Herr Rebuffo, was verschafft mir das Vergnügen?«

»Ein Mord, Herr Kommissar, zumindest behauptet das die Zeitung. Vielleicht hatten Sie recht unterm Strich, im Grunde …«

Der Ton war honigsüß, wie merkwürdig! Der Kommissar war mehr denn je auf der Hut und ließ Rebuffo weiterreden.

»… ja, hatten Sie recht mit Ihrer Mordtheorie, aber auch ich hatte recht mit der Behauptung, daß diese Geschichte nichts mit dem Profifußball zu tun hat …«

Darauf wollte er also hinaus.

»… Im übrigen, wissen Sie, das wollte ich Ihnen schon letztes Mal, beim Mittagessen sagen, aber Sie gaben mir nicht die Gelegenheit dazu: Wenn jemand einen Schiedsrichter im Stadion ermordet, heißt das nicht automatisch, daß es sich um eine Warnung handelt. Es kann auch ein Ablenkungsmanöver sein. Die wollten Sie auf die falsche Fährte locken, Herr Kommissar. In Wirklichkeit ging es um eine rein private Affäre. Wie heißt es so schön? *Cherchez la femme.*«

»Ich weiß nicht warum, Herr Rebuffo, aber ich habe

den Eindruck, daß Sie über diese Affäre eine Menge wissen.«

Der Manager war zu eitel, um sich überrascht zu geben. »Aber was reden Sie da? Was habe ich damit zu tun? Jemand wird Beweismaterial gefunden haben oder zumindest Indizien, die er den Carabinieri ausgehändigt hat, und die haben brav ihre Kontrollen durchgeführt.«

Der Schlüsselzeuge war *er*. Es konnte sich nur um ihn handeln, dachte der Kommissar. »Komisch, daß man das Beweismaterial nicht uns gegeben hat …«, sagte er.

»Wohl wahr. Vielleicht dachte man, ihr würdet es nicht so interessant finden.«

»Was meinen Sie damit?«

»Nun, daß die Beweise für alle gleich sind, Herr Kommissar. Das Problem ist nur: man muß sie auch sehen wollen.«

Rebuffos Tonfall war jetzt weniger süß, dafür hämischer. Marco Luciani zwang sich zur Zurückhaltung: »Sie wollen sagen, daß ich angesichts eines eindeutigen Beweises für einen Schutzgeldmord oder gar einen Selbstmord so getan hätte, als ob nichts wäre? Daß ich das ignoriert oder unter den Teppich gekehrt hätte?«

»Das habe ich absolut nicht behauptet, Herr Kommissar. Sie wissen, daß ich Sie für einen Menschen von außergewöhnlicher intellektueller Aufrichtigkeit halte. Aber machen wir uns nichts vor, wir wissen doch, wie das manchmal geht … nun, Sie haben mich verstanden.«

»Nein, ich habe Sie nicht verstanden. Erklären Sie mir, was genau Sie damit meinen.«

Der Manager hüstelte, dann holte er zum entscheidenden Schlag aus: »Nun, ich wollte sagen, daß bisweilen einige Ermittler, aber ich müßte wohl sagen: einige Staatsanwälte, von Anfang an eine fixe Idee haben, sie sammeln Material zugunsten dieser Idee und vernachlässigen schließlich alles, was die Theorie ins Wanken brächte. Das hat gar nichts mit böser Absicht oder Unaufrichtigkeit zu tun, nein, es ist schlichtweg menschlich. Jedenfalls habe ich nichts gegen Sie persönlich, ich weiß, daß es auch in der Staatsanwaltschaft Fraktionen gibt, daß Machtspiele vielschichtig sind und daß Sie Ihren Vorgesetzten stets zur Rechenschaft verpflichtet sind.«

Das war ein gravierender Vorwurf, gleichzeitig aber auch ein Rettungsanker, den er dem Kommissar zuwarf, eine Möglichkeit, auf die Staatsanwaltschaft Entscheidungen abzuwälzen, für die allein er die Verantwortung trug. Und es bestätigte auch Lucianis Verdacht, daß zwischen Angelini und Delrio etwas vorgefallen war.

»Es tut mir leid für Sie, Herr Rebuffo, aber ich bleibe bei meiner Meinung. Diese Schutzgeldgeschichte überzeugt mich kein bißchen, zumindest solange wir weder ein Geständnis noch konkrete Beweise haben.«

Rebuffo schwieg eine Weile, dann ergriff er wieder das Wort. »Hören Sie zu, Herr Kommissar. Ich gebe Ihnen einen Rat – das mag inzwischen eine Marotte von mir sein, aber der Rat kommt von Herzen, und ich bitte Sie, befolgen Sie ihn. Machen Sie sich diese Wahrheit zu eigen, es ist vielleicht nicht die Wahrheit, die Ihnen am liebsten ist, aber wir können uns die Wahrheit nicht immer aussuchen. Wir müssen uns mit der begnügen, die wir bekommen.«

Der Kommissar spürte die Gänsehaut auf seinen Armen. Da war sie wieder, die Wahrheit. Er hatte das Gefühl, Rebuffo könne Lucianis Gedanken lesen, und auch die Delrios. Oder – und das war noch beunruhigender – er habe irgendwie ihre Unterhaltung mitgehört.

»Ich suche nicht nach einer passenden Wahrheit, Herr Rebuffo. Die Wahrheit ist eine, und sie ist objektiv. Alles andere sind Lügen oder bestenfalls Halbwahrheiten.«

Rebuffo lachte kurz auf. »O nein, Herr Kommissar, Pardon, aber Sie irren sich. Das galt vor einigen Jahrhunderten, bevor Wissenschaft und Psychologie ihre entscheidenden Fortschritte machten, vor Pirandello. Es gibt so viele Wahrheiten, wie es Perspektiven gibt. Oder wie es Leute gibt, die dasselbe Ereignis schildern. Jeder Vorfall in unserem Leben würde, von einem Außenstehenden erzählt, völlig anders wirken als das, was wir selbst erlebt haben. Was genau in der Umkleide vorgefallen ist, werden wir nie erfahren, wir können dem nur so nahe wie möglich kommen. Aber meiner Meinung nach sollte man ihm nicht *zu* nahe kommen.«

»In welcher Hinsicht?«

»Wenn man zu nah an ein Gemälde tritt, erkennt man gar nichts mehr. Man läuft sogar Gefahr, daß man nur die Fehler erkennt, krumme Pinselstriche, Neuansätze, Nachbesserungen. Und auch wir, wir alle, sind wie diese Gemälde.« Er setzte eine effektvolle Pause und schloß: »Niemand kann Interesse daran haben, daß man ihn aus allzu geringer Entfernung betrachtet.«

Der letzte Satz klang zweideutig, wenn nicht sogar wie eine Drohung. Der Kommissar legte auf, dann verständigte er die Telefonzentrale, daß er das Haus verlassen werde, aber auf dem Korridor lief ihm Giampieri in die Arme.

»Du bist schon wieder da? Schon fertig in der Staatsanwaltschaft? Ich wollte gerade nachkommen.«

Der Vize verzog das Gesicht und kratzte seinen Kinnbart: »Ich durfte nur so lange bleiben, wie die gebraucht haben, um mir den Arsch aufzureißen, dann meinten sie, sie müßten zur Pressekonferenz, ich könne gehen.«

Marco Luciani klopfte ihm auf die Schulter. »Tut mir leid. Eigentlich hätte ich das Fett abbekommen sollen.«

Der Kollege erwiderte das Schulterklopfen. »Das ist nicht das Problem. Ich halte auch gerne mal den Kopf für dich hin, aber …«

»Aber?«

»Aber es kann nicht angehen, daß ich nicht einmal über

den Stand der Ermittlungen, über unsere Aktionen informiert bin. Ich habe wie ein Volltrottel dagestanden, du hattest mir nicht gesagt, daß du Saggese schon in Turin vernommen hattest.«

»Ich habe ihn nicht vernommen, nur ein wenig mit ihm geplaudert. Und gesagt habe ich dir nichts, weil es nichts Wichtiges zu sagen gab. Das ist ein faules Ei, merkst du das nicht? Das haben sie sich ausgedacht, um den Fußball rauszuhalten.«

»Die Carabinieri sind nicht dieser Ansicht. Und der Staatsanwalt auch nicht.«

»Ist Delrio einverstanden? Glaubt er an diese Schutzgeldtheorie?«

»Delrio war nicht da, der liegt mit Grippe im Bett. Den Haftbefehl hat Angelini unterschrieben. Er hat mir gesagt, wir sollen stillhalten und die Carabinieri in Ruhe ihre Arbeit tun lassen, die seien jetzt am Ball.«

Marco Luciani hakte sich bei ihm ein. »Komm, laß uns einen Kaffee trinken. Ich werde dir zwei, drei Schmankerl erzählen, die ich heute morgen erfahren habe. Wirst sehen, daß am Ende wir recht haben«, sagte er, wobei er überzeugter klingen wollte, als er in Wirklichkeit war.

Am Nachmittag ging er zur Staatsanwaltschaft, er wollte seinen Standpunkt darlegen und dem Oberstaatsanwalt sämtliche Ungereimtheiten der Saggese-Theorie auf den Schreibtisch kippen. Er mußte auf die Fernsehnachrichten warten, um alle Details der Pressekonferenz zu erfahren, und was er da hörte, konnte seine Zweifel nur bestätigen.

Der Kommissar fragte nach Angelini, und der Oberstaatsanwalt ließ ihn im Vorzimmer Platz nehmen, er würde ihn so bald wie möglich hereinrufen. Angelini ließ ihn über zwei Stunden lang warten, was Luciani geduldig, fast mit stiller Freude hinnahm. Wenn Angelini sich an einer so billigen Art von Rache weidete, dann mußte er ziemlich im Schlamassel stecken, dachte Luciani.

Er las aufmerksam eine Zeitung, die auf dem Sofa lag, betrachtete die Bilder an den Wänden und dachte an Rebuffos Worte. Aus der Nähe betrachtet waren die Gemälde tatsächlich häßlicher, in gewisser Weise aber auch humaner. Aus der Ferne konnten sie manchmal für einen Moment über ihren wahren Wert hinwegtäuschen; wie Bauern, die man gewaschen und in ein Festtagsgewand gesteckt hatte. Aus wenigen Zentimeter Entfernung sah man dagegen jedes Mißgeschick, jeden Neuansatz und die Pinselstriche, mit denen Fehler kaschiert werden sollten. Die unzulängliche Technik kam zum Vorschein, gleichzeitig aber auch das Engagement des Künstlers, die Liebe, die er hineingesteckt hatte, der Wunsch, den anderen etwas von sich, von seinen Gefühlen, mitzuteilen. »Wir alle sind nur ein Versuch«, dachte der Kommissar laut. »Wir alle sind Gemälde, die man lieber ganz hoch hängen sollte, fern vom Licht, denn wir alle haben etwas zu verbergen.«

Er hätte am liebsten auch im Halbschatten gehangen, in einem eigenen Zimmer, ohne in Konkurrenz mit anderen Bildern zu treten. Aber in jedem Fall fühlte er sich überlegen, denn seine Fehler waren menschlich, dem begrenzten Talent des Malers geschuldet, aber sie waren nicht vergleichbar mit der Unaufrichtigkeit von Schiedsrichter Ferretti, mit dem pseudosnobistischen Getue der Witwe, mit Adelchis Hochmut oder Angelinis Arroganz. Und auch nicht mit dem Kollegen Valle, der auf Rebuffos Geld wartete, um sich nach Kuba aufzumachen.

Luciani dachte wieder an den Satz, den er in einem Buch gelesen hatte: »Wie kann man ein mittelmäßiges Bild von einem Meisterwerk unterscheiden? Das ist ganz einfach: Man muß nur eine Million Bilder gesehen haben. Danach kann man sich nicht mehr irren.« Unter all den mittelmäßigen und erbärmlichen Bildern, die er im Laufe der Jahre gesehen hatte, gab es ein einziges, unanfechtbares Meisterwerk: Sofia Lanni. Marco Luciani dachte, daß er sehr gerne ein Porträt von ihr gehabt hätte, für später, wenn alles vorbei wäre.

»Nehmen Sie Platz, Herr Kommissar. Ich mußte Sie warten lassen, es war zuviel zu tun. Die Carabinieri haben mir an einem Tag mehr Material geliefert als ihr in zehn. Ich kann Ihnen nur ein paar Minuten gönnen.«

Angelini hatte sich zur Begrüßung gleich den denkbar unangenehmsten Satz zurechtgelegt. Der Kommissar trat auf ihn zu und warf ihm von der Höhe seiner einssiebenundneunzig einen möglichst herablassenden Blick zu. Der Staatsanwalt kletterte rasch wieder auf seinen erhöhten Stuhl, während Marco Luciani sich vor den Schreibtisch setzte.

»Worüber wollten Sie mit mir sprechen?«

»Eigentlich wollte ich auch mit Doktor Delrio sprechen, aber man sagte mir, er sei nicht da.«

»Ach ja. Eine böse Grippe, er ist seit ein paar Tagen zu Hause.«

Der Kommissar grinste ein wenig. »So ein Pech. Für ihn, meine ich. Ausgerechnet jetzt, wo diese Wende eingetreten ist ...«

»Das ist auch Pech für mich, ich komme gar nicht zum Verschnaufen. Aber wir haben wenige Leute und müssen uns so durchwursteln, und so darf ich mit über sechzig noch einmal den Stellvertreter des Stellvertreters geben.«

Marco Luciani quittierte diese Pointe mit keinem Lächeln. »Ich habe von der Geschichte mit Saggese erfahren. Aus der Zeitung.«

»Und?«

»Und sie überzeugt mich nicht die Spur. In der Rekonstruktion wimmelt es von blinden Flecken.«

Angelini lächelte. »Wir haben den Journalisten ja auch nicht alles gesagt. Einiges mußten wir für uns behalten: Potentielle Mittäter sollen nicht vorgewarnt werden. Aber die Rekonstruktion ist lückenlos und überzeugend, es fehlt nur noch das Geständnis, aber das ist eine Frage der Zeit.«

»Und wenn Saggese nicht gesteht?«

»Kein Problem. Wir haben einen Schlüsselzeugen.«

»Ja, klar. Und darf ich fragen, wer das ist?«

»Fragen dürfen Sie. Aber seien Sie mir nicht böse, wenn ich die Antwort schuldig bleibe. Nicht daß ich kein Vertrauen zu Ihnen hätte, aber je weniger Leute seine Identität kennen, desto besser. Eine elementare Sicherheitsmaßnahme, die Schutzgeldmafia kennt kein Pardon, und die würden nicht zweimal fragen, ehe sie ihn eliminieren. Sein Name muß *top secret* bleiben.«

Vielleicht muß er top secret bleiben, weil es nicht gut aussieht, wenn der Manager eines Fußballclubs einem Schiedsrichter zweihundertfünfzigtausend Euro leiht, oder besser: schenkt, dachte Marco Luciani.

»Und die Brasilianerin?« fragte er.

»Für die gilt dasselbe. Ihre Identität muß geheim bleiben, wenn nötig wird sie beim Prozeß preisgegeben.«

Marco Luciani kratzte sich am Kinn. »Aber steht sie schon unter Personenschutz?«

Angelini machte eine vage Geste, seine Stimme nahm ein anderes Timbre an: »Sagen wir, sie wird beobachtet. Im Moment kann sie uns so nützlicher sein.«

Der Kommissar gab sich Mühe, nicht mit der Wimper zu zucken. Der Staatsanwalt wollte ihm zu verstehen geben, daß sie das Mädchen als Köder für die Komplizen benutzten. Aber irgend etwas sagte ihm, daß er log und daß sie keinen blassen Dunst hatten, wo sie steckte.

»Aber die Beweise für die Zahlung, für den Geldtransfer, die habt ihr gefunden?«

»Sicher. Das ist der Königsbeweis. Alles schwarz auf weiß.«

»In den Kontoauszügen haben wir keinerlei Spuren gefunden.«

Angelini lächelte ein wenig genervt, als hätte er es mit einem zurückgebliebenen Kind zu tun. »Nun, Herr Kommissar, es gibt viele Zahlungsmöglichkeiten ... Sie werden doch nicht annehmen, daß der Schiedsrichter das Geld überwiesen hat.«

»Bevor man zahlen kann, egal wie, muß man das Geld zumindest abheben. Und das Vermögen des Schiedsrichters wurde nicht angetastet. Vielleicht hat er das Geld von jemand anderem bekommen?«

Angelini tat, als hätte er nichts gehört, aber seine Gereiztheit war unübersehbar. Er schwieg einen Moment, dann drückte er die Taste der Sprechanlage und bat darum, daß man seinen Wagen bereitmachte.

»Ich habe eine letzte Frage, Herr Staatsanwalt. Wie kommt es, daß Sie, der Sie anfangs von einem Selbstmord ausgingen, jetzt plötzlich zur Mordtheorie neigen?«

Der Staatsanwalt setzte ein höhnisches Grinsen auf: »Ich lasse mich auf keine voreiligen Schlüsse ein, Herr Kommissar. Ich habe, nach Prüfung der von den Carabinieri gelieferten Beweise, schlichtweg meine Meinung geändert. Ich kann jetzt nicht auf Details eingehen, aber sagen wir, daß die derzeit laufenden Durchsuchungen ein wichtiges, oder besser: fundamentales Indiz zutage fördern könnten.«

Marco Luciani wollte weitere Einzelheiten erfragen, aber da klopfte Angelinis Begleitschutz an die Tür.

»Ich muß jetzt los, Herr Kommissar. Ich bin schon spät dran. Zermartern Sie sich nicht das Hirn, der Fall ist praktisch abgeschlossen, und die Carabinieri leisten ganze Arbeit. Wie ich bereits Ihrem Vize sagte: Laßt sie in Ruhe und kommt ihnen nicht in die Quere.«

Er setzte eine Kunstpause, dann sah er zu ihm hoch. »Das ist kein Ratschlag, das ist ein Befehl.«

»Wollen Sie sagen, daß mir der Fall offiziell entzogen ist?«

»Das hängt von Ihnen ab. Angesichts Ihrer glänzenden Karriere würde ich Ihnen diese Demütigung gerne ersparen. Aber sollten Sie mich dazu zwingen, werde ich nicht davor zurückschrecken. Wenn Sie dagegen meinen Rat annehmen wollen, dann halten Sie ein paar Tage lang still. In wenigen Stunden wird der Richter dem Haftgesuch stattgeben, und danach werden wir in aller Ruhe unsere Arbeit machen können. Wenn Sie dann unsere Anträge auf Anklageerhebung lesen, werden Sie sich davon überzeugen, daß alles ordnungsgemäß abgelaufen ist. Im Verborgenen, in aller Bescheidenheit, ohne Großmannssucht. Wie man es immer tun sollte«, schloß er mit geblähter Brust und zusammengepreßten Kiefern.

Marco Luciani verabschiedete sich kühl, ging voraus an die Tür und schaute zu, wie Angelini mit seinen beiden Leibwächtern verschwand. Dann drehte er sich um, weil er zum Aufzug wollte, wäre aber fast mit einem Anwalt, den er vom Sehen kannte, zusammengeprallt.

»Entschuldigen Sie.«

»Nichts passiert ... Herr Kommissar, Sie sind das! Was für eine Freude!« rief der andere mit übertriebener Emphase aus. Er drückte ihm kräftig die Hand, und Marco Luciani spürte, wie er ihm einen Zettel zusteckte. Der Kommissar erwiderte den Gruß, wobei er sich eine ähnliche Begeisterung an den Tag zu legen bemühte; er lud den Anwalt zu einem Kaffee ein, doch dieser lehnte ab, er sei in Eile: »Ein andermal gern.« Dann verschwand er.

Der Kommissar ließ den Zettel in seiner Tasche verschwinden, lief die Treppe des Justizpalastes hinunter und suchte sich ein ruhiges Eckchen, wo er die Botschaft lesen konnte. Sie war per Computer geschrieben und lautete schlicht: »Sivori-Kino, Saal A, 17.50 Uhr, vorletzte Reihe.« Keine Unterschrift. Er sah sich unwillkürlich um und war ein wenig verstört, als wäre er plötzlich in einem amerikanischen Agententhriller gelandet.

Er schaute auf die Uhr: Es war schon nach sechs. Dank der Warterei bei Angelini war er zu spät dran. Er konnte sich nicht einmal die Frage stellen, ob das eine Falle, ein Scherz oder der mögliche Durchbruch war. Mit seinen Storchenbeinen steuerte er schnell das Kino an, und nach nicht einmal drei Minuten stand er an der Kasse. In Saal A lief eine Antonioni-Retrospektive: »Mein geheimnisvoller Freund will sichergehen, daß das Kino leer ist«, kicherte er. Die Kassiererin sagte, der Film habe bereits begonnen, er erwiderte: »Macht nichts, dafür gehe ich, bevor er zu Ende ist«, und ließ sie sprachlos sitzen.

Der Saal war praktisch leer, bis auf fünf, sechs Zuschauer, die in den mittleren Reihen konzentriert waren. Die vorletzte Reihe war frei, Marco Luciani ging durch, setzte sich auf einen Platz weitab vom Eingang und wartete.

Er verfolgte einige Minuten des Films, gähnte und stöhnte und war kurz vor dem Einschlafen, als er plötzlich die Augen aufriß: Zu seiner Rechten war jemand aufgetaucht. Luciani sah ein Profil mit langer Nase, das ihm zuflüsterte: »Schauen Sie auf die Leinwand.«

Marco Luciani fuhr zurück. »Was ist los, Herr Kommissar? Habe ich Sie erschreckt?«

»Nein, aber entschuldigen Sie, was machen Sie denn hier?«

»Schauen Sie nicht mich an, sondern den Film.«

»Okay. Aber der ist eine Zumutung.«

Der andere steckte ihm eine kartonierte Mappe zu. »Nehmen Sie das unter die Lupe. Es könnte interessant sein. Von mir haben Sie es nicht, und wir haben uns nie gesehen. Ich liege mit Grippe zu Hause.«

»Was ist das?«

»Sie werden schon sehen. Ich habe einige Freunde losgeschickt, um da ranzukommen, aber alles inoffiziell, ohne Autorisierung. Ich habe dem Material nicht viel entnehmen können, Ihnen wird es mehr sagen. Und noch einmal: Das existiert offiziell gar nicht, sprechen Sie also mit niemandem darüber.«

Marco Lucianis Profil nickte zustimmend.

»Kommen Sie morgen um zwei ins Aquarium. Das Haifischbecken. Da werden wir in aller Ruhe reden.«

Dann stand Michele Delrio auf und verschwand in der Dunkelheit.

Der Junge hat zu viele Agentenfilme gesehen, dachte der Kommissar. Er wartete ein paar Minuten, dann ging er auf die Toilette und öffnete die Mappe. Sie enthielt die Verbindungsübersichten der Telefonanschlüsse.

Als er zur Apartment-Anlage kam, war er todmüde. Sofia Lanni ließ ihm ein heißes Bad ein, worin er lange verweilte, sehnsüchtig darauf wartend, daß sie zu ihm in die Wanne käme. Als er anfing, vor Kälte zu schlottern, stieg er aus dem Wasser. Er war ein wenig enttäuscht, doch kaum hatte er die Tür geöffnet, sah er, daß das Mädchen auf einem Sessel im Wohnzimmer wartete. Es trug eine Polizeimütze über dem hochgesteckten Haar, außerdem eine Uniformjacke. Sie spielte mit einem Gummiknüppel und wippte leicht mit einem Bein, das sie über die Armlehne geschlagen hatte, so daß der schwarze hochhackige Stiefel blinkte.

Marco Luciani war sofort erregt. Keine Frau hatte je so leicht seine intimsten erotischen Wünsche durchschaut. Sofia Lanni erhob sich mit katzenhafter Geschmeidigkeit, legte ihre Fingernägel auf seine Brust und hob eine Augenbraue: »Geh in das Zimmer da.«

Der Kommissar gehorchte. Er mochte es, wenn die Frau die Initiative ergriff.

»Zieh den Bademantel aus und leg dich aufs Bett.« Er erfüllte den Befehl, wobei er gleichzeitig stolz und verlegen war angesichts seiner Erektion.

»Jetzt schließ die Augen. Und rühr dich nicht, sonst bekommst du den hier zu spüren.«

Sie breitete eine Binde über seine Augen, zog sie fest und verknotete sie so, daß er nichts sehen konnte. Er roch ihre Haut, dann spürte er eine Brustwarze, die seine Lippen kitzelte. Er versuchte daran zu lecken, doch sie war schon weg. Sofia Lanni hielt etwas in Händen, das einen metallischen Ton von sich gab. Sie zog seine Arme hoch, legte ihm mit einer schnellen Bewegung Handschellen an und fesselte ihn an das eiserne Bettgestell.

»Jetzt bist du in meiner Gewalt«, flüsterte sie ihm ins Ohr, »ich kann alles mit dir machen.« Marco Luciani wäre fast geplatzt vor Erregung.

Sie leckte ihm die Achseln, die Brust. Sie biß so fest in seine Brustwarzen, daß er aufschrie. Sie hielt ihren Körper auf Abstand und streifte ihn nur hin und wieder. »Hmm … das erregt mich, wenn ich dich so sehe. Ich bin ganz naß, willst du mal probieren?«

Sie schob ihm einen feuchten Finger in den Mund. Er schmeckte nach Sex und Meer.

Sie leckte und biß ihn weiter, näherte sich langsam seinem zuckenden Penis, der verzweifelt nach einem Kontakt suchte.

»Scheißbulle«, sagte sie, »du magst es, wenn du mich ficken kannst, oder?«

Marco Luciani spürte etwas Kaltes und Hartes über seine Brust gleiten: den Gummiknüppel. »Antworte!« sagte sie und schlug ihm auf die Schenkel.

»Ja, ich mag es.«

»Ich weiß ... und was würdest du sagen, wenn ich jetzt dich ficken würde?«

Sie ließ den Knüppel über seine Brust gleiten, dann über die Beine. Sie spreizte sie leicht und legte die Spitze an seinen After.

Der Kommissar zuckte zusammen. Diese Verrückte brachte es fertig, das wirklich zu tun. »Ich denk mal, der ist ein bißchen groß«, sagte er lächelnd.

Sie versetzte ihm noch einen Schlag auf den Schenkel. »Ruhe! Deiner ist es auch, aber ich beklage mich nicht. Im Gegenteil ... Jetzt lutsch ihn, mach ihn schön naß, wenn du nicht willst, daß ich dir weh tue.« Sie legte ihn ihm auf den Mund, und Marco Luciani begann, ihn abzulecken. Er fragte sich einen Moment, ob er genug über sie wußte, ob es nicht unvorsichtig gewesen war, sich in eine solche Situation zu begeben, sich vollkommen einer Frau auszuliefern, die er im Grunde kaum kannte. Aber seine Erregung wuchs immer mehr, und er hatte keine Angst, er spürte, daß dies nur ein Spiel war, ein Spiel, das hoffentlich niemals enden würde.

»So ist's brav. So. Und jetzt lecke mich. Wenn du es gut machst, wenn du es mir besorgst, dann werde ich dich vielleicht nicht vergewaltigen.« Sie setzte sich rittlings auf ihn und schob ihr feuchtes Geschlecht an seinen Mund. Der Geruch war so stark, daß er Luciani benebelte, er schob seine Zunge in das weiche Fleisch, verweilte auf den großen Lippen. Sie dirigierte ihn durch ihre Bewegungen, so erregt hatte er sie noch nie erlebt. Sie näherte sich schnell dem Höhepunkt, und als er merkte, daß sie kurz davor war, suchte er mit der Zungenspitze nach der Klitoris, preßte sie dagegen und hörte seine Geliebte schreien: »Ich komme, komme, kooommee«, und er blieb dort, während die Lust sie durchzuckte. Er trank ihren Saft, der nach salziger Butter und Honig schmeckte.

Kurz darauf flüsterte Sofia Lanni ihm ins Ohr: »Nicht schlecht, mein Junge. Nicht schlecht. Und jetzt schieb ihn mir rein. Aber paß auf, daß du nicht gleich kommst, du sollst es mir noch einmal besorgen.« Sie nahm ihn in ihre samtige Wärme auf, pumpte zweimal und kam fast sofort, und dann noch drei- oder viermal. Als sie innehielt, war sie schweißgebadet, und der Geruch ihrer Orgasmen erfüllte das Zimmer. »Oh, sehr gut, mein Junge. Sehr gut. Jetzt darfst du auch kommen«, sagte sie.

Marco Luciani taten Arme und Rücken weh. »Ich weiß nicht, ob ich es schaffe«, sagte er, »ich würde gerne, aber ich bin völlig fertig.«

»Na klar schaffst du das. Wetten, daß du es schaffst?«

Sie kniete sich neben ihn und fing an, ihn vorsichtig zu lecken, an der Spitze. Dann befeuchtete sie einen Finger und penetrierte ihn, erst langsam, dann heftiger. Marco Luciani explodierte in ihrem Mund.

Dritte Woche

Die Kommentare in den Zeitungen überschlugen sich in schleimiger Rhetorik angesichts dieses heroischen Referees. Durch die Bank bejubelten sie die Verhaftung des Mörders, und niemand hatte auch nur den geringsten Zweifel, daß Giuseppe Saggese – sein Vorstrafenregister sprach von Mordversuch, Beihilfe zu Prostitution und Drogenhandel – mit der ganzen Geschichte gar nichts zu tun haben könnte. »Der Profifußball ist sauber«, schrieb *m. t.* im Leitartikel auf der ersten Seite, »oder zumindest ist er viel sauberer als die reale Welt, wo man leider für ein Paar Schuhe oder einige Euro ermordet wird. Im Sport leben Werte wie Fairneß und Ehrgefühl fort, dort lernt man, einen Wettkampf nach genauen Regeln auszutragen, eine Niederlage ebenso wie den Sieg zu akzeptieren. Jenseits aller Polemik, der Streitereien und ›Show-Prozesse‹ im Fernsehen wissen die Protagonisten im Profigeschäft, wo die Grenze ist. Und das Allerwichtigste, was man nie vergessen sollte: Die Schiedsrichter sind, entgegen allen bisherigen Unterstellungen und Verleumdungen, eine ehrliche Zunft; sicher agieren sie nicht unfehlbar, aber nach bestem Wissen und Gewissen.«

Witwe Ferretti sagte derselben Zeitung im Interview, sie sei überzeugt, daß die Carabinieri die Wahrheit aufgedeckt hätten, und sie warnte davor, das Andenken ihres Mannes zu beschmutzen: »Tullio hatte keine Geheimnisse vor mir, er hatte mir von diesem Mädchen erzählt, das Hilfe brauchte. Und da er rechtschaffen und mutig war, hatte er beschlossen, ihr diese Hilfe zukommen zu lassen. Ich hatte ihm volle Unterstützung zugesichert, aber ich dachte, das alles sei nur eine Geldfrage, nicht, daß Tullio sich ernsthaft in Gefahr bringen könnte. Ich verstehe das erst jetzt, denn von Einschüchterungen hatte er mir, wohl um mich nicht zu beunruhigen, gar nicht erzählt. Er wurde von Leuten umgebracht, die keine Skrupel kennen, von einem Abschaum, für den ich nicht einmal Haß empfinden kann.«

Eine Sportzeitung faßte die Phasen der Ermittlungsarbeit zusammen, aber vor allem legte sie Wert darauf, mit dickem Ausrufezeichen zu verkünden: *Morgen wird gespielt!* Als ob die Abstinenz Jahrhunderte gedauert hätte. Nach Bekanntgabe von Saggeses Verhaftung, am Samstag abend, hatten Ligaverband und Clubs in Rekordzeit beschlossen, den Spielbetrieb wieder aufzunehmen und die Spiele vom vergangenen Sonntag am Montag abend nachzuholen. Es war klar, daß man alle Zwistigkeiten unter einer Torlawine begraben wollte; der Chefredakteur betete in seinem Kommentar eine Litanei der abgekautesten Gemeinplätze und Fußballphrasen herunter: »Es wird Zeit, daß der Ball wieder rollt.« – »Nun fallen die Entscheidungen wieder auf dem Feld.« – »Die beste Liga der Welt nimmt wieder Dampf auf.« Er schloß mit der Bemerkung: »Man wird Schiedsrichter Tullio Ferrettis auf allen Plätzen mit einer Schweigeminute gedenken, die Mannschaften werden eine Trauerbinde tragen, alle Schiedsrichter ein weißes Trikot mit schwarzer Armbinde.«

In einem Exklusivinterview erklärte Linienrichter Adelchi, Ferretti sei ein sehr diskreter Mensch gewesen, nicht einmal ihm habe er sich anvertraut, »aber in den letzten Wochen hatte ich gemerkt, daß ihn etwas beunruhigte, etwas, das nichts mit den Spielen, mit dem Fußball zu tun hatte. Tullio hat seine Großzügigkeit mit dem Leben bezahlt.«

Anschließend meldete der Artikel, daß Adelchi, aufgrund seiner Verdienste, zum Schiedsrichterlehrgang zugelassen worden war. Noch vor Jahresende würde er das Examen ablegen und wahrscheinlich schon in der Rückrunde sein Debüt in der dritten Liga geben. In der kommenden Saison solle er dann in der zweiten Liga pfeifen: »Das ist meine Art, das Andenken eines Freundes zu ehren. Tullio Ferretti war mein Lehrmeister, und ich werde versuchen, mich dieses Vorbilds würdig zu erweisen.«

Marco Luciani blätterte zerstreut die anderen Gazetten durch, praktisch überall herrschte derselbe Tenor vor. Es war eher Übelkeit als Wut, was diese Heuchelorgie in ihm auslöste. Jeder Versuch, die Wahrheit herauszubekommen, den Sumpf trockenzulegen, in dem die Träume so vieler Sportler versunken waren, sollte im Keim erstickt werden.

Er kehrte nach Hause zurück und fing an, Telefonnummern und Uhrzeiten in den Verbindungsübersichten von Delrio zu analysieren. Es war nicht möglich gewesen, an Rebuffos Handy heranzukommen – der wohl ohnehin mehr als eines besaß –, und auch nicht an die Anschlüsse von Colnago. Im Moment verfügten sie nur über die Handys von Ferretti und Adelchi und über den Festnetzanschluß im Hause Ferretti. Mit einer ersten schnellen Synopsis fand der Kommissar den Anruf, den Ferretti vor dem Spiel bei seiner Frau zu Hause getätigt hatte, und danach: totale Funkstille. Am Samstag hatte Ferretti viele Male versucht, von seinem Handy die Brasilianerin anzurufen, und auch Sonntag morgen, allerdings ohne Erfolg. Dann hatte er ihr mehrere SMS geschickt. Außerdem hatte er verschiedene Anrufe von Nummern entgegengenommen, die noch zu ermitteln waren.

Adelchis Handy war den ganzen Samstag und Sonntag über sehr aktiv. Vor allem während der Halbzeitpause und nach Entdeckung der Leiche hatte er reichlich Anrufe bekommen. Vermutlich von Journalisten, Verwandten, Kollegen, die erfahren wollten, was passiert war. Es gab einige

Nummern, die besonders oft angeläutet hatten, und es wäre wohl nützlich gewesen, die Identität der Besitzer festzustellen und auch deren Verbindungsübersichten zu prüfen, aber auf diese Weise hätte man einen Endlosmechanismus in Bewegung gesetzt, eine Spirale, die sich immer weiter vom Kern der Ermittlungen wegdrehte. Außerdem fehlten die vermutlich aufschlußreichsten Verbindungen: die von Ferrettis zweitem Handy, dessen Nummer bisher unbekannt war. Giampieri versuchte gerade, sie mit Hilfe eines Hakkers in Luca Ferrettis E-Mails aufzuspüren.

Nach einer Stunde Arbeit fingen Lucianis Schläfen zu pochen, seine Augen zu schielen an. Scheißverbindungsübersichten, dachte er, bringen wie immer gar nichts. Er legte die Arme auf den Tisch und dachte, wenn er die Augen nur einen klitzekleinen Moment schließen würde, dann ginge es ihm anschließend sicher besser.

Der Schlaf entführte ihn sofort in sein graues Schattenreich.

»Ich werde ganz offen zu Ihnen sprechen, Herr Kommissar.« Staatsanwalt Delrio stützte die Ellbogen auf die Eisenstange vor dem Haifischbecken. Er hatte einen fünf- oder sechsjährigen Neffen mitgebracht, damit die Sache unverfänglich wirkte, außerdem tat er so, als hätte er Marco Luciani rein zufällig getroffen. Während der Junge mit offenem Mund beobachtete, wie die Haie langsam ihre Runden drehten – wenn sie ihn ansteuerten, wich er jedes Mal einen Schritt zurück –, führte der Staatsanwalt die gefalteten Hände ans Kinn und fing an, leise und schnell zu sprechen, wie ein junger Priester, der sein erstes Begräbnis zelebrieren muß.

»Wie ich meine, bereits gesagt zu haben, wollte Doktor Angelini von Beginn der Ermittlungen an, daß ich Sie von dem Fall abberufe. Ich sperrte mich stets und dachte, ich hätte einen gewissen Einfluß auf ihn. Aber die Art und Weise, mit der er mich übergangen und den Haftbefehl gegen Saggese unterschrieben hat, verstörte mich zutiefst.«

Abberufen, zutiefst verstören, wiederholte Luciani innerlich. An diesem jungen Mann war wirklich ein Pfarrer verlorengegangen.

»Wußten Sie nichts davon?« fragte er.

»Ich hatte den Verdacht, daß etwas im Busch sei. Angelini hatte ja auch angekündigt, daß er nach Ablauf des Ultimatums auf eigene Faust handeln werde, auch wenn ich nicht geglaubt hätte, daß er so weit gehen würde. Neulich hat ein Freund mich gewarnt, daß irgend etwas Merkwürdiges im Gange sei, daß sie sich jemanden greifen wollten, und ich konnte mich gerade noch rechtzeitig krank melden. Angelini hatte aber sowieso in eigener Regie gehandelt und mich erst a posteriori verständigt, ein Zeichen, daß er mir nicht mehr traut.«

»Aber warum schwenken die schlagartig auf Mord um? Nachdem sie die ganze Zeit für einen Selbstmord plädiert hatten. Und dann gerade jetzt, wo alle Indizien für Suizid sprechen?«

»Ich weiß nicht … ich bin genauso überrascht wie Sie. Die einzig mögliche Erklärung ist, daß bekannt wurde, daß Sie hinter das zweite Handy gekommen waren und daß man Sie auf der Mordfährte überholen wollte.«

»Aber woher haben sie davon erfahren? Ich habe praktisch mit niemandem darüber gesprochen.«

»Ich hoffe, daß Sie nicht mich im Verdacht haben, Herr Kommissar. Aber einen Verdacht habe ich, deshalb wollte ich Sie auch hier und nicht in meinem Büro treffen.«

Sie schauten einander an – sie dachten beide dasselbe.

»Wie auch immer«, setzte Delrio wieder an, »vielleicht meinten sie auch, daß der Selbstmord weder Sie noch die öffentliche Meinung zufriedenstellen würde. So dagegen, mit einem Schuldigen, dürfen wir uns alle zufrieden zurücklehnen.«

»Alle bis auf Saggese.«

»Wohl wahr. Aber das stellt für die kein Problem dar.«

Der Neffe des Staatsanwalts kam und wollte Aufmerksamkeit.

»Onkel, gehen wir jetzt zu den Seehunden, ja?«

»Klar. Wir gehen sofort. Haben dir die Haie gefallen?«

»Jaaaa. Weißt du, daß der eine mich fast berührt hätte? Der ist so auf mich zu gekommen, schau mal. Wenn die Scheibe nicht dazwischen gewesen wäre ...«

Sie schauten eine Weile den Seehunden bei ihren Spielen zu, wie sie mit unglaublicher Eleganz aus dem Wasser schossen, wieder eintauchten und präzise wie ferngesteuerte Torpedos ihre Kurven beschrieben. Der Kommissar nahm den Faden wieder auf.

»Wir sprachen von Saggese. Sie glauben also auch nicht, daß er schuldig ist?«

»Natürlich nicht. Genau deswegen habe ich versucht mich auszuklinken. Diese Geschichte ergibt keinen Sinn, die haben sie mit Unterstützung der Carabinieri ausgeheckt, weil sie wußten, daß man Ihnen damit gar nicht erst zu kommen brauchte.«

»Eine Sache verstehe ich nicht. Wir sind uns einig, daß die Vorwürfe nicht stichhaltig sind. Was versprechen die sich dann davon?«

»Nun, ganz einfach: Sie gewinnen Zeit. Sie lenken die Aufmerksamkeit vom Fußball ab, der damit wieder Oberwasser bekommt. Sie blockieren erst einmal die Nachforschungen auf anderen Fährten.«

»Aber Saggese wird alles abstreiten. Die werden gar nichts erreichen.«

»Saggese spricht einstweilen nicht. Und er wird auch in Zukunft nicht sprechen. Meiner Meinung nach hat er sich momentan mit der Rolle des Blitzableiters abgefunden. Zu welchem Preis weiß ich nicht, aber bei seinem Metier kann ich mir das vorstellen: Geld, Protektion, Immunität. Wenn es stimmt, daß er Mädchen für Schiedsrichter und Spieler beschaffte und daß er seit Jahren für Rebuffo arbeitet, dann mag dieser Geldtransfer tatsächlich stattgefunden haben. Aber dann stecken, denke ich, alle unter einer Decke: Der Manager, der Zuhälter und die Brasilianerin, es war ein Trick, um Ferretti noch ein Jahr am Gängelband zu halten.«

»Daran habe ich auch gedacht.«

»Ich sage Ihnen, wie sich die Sache entwickeln wird, oder worauf zumindest Angelini spekuliert. Der Untersuchungsrichter wird dem Haftgesuch stattgeben, vor allem, wenn Saggese von seinem Recht auf Aussageverweigerung Gebrauch macht, denn dann wird der Richter denken, Saggese hat etwas zu verbergen. Die Carabinieri gewinnen ein bißchen Zeit zum Ermitteln und werden die Untersuchung so lange wie möglich hinziehen. Sie werden ihre Spezialisten von der Kriminaltechnik einschalten, werden das ganze Stadion filzen, werden dort den üblichen – verzeihen Sie den Ausdruck – Saustall anrichten und noch mehr Verwirrung stiften. Die Verteidigung wird ihre Sachverständigen berufen, die genau das Gegenteil aussagen werden, und der Fall wird sich im Kreise drehen. Einige Monate später wird Saggeses Haft in Hausarrest verwandelt, nach einem Jahr wird er freigesprochen, wobei es vielleicht nicht einmal zum Verfahren kommt. In der Zwischenzeit wird die laufende Fußballsaison zu Ende sein und eine neue begonnen haben, und selbst bei den Leuten, die jetzt aufschreien, wird der Fall zuerst für Gleichgültigkeit, dann für Überdruß sorgen. Sie werden keine Lust mehr haben, weiter damit behelligt zu werden.«

Der Junge hatte genug von den Seehunden und kam angelaufen, weil er zu den Pinguinen wollte. Sein Onkel nahm ihn an die Hand, und während sie den Standort wechselten, stellte er ihm ein paar Fragen. Dann ließ er ihn vor dem Becken stehen, obwohl das Kind wollte, daß er bei ihm blieb. Der Staatsanwalt wandte sich wieder Luciani zu.

»Sind Sie dazugekommen, die Übersichten zu prüfen?«

»Ich habe angefangen. Es wird eine Weile dauern, aber wer weiß, ob nicht etwas dabei herauskommt. Das Problem ist, daß wir vor allem das zweite Handy des Schiedsrichters brauchten.«

»Geben Sie mir die Nummer. Ich werde versuchen ranzukommen.«

»Das ist das eigentliche Problem: Wir wissen die Nummer nicht. Sie werden es nicht glauben, aber niemand kennt sie. Wir hoffen, sie bald herauszufinden.«

»Versuchen wir es. Das könnte uns den entscheidenden Hinweis liefern. In der Zwischenzeit bitte ich einige befreundete Journalisten, daß sie die Spur in den Profifußball warm halten. Das ist nicht einfach, die Direktoren haben sofort die Schutzgeldtheorie aufgegriffen, weil das normale Fußballgeschäft auch ihnen hohe Auflagen beschert. Nach dem ersten Aufschrei der Empörung konnten sie es nicht erwarten, bis das Thema abgearbeitet war. Aber trotzdem denke ich, daß ich, wenn ich die richtigen Indizien durchsickern lasse, zumindest ein paar Zweifel säen kann. Wie ich Ihnen letztes Mal sagte, wären Mord oder Selbstmord für mich zwei gleichermaßen annehmbare Lösungen gewesen; was ich nicht akzeptieren kann, ist diese Billigvariante, die der ganzen Geschichte die Brisanz nimmt und keiner ernsthaften Überprüfung standhalten wird. Für mich ist möglich, daß Ferretti sich aus persönlichen, familiären Gründen aufgehängt hat. Aber möglich ist auch, daß er umgebracht wurde, und in diesem Fall muß man den Mandanten im Profifußball suchen: Dort ein bißchen aufzuräumen, wäre ein Segen für meine Karriere, und folglich auch für Ihre.«

Marco Luciani starrte die Pinguine an. Sie erinnerten ihn an Schafe: Wenn einer Richtung Wasser lief, trotteten alle anderen hinterher. Sie erinnerten ihn auch an Fußballfans, nur waren die Tiere weitaus eleganter.

»Sind Sie sicher, daß Sie Karriere machen, wenn Sie dieses Spielzeug kaputtschlagen? Meinen Sie nicht, daß Sie dafür büßen werden?«

Delrio lächelte: »Sie machen Witze. Wissen Sie, wieviel ein Staatsanwalt, der als unbestechlich gilt, wert ist? Es gibt nicht viele davon, zumindest unter den Lebenden. Und wenn die Justiz nicht scharf auf sie ist, nun, dann wird es immer Leute geben, die um sie buhlen und sie mit Gold aufwiegen. Ich brauche Sie nicht an die bevorstehenden Wahlen und die diesbezüglichen Prognosen zu erinnern. Der Wind dreht sich gerade, Herr Kommissar, und es kommt darauf an, das Segel richtig in den Wind zu stellen.«

Er lachte kurz und unverschämt auf, und Marco Luciani begriff, daß er sich noch zynischer und opportunistischer als gewöhnlich gegeben hatte, um den Kommissar zu verschaukeln. Es schien Luciani ein gutes Zeichen, daß Delrio selbst in einem so heiklen Moment zu Selbstironie fähig war.

»Und wie gehen wir jetzt vor?«

»Im Moment? Gar nicht. Der Fall liegt nun in Händen der Carabinieri, und das Wichtigste ist im Augenblick, gar nichts zu tun. Wir müssen einige Tage brav stillhalten, ihnen nicht ins Gehege kommen und vor allem verhindern, daß der Fall uns offiziell entzogen wird. Wir werden im Verborgenen agieren, und ich bin sicher, daß unser Tag kommen wird.«

Marco Luciani drückte ihm die Hand: »Einverstanden. Ich werde einige Zeit stillhalten«, sagte er, während er schon Sofia Lannis Aroma zu schmecken meinte, »aber wenn es Neuigkeiten gibt, werde ich Sie informieren.«

Er verließ das Aquarium und bemerkte auf dem Parkplatz, in der Nähe des Kassenautomaten, einen grünen Jaguar. Das habe ich auch vergessen, fluchte er im stillen. Er holte die Brieftasche hervor, suchte den Zettel, auf dem er das Kennzeichen vor dem Haus Ferrettis notiert hatte, und sah, daß es übereinstimmte. Jemand verfolgt mich, dachte er. Seit Beginn des Falles werde ich observiert, da will jemand immer den aktuellen Stand der Untersuchungen kennen, um mir einen Schritt voraus zu sein. Luciani hätte sich gerne dem Auto genähert und den Innenraum ausgespäht, aber dann tat er, als ob nichts wäre, ging zur nächsten Telefonzelle und rief in Calabròs Büro an. Dieser sollte den Halter des Fahrzeugs ermitteln.

Der Inspektor setzte sich an einen Computer, und nach wenigen Minuten kehrte er an den Apparat zurück: »Das Auto ist auf einen gewissen Antonio Dall'Olio zugelassen, Jahrgang 1958, wohnhaft in Turin.«

Der Journalist. Der Freund Rebuffos und Colnagos. Er verfolgte Luciani auf Schritt und Tritt und mußte auch Informanten bei der Polizei haben.

»Hör mal gut zu, Calabrò. Ich will, daß du sofort zu einer Observierung an den Porto Antico kommst. Bring auch einen Fotografen mit und erzähl keinem was davon.«

»Nicht einmal dem Ingenieur?«

»Nicht einmal ihm. Ich werde ihm sagen, daß er ein paar Tage ohne dich auskommen muß.«

»Ach, Herr Kommissar ...«

»Ja?«

»Die haben aus der Klinik angerufen. Baffigo ist wieder bei Bewußtsein und wollte Sie sprechen.«

»Und, was denkst du darüber?« fragte er ihn am Ende. Marco Luciani saß am Bett des Journalisten auf der Intensivstation. Er trug wieder Überschuhe, Mundschutz und

Handschuhe. Nachdem man ihn angewiesen hatte, den Patienten nicht zu ermüden, hatte er dem Freund alle Neuigkeiten in dem Fall zusammengefaßt.

»Was ich darüber denke? Daß nur einer wie du, der noch mit den Telefonmünzen der SIP* herumläuft, nicht gleich auf die Idee mit dem zweiten Handy kommen konnte.«

»Du bist aber auch nicht darauf gekommen«, protestierte Luciani, »als ich dir sagte, daß wir es im Auto gefunden hatten ...«

»Ich dachte, daß es die Witwe dort hingelegt hätte. Und dann hattest du von *dem* Handy gesprochen, als ob du sicher wärst, daß es das richtige ist ...«

»Schon gut. Aber weiter?«

Baffigo schaute den Freund aus verschreckten Augen an. Die letzten Tage hatten ihn gezeichnet, er war abgemagert, bleich und ausgewrungen wie ein Scheuerlappen.

»Ich glaube, hier wird mit zu harten Bandagen gekämpft, Marco. Vielleicht ist es an der Zeit, die Sache auf sich beruhen zu lassen, bevor auch noch die letzten Regeln gebrochen werden. Sie haben einen Schuldigen gefunden, mit dem alle einverstanden sind. Laß ihn ihnen.«

»Das sagst ausgerechnet du? Man sieht, daß du noch nicht wieder gesund bist.«

Der Freund starrte an die Decke. »Mir geht es bestens. Ich sehe so klar wie einer, der eben noch mit dem Tod geflirtet hat und es immer noch tut. Ich versichere dir, ich könnte dir keinen besseren Rat geben: Laß Saggese über die Klinge springen, mit den besten Wünschen für die Zukunft ...«

»Nein, Saggese wird nicht über die Klinge springen. Die sind alle befreundet, stecken alle unter einer Decke. Im Moment nimmt er die Schuld auf sich, aber in einigen Monaten wird er draußen sein, man wird sich in aller Form entschuldigen, und die Ermittlungen werden allmählich versanden.«

* ehemalige staatliche Telefongesellschaft. (Anm. d. Übers.)

Baffigo dachte einen Moment nach: »Mag sein. Aber es gibt noch eine andere Lösung, die meiner Meinung nach die wahrscheinlichere ist.«

»Die wäre?«

»Saggese meint, er kommt mit einem blauen Auge davon, aber ich an seiner Stelle wäre äußerst vorsichtig. Nur mal angenommen, sie haben sich Ferrettis Handy verschafft. Nur mal angenommen, dieses Handy wird bei Saggese gefunden. Nur mal angenommen, ihm wird im Gefängnis ein Kaffee mit Schuß à la Sindona* gereicht, oder er stolpert über ein Bettlaken, das an den Gitterstäben verknotet ist. Da wird nicht nur Sand auf die Ermittlungen rieseln, sondern da fällt ein zentnerschwerer Grabstein darauf.«

Der Kommissar schaute den Freund bewundernd an. Der hatte zwar die Neigung, hinter allem ein Komplott zu sehen, aber diesen Gedankengang mußte man ernst nehmen: »Ich habe den Eindruck, du bist wieder fit, Baffo.«

Sein Gegenüber nickte: »Das heißt, du läßt es sein?«

»Nicht mal, wenn ich tot wäre. Ich werde das bis zum Ende durchziehen, und ich werde es schaffen.«

»Nein. Du wirst es nicht schaffen.«

»Auch Tangentopoli schien undenkbar. Aber wir wissen, was passiert ist.«

»Komm schon ... Du weißt besser als ich, daß Tangentopoli nicht von einem einfachen Polizeikommissar losgetreten wurde. Dahinter steckte politischer Wille, die Öffentlichkeit war mobilisiert ... und dann sind doch wieder die alten Zustände eingetreten.«

Marco Luciani hob eine Augenbraue: »Nein. Die alten Zustände sind nicht wieder eingetreten. Für mich ist seitdem alles anders geworden.«

* Michele Sindona, mächtiger Finanzier, Bankengründer, vermeintliche Drehscheibe zwischen Mafia und Vatikan, starb im Gefängnis nach Genuß eines Kaffees. (Anm. d. Übers.)

Baffigo schwieg lange, er ließ sich ein Glas Wasser einschenken, das er mit angewiderter Miene hinunterstürzte, dann schloß er: »Du willst nicht nur für Ordnung sorgen, Marco. Das ist für dich eine persönliche Geschichte, und das macht mir am meisten Sorgen.«

Als sie in den Hauseingang traten, empfing sie ein feuchter, abgestandener Geruch. Die Treppenstufen waren mit Hausputz bestäubt, der von Decke und Wänden bröselte. Zigarettenkippen und Bonbonpapierchen lagen herum, an den Wänden klebten Kaugummis.

Bis dahin hatte er vermieden, sie einzuladen. Er schämte sich für das Bild der Verwahrlosung, das sich ihr bieten würde, fürchtete, daß diese Behausung sein wahres Ich widerspiegelte und daß Sofia Lanni in dieser Umgebung wie aus einem Traum aufschrecken, in dieser abstoßenden Häßlichkeit plötzlich Lucianis wahres Gesicht erkennen würde. Aber dann hatte er gedacht, daß es unvermeidlich war. Früher oder später würde das böse Erwachen kommen, die Rückkehr in die Wirklichkeit, in die Einsamkeit, es war sinnlos, sich weiter zu verstecken.

»Schau dich lieber nicht allzu gründlich um«, sagte der Kommissar, »hier lebt die Erdfauna, mich natürlich eingeschlossen.«

Die Detektivin folgte ihm, wobei sie versuchte weder den Handlauf noch sonst etwas zu berühren.

»Habt ihr niemanden, der das Treppenhaus putzt?«

»Nein, wir sind alle zu abgebrannt, um uns diesen Luxus zu gönnen. Theoretisch müßte jeder seine Etage und seinen Abschnitt des Treppenhauses sauberhalten, aber in der Praxis schiebt jeder seinen Schutt einfach in die tiefergelegenen Stockwerke. Ein Sinnbild des Daseins.«

Er merkte, wie seine Aktien mit jeder Treppenstufe weiter fielen. Er sagte sich zum tausendsten Mal, daß es ein Fehler war, sie mit nach Hause zu nehmen, und daß er ihrem Drängen niemals hätte nachgeben dürfen. Und zum tausendsten Mal sagte er sich, daß er sie, solange er sie nur in ihrem Apartment traf, so behandelte, als wollte er sie nicht in sein Leben lassen. Und vielleicht hoffte er im Innersten seines Herzens, daß sie, wenn sie hinter seine Magerkeit, seinen üblen Charakter und seinen Job blickte, daß sie dann vielleicht sogar hinter die triste Wohnung und das ärmliche Mobiliar zu blicken verstand.

»Da wären wir. Mach dich aufs schlimmste gefaßt.«

»Sei nicht blöd. Ich weiß jetzt schon, daß es mir gefallen wird.«

Er schüttelte den Kopf. Er hatte in den letzten Tagen hart gearbeitet, um die Wohnung in einen präsentablen Zustand zu versetzen, hatte Fußböden und Fenster geputzt, Staub gewischt und aufgeräumt, stundenlang hatte er im Bad die Fliesenfugen und die Rostspuren unter den Wasserhähnen der vergilbten alten Wanne gescheuert. Er hatte die Bücher eingeräumt, Papiere, Post und alte Zeitungen ausgemistet, einige Dutzend Müllsäcke gefüllt. Er hatte die alten Schuhe weggeworfen und die wenigen annehmbaren Paare geputzt und poliert und dann sogar aus der Diele geräumt. Er hatte endlich die Sommerkleider aus den Kisten über der Zwischendecke geholt und die Winterklamotten weggeräumt. Die Fenster hatten stundenlang offengestanden, damit die frische Nachtluft hereinströmen konnte, doch der Geruch von Einsamkeit und Enttäuschung hatte sich nicht ganz verflüchtigt. Nichts war bedrückender in der Wohnung als dieser Geruch und der ewige Halbschatten, der selbst strahlendem Sonnenschein trotzte und der sich abends in eine tiefschwarze, zähe Finsternis verwandelte.

Er ging voraus und führte sie hastig durch alle Räume, wobei er strikt ihre Reaktionen ignorierte. Sofia ließ ihren

Blick durch das Wohnzimmer wandern, ging vorsichtig bis zur Küche, schaute verstohlen ins Bad.

»Nicht schlecht, was?« sagte er. »Wirkt so, als ob da drinnen gerade einer gestorben wäre.«

Sie sagte nichts, denn wenn sie es mit euphorischen Ausrufen wie »reizend« oder »faszinierend« probiert hätte, hätte er gewußt, daß sie log. Aber als der Kommissar ihr zum Abschluß das Schlafzimmer mit dem schmiedeeisernen Bett und der schönen weißen Stickdecke zeigte, nutzte Sofia Lanni die Gelegenheit, um sich an sein Ohr heranzumachen:

»Hmm ... dieses Zimmer ... erregt mich«, sagte sie, während sie ihn zärtlich ableckte.

»Wirklich?«

»Und wie. Ist das Bett stabil?«

»Nun, ich glaube schon.«

»Wäre gut, wenn dem so wäre, denn es hat mich auf ein paar Ideen gebracht ...«

Sie zogen sich hastig aus, warfen die Kleider von sich, er nahm sie mit Wut und Leidenschaft, und als sie gemeinsam kamen, schien ihr langer Schrei einen Fluch zu verscheuchen, der über diesem Ort lag. Marco Luciani preßte seine Geliebte an sich, er schaute sich um und spürte zum ersten Mal in dieser Wohnung so etwas wie Zufriedenheit.

Sofia Lanni kam zu ihm in die Küche. Die Dunkelheit hatte ihn nach und nach eingesponnen, er saß rittlings auf einem Stuhl und schaute aus dem Fenster, obwohl es draußen nichts mehr zu sehen gab.

»Hmm, wie spät ist es denn?«

»Fast neun. Hast du ein wenig geschlafen?«

»Ja, aber jetzt habe ich einen Hunger ... und du, hast du geschlafen?« fragte sie, wobei sie ihre Arme von hinten um ihn schlang und ihr Gesicht an seinen Rücken schmiegte.

Er gab ein Winseln von sich, das »nein« bedeuten mochte.

»Meine Herren, Marco, bist du dürr. Ich kann jede deiner Rippen zählen. Warst du schon immer so?«

»Nein, mit zwanzig, als ich Fußball spielte, wog ich neunzig Kilo.«

»Komm, ich meine es ernst.«

»Ich auch.«

»Hör auf, neunzig Kilo, das kann ich mir wirklich nicht vorstellen. Und schon gar nicht auf dem Fußballplatz. Du bist viel zu groß.«

»Nun, ein niedriger Körperschwerpunkt ist tatsächlich praktischer. Aber ich war stark mit dem Kopf. Die typische Brechstange im Sturmzentrum.«

»Hmm ... das kann ich mir schon eher vorstellen«, sagte sie, während ihre Hände hinunter auf seine Schenkel glitten. »Und wo hast du gespielt?«

»Hier und da. In meinen besten Zeiten spielte ich dritte Liga.«

»Oha. Nicht schlecht. Und dann?«

»Dann nicht mehr. Ich habe aufgehört.«

»Und wieso?«

Marco Luciani schwieg einen Moment. Er hatte ihr sowieso schon zuviel gesagt. Jetzt mußte sie ihre Qualitäten als Detektivin unter Beweis stellen. »Ach, ich hatte keine Lust mehr«, sagte er schlicht, »das ganze Milieu gefiel mir nicht.«

»Schade. Du wärst jetzt vielleicht Millionär.«

»Sicher. Aber dann wäre jetzt irgendein Model oder ein Showgirl aus dem Fernsehen an deiner Stelle.

Sie gab ihm eine leichte Ohrfeige. »Ach ... dir gefallen diese magersüchtigen Flittchen?«

»Und dir gefallen die Fußballer?«

»Warum nicht? Ein bißchen ungeschlacht, aber ein paar

sehen auch ganz gut aus. Und außerdem haben die einen Körper ...«

»Nun, was das betrifft ...«

Er öffnete seinen Bademantel und zeigte, wie erregt er war. Sie machte eine theatralische Geste, die besagte: Mein Gott! »Schon wieder?«

»Schon wieder.«

Später, während sie schlief, legte er sich aufs Sofa und stellte wieder die Kassette von Lucio Quarantotto an, dem verrückten Liedermacher, dessen Musik ihm immer in den Bauch fuhr. Er flüsterte den Text mit, den er inzwischen auswendig kannte:

Und wäre dies die letzte
Wolke an Italiens Himmeln
Und wärest du das letzte
Mädchen meines Lebens
Und wäre dies die letzte
Nacht, Nacht in Italien
Eine Nacht mit dir
Um den Preis meines Lebens

Man sagt oft, sich lieben, als wäre es das letzte Mal, dachte er. Und tatsächlich gibt es für jeden ein letztes Mal. Aber die allerwenigsten erkennen es, wenn es soweit ist. Für manche mag es mit Siebzig oder Achtzig kommen, für andere vielleicht schon mit Vierzig. Und wer weiß, wie viele es durch einen plötzlichen Schicksalsschlag trifft, einen Partner, der stirbt und niemals ersetzt wird, und wie viele mögen erleben, wie der Trieb langsam abstirbt, immer schwächer wird, immer weniger Lust freisetzt, bis man sich fragt, ob man es beim nächsten Mal überhaupt noch schafft. Und wer weiß, welche Variante man für sich selbst wünschen sollte?

Aber wäre dies die letzte
Sonne, Sonne, die uns streift
Der letzte Zug, der
Uns wirklich noch mitnimmt …

Das war das letzte Mal, dachte er. Auch wenn ich es noch zehn-, hundert- oder tausendmal machen sollte. Das war das letzte Mal.

Montag

»Hallo?«

»Hallo. Spreche ich mit Kommissar Luciani?«

Die Stimme war unverwechselbar. Er hatte nicht mehr gehofft, sie noch einmal zu hören, und als er antwortete: »Das bin ich«, merkte er, daß seine eigene ein wenig bebte.

»Ich habe Ihre Nachricht gelesen. Wollen Sie mich sehen?«

»Wissen Sie, daß halb Italien Sie sucht?«

Vom anderen Ende der Leitung kam ein tiefer Atemzug.

»Ich weiß.«

Marco Luciani spürte, daß sie Angst hatte und seine Hilfe brauchte.

»Sagen Sie mir, wo Sie sind. Ich werde Sie abholen.«

Er ließ Giampieri ausrichten, daß er unterwegs sei, ohne den Grund zu erklären. Er wollte hinunter in die Tiefgarage, doch dann beschloß er, daß er auf das Auto verzichten und einen Spaziergang durch den Corso Italia machen würde. Es war ein wunderschöner Vormittag, einige Strandbäder waren bereits geöffnet, man hatte Liegestühle und Tischchen rausgestellt. Die Rentner lagen mit entblößtem Oberkörper in der warmen Sonne oder saßen, in Unterhemd und Sandalen, beim Kartenspiel.

Das konnte die Wende sein, sagte sich der Kommissar und beschleunigte unwillkürlich seinen Schritt. Dies konnte ein Stoß zuviel sein für das Kartenhaus, das Angelini, Rebuffo und Konsorten mit soviel Mühe aufgebaut hatten, indem sie die ganze Schuld auf Saggese abwälzten.

An der Bar bei der Tennisanlage kündigte sich der Moment des Aperitifs an, einige ältere Damen der besseren

Genueser Gesellschaft saßen, tiefbraun und faltig, mit Hündchen zu Tisch. Die Brasilianerin hatte sich in den Schatten unter der Pergola zurückgezogen. Sie war es, die Blondine mit dem perfekten Körper und dem engelhaften Antlitz; auch wenn sie wie eine brave Bürgerstochter gekleidet war, erkannte man auf zehn Kilometer Entfernung die Edelprostituierte in ihr. Eine Frage des Blickes vielleicht, oder des Auftretens.

Marco Luciani setzte sich neben sie. »Guten Tag, Maria. Ich freue mich, Sie zu sehen.«

»Ich sehe, Sie haben mich sofort erkannt.«

»Ich trage ein Foto von Ihnen in der Brieftasche herum.«

»Tatsächlich? Und von wem haben Sie es?«

»Ganz ruhig, das war ein Witz. Davon abgesehen gab es nicht viele Möglichkeiten. Ich denke, daß keine dieser feinen Damen um die Siebzig hier Ihrer Profession nachgehen könnte.«

»Wahrscheinlich haben sie das schon früher erledigt«, meinte die Brasilianerin.

»Wahrscheinlich.«

»Ich habe Sie angerufen, nachdem ich Ihre Nachricht gelesen hatte. Was wollen Sie von mir?«

»Bleiben Sie entspannt. Ich bin Ihnen nicht feindlich gesonnen, und ich bin nicht hier, um Sie festzunageln. Ich hätte Sie auch auf andere Weise aufspüren können, aber wie Sie sehen, habe ich gewartet, daß Sie sich melden.«

»Man hat Giuseppe festgenommen. Aber er hat gar nichts getan, die Geschichte ist absurd. Ich bin hier, weil ich ihm helfen will.«

Der Kommissar lächelte: »Sehr edelmütig von Ihnen. Ich dachte, Sie hätten sich gemeldet, weil Sie Angst haben, ebenfalls verhaftet zu werden. Wenn die Carabinieri Sie finden, das kann ich Ihnen versichern, werden Sie nichts zu lachen haben.«

Maria kaute ein wenig auf der Lippe, während die Kellnerin kam, um die Bestellung aufzunehmen. »Okay, Herr Kommissar. Aber Sie scheinen mir auch ein bißchen ... in Bedrängnis zu sein, wenn man den Zeitungen glauben darf. Warum schließen wir nicht einen Waffenstillstand und sagen, daß der eine den anderen braucht? Daß wir uns gegenseitig helfen können?«

Er machte eine zustimmende Geste.

»Dann sind wir uns also einig. Hier bin ich. Befragen Sie mich, ich versichere, ich werde aufrichtig sein. Sagen Sie mir, was Sie wissen wollen.«

»Ich will nur, daß Sie mir helfen zu verstehen.«

»Was verstehen?«

»Verstehen, ob Herr Ferretti sich selbst umgebracht hat oder umgebracht wurde. Ob die Trennung von seiner Frau ihn depressiv oder glücklich machte. Ob er mit Ihnen fliehen und ein neues Leben anfangen wollte.«

»Er dachte, er wäre etwas Besonderes, Herr Kommissar. Jeder Mann, der mit mir kommt, meint das, jeder Mann weiß, daß ich auch mit anderen gehe, aber er glaubt, daß er mir von allen der liebste ist. Und er meint das, weil ich gut bin, weil es zu meinem Job gehört, ihn davon zu überzeugen.«

»Wovon genau haben Sie ihn überzeugt?«

»Ich? Von nichts. Ich habe ihn nur reden lassen. Er sagte, er wolle mich zurück nach Brasilien bringen, eine *posada* aufmachen, ein kleines Hotel an einem schönen Plätzchen am Meer. Kinder bekommen, ein neues Leben anfangen.«

»Und Sie wollten nicht mit ihm nach Brasilien fliehen? Ein neues Leben anfangen?«

»Fliehen wovor? Vor wem? Ich habe keine Chefs, Herr Kommissar. Niemand zwingt mich zu irgendwas. Ich habe eine Wohnung in der Via della Spiga in Mailand, wissen

Sie, was das bedeutet? Wissen Sie, wieviel Miete ich zahle? Und wissen Sie, wieviel meine Kunden mir bezahlen? Warum sollte ich in ein Land zurückkehren, wo man am Hungertuch nagt. Um was zu tun? Um in einer Posada die Betten zu machen? Ich zerwühle sie lieber, die Betten.«

Marco Luciani lachte aus vollem Hals. Sie war perfide und ironisch.

»Es wird behauptet, der Schiri habe Ihren Zuhältern Geld geschuldet und nicht bezahlt. Und deshalb sei er umgebracht worden.«

»Ich habe keine Zuhälter.«

»Folglich ist das alles falsch?«

»Nun … um ehrlich zu sein, habe ich Tullio erzählt, daß ich das Geld brauche, um mich auszulösen, er glaubte mir und gab mir das Geld.«

Für Marco Luciani bestätigte sich ein Verdacht. Die Brasilianerin hatte den armen Ferretti, allein oder mit Hilfe von Komplizen, ordentlich gemolken.

»Hat er Ihnen die ganze Summe gegeben? Zweihundertfünfzigtausend Euro?«

»Bis auf den letzten Cent.«

»Und wo ist das Geld?«

»Fünfzigtausend habe ich Saggese gegeben, aber nicht für seine Protektion. Er war mein Manager, mein Mittelsmann, und für die Kundschaft, die er mir beschaffte, habe ich ihm immer eine Provision gewährt. Ich bin eine Nutte, aber ehrlich.«

»Folglich haben Sie die restlichen Zweihunderttausend für sich behalten.«

»Das war ein Geschenk.«

»Bekommen Sie von all Ihren Kunden derartige Geschenke?«

Maria lachte: »Natürlich nicht. Schön wär's. Man muß den Richtigen finden, er muß sehr verliebt sein und ziemlich reich. Aber nicht zu reich. Wer zu reich ist, der zahlt nicht so leicht, und er träumt nicht von einem neuen Leben. Oder zumindest nicht mit einer wie mir. Tullio sagte, er wolle mir zur Flucht verhelfen, aber er war es, der fliehen wollte. Er hatte eine furchtbare Frau, und den Fußball hielt er nicht mehr aus. Es war sein Leben, das den Bach runter ging, nicht meines.«

»Und Sie haben ihn ohne jeden Skrupel betrogen. Spüren Sie kein bißchen Reue, jetzt, da er tot ist, sich womöglich Ihretwegen umgebracht hat?«

Die Brasilianerin senkte die Augen. Als sie wieder aufsah, waren sie voller Tränen. Das ist mir zu einfach, dachte der Kommissar.

»Klar spüre ich Reue. Ich bin auch nur ein Mensch. Und ich hätte nicht gedacht, daß es so enden würde, ich konnte nicht wissen, daß es so endet. Aber ich glaube nicht, daß er sich meinetwegen umgebracht hat. Und selbst wenn es so wäre – er wäre nicht der erste Mann, der meinetwegen stirbt, und vielleicht auch nicht der letzte.«

Der Kommissar sah sie überrascht an.

Sie trocknete die Augen und zog eine getönte Brille aus der Handtasche. Sie trank das Wasser, das man ihr mit dem Kaffee gebracht hatte. »Der erste war ein Schulkamerad von mir. Er vergewaltigte mich, als ich dreizehn war, in Brasilien. Mein älterer Bruder ging zu ihm, brachte ihn um, dann kehrte er nach Hause zurück und vergewaltigte mich ebenfalls. Ich hatte sechs Brüder, Herr Kommissar, und wenige Tage später ergriff ich die Flucht. Für meine Mutter war das eine Erleichterung, ein Schnabel weniger zu stopfen. An meinen Vater kann ich mich gar nicht erinnern, er verließ uns, als ich drei war. Ich fing an, bei den Reichen in Stellung zu gehen. Auch da war es nicht einfach, denn mit vierzehn war ich körperlich schon voll entwickelt. Meine Naivität war ich schnell los, ich wurde hart, um zu überleben. Mit achtzehn ließ ich mich von einem Touristen heiraten und kam nach Italien. Jetzt bin ich neunundzwanzig, auch wenn ich mich ein wenig jünger mache. Ich lebe in einer Wohnung, von der die meisten Italiener nur träumen können, ich spreche besser Italienisch als ihr, ich habe mein Geld in nicht allzu riskanten Aktien angelegt, und bevor ich fünfunddreißig bin, suche ich mir einen reichen Mann, einen, der richtig reich ist und sehr alt. Dann habe ich für alle Zeiten ausgesorgt.«

Eine hübsche Geschichte, dachte der Kommissar, während er an seinem Lemonsoda nippte. Hübsch und genau auf ihn zugeschnitten, ideal, um sein Mitleid zu wecken, seinen Gerechtigkeitssinn und seinen Beschützerinstinkt anzustacheln. Vermutlich hatte sie noch andere auf Lager, die genauso perfekt zugeschnitten waren, je nachdem, mit was für einem Mann sie sprach. Sie konnte als Model auftreten, das mit einigen ausgesuchten Kunden ihr Einkommen aufbesserte, oder als gelangweilte Studentin, oder vielleicht als Darstellerin einer Telenovela, die von skrupellosen Produzenten nach Italien gelockt worden war und jetzt ohne Engagement dastand.

»Ferretti hat sich umgebracht, weil Sie ihn betrogen haben.«

»Ich habe ihn nicht betrogen. Tullios Geld habe ich wirklich nach Brasilien geschickt, an meine Schwestern. Die werden tatsächlich an einem schönen Plätzchen am Meer eine Posada aufmachen, und vielleicht werde ich auch manchmal hinfahren und dort die Ferien verbringen, wer weiß, ich werde mich in die Sonne legen und keinen Finger rühren. Sie haben mehr als ich gelitten und verdienen, daß das Leben ihnen etwas Gutes tut. Tullio hatte nichts verdient, er war ein korrupter Schiedsrichter, ein unaufrichtiger Mann, der seine Frau mit einer wie mir betrog.«

Sie machte eine Pause. »Und dann braucht man euch

Männer gar nicht zu betrügen. Das besorgt ihr schon selbst. Ihr seht Dinge in uns, die nicht existieren. Er ging mit mir und zahlte dafür, er hatte eine Nutte vor sich, sah aber seine zukünftige Ehefrau, die Mutter seiner zukünftigen Kinder in mir. Habe ich ihm etwas vorgemacht, oder hat er das selbst getan?«

»Sie haben bei ihm durchblicken lassen ...«

»Ohh, das reicht. Ich sagte es bereits: Es gehört zum Spiel, daß man etwas durchblicken läßt. Und Tullio war nicht naiv. Auch er sagte immer, er wolle mit dem Pfeifen aufhören, er wolle sich nicht länger korrumpieren lassen, aber am Ende steckte er drin im System. Wissen Sie, was er mir als letztes gesagt hat? Die letzte Nachricht, die er mir schickte, als er merkte, daß ich nicht aufhören würde, meinen Job zu machen, und daß ich ihm das Geld nicht zurückzahlen würde? Er schickte mir eine SMS: ›Wer als Hure geboren wird, stirbt als Hure.‹ Ich dachte, er meinte mich, aber nachdem er sich umgebracht hatte, verstand ich, daß er es auch auf sich selbst bezog.«

»Und wann hat er Ihnen diese SMS geschickt?«

»Am Tag, an dem er starb. Ich habe sie noch hier. Ich zeige sie Ihnen, wenn Sie wollen.« Sie zog eine SIM-Card aus ihrer Brieftasche. »Das ist die, auf der mich Tullio anrief und auf der auch Sie sich gemeldet haben.« Dem Kommissar wurde klar, daß sie die Karte ersetzt hatte, damit man sie nicht aufspüren konnte, und daß sie deshalb auch das Handy ausgetauscht hatte. Sie war schlau genug, um einen Schritt schneller als die Polizei zu sein, und noch schlauer war, daß sie nicht Beweise vernichtet hatte, die sie entlasten konnten.

Die Brasilianerin drückte auf ein paar Tasten und zeigte die SMS. Sie war während der Halbzeitpause eingegangen, um 15.52 Uhr. Der Kommissar überprüfte die Nummer, von der aus sie geschickt worden war. Er kannte sie nicht und geriet ziemlich aus dem Häuschen: Das mußte die Nummer des zweiten Handys sein. Wenn die Brasilianerin ehrlich war, wenn alles, was sie ihm bisher erzählt hatte, stimmte, dann hatte er den eindeutigen Beweis dafür gefunden, daß Ferretti das Handy in der Umkleide dabei hatte, wenige Minuten vor seinem Tod.

»Sind Sie sicher, daß dies das Handy des Schiedsrichters war?«

»Klar bin ich sicher. Er rief mich oft von dieser Nummer aus an.«

»Löschen Sie diese SMS nicht, ich beschwöre Sie. Sie kann sehr wichtig sein«, sagte Marco Luciani.

»Was meinen Sie, warum ich sie aufbewahrt habe?« sagte die Brasilianerin mit einem Lächeln. Dann gab sie sich wieder bescheiden, schlug die Augen nieder, und während sie durch ihre langen Wimpern zu ihm aufsah, flüsterte sie:

»Darf ich Ihnen jetzt auch eine Frage stellen, Herr Kommissar?«

»Bitte.«

»Wenn ich Ihnen diese SMS überlasse, helfen Sie mir dann zu verschwinden? Ich würde gerne für eine Weile nach Brasilien zurückkehren und abwarten, daß sich die Lage ein wenig beruhigt.«

Marco Luciani schüttelte den Kopf. »Ich werde sehen, was ich machen kann. Aber nicht sofort. Zuerst brauche ich die Beweise für die Geldzahlung, Sie müssen mir die Kontonummern geben. Und dann möchte ich, daß Sie eine Aussage machen über die Beziehungen, die Sie sowie der Schiedsrichter zu Saggese und Rebuffo unterhielten.«

Die Brasilianerin fixierte ihn entschlossen: »Begnügen Sie sich mit der SMS. Das ist die Bestätigung, daß Tullio sich umgebracht hat. Sie zeigt, daß Saggese unschuldig ist, und erlaubt Ihnen, den Fall abzuschließen und sich gut in Szene zu setzen. Was deren Beziehungen angeht, da ahne ich einiges, aber ich habe nichts Konkretes, für nichts einen Beweis. Tullio wurde mir durch Saggese vorgestellt, und Rebuffo kenne ich dem Namen nach, aber ich habe ihn mein Lebtag nicht gesehen.«

Marco Lucianis Hirn fing wie wild an zu arbeiten. Konnte er der Brasilianerin vertrauen? War sie von sich aus gekommen, weil sie durch Saggeses Verhaftung eingeschüchtert war, oder hatte jemand sie geschickt? Saggese selbst zum Beispiel, oder sogar Rebuffo? Sie hatte eine Version aufgetischt, die verschiedenen Leuten nützen konnte, je nachdem, aus welchem Blickwinkel man sie betrachtete.

»Ich weiß nicht, ob es jetzt schon an der Zeit ist, von der SMS zu sprechen«, sagte er. »Im Grunde haben wir keinen Beweis, daß sie wirklich vom Handy des Schiedsrichters kam, und im Zweifelsfall könnte Ihnen auch der Mörder die SMS geschickt haben, als eine Art Warnung: Sei bloß vorsichtig, denn nach ihm könntest du an der Reihe sein.«

»Das überzeugt mich nicht.«

»Aber es würde die Carabinieri überzeugen. Früher oder später werden sie Sie finden, oder Rebuffo wird Sie finden und Rechenschaft über die zweihundertfünfzigtausend Euro verlangen. Er wird nicht glauben, daß Ferretti sie Ihnen gezahlt hat ...«

Das Mädchen schnaubte verächtlich durch die Nase: »Das dachte ich mir schon. Ich sagte Ihnen bereits, daß auch Tullio eine Nutte war.«

Marco Luciani trank sein Lemonsoda aus und dachte über die nächsten Schritte nach. Er beschloß, daß er einstweilen nur Saggese entlasten und die Carabinieri in die Pfanne hauen würde.

»Ich habe kein Interesse daran, Sie anzuzeigen oder zu verfolgen. Ich wüßte gar nicht, wofür«, sagte er, »aber Sie müssen mit mir ins Polizeipräsidium kommen und ein Protokoll unterschreiben. Reden Sie nicht von Rebuffo, sagen Sie nur, daß Ferretti Ihnen das Geld freiwillig gab, in bar, um in Brasilien ein Unternehmen zu gründen, mit dem ihr ein neues Leben beginnen wolltet. Sagen Sie, daß Sie nie Zuhälter hatten, und weisen Sie nach, daß Sie das Geld Ihrer Schwester geschickt haben. Niemand wird Ihnen etwas vorwerfen können. Und vor allem: sprechen Sie zu niemandem von der SMS, bis ich es Ihnen sage. Wenn Sie mir vertrauen, verspreche ich, daß Sie in ein paar Tagen einen schönen Urlaub antreten können.«

Diesmal wirkten die beiden Tränen, die auf Marias Wangen erschienen, aufrichtig. Sie schaute Luciani eine Weile schweigend an, als wollte sie abschätzen, welchen Typ Mann sie vor sich hatte. Aber für sie gab es wahrscheinlich im Grunde nur einen Typ Mann.

»Ich danke Ihnen, Herr Kommissar. Sie sind ein anständiger Mensch. Davon trifft man nicht viele in meinem Beruf.« Sie trocknete ihre Augen, trank ihren Kaffee aus, dann fixierte sie ihn wieder.

»Und jetzt sagen Sie mir, ob ich noch etwas anderes für Sie tun kann.«

Ihr Tonfall und ihr Blick riefen bei Marco Luciani sofort eine Erektion hervor. Er starrte auf den Ausschnitt der Bluse, die Brustwarzen, die gegen den leichten Stoff drückten. Gelobt sei die Brustchirurgie, dachte er, sie kreiert Märchenwelten, die ein zeitgenössischer Dichter durchaus mit dem Marmor von Paros vergleichen könnte.

Ihr Blick ließ ihn immer noch nicht los. »Warum leisten Sie mir heute nicht beim Mittagessen Gesellschaft? Wir können in aller Ruhe in meinem Hotel speisen. Uns besser kennenlernen. Und später können sie mich ins Präsidium bringen, um meine Aussage aufzunehmen.«

Marco Luciani stellte sie sich vor, in Seidenunterwäsche und Strapsen, auf dem Bett kniend, er sah sich selbst, wie er ihr den Slip auszog und ihren Duft einsog, er spürte den übermächtigen Wunsch, sich von ihr einen blasen zu lassen und sie um die Erfüllung all seiner Wünsche zu bitten. Wenn es Leute gab, die Tausende dafür bezahlten, mußte es ein unvergeßliches Erlebnis sein. Er schaute ihr tief in die Augen, wo tatsächlich die Lust auf eine gemeinsame Nacht zu schimmern schien. Nach all den Männern, die sie aus Gewinnsucht oder Berechnung mit nach Hause genommen hatte, mochte sie tatsächlich diesen ehrlichen und aufrichtigen Polizisten begehren, einfach weil sie ihn sexy fand. Vielleicht würde sie es sogar genießen, richtig Lust empfinden, ohne eine Show abziehen zu müssen. Die Lust entspringt immer dem Geist, und wenn sie mit ihm schlief, weil sie es wollte, nicht bloß des Geldes wegen, dann würde ihr das vielleicht glücken.

Er berauschte sich einen Moment an dem Gedanken, doch dann fing er den Blick auf, den ein Passant auf das Mädchen warf, und sofort war er wieder bei Sinnen. Ihm wurde plötzlich klar, wie Ferretti sich gefühlt haben mußte, wie sich wohl alle Männer fühlten, die mit ihr zusammen waren. Dieses Mädchen hatte wirklich etwas Magisches, oder etwas Diabolisches, an sich.

Er legte das Geld für die Rechnung auf den Tisch, stand auf und lächelte sie an. »Ich weiß, daß ich es bereuen werde, aber wir sollten lieber sofort zum Präsidium fahren.«

»Warum diese Eile, Herr Kommissar? Weil Sie den Fall abschließen wollen oder weil Sie Angst davor haben, mit mir zusammenzusein?«

Marco Luciani wollte schon bejahen, er wolle so schnell wie möglich den Fall abschließen. Doch dann entschied er sich für die Wahrheit: »Die zweite Antwort trifft zu.«

Sie kamen zum Polizeigebäude und versuchten möglichst wenig Aufsehen zu erregen, auch wenn diese Blondine mit ihrem formvollendeten Körper die Blicke aller Männer und auch vieler Frauen magnetisch anzog. Sie schlossen sich mit Giampieri in einem Zimmer ein und ordneten an, daß nichts und niemand sie stören dürfe. Dann legten sie mit äußerster Sorgfalt die Fragen und Antworten fest, mit denen sie Punkt für Punkt die Mordtheorie der Carabinieri widerlegen würden. Gleichzeitig wollten sie sich von den Banken in Italien und Brasilien die Zahlungsbelege faxen lassen, um sie dem Protokoll von Marias Aussage beizufügen.

Während Giampieri einen Personenschutz organisierte – Maria sollte für einige Tage komplett abgeschirmt werden –, brachte Marco Luciani sie hinaus auf den Flur, um mit ihr einen Kaffee zu trinken. Da hatte er plötzlich Sofia Lanni vor Augen. Sie saß auf einer Marmorbank und wartete, in einer Zeitschrift lesend. Offensichtlich saß sie schon eine ganze Weile da, und als sie das Mädchen neben Luciani sah, schien sie Gefahr zu wittern. Marco Luciani reagierte – er wußte selbst nicht warum – mit schuldbewußter Miene.

»Hallo.«

»Hallo. Ich wollte nur mal bei dir vorbeischauen.«

Marco Luciani war unsicher, ob er ihr das Mädchen vorstellen sollte, dann dachte er, daß es verdächtig wirkte, wenn er es unterließ.

»Das ist Maria, und das ist Sofia.«

Die Frauen warfen einander ein unverschämt falsches Lächeln zu. Das Unbehagen war mit Händen zu greifen.

»Ich bin ziemlich am Rotieren im Moment.«

»Wenn sie diejenige ist, die ich in ihr vermute, dann habe ich nicht den geringsten Zweifel.«

Marco Luciani merkte, daß sie die Brasilianerin an ihrem Akzent erkannt hatte, auch wenn Maria nur ein paar Worte gesagt hatte.

»Wolltest du mir etwas mitteilen?«

»Ja, ich wollte dir mitteilen, daß ich abreise. Ich fahre

nach Mailand, Probleme mit dem Job. Es wird wohl höchstens ein paar Tage dauern.«

»Tut mir leid. Wenn ich dir helfen kann ...«

»Nein, es ist eigentlich nichts Ernstes. Es könnte sich sogar als angenehme Überraschung erweisen, aber das kann ich jetzt nicht erklären ... Ich ruf dich morgen an, okay?«

Sie gaben einander die Hand und verabschiedeten sich mit zwei Wangenküssen. Dann schaute sie ihn intensiver an.

»Hey, Marco ...«

»Ja?«

»Nutz meine Abwesenheit bloß nicht aus«, sagte sie, wobei sie einen Blick auf die Brasilianerin warf.

Er hielt ihre Hand noch ein paar Sekunden lang fest und fühlte sich geschmeichelt bei der Vorstellung, daß sie eifersüchtig sein könnte, und wenn es nur im Spaß war.

»Keine Gefahr. Geh jetzt, und halte mich auf dem laufenden.«

Er betrachtete sie, wie sie wegging, mit diesem Gang, der ihn beim ersten Mal hypnotisiert hatte. Dann begleitete er Maria: »Komm, ich gebe dir einen Kaffee aus, wie du ihn in Brasilien noch nie getrunken hast.«

Als sie fertig waren, fuhr der Kommissar direkt zur San-Marino-Klinik. Sandro Baffigo war von der Intensiv- auf die Pflegestation verlegt worden, sein Gesicht sah immer noch ausgezehrt und leidend aus, aber er hatte wenigstens wieder ein bißchen Farbe.

»Wie geht's, Baffo?«

»Ich fühle mich gut. Heute morgen ist sogar der Friseur vorbeigekommen und hat mich ein bißchen auf Vordermann gebracht.«

»Ich hab dir was mitgebracht. Etwas, das ich dir von Beginn an versprochen hatte«, sagte der Kommissar und zog einige gefaltete Fotokopien aus der Tasche.

»Was ist das?«

»Die Brasilianerin hat sich gemeldet. Ich denke, in Kürze werden das alle deine Kollegen erfahren, aber niemand wird erfahren, was sie uns gesagt hat. Hoffe ich zumindest. Und niemand wird ihre Aussage bekommen.«

Baffigo überflog schnell die Seiten, verdrehte die Augen und stieß wüste Schreie aus.

»Ich muß hier raus«, sagte er am Ende und sprang aus dem Bett.

»Was machst du denn, bist du wahnsinnig? Wo willst du hin?«

»Ich muß einen epochemachenden Artikel schreiben. Die Carabinieri, Angelini, Rebuffo und diese ganze verfluchte Bande ausräuchern.«

»Irre ich mich«, sagte der Kommissar, »oder hattest du mir gestern noch nahegelegt, Saggese über die Klinge springen zu lassen und diese Version der Fakten zu akzeptieren?«

»Was hat das damit zu tun? Das war ein guter Rat, und das bleibt er. Wenn du aber ein Dickschädel bist, der es auf ein böses Ende anlegt, dann laß mich wenigstens den Nekrolog schreiben ... Hey, wie spät ist es denn? Sakradie, sauspät. Ich muß bei der Zeitung anrufen, sie vorwarnen ...«

»Beruhige dich. Du kannst den Artikel hier schreiben, und dann bring ich ihn dort vorbei.«

»Du machst wohl Witze? Ich brauche meinen Computer, meine Zigaretten und eine ordentliche Pulle. Gib mir mal meine Klamotten, bitte, die müssen da im Schrank sein.«

Er ging ins Bad, um sich umzuziehen, dann mischten sie sich unauffällig unter die Verwandten, die zu Besuch gekommen waren, und machten sich auf den Weg. Marco Luciani brachte den Freund bis zum Redaktionsgebäude, zum Abschied hielt er ihn am Arm fest:

»Baffo. Zigaretten sind okay. Aber keinen Alk. Verspricht mir das.«

»In Ordnung.«

»Nein. Schau mir in die Augen.«

Sein Gegenüber fixierte ihn, ein wenig verschreckt. »Okay, keine Pulle.«

Er kehrte nach Hause zurück und verbrachte den Abend wieder über den Verbindungsübersichten, wobei er Musik hörte und an Sofia dachte, die jetzt unterwegs nach Mailand war; an Maria, die in einer Wohnanlage saß, beschützt und überwacht von zwei Beamten, die sich die ganze Nacht über ein Techtelmechtel mit ihr ausmalen würden; an das Gesicht, das Lo Bianco am nächsten Morgen machen würde, wenn er die Zeitung las. Erst um elf, als er den Fernseher einschaltete und Bilder eines Fußballspiels sah, fiel ihm ein, daß man den Spieltag vom Sonntag, dem Tag der kollektiven Trauer, nachgeholt hatte. Er schaute sich die Ergebnisse im Videotext an, Rebuffos Team hatte zu Hause unentschieden gespielt und lief nun Gefahr, im letzten Moment die Meisterschaft zu verspielen. Das Nachholspiel im Marassi-Stadion würde wichtiger sein denn je.

Dienstag

Baffigos Sensationsmeldung über die Brasilianerin war eine, die den Nerv trifft. Sie zielte auf den Kern der Carabinieri-Theorie ab, zerpflückte Punkt für Punkt alle Vorwürfe gegen Saggese und rekonstruierte die ganze Geschichte auf eine viel plausiblere Art, wobei der Autor ohne allzu viele Umschweife die Hypothese aufstellte, daß das Ganze von den Geheimdiensten künstlich inszeniert worden sei (was in derlei Fällen immer gelegen kam), um die Spuren zu verwischen, auf die die Polizei setzte. Nach der Zeugenaussage der Brasilianerin, schloß Baffigo, werde der Untersuchungsrichter wohl kaum die Haftanordnung für Saggese bestätigen, dessen Freilassung eine Frage von Tagen, wenn nicht Stunden sei. Die Ermittlung werde von vorne beginnen, und die Hauptspur deute erneut auf einen Racheakt innerhalb des Fußballgeschäfts hin.

Staatsanwalt Angelini meldete sich um 7.10 Uhr bei Marco Luciani und kündigte eine Untersuchung über die Weitergabe interner Informationen an. Er hatte bereits Hausdurchsuchungen in Baffigos Wohnung und in der Zeitungsredaktion angeordnet, und er schwor Luciani, daß er den Journalisten so lange in der Zelle schmoren lassen würde, bis dieser die Quelle für das Aussageprotokoll preisgeben werde. »Ich habe die Nase voll. Seit Beginn der Ermittlungen muß ich mich über die Zeitungen informieren. Es gibt einen Schlaumeier, der die ganze Zeit versucht durch Medienmanipulation an seine persönlichen Ziele zu gelangen, aber das wird ihm nicht gelingen.«

Das sagt der Richtige, dachte der Kommissar, dann erwiderte er in neutralem Ton: »Ich bin absolut Ihrer Meinung, Herr Staatsanwalt. Es gibt jemanden, der uns seit Beginn der Ermittlungen ausspioniert und den Zeitungen Informationen zuspielt. Und wissen Sie was? Auch ich bin entschlossen, diesen Hurensohn zu finden.«

Er klopfte an Giampieris Büro und trat ein. Sein Vize saß am Schreibtisch, vor ihm Linienrichter Adelchi, der etwas sagte, aber sofort innehielt. Beide schienen verlegen, als sie den Kommissar sahen; Giampieri stand auf und sagte: »Ciao, ich hab dich heute morgen gesucht, konnte dich aber nicht finden. Ich habe Herrn Adelchi ein paar Fragen gestellt, nichts Wichtiges, ich wollte nach den jüngsten Entwicklungen nur ein paar Details klären.«

Marco Luciani hielt sich gar nicht erst mit der Frage auf, was sie denn zu besprechen hätten. Das war die ideale Gelegenheit, um etwas zu klären, was ihn schon lange beschäftigte.

»Laß dir ruhig Zeit«, sagte er, »wenn du fertig bist, dann komm mal zu mir rüber, ich muß dir etwas sagen.«

Er kehrte schnell in sein Büro zurück, nahm das Telefonverzeichnis zum Fall Ferretti und suchte Adelchi heraus. Er ging hinaus auf den Flur, schnappte sich im Vorbeigehen Ianneces Handy und wählte die Nummer. Hinter Giampieris Tür hörte er den Jingle von »Lupin III«, Adelchi ging beim dritten Läuten ran. Der Kommissar sagte schnell: »Komm sofort«, wobei er seine Stimme verstellte, dann legte er auf.

Anschließend holte er sich einen Kaffee, setzte sich an ein Fenster, von dem aus der Haupteingang zu überblicken war, und nach zehn Minuten sah er Adelchi herauskommen. Er hielt das Handy in der Hand und wählte eine Nummer. In der Tasche des Kommissars fing Ianneces Handy zu läuten an. Luciani antwortete nicht. Adelchi fingerte wieder auf den Tasten herum, redete kurz, wobei er den Kopf schüttelte, klappte das Handy zusammen, schaute sich um, als wollte er kontrollieren, ob man ihn beobachtet hatte, und verschwand schleunigst. Die Sache war klar: Der Linienrichter war durch den Anruf aufgeschreckt worden und hatte die im Handy gespeicherte Nummer zurückgerufen. Da ihm niemand geantwortet hatte, hatte er es vermutlich unter einer anderen Nummer versucht, wo ihm jemand sagte, daß er Adelchi nicht angeläutet habe, und vermutlich hatte dieser Jemand Adelchi zusammengestaucht, weil sein Anruf eine Spur hinterließ. Marco Luciani schrieb sich Tag und Uhrzeit in sein Notizbuch.

Ein dreimaliges energisches Klopfen, dann trat, noch vor Lucianis »Herein!«, Inspektor Calabrò ins Zimmer. Einen großen gelben Umschlag in der Hand.

»Ich habe getan, was Sie mir aufgetragen hatten, Herr Kommissar. Die betreffende Person verfolgt. Tagsüber unternahm sie nichts Besonderes: Am Vormittag war sie zu Hause, nachmittags im Büro, aber gestern abend ...«

Der Kommissar wartete darauf, daß er weitersprach. Aber Calabrò schwieg.

»... gestern abend?«

Der Beamte reichte ihm den Umschlag über den Tisch: »Sehen Sie selbst.«

Er wollte schon gehen, doch Luciani hielt ihn zurück: »Wart mal einen Moment. Wo willst du denn hin? Laß sie mich erst einmal anschauen.«

Er schüttete den Inhalt vor sich aus: etwa ein Dutzend Farbfotografien, einige waren vergrößert und ziemlich grobkörnig, mit einem Teleobjektiv aufgenommen und mit einer großen Büroklammer zusammengeheftet. Auf dem ersten Foto sah man Antonio Dall'Olios grünen Jaguar, der auf dem Vorplatz eines Landgasthofs parkte.

»Wo ist das?«

»Außerhalb Turins, Herr Kommissar. In der Gegend von Moncalieri.«

Dann wieder Dall'Olio, der aus dem Wagen stieg, zwei Männer, die ihm entgegengingen. Sie trugen Sonnenbrillen, obwohl es fast schon Abend war. Der weiße Regenmantel und das graumelierte Haar ließen keinen Zweifel zu: der eine war Alfredo Rebuffo. Der andere war Mario Colnago, der Koordinator der Schiedsrichter. Dann weitere Aufnahmen von den dreien im Restaurant, ein Tisch mit vier Gedecken. Marco Luciani wußte nicht warum, aber er spürte, wie seine Hände feucht wurden.

Noch ein Foto vom Parkplatz: Ein Audi mit Metallic-Lackierung, eine offene Tür, ein Paar perfekte Beine, die mit der Klasse einer Königin aus dem Wagen stiegen. Er erkannte sie sofort. Auf dem nächsten Foto sah Sofia Lanni, mit Sonnenbrille und Kopftuch, wie eine Schauspielerin aus den fünfziger Jahren aus, die den Paparazzi entkommen will. Es war ihr nicht gelungen. Marco Luciani versuchte, sich nichts anmerken zu lassen, aber es ging nicht: Er mußte mehrfach schlucken.

Dann wieder im Restaurant, Colnago, der Sofia Lanni die Hand gab, dann gab auch Rebuffo ihr die Hand, allerdings küßte er sie auch auf die Wange und faßte sie um die Taille. Dem Kommissar stieß ein Schub Magensäure auf, den er mit Mühe wieder hinunterwürgte. Die Stille im Raum wurde eisig, bis der Kommissar sich entschloß, Calabrò aus der peinlichen Situation zu befreien.

»Konnten Sie etwas verstehen?«

»Leider nicht, Herr Kommissar. Als wir den Jaguar verfolgten, kannten wir das Ziel nicht, daher konnten wir vorher keine Mikrophone plazieren. Mit dem Richtmikrophon kamen wir nicht nahe genug heran. Zu viele Störgeräusche, tut mir leid.«

»Das braucht dir nicht leid zu tun, Calabrò. Hervorragende Arbeit, wirklich«, sagte der Kommissar, aber er schaffte es nicht, einen zufriedenen Ton anzuschlagen. Er schob die Fotos in den Umschlag, verschloß sie in der Schublade und entließ seinen Mitarbeiter.

»Soll ich weiterhin den Jaguar verfolgen? Oder einen aus der Gruppe?«

»Ich denke nicht, im Moment. Im Bedarfsfall sage ich dir Bescheid.«

Er stieg in den Wagen, folgte der kurvenreichen Via Aurelia, kam an das Denkmal von Quarto, parkte, zog sich T-Shirt, Shorts und Jogging-Schuhe an, die er immer im Kofferraum bereithielt, und lief los. Er schwor sich, daß er nicht eher umkehren würde, als bis er nach Sori gelangt wäre. Die erste halbe Stunde hielt er ein strammes Tempo, doch dann bereitete das Auf und Ab ihm langsam Schwierigkeiten. Er war an die Flachstrecken des Porto Antico und die leichten Steigungen des Corso Italia gewöhnt, während hier beachtliche Anstiege zu bewältigen waren und ein gleichmäßiger Rhythmus unmöglich wurde. Jedesmal, wenn er umkehren wollte, dachte er an die Brasilianerin und die Mädchen, die auf Schlauchboote verfrachtet wurden, oder an Baffo, der morgens um acht, halb besinnungslos, nach Hause kam, an seine Mutter, die in einem in Bettlaken eingesponnenen Haus herumirrte. Er dachte an das Dasein der Menschen, die er kannte, ein Dasein, das von einem Auf und Ab gekennzeichnet war, das weitaus härter war als diese Laufstrecke. Nach der Affäre mit seinem Vater hatte Marco Luciani sich ein flaches Terrain gesucht, ohne Steigungen, ohne Freud oder Leid, ohne Übertreibungen. Ein flaches, einsames Dasein, eine Art Marathonlauf in der Wüste, erschien ihm damals als Ideallösung, doch dann war Sofia Lanni wie eine Oase aufgetaucht. Er hatte sich in das kühle Naß gestürzt, obwohl er wußte, daß es eine Fata Morgana war. Sobald sie verschwunden war, würde er wieder vor der grenzenlosen Sandwüste stehen.

Er kam nach Sori, kehrte an der ersten Ampel um und kämpfte sich wieder durch das Auf und Ab, bis die Knie schmerzten und die Waden hart wurden. Als er an seinen Clio kam, waren seine Knie hinüber und die Waden fast steif. Er schaute auf die Uhr, die er im Auto gelassen hatte – er war fast zwei Stunden gerannt.

Er fuhr nach Hause. Auf dem Anrufbeantworter war eine Nachricht von Giampieri, der ihm mitteilte, daß Baffigo erneut in der Klinik sei. Als die Carabinieri seine Wohnung durchsuchen wollten, hatten sie ihn auf dem Boden gefunden, neben sich eine leere Whiskeyflasche. Marco Luciani fühlte sich schuldig, weil er ihm zur Flucht aus dem Krankenhaus verholfen und ihn anschließend nicht im Auge behalten hatte. Er nahm sich vor, zu duschen und dann sofort wieder ins San-Marino-Krankenhaus zu fahren, doch dann wurde ihm klar, daß man ihn um diese Uhrzeit nicht in Baffigos Nähe lassen würde. Es war sinnvoller, sich aufs Sofa zu legen und ein paar Stunden Schlaf nachzuholen.

Gegen zehn riß ihn das Läuten des Telefons aus dem Halbschlaf. Er drosselte die Stereoanlage und wartete, bis der Anrufbeantworter ansprang. Wie vermutet, hörte er die – leicht verzerrte – Stimme Sofia Lannis: »Hallo Marco, ich bin's. Bist du zu Hause? Kannst du mal rangehen?«

Er rührte sich nicht vom Sofa.

»Erst einmal: Kompliment für den Coup mit der Brasilianerin. Du hast die anderen plattgemacht. Aber wehe dir, wenn du keine zehn Meter Sicherheitsabstand zu dem Mädchen hältst! Hör mal, apropos: Du mußt dich in acht nehmen, die werden versuchen, sich zu rächen … Ich wollte mit dir über eine wichtige Angelegenheit reden. Gestern beim Abendessen habe ich mit Leuten gesprochen ...«

Marco Luciani stellte die Lauscher auf.

»Aber es ist besser, wenn ich darüber nicht am Telefon rede, morgen erzähle ich dir alles.«

Der Kommissar sprang auf und rannte zum Telefon, aber als er den Hörer abnahm, hatte Sofia Lanni schon aufgelegt. Er wollte sie zurückrufen, doch dann ließ er es bleiben. Lieber diesen unerwarteten Hoffnungsschimmer bewahren, als die Sache gleich zu überprüfen und sich jeglicher Illusion zu berauben, dachte er. Er streckte sich wieder auf der Couch aus, klappte die Verbindungsübersichten zu und verschob die Lektüre auf den nächsten Morgen. Dann drehte er die Musik lauter. Lucio Quarantotto sang:

Und die Mörder sind auch nicht anders
Die haben keine sechs Zehen und drei Füße
Das sind Topfpflanzen wie wir
Straßenpilger wie wir

Und dann sagen sie
Was haben wir Unrechtes getan
Nur jemanden früher erlöst
Einer Oma früher das Herz gebrochen
Die jetzt beerdigt wird
Statt in vierzig Jahren

Und dann und dann haben wir Mörder dafür gesorgt
Daß ihr schneller durchkommt
Zwischen den Tischen
Haben alle Tassen
Alle Tassen in die Luft geschleudert.

Mittwoch

Die Türklingel weckte ihn im Morgengrauen. Er stand auf, wie er war, in Boxer-Shorts und T-Shirt, und ging barfuß zur Tür.

»Wer ist da?« fragte er; er fürchtete, die Stimme von Greta oder dem Neapolitaner aus dem ersten Stock zu hören.

»Carabinieri. Öffnen Sie die Tür.«

Na bitte, dachte er, der Neapolitaner hat die Alte schließlich doch kaltgemacht, und ich habe es nicht einmal mitbekommen. Er öffnete und stand einem Offizier und drei Carabinieri in Kampfausrüstung gegenüber. Sie trugen Schutzhelme und Maschinenpistolen.

»Marco Luciani?« fragte der Offizier.

»Der bin ich.«

»Würden Sie uns bitte folgen?«

»Das muß ein Irrtum sein. Ich bin Kriminalkommissar.«

»Kein Irrtum, Herr Kommissar. Ich bitte Sie, uns zu folgen und kein Aufsehen zu erregen. Das ist für alle Beteiligten das beste.«

Marco Luciani dachte, er sei noch nicht wach. Doch der kalte Fußboden, die Lichtreflexe auf den Maschinenpistolen und der Mundgeruch des Offiziers waren zu realistisch, als daß sie nur geträumt sein konnten.

»Wollen Sie mich festnehmen? Haben Sie einen Haftbefehl?«

Der Offizier lächelte: »Wir nehmen Sie nicht fest. Wir bitten Sie lediglich, uns zu folgen, Sie werden in der Staatsanwaltschaft erwartet, und zwar von Doktor Angelini.«

»Wenn das so ist, hätte es auch ein Anruf getan.«

Er wusch sich schnell, zog die erstbesten Klamotten an und folgte ihnen. Der Neapolitaner war in Unterhemd und Schlappen im Treppenhaus erschienen und fragte: »Was ist denn los, Herr Kommissar?«

Marco Luciani antwortete: »Ich weiß es nicht. Behalt meine Wohnung im Auge, daß mir da niemand einbricht.«

Als er hinunter auf die Straße kam, sah er einen vollbesetzten Mannschaftswagen der Carabinieri und einen Streifenwagen mit Blaulicht. Trotz der frühen Stunde hatte sich eine Gruppe von Schaulustigen gebildet. Die Alte kam oben ans Fenster und rief:

»Was ist denn? Was ist los?«

Jemand antwortete: »Der Kommissar wird verhaftet.«

Sie schrie: »Wurde aber auch Zeit.« Dann schlug sie hastig die Fensterläden zu.

»Kein Aufsehen, wie?« zischte Marco Luciani den Offizier an.

Er stieg ins Auto, und als sie an dem Kiosk vorbeikamen, der gerade die Läden geöffnet hatte, sah er die Werbetafel der Zeitung: »Krimi um den Schiedsrichter: Der ermittelnde Kommissar hatte ihn attackiert.« Er wußte nun, daß sein Geheimnis gelüftet und das Ende der Fahnenstange erreicht war.

Sie brachten ihn nicht zur Staatsanwaltschaft, sondern in die Kaserne von Quarto. Sie ließen ihn in einem kahlen Raum Platz nehmen: Ein Tisch, drei Stühle und ein Spiegel, durch den man ihn vermutlich beobachten konnte. Sie brachten ihm einen Kaffee, und als er um eine Erklärung bat, hieß es, er solle sich ein wenig gedulden, der Oberstaatsanwalt werde gleich eintreffen. Dann gingen sie und schlossen von außen die Tür ab.

Ich könnte sie wegen Freiheitsberaubung anzeigen, dachte Luciani. Als ob das irgend etwas bringen würde.

Er spürte, daß er lange würde warten müssen. Staatsanwalt Angelini liebte es, Luciani warten zu lassen, und im Moment mußte er sich freuen wie ein Kind, daß er ihn drangekriegt hatte. Luciani versuchte auf dem unbequemen Stuhl eine bequeme Position zu finden, stellte sich den Kaffee auf den Bauch und begann, ganz langsam, jedes kleinste Detail berücksichtigend, den Zwischenfall aus seiner Fußballerära zu rekonstruieren, über den er in den Folgejahren Hunderte Male nachgegrübelt hatte.

Es war das letzte, das entscheidende Spiel in der dritten Liga, Hopp oder Top: Die gegnerische Mannschaft brauchte mindestens einen Punkt, um die Klasse zu halten, Lucianis Team mußte gewinnen, wenn es in die zweite Liga aufsteigen wollte. Sie waren schon am Vorabend angereist, hatten sogar ihr eigenes Mineralwasser dabei, um Vergiftungen vorzubeugen. Die gegnerischen Fans hatten die ganze Nacht mit Trommeln, Trompeten und Kuhglocken unter ihren Hotelzimmern verbracht, und er hatte praktisch kein Auge zugetan. Aber er war zwanzig Jahre alt, neunzig Kilo reine Muskelmasse, und am nächsten Tag fühlte er sich nicht einmal so schlecht. Er war voller Energie und mit einer animalischen Wut im Bauch aufgelaufen. Er wollte um jeden Preis gewinnen, denn ein weiteres Jahr wollte er nicht in einer Hölle aus Kartoffeläckern, durchgedrehten Fans und Einschüchterungen durch die Mafia verbringen. Jetzt lächelte er bei dem Gedanken, wie kategorisch und extrem seine Haltung gewesen war, doch damals gab es für ihn nur Schwarz oder Weiß: Entweder er gewann, dann stieg er in die zweite Liga auf, bekam einen Jahresvertrag von mindestens fünfzigtausend Euro und die Gelegenheit, sich in Szene zu setzen, in Genua, Como, Bergamo und Piacenza. Er würde Vollprofi werden, ein schönes Haus, ein schönes Auto, eine schöne Frau haben, alles Dinge, die seine Familie bereits besaß, aber die er sich aus eigener Kraft erarbeiten wollte. Oder sie verloren, blieben in der dritten Liga, mit wenig mehr als einer Spesenvergütung, er würde mit den Mannschaftskollegen in einer Wohnanlage in Kampanien leben und weiterhin den Blutgrätschen der Verteidiger von Acireale, Castel di Sangro und Sassari ausgesetzt sein. Es stand ein ganzes Leben auf dem Spiel, in einem Spiel von neunzig Minuten.

Der Schiedsrichter war derselbe, der ihnen einige Wochen vorher eine Niederlage gegen den Tabellenzweiten beschert hatte. Und er hatte Marco vom Platz gestellt, weil dieser einen glasklaren Elfmeter eingefordert hatte. Die direkten Aufstiegskonkurrenten lagen einen Punkt hinter Marcos Team, aber sie würden sicher gewinnen, denn für ihren Gegner ging es um nichts mehr. Man mußte sie auf Abstand halten, und da half nur ein Sieg.

Als Marco aufs Feld kam, war er schon zum Bersten angespannt, aber er war entschlossen, die Klappe zu halten und auf keinen Fall zu reklamieren. Der Trainer hatte alle zu absoluter Selbstbeherrschung angehalten; Marcos Kameraden hatten dem Schiedsrichter vor dem Anpfiff sogar zugelächelt und ihm die Hand gereicht. Auch Marco hatte sich überwunden und ihm die Hand gegeben. Aber gelächelt hatte er nicht.

Er konnte sich bestens an das kleine Stadion erinnern: die Tribünen brechend voll, die Umzäunung löchrig, teilweise sogar heruntergerissen, das Publikum kam bis auf zwei Meter an die Spieler heran: Sicherheitsmaßnahmen – Fehlanzeige. Hinter jedem Tor standen zwei Carabinieri, das war alles. Der Platz wirkte wie frisch gepflügt.

Zweite Minute, der Ball kommt zu Marco, er ist noch weit vor dem Strafraum, mit dem Rücken zum Tor. Der Vorstopper mäht ihn von hinten um, trifft beide Knöchel. Marco fällt auf den Rücken und bekommt eine Minute lang keine Luft mehr. Der Schiedsrichter hebt die Arme und signalisiert: weiterspielen. Noch ein böses Omen.

Was folgte, war eher eine Treibjagd als ein Fußballspiel. Die anderen schrubbten wie die Irren, unbehelligt, sobald Marcos Kameraden zurückschlugen, sahen sie Gelb. Wer Marco foulte, bekam manchmal einen Freistoß zugesprochen, ein Ellbogen traf ihn – ungestraft – im Gesicht, und zwei Tacklings hätten ihm wohl Schien- und Wadenbein gebrochen, wenn er nicht rechtzeitig weggesprungen wäre. In der gesamten ersten Halbzeit wurde kein einziges Mal aufs Tor geschossen.

Er konnte sich noch an den Geruch in der Umkleide erinnern, ihre dampfende Wut.

Der Trainer ging zum Schiedsrichter, um sich zu beschweren. Als er zurückkam, war er knallrot im Gesicht, fuchsteufelswild: »Jetzt geht ihr auf den Platz und reißt diesen Hurensöhnen den Arsch auf. Schaut nicht auf das Publikum, schaut nicht auf den Schiedsrichter. Schaut nur auf den Ball, eure Mitspieler und das Tor. Ich will nur euch auf dem Platz sehen.«

Sie liefen wie Furien auf und begannen, Druck aufzubauen, die Gegner in deren Strafraum einzuschnüren. Der Torhüter zeigte eine schöne Parade, dann trafen sie per Freistoß den Pfosten. Der erste Elfmeter, der um die zehnte Spielminute herum gegen Marco verursacht wurde, war absolut eindeutig: Marco hatte den Ball etwa einen Meter innerhalb des Strafraums angenommen, vorwärts über den Verteidiger gelupft, und dieser hatte die Kugel – zack – mit dem Arm mitgenommen. Der Schiedsrichter schrie: »Weiter, weiter, unabsichtlich.« Er gehörte zu den Schiris, die gerne reden.

Die zweite Strafstoßsituation war um die 30. Spielminute herum, vorher hatte es noch zwei Paraden und zwanzig Massenszenen vor dem Tor gegeben. Marco war auf dem rechten Flügel entwischt, hatte zwei Gegner ausgedribbelt, war in den Strafraum vorgestoßen, und der Libero hatte ihn gelegt. Das trockene Geräusch am Schuh mußte man bis auf die Tribüne gehört haben. Der Schiedsrichter gab ihm die Gelbe Karte wegen Simulierens und zischte ihm ins Gesicht: »Das nächste Mal fliegst du vom Platz.« Marco riß sich zusammen, unterdrückte einen Schrei, er wollte unbedingt auf dem Feld bleiben und dieses verfluchte Tor schießen. Er erzielte es zwei Minuten später per Kopf, nach einem Eckstoß. Er war schon fast bis zur Mittellinie gerannt, bevor er mitbekam, daß das Tor wegen eines angeblichen Fouls von ihm annulliert wurde.

Acht Minuten vor Schluß der dritte Elfmeter. Der eindeutigste. Ein Mitspieler schlug eine Flanke in den Strafraum, ein Abwehrspieler segelte am Ball vorbei, der plötzlich auf Marcos Schlappen landete, fünf Meter vor dem Tor. Marco holte mit rechts zum Schuß aus, doch da war plötzlich der Fuß weg, von hinten weggesenst. Diesmal kreisten Marcos Mitspieler den Schiedsrichter ein und schrieen ihn an, doch dieser bahnte sich – unterstützt von den Gegnern – mit Ellbogen und Rempeleien einen Weg, stürzte sich auf den am Boden liegenden Marco, zog erst die Gelbe, dann die Rote Karte: »Schwalbe. Leute wie du haben auf dem Fußballplatz nichts verloren.«

Marco Luciani schnellte auf die Füße, die Hitze wallte durch seinen ganzen Körper. Aber sein Kopf blieb klar, er wußte: wenn er jetzt den Schiri schlug, dann war die Partie gelaufen, man würde den Gegnern am Grünen Tisch den Sieg zusprechen, und für Marcos Team war der Traum vom Aufstieg ausgeträumt. Es blieben ihnen noch ein paar Minuten, in denen sie alles auf eine Karte setzen konnten; diese Hoffnung durfte Marco seinen Mitspielern nicht nehmen.

Nachdem er aufgestanden war, schaute er dem Schiedsrichter einen Moment lang in die Augen. Sein Gegenüber wich dem Blick sofort aus, starrte in den Himmel, während sein hochgereckter Arm die Rote Karte zeigte. Marco Luciani verließ wortlos den Platz und ging in die Umkleidekabine. Einige Minuten später hörte er Gekreische und Jubel, da war ihm klar, daß seine Mitspieler es endlich geschafft hatten. Kurz darauf kam ein Betreuer in die Umkleide, um ihn aufzuklären: »Ein faustdickes Eigentor, da war selbst dieses Arschloch machtlos.« Der Betreuer umarmte ihn unter Tränen und rannte wieder hoch, um bis zur letzten Minute mitzuleiden. Marco Luciani war bereits unter der Dusche, als seine Kameraden in die Umkleide platzten, trunken vor Freude. Dann holte jemand Sektflaschen hervor, und es begannen die Sprechchöre: »Zweite Liga, zweite Liga.« Das war der Durchbruch in ihrem Leben: mehr Geld, mehr Aufmerksamkeit durch die Medien, Auswärtsspiele in großen Städten und Bilder im Fernsehen.

Marco Luciani zog sich in aller Ruhe an. Während die anderen grölten und sangen, dachte er an einen schönen Satz, den er sagen konnte, irgendeine Sentenz, die in die Annalen eingehen würde. Er verließ die Umkleide und postierte sich vor der Kabine des Schiedsrichters. Er meinte, mit der Zeit würde er sich abregen, und einmal spürte er sogar, wie ihm Zweifel kamen. Er sah sich mit absoluter Klarheit in einer jener entscheidenden Situationen, die man gewöhnlich erst im nachhinein erkannte, ein Scheideweg, von dem aus es entweder auf einer bequemen Straße wie von selbst ins Licht ging oder in einen finsteren Wald voller Dornengestrüpp. Er dachte an den Katechismus und die Tatsache, daß der Weg in die Hölle der bequemste ist, während der Weg zum Paradies steinig und steil ist. Aber dies war hier nicht der Fall, diesmal wartete am Ende des steinigen Weges keine Belohnung, der Pfad blieb so unwegsam bis zum Schluß und endete in einem riesigen Scheißhaufen.

Als Schiedsrichter Ferretti aus Livorno aus der Kabine kam, versperrte Marco ihm den Weg, er näherte sich seinem Gesicht bis auf wenige Zentimeter und sagte leise:

»Weißt du, Schiri, als wir Kinder waren und auf dem Hof spielten, galt die Regel: drei Ecken ein Elfmeter. Du hast mir heute für drei Elfmeter nicht einmal einen Eckball gegeben. Und dafür bezahlst du jetzt.«

Er traf ihn zuerst mit einer Rechten auf den Mund, er hatte mit aller Kraft zugeschlagen und meinte, die Zähne brechen zu hören. Dann plazierte er eine Linke aufs Auge. Als Ferretti zu Boden ging, trat er ihm mit dem Knie gegen die Nase, die sicher brach. Er mußte ihn noch einige Male getroffen haben, ehe die Linienrichter ihn festhielten, und hätten sie das nicht getan – er hätte ihn umgebracht.

Jawohl. Ich hätte ihn umgebracht und es später nie bereut, dachte Marco Luciani. Monatelang spürte er auf seinem Knie den Abdruck der Nase, hörte er das Geräusch des Nasenbeines. Es war ihm jedes Mal unheimlich und gleichzeitig ein Trost, wenn er an das Leben dachte, das ihm für immer verwehrt bleiben würde: Er wurde lebenslang gesperrt, bekam ein Strafverfahren und eine Schadenersatzklage an den Hals. Später zog der Schiri die Anzeige zurück, denn ein Verbandsmitglied konnte damals ein anderes nicht anzeigen, ohne seine Mitgliedschaft zu verlieren. Und die Tatsache, daß der Schiedsrichter auf Schadenersatz und eine Verurteilung Marcos verzichtet hatte, war ein weiterer Beweis für seine Korruptheit: Ferretti wußte, daß er viel mehr kassierte, wenn er weiterpfiff. Auf dem Fußballfeld ließ er sich allein von berechnendem Ehrgeiz leiten, und er wäre jeden Kompromiß eingegangen, um sein Fernziel zu erreichen. Natürlich spielte auch Marco Luciani aus Ehrgeiz, er wollte eines Tages im Dreß eines großen Clubs oder gar der Nationalelf auflaufen, aber er spielte auch aus Leidenschaft und Liebe, und weil dieser Sport von atemberaubender Schönheit war. Er verzichtete leichten Herzens auf seine Träume, als ihm klar wurde, welchen Preis er würde bezahlen müssen.

Umberto Angelini thronte auf seinem Sessel und setzte eine Miene auf, als hätte er das Urteil des Jüngsten Gerichts zu verkünden. Aufgereiht zu seiner Rechten standen: Staatsanwalt Delrio und der Carabinieri-Oberst Lo Bianco, der freundlicherweise sein Büro für dieses Schlachtfest zur Verfügung gestellt hatte. Zu Angelinis Linken befand sich außerdem Vizekommissar Giampieri; Marco Luciani grüßte, indem er nickte und schuldbewußt lächelte, aber sein Vize wandte sofort den Blick ab. Der Kommissar konnte nicht umhin: er mußte schlucken.

Angelinis Adlernase zielte auf ihn und nagelte ihn zwei Meter vor dem Schreibtisch fest. »Ich habe diese Vollversammlung einberufen, Herr Kommissar, weil ich immer dafür war, daß schmutzige Wäsche in der Familie gewaschen wird. Aber sie muß gewaschen werden, und wie! Durch die Ermittlungsarbeit der Carabinieri war uns ein Schuldiger zugeführt worden, oder besser gesagt eine auf einem klaren Motiv ruhende Mordtheorie. Sie selbst haben diese Theorie widerlegt, indem sie die Brasilianerin aufspürten und die Geschehnisse en détail rekonstruierten. Dafür gebührt Ihnen Dank, denn Sie haben uns vor einem möglichen Justizirrtum bewahrt.«

Er setzte eine Pause, warf Lo Bianco einen bösen Blick zu und fuhr fort: »Dessenungeachtet sehen wir uns mit Enthüllungen konfrontiert, die Sie ganz persönlich betreffen. Sie hatten uns in keiner Weise über Ihre Vorgeschichte mit Schiedsrichter Ferretti informiert, eine höchst problematische Vorgeschichte, derentwegen Sie sich sofort von diesem Fall hätten entbinden lassen müssen. Ihre Befangenheit liegt klar auf der Hand. Nun werden in der Öffentlichkeit Fragen aufgeworfen, die Medien werfen Fragen auf. Die Staatsanwaltschaft gibt ein äußerst negatives Bild ab, und Sie, Herr Kommissar, werden Gegenstand der schlimmsten Verdächtigungen.«

Delrio hüstelte. Marco Luciani fragte:

»Inwiefern?«

»Wir haben eine neue Theorie und ein neues Motiv: Rache. Der hier anwesende Oberst Lo Bianco hat bereits erste Untersuchungen angestrengt, und glauben Sie mir, Herr Kommissar, würde es sich nicht um Sie handeln, ich hätte bereits ein offizielles Ermittlungsverfahren eingeleitet.«

»Ein Ermittlungsverfahren gegen mich? Sie sind verrückt.«

Angelini schlug mit der Handfläche auf den Schreibtisch:

»Was erlauben Sie sich? Und unterbrechen Sie mich nicht! Sie hatten Gelegenheit, die Untersuchungen zu leiten, zu kontrollieren und womöglich zu manipulieren, die den Tod einer Person betreffen, die Sie haßten, die Sie bereits zu töten versucht hatten.«

»Das meint er nicht im Ernst«, sagte Marco Luciani, an seinen Vize gewandt. Giampieri preßte die Lippen aufeinander und nickte, sein Blick verriet abgrundtiefe Enttäuschung.

Delrio versuchte sich einzuschalten: »Wenn es mir gestattet ist ...«

Angelini schlug wieder auf den Tisch: »Nein! Es ist Ihnen nicht gestattet! Ich dulde keine Unterbrechungen mehr. Sie alle hören mir bis zum Schluß zu, und dann können Sie Ihre Meinung äußern.«

Er wartete, bis eine vollkommene, spannungsgeladene Stille herrschte. Dann sprach er weiter: »Sie, Herr Kommissar, hatten ein Motiv, die Zeit und die Möglichkeit, um zu agieren. An fraglichem Sonntag, nennen wir ihn mal so, waren Sie außer Dienst und hatten außerdem den Piepser abgestellt, damit man Sie nicht orten konnte. Sie gingen ins Marassi-Stadion, das Sie gut kennen, weil Sie früher dort Dienst taten, Sie schmuggelten sich vor dem Spiel in den

Kabinengang, versteckten sich und warteten, bis der Schiedsrichter während der Halbzeitpause allein war. Sie betäubten ihn und brachten ihn um. Sie rissen ein Blatt von seinem Notizblock ab und ließen den Kugelschreiber verschwinden, damit man annehmen mußte, jemand hätte die Beweise für einen Selbstmord verwischen wollen, der in Wirklichkeit gar kein Selbstmord war. Sie haben sich diesen Zeitpunkt und diesen Ort ausgewählt, damit die Ermittlungen sich gegen den Profifußball richteten. Aber da es sich um einen möglichen Mord handelte, wußten sie, daß sie die Ermittlungen sowieso in eine Ihnen genehme Richtung lenken konnten. Dann schlossen Sie die Tür ab, um Zeit zu gewinnen und zu verschwinden. Sie kehrten in den Corso Italia zurück, setzten Ihren Dauerlauf fort und taten so, als wären Sie schon wer weiß wie lange dort. Dann kehrten Sie an den Ort der Tat zurück – merkwürdig, aber das alte Sprichwort hat immer recht –, damit es völlig natürlich erschien, wenn man dort später Ihre Fingerabdrücke finden würde.

Angelini lehnte sich in seinem Sessel zurück. Sichtlich zufrieden. Niemand sagte etwas.

»Und? Haben Sie dazu nichts zu sagen?«

Marco Luciani lachte künstlich, aber er war sichtlich nervös: »Sagen Sie mir nur, ob Sie Witze machen oder das wirklich glauben.«

Angelini stütze sich wieder mit den Ellbogen auf den Schreibtisch und schaute ihm in die Augen: »Was ich glaube, ist gleichgütig. Sie wissen, daß ich immer das größte Vertrauen in Sie hatte. Aber die Leute? Würde eine solche Hypothese aufgestellt werden«, sagte er mit einem weiteren Seitenblick auf Lo Bianco, »dann bin ich überzeugt, daß viele ihr folgen würden. Sie wissen, wie die Journalisten gestrickt sind, wie schnell die Phantasie mit denen durchgeht. Nach einer solchen Story würden sich alle Redakteure der Welt die Finger lecken. Abgesehen davon wäre es auch juristisch gesehen mein gutes Recht, gegen Sie – angesichts der angesprochenen Indizien – ein Ermittlungsverfahren einzuleiten, Herr Kommissar. Wie gesagt: Sie hatten Motiv, Zeit und Möglichkeit, den Mord zu begehen, und Sie befanden sich in der idealen Position, um anschließend die Ermittlungen zu manipulieren.«

»Ach ja? Und warum habe ich den Fall dann nicht sofort als Suizid deklariert und abgehakt, wie viele von Ihnen wollten?«

»Ich spiele einmal des Teufels Advokaten: Eben gerade um einen möglichen Verdacht gegen Sie zu zerstreuen. Und weil Sie wußten, daß es sich um Mord handelte, und vermuten mußten, daß die Selbstmordtheorie auf Dauer nicht standhalten würde.«

»Und warum habe ich dann nicht die Saggese-Theorie akzeptiert?«

Diesmal war es an Lo Bianco, die Antwort zu geben: »Ach, das weiß ich nun wirklich nicht. Und tatsächlich riet ich dir … Aber womöglich plagte dich, Saggese unschuldig wissend, das Gewissen und du wolltest einen Unschuldigen nicht im Gefängnis sehen.«

Diese Schweinepriester. Sie hatten alle Trümpfe in der Hand und machten sich einen Spaß daraus, mit Luciani Katz und Maus zu spielen.

Angelini schüttelte den Kopf: »Überlegen Sie, was passieren würde, wenn ich Sie offiziell in Kenntnis setzen würde, daß gegen Sie ermittelt wird. Ich würde es zu Ihrem Schutz tun, das ist klar, falls es zu Verhören oder Hausdurchsuchungen kommt. Aber inzwischen wissen wir, welche Wirkung das Wort ›Ermittlungsverfahren‹ hat, wenn es in einer Schlagzeile steht.«

Das Wort »Hausdurchsuchung« bestätigte Lucianis Befürchtungen. Wenn die Carabinieri seine Wohnung betraten, war das der Super-GAU. Sie würden zwar nicht finden, wonach sie suchten, aber sie konnten alles Mögliche einschmuggeln. Oberst Lo Bianco war ein weitsichtiger Mensch, der immer eine Tüte Koks und eine Pistole mit abgefeilter Registriernummer dabeihatte, für alle Fälle. Wer wußte, was er bei Luciani deponieren würde. Plötzlich fiel dem Kommissar ein, daß Ferrettis Handy immer noch nicht aufgetaucht war; wenn sie dieses As in seiner Wohnung ausspielten, war sein Schicksal besiegelt. Er suchte zuerst einen Blick von Giampieri zu erhaschen, vergebens, dann von Delrio, der eine verschwörerische Geste machte, als wollte er sagen: »Bleiben Sie ganz ruhig.«

»Was wollt ihr von mir?«

»Ihren Abschied. Heute noch. Daß Sie Dienstausweis und Waffe im Polizeipräsidium abgeben.«

»Kommt nicht in Frage. Ich habe nichts getan.«

Lo Bianco ergriff das Wort: »Nach diesem Skandal müssen Sie dich ohnehin suspendieren. Wenn du von dir aus den Hut nimmst, macht das einen besseren Eindruck.«

Diesmal konnte Marco Luciani sich nicht beherrschen: »Du bist ein personifizierter Skandal, Lo Bianco. Paß bloß auf, die Sache ist noch nicht ausgestanden.«

»Ist das eine Drohung?«

»Das ist mehr als eine Drohung. Das ist ein Versprechen.«

Angelini bedeutete dem Oberst, aufzuhören. »Also, Herr Kommissar?«

»Nein. Kein Rücktritt. Wenn Sie mich rausschmeißen wollen, dann ist das Ihre Entscheidung, nicht meine.«

»Sehr gut«, sagte der Oberstaatsanwalt, während er zum Füller griff, »dann muß ich also diese Benachrichtigung über das Ermittlungsverfahren unterzeichnen, und der Rest ergibt sich von selbst.«

Marco Lucianis Gedanken überschlugen sich. Wenn Angelini dieses Schreiben noch nicht unterzeichnet hatte, dann war dies sicher nicht aus Rücksicht auf den Kommissar geschehen, sondern weil er es nicht wollte. Und wenn er es nicht unterschreiben wollte, dann deshalb, weil er für sich selbst fürchtete.

»Es wird auch einen Teil der Presse geben, der sein Vertrauen in mich setzt«, sagte er, »und Sie der Lächerlichkeit preisgeben wird. Ein Verfahren gegen einen Kriminalkommissar zu eröffnen, ist eine gravierende Angelegenheit, wenn sich dann herausstellt, daß er nicht involviert war. Das würde für neuen Zündstoff sorgen, die Rivalität zwischen Polizei und Carabinieri anheizen und vermutlich sogar zum Politikum auf nationaler Ebene werden. Auch der Umstand, daß der Polizeipräsident nicht anwesend ist, legt für mich den Schluß nahe, daß er Ihre Lösung nicht billigt.«

Dieses Argument schien Angelinis Hand zu lähmen, und Delrio nutzte die Gelegenheit, um einen Vermittlungsvorschlag zu machen: »Herr Staatsanwalt, könnte der Kommissar nicht Urlaub nehmen, bis die Dinge geklärt sind? Und dann eventuell um Versetzung nachsuchen, zum Beispiel zur Digos?«

Angelini schüttelte den Kopf: »Auf keinen Fall. Das ist das gewöhnliche Prozedere, wenn jemand Mist gebaut hat, nicht für einen potentiellen Mörder, der die Ermittlungen blockiert und sich mir gegenüber mehr als eine Respektlosigkeit erlaubt hat. Ich möchte, daß er um seinen Abschied nachsucht. Und der Polizeipräsident, das können Sie mir glauben, wird dem Gesuch stattgeben.«

»Kommissar Luciani hat sich in der Vergangenheit sehr verdient gemacht. Er hat schwierige Fälle aufgeklärt. Ich glaube, daß sich viele hinter ihn stellen werden.«

Angelini dachte eine Weile darüber nach: »Sind Sie von der Unschuld des Kommissars überzeugt, Doktor Delrio? Sehr gut, ich werde mich ein weiteres Mal auf Sie verlassen. Ich werde mit meiner Unterschrift noch warten, aber Doktor Luciani ist ab jetzt offiziell beurlaubt, er muß nach Hause gehen und darf die Stadt nicht verlassen. Vor Ende der Woche müssen Sie, Doktor Delrio, die Beweise finden, die ihn entlasten, und den Fall zum Abschluß bringen. Als Selbstmord.«

»Aber es sind noch viele Fragen offen«, protestierte der Kommissar.

»Die werden geklärt werden, keine Sorge. Jetzt, da Sie beurlaubt sind, ruhen die Ermittlungen in kundigen Händen, in denen Ihres Stellvertreters Giampieri. Er ist ein kompetenter Mann, sorgfältig und unbefangen. Ich bin sicher, daß er gemeinsam mit Staatsanwalt Delrio die Lösung finden wird, falls nicht ... werden wir erneut auf Oberst Lo Bianco zurückgreifen müssen.«

Marco Luciani schwieg. Es gab kaum etwas hinzuzufügen. Angelini hatte sich geschickt verhalten, man konnte alles Mögliche über ihn behaupten, aber nicht, daß er seine Schachfiguren nicht einzusetzen wüßte. Am Ende hatte er sogar Giampieri auf seine Seite gezogen – sicher indem er ihm Lucianis Posten versprach –, und auch Delrio hatte er kaltgestellt, der nun, wohl oder übel, mitspielen und die Selbstmordtheorie verfolgen mußte. Blieb nur abzuwarten, wie sie diesen Fall ordnungsgemäß zum Abschluß bringen wollten, ohne daß sich hartnäckige Zweifel hielten.

Sie verließen die Kaserne einer nach dem anderen durch die Hintertür. Der Himmel war grau, in der schwülen Luft hatte sich eine Smog-Glocke gebildet. Marco Luciani bat Giampieri, ihn nach Hause zu bringen, der Vize ließ ihn stumm in den Dienstwagen einsteigen. Er fädelte sich in den Verkehr auf dem Hügel von Albaro ein und sagte mindestens fünf Minuten lang kein Wort.

Es war der Kommissar, der das Schweigen brach: »Gut, es war ein Fehler, dir nichts davon zu sagen. Und es tut mir leid, daß du es auf diesem Weg erfahren hast. Aber was hättest du an meiner Stelle getan?«

»Ich an deiner Stelle hätte auf den Fall verzichtet und öffentlich den Grund erklärt.«

»Ich wollte die Ermittlungen führen, damit man sie nicht manipulieren konnte.«

»Ach, herzlichen Dank für dein Vertrauen.«

»Komm, du weißt, daß ich nicht dich meine.«

Giampieri lachte kurz auf: »Ach nee. Dafür muß ausgerechnet ich sie jetzt manipulieren, um dir den Arsch zu retten. Ist das nicht spaßig?«

»Okay, aber betrachte die Sache mal von der guten Seite: Jetzt mußt du mich nicht mehr ertragen und kannst endlich meinen Platz einnehmen.«

Der Vizekommissar legte eine Vollbremsung hin und hielt am Straßenrand: »Steig aus.«

»Hey, was ist denn jetzt los?«

»Ich habe keine Lust mehr auf diesen Ulk. Ich wollte nie deinen Platz einnehmen, ich habe immer meine Arbeit so gut wie möglich getan, weil ich dich als Vorgesetzten schätzte und dachte, wir wären Freunde. Nun hat sich in beiden Dingen meine Meinung geändert.«

»Komm, Nicola ...«

»Scheiß auf dein: ›Komm, Nicola.‹ Ich habe es satt, du kannst immer nur Ansprüche stellen, von den anderen Liebe und Loyalität verlangen, aber von dir willst du nie etwas hergeben. Mit deinem Verzicht auf alles, deiner Selbstaustrocknung hast du am Ende auch mich verhungern lassen. Und jetzt steigst du aus.«

Zwei Tränen der Wut rannen ihm über die Wangen.

Marco Luciani schnallte sich ab. Er öffnete die Tür und stieg völlig belemmert aus. Innerhalb weniger Stunden hatte er alles verloren.

Er ging zu Fuß nach Hause. Zu seiner Verwunderung waren keine Journalisten da, offensichtlich nahmen sie spät die Arbeit auf, oder vielleicht suchten sie in Polizeipräsidium oder Kaserne nach ihm. Er drückte sich an der Mauer entlang und versuchte, den Blicken der Ladenbesitzer und den Fragen der Nachbarn auszuweichen, dann lief er schnell die Treppe hoch, betrat seine Wohnung und kontrollierte flüchtig die Räume – alles schien unverändert. Kurz darauf kam der Neapolitaner aus dem ersten Stock und bestätigte, daß niemand die Wohnung betreten hatte. Marco Luciani brauchte eine Weile, um ihn loszuwerden, dann war er endlich allein. Er schloß die Fensterläden und blieb stundenlang im Dunkeln auf dem Sofa liegen. Er hatte nicht einmal die Kraft, die Stereoanlage anzustellen. Oft klingelte das Telefon, und manchmal sprach jemand, vor allem Journalisten, auf den Anrufbeantworter oder an der Gegensprechanlage. Mehrmals hörte er Sofias Lannis Stimme, die besorgt klang und eine Erklärung verlangte, sie sagte, sie müsse noch einen Tag länger wegbleiben und bat um Rückruf, doch er hatte nicht die Kraft, ranzugehen. Er hoffte vergeblich, das Baffigo anrufen würde, und er fühlte sich schuldig, weil er ihn nicht in der Klinik besucht hatte.

Er blieb liegen und betrachtete das Tageslicht, das immer grellere, wärmere Strahlen durch die Ritzen der Fensterläden schickte, er hörte die Stimmen auf der Straße, den Lärm der Motorräder, die Sirenen von Rettungswagen, bis das Licht wieder nachließ und kühler wurde. Gegen Abend, er wußte nicht, wann genau, rief Iannece in Giampieris Namen an. Luciani solle am nächsten Morgen gegen elf im Büro vorbeikommen und sein Urlaubsgesuch einreichen. Spät in der Nacht, als auf der Straße auch die Stimme des letzten Betrunkenen verhallt war, schlief er ein.

Donnerstag

Punkt elf erschien er im Präsidium. Iannece erwartete ihn vor seinem Büro mit einer Miene, als wäre er auf einer Beerdigung: »Guten Tag, Herr Kommissar. Ich habe gestern versucht, Sie zu erreichen, aber dann wurde mir klar, daß Sie keine Lust hatten, ans Telefon zu gehen. Oder liege ich da falsch?«

»Du liegst nicht falsch.«

»Sie haben damals einen Fehler gemacht, Herr Kommissar. Den Schiedsrichter nach dem Spiel zu verprügeln. Wenn Sie diese Genugtuung brauchten, dann hätten Sie sich eine Strumpfmaske überziehen und ihn vor seinem Haus abpassen sollen, um ihm die Gräten zu brechen.«

Marco Luciani lächelte: »Da hast du wahrscheinlich recht. Ist Nicola in seinem Büro?«

»Nein, er ist im Besprechungszimmer. Er sagte, wir sollen nachkommen.«

Um diese Zeit fanden gewöhnlich keine Besprechungen statt, aber als Luciani die Tür öffnete, sah er, daß das Zimmer gerammelt voll war. Nicht nur die Kollegen von der Mordkommission waren da, sondern das gesamte Überfallkommando, die Kriminaltechniker und mehrere Kollegen von Streife und Kriminalpolizei. Einen Moment lang fürchtete er, Giampieri habe für ihn eine Art Schauprozeß inszeniert, wolle ihn vor der gesamten Genueser Polizei, deren Ansehen Luciani befleckt hatte, an den Pranger stellen. Statt dessen löste sein Erscheinen freudigen Jubel und spontanen Beifall aus, viele Kollegen eilten herbei, um ihm die Hand zu schütteln oder auf die Schulter zu klopfen:

»Wir stehen zu Ihnen, Herr Kommissar.« – »Das ist eine Sauerei, was mit Ihnen passiert.« – »Die werden dafür bezahlen.«

Giampieri ließ seinen Blick lange auf Marco Luciani ruhen, er schien überhaupt nicht mehr beleidigt oder verstimmt. Wortlos reichte er dem Kommissar die Hand, dann schob er ihn hinter den Schreibtisch, von dem aus Luciani gewöhnlich den Stand der Ermittlungen illustrierte oder Anweisungen gab. Der Kommissar ließ seinen Blick über die kleine Versammlung schweifen, er merkte zum ersten Mal, wieviel Zuneigung ihm diese Leute entgegenbrachten und wie wenig er diese Zuneigung erwidert hatte. Er dachte, daß er tief in ihrer Schuld stand.

Mit leiser Stimme erklärte er, daß er gezwungen sei, ein paar Tage Urlaub zu nehmen, und daß er wohl kaum auf seinen Posten zurückkehren werde. Von nun an, sagte er, müßten sämtliche Informationen im Fall Ferretti ausschließlich an Giampieri weitergeleitet werden, dieser übernehme nun das Ruder. Er bat die Kollegen um Verzeihung, weil er sie in Verlegenheit gebracht habe, sie sollten aber ihr Vertrauen in ihn nicht verlieren. Sein Interesse in diesem Fall, versicherte er, sei rein beruflich gewesen, und die Vorfälle zwischen ihm und Schiedsrichter Ferretti seien längst passé. Sie hätten keinerlei Nachwirkungen oder Einfluß auf seine – und ihre – Arbeit gehabt.

Er glaubte nicht, daß er besonders überzeugend gewirkt hatte. Die Worte waren zögerlich aus seinem Mund gekommen, die Sätze unbeholfen und wirr. Er rechnete mit einem Sperrfeuer an Fragen, doch als er fertig war, kamen die Beamten noch einmal einzeln zu ihm und gaben ihm die Hand, spendeten Trost. »Wir haben nie das Vertrauen in Sie verloren«, sagte Calabrò. »Um diesen Lo Bianco werden wir uns schon kümmern«, fügte ein anderer hinzu. Am meisten gerührt war Iannece, der kaum einen Ton herausbrachte und immer nur wiederholte: »Das ist nicht gerecht, das ist nicht gerecht, daß Sie, Herr Kommissar, immer unterziehen.«

»Was zum Teufel soll das denn bedeuten, Iannece, diese Geschichte mit dem ›Unterziehen‹?«

»Ist doch klar, Herr Kommissar, das ist wie beim Militär. Sie sind einer von denen, die beim Auslosen immer den kürzesten Halm ziehen, manchmal ist das Pech, aber manchmal habe ich den Eindruck, Sie tun das absichtlich, um sich das Leben schwerzumachen ...«

Luciani stahl sich davon, ehe auch er rührselig wurde. Er sammelte in seinem Büro ein paar Dinge ein, an denen er hing – in den nächsten Tagen würde er den Rest holen –, und überließ Giampieri die Verbindungsübersichten, die er von Delrio hatte.

»Du bist hier der Experte. Ich bin sicher, du findest die Lösung. Es sind die Gespräche von Ferrettis Handy und seinem Hausanschluß und von Adelchis Handy. Bei Colnago und Rebuffo hatten wir keine Chance.«

»Ich werde dich auf dem laufenden halten«, antwortete Giampieri. »Das ist nicht nur so dahergesagt. Wir haben das gemeinsam angefangen und werden es gemeinsam zu Ende bringen.«

Sie gaben einander noch einmal die Hand, dann umarmte Giampieri ihn herzlich.

»Ruh dich aus. Und sei so gut: Iß etwas. Du siehst zum Fürchten aus.«

Luciani wollte gerade das Büro verlassen, als das Telefon klingelte.

»Herr Kommissar, Frau Lanni ist auf Leitung zwei.«

Sein Herz blieb einen Augenblick stehen. Die Stunde der Wahrheit war gekommen.

»Danke, stell sie durch.«

»Marco? Ich bin es. Du bist im Büro? Ich habe dich gestern wie verrückt gesucht. Wie geht es dir?« Die Stimme klang schrill, nicht besorgt.

»Geht so.«

»Stimmt es, daß die dir etwas anhängen wollen? Daß du unter Tatverdacht stehst?«

»Hm-hm.«

»Das ist doch Irrsinn. Das alles ist Irrsinn. Aber hör mal, du brauchst dir keine Sorgen zu machen. Ich habe wichtige Neuigkeiten. Ich bin heute nacht zurückgekommen, und heute morgen ... O Mann, du wirst es nicht glauben!«

»Was ist denn los?«

»Ich habe einen Zeugen gefunden. Eine Zeugin. Eine Kassiererin, die behauptet, sie habe Ferretti das Seil verkauft, mit dem er sich aufgeknüpft hat.«

Der Kommissar antwortete nicht.

»Hey, hast du gehört? Weißt du, was das heißt?«

»Wo hast du sie gefunden?«

»In einer Upim-Filiale.«

Marco Luciani spürte, wie das Blut in seinen Adern gefror. Arme und Beine schienen sich in Eisklumpen zu verwandeln. Er blieb reglos sitzen, als müßten sie bei der erstbesten Bewegung brechen. Er hatte gewußt, daß es früher oder später passieren mußte, hatte fast schon mit Ungeduld darauf gewartet. Aber in seinem Innern, in der tiefsten und verborgensten Region, da, wo er Kind geblieben war und immer noch an Wunder glaubte, da mußte ein Fünkchen Hoffnung geblieben sein, die Hoffnung, daß dieses Abendessen kein Komplott, sondern ein harmloses Treffen gewesen war, und daß Dall'Olio seine Vorgeschichte mit Ferretti nicht von ihr, sondern von Baffigo erfahren hatte, vielleicht zufällig, oder über Dritte. Dieses Fünkchen war nun auf immer im Eis erstickt.

»Marco, hörst du mich?«

Er brachte ein Flüstern zustande, das ebenso eisig war: »Ich höre dich. Aber ich bin nicht mehr mit dem Fall betraut. Ich habe Urlaub, Giampieri kümmert sich jetzt um alles.«

»Komm, Marco. Sei nicht kindisch. Ich möchte, daß du mit ihr redest, nicht dein Vize.«

»Kannst du sie herbringen?«

»Sie arbeitet. Kannst du nicht zu uns kommen?«

Der Kommissar sagte, sie solle vor Ort auf ihn warten. Er legte auf, schaute Giampieri an und war versucht, ihm die ganze Geschichte von Anfang an zu erzählen, dann entschied er, daß die Wahrheit ihn allzusehr schmerzen und sie erneut entzweien würde:

»Das war Privatdetektivin Lanni. Sie meint, sie habe eine wichtige Zeugin gefunden. Kannst du da sofort hinfahren?«

»Es ist besser, wenn du gehst. Ich würde mir gern diese Übersichten anschauen.«

»Genau genommen bin ich schon im Urlaub, und außerdem stehe ich unter Verdacht. Ich sollte vermeiden, mit Zeugen zu sprechen.«

Giampieri lachte kurz auf: »Du willst nur vermeiden, mit ihr zu sprechen.«

Er ging zu Fuß zu Upim und ließ sich Zeit dabei. Er wollte die Niederlage voll auskosten, den Schlag richtig verarbeiten, ehe er Sofia Lanni traf. Er wollte sich ein Lächeln abringen, so tun, als wäre alles wie gehabt.

Aber sein schauspielerisches Talent reichte nicht aus. Er grüßte sie kalt. Sie mochte meinen, er wäre wütend, weil man ihn ungerecht behandelt hatte, und vor allem, weil nicht er es war, der den Fall abschließen konnte. Sie küßte ihn zärtlich auf die Wange, dann erklärte sie, wie ihr die richtige Eingebung gekommen war.

»Es war Zufall, reiner Zufall. Ein Glücksgriff. Als ich von den Verdachtsmomenten gegen dich erfuhr, dachte ich noch einmal über den ganzen Fall nach, an alle Einzelheiten, wollte sehen, ob wir etwas vernachlässigt hatten. Da mir fiel das Seil wieder ein. Wenn ich beweisen konnte, daß Ferretti es gekauft hatte, würde ich dich entlasten. Gestern Abend bekam ich endlich die Liste mit allen Geschäften hier in Genua, die sonntags morgens geöffnet sind; zum Glück sind es nur wenige, und die allerwenigsten verkaufen Seile. Heute nacht fuhr ich her, und heute habe ich in aller Frühe angefangen, die Läden abzuklappern.«

»Aber das hatten wir bereits überprüft.«

»Ich weiß. Deswegen sage ich ja, daß es ein Glücksgriff war. Ich beschloß, alles noch einmal nachzuprüfen, nicht weil ich euren Methoden nicht trauen würde, sondern weil manchmal vier Augen mehr sehen als zwei. Als ich hierher kam, fragte ich die Dame an der Kasse, ob ihr von diesem Sonntag etwas in Erinnerung geblieben sei. Sie sagte: ›Wissen Sie, ich vertrete hier nur für zehn Minuten die Kassiererin, Sie sollten besser die Kollegin fragen.‹ Da ist mir ein Licht aufgegangen. Die Kassiererin hattet ihr bereits vernommen, aber diese hier wahrscheinlich nicht. Ich fragte sie, ob sie zufällig auch an jenem Sonntag ihre Kollegin vertreten habe, und sei es nur für ein paar Minuten gewesen. Und Bingo! Komm, sie soll dir die Geschichte noch einmal erzählen.«

Die Verkäuferin war gerade in der Herren-Wäsche-Abteilung und sortierte T-Shirts ein. Sie war um die Vierzig, groß, trug eine dicke eckige Brille, sah wenig attraktiv und ziemlich kratzbürstig aus. Sofia Lanni stellte die beiden einander vor und bat die Verkäuferin, dem Kommissar noch einmal ihren Bericht zu wiederholen. Die Frau schien durch Lucianis Miene eingeschüchtert, fing aber zu erzählen an.

»Nun, das wird so gegen zehn gewesen sein, vielleicht

Viertel vor. Die Kollegin wollte gegenüber in der Bar einen Cappuccino holen, weil sie nicht zum Frühstücken gekommen war. Sie wird so zehn Minuten weg gewesen sein, eher weniger. Im allgemeinen kommen sonntags um diese Zeit wenige Leute, und ich glaube, daß ich höchstens zwei Kunden hatte. Aber einer hat sich mir eingeprägt, weil er wirklich ein trauriges Gesicht machte, und ich weiß noch, daß ich dachte: ›Jetzt schau dir den an! Was soll ich denn da sagen? Ich steh hier sonntags und arbeite.‹ Und ich erinnere mich, daß er diese weiße Wäscheleine gekauft hat, nichts sonst.«

Der Kommissar zeigte ihr das Foto von Schiedsrichter Ferretti.

»Das ist er. Ja, ganz klar, ich bin sicher, daß er es ist.«

Sie hatte zu schnell geantwortet. Die Detektivin musterte den Kommissar genau, wartete auf ein Lächeln, irgendein Zeichen. Aber alles, was sie erkennen konnte, waren Müdigkeit und Enttäuschung.

»Können Sie sich erinnern, wie er bezahlte?«

»In bar«, sagte sie ohne Zögern.

Das war klar, dachte Marco Luciani. Bargeld hinterläßt keine Spuren.

»Haben Sie ihm einen Kassenbon gegeben?«

Sie senkte den Blick. »Ähm, ehrlich gesagt nicht … Wissen Sie, ich kenn mich nicht so gut aus mit der Kasse und baue manchmal Mist. Wenn die Kunden keinen Bon verlangen, dann … aber ich bitte Sie, melden Sie das nicht meinen Vorgesetzten, sonst riskiere ich meinen Job.«

Marco Luciani zerstreute ihre Befürchtungen nicht. »Gut«, sagte er, »ich danke Ihnen sehr. Ich möchte, daß Sie im Polizeipräsidium vorbeikommen und eine offizielle Aussage machen, sobald Ihre Schicht vorbei ist. Fragen Sie nach Kommissar Nicola Giampieri, ich schreibe Ihnen den Namen auf meine Karte.«

Die Frau sah Sofia Lanni an, die ihr umgehend die Hand reichte.

»Aufrichtigen Dank noch mal. Ihre Aussage war für uns sehr wertvoll.«

Marco Luciani tat, als wolle er gehen, dann kehrte er um, als ob er etwas vergessen hätte.

»Ähm … gnädige Frau, noch eine Frage.«

Die Verkäuferin erstarrte.

»Sie können sich nicht zufällig an den anderen Kunden erinnern?«

»Den anderen Kunden?«

»Ja. Sie sagten, Sie hätten an jenem Sonntag zwei Kunden bedient. Einer war dieser Herr. Und der andere?«

Die Verkäuferin schaute wieder auf die Detektivin.

»Ich weiß nicht … vielleicht eine Frau.«

Sie schwieg eine Weile, weil sie merkte, daß sie sich in irgendeiner Form rechtfertigen mußte.

»Ja, vielleicht eine Frau. Der Mann ist mir im Gedächtnis geblieben, weil er so deprimiert wirkte, ich sagte es bereits, und weil er die Leine gekauft hat … Aber an die Frau kann ich mich nicht entsinnen. Das ist eine ganze Weile her … Ist es wichtig?«

Marco Luciani seufzte.

»Nein, gnädige Frau. Es ist nicht wichtig. Vergessen Sie nicht: Suchen Sie so schnell wie möglich das Polizeipräsidium auf.«

Sie gingen auf die Straße. Sofia Lanni hatte gemerkt, daß etwas nicht stimmte, daß irgend etwas aus dem Ruder gelaufen war. Sie setzte ein angestrengtes Lächeln auf und versuchte der unvermeidlichen Aussprache zu entgehen.

»Entschuldige, Marco, aber ich war schon vor einer Stunde verabredet, ich muß unbedingt los. Wollen wir später telefonieren?«

Der Kommissar war wie ausgehöhlt. »Ja, ja, in Ordnung.

Du weißt, daß sich durch diese Aussage alles ändert ...«, sagte er.

Die Detektivin merkte, daß er nicht den Fall, sondern sie beide meinte. Sie versuchte unbefangen zu lächeln und stellte die Frage, die ihr am meisten am Herzen lag: »Glaubst du ihr?«

»Warum nicht? Ich glaube nicht, daß sie ein Interesse daran haben könnte, zu lügen. Oder doch?« sagte Marco Luciani. Er fixierte noch immer ihre grünen Augen.

»Ähh ... nein, das glaube ich auch nicht. Sie kann sich nicht an alles erinnern, aber in der Regel sind die, die sich haarklein an alles erinnern, am wenigsten glaubwürdig. Außerdem, wie du sagst: warum sollte sie lügen?«

»Ich weiß nicht. Aber Frauen sind gut im Lügen«, sagte er.

Sofia Lanni hob den Blick, erstaunt, und begriff, daß er alles durchschaut hatte. Er wußte, daß sie ihn verraten und aus alten Zeitungen die Geschichte mit Schiedsrichter Ferretti herausgekramt hatte. Und er wußte auch, daß die Verkäuferin bei Upim aus irgendeinem Grund auf ihr Geheiß hin gelogen hatte.

Marco Luciani sah, wie aus ihren grünen Augen der leuchtende Glanz verschwand, der die ganze Zeit über ihrer Liebe, ihren Blicken, ihren Träumen gelegen hatte. Sofia Lanni hielt seinem Blick jetzt problemlos stand, als wäre er ein Fremder, den sie vor drei Minuten kennengelernt hatte, als ob zwischen ihnen nie etwas vorgefallen wäre. Sie war weder erschrocken noch beunruhigt, und der Kommissar erkannte an ihrer Mimik, daß sie, obwohl sie ihm nichts mehr vormachen konnte, die Situation vollkommen im Griff zu haben meinte. Das Spiel war vorbei, aber ihr Job nicht.

Sie schwiegen lange, dann legte die Detektivin ihre Hand auf Lucianis Arm: »Ich weiß, daß dieses Ende für dich einen bitteren Beigeschmack hat, ich weiß, daß du von Anfang an auf etwas anderes auswarst. Aber ich glaube wirklich, daß dies die letzte verfügbare Version der Fakten ist. Es war nicht einfach, sie zu entdecken, und sie wird nicht allen schmecken, deshalb bitte ich dich, sie zu akzeptieren, tu es für mich. Denk darüber nach.«

Der Kommissar fragte sich, ob der Schachzug mit dem Kaufhaus mit Colnago und Rebuffo abgesprochen war oder ob Sofia Lanni ihn allein ausgeheckt hatte, eine Art Abschiedsgeschenk oder eine Wiedergutmachung dafür, daß sie ihn in die Scheiße geritten hatte. Und er merkte, daß er sich schon wieder Illusionen hingab: Sie waren nicht in einem der Filme, in denen die Frau aus Berechnung Liebe heuchelt und sich dann tatsächlich verliebt – dies war die Wirklichkeit, und da hatte die Detektivin ihn nach Belieben manipuliert.

»Es ist sinnlos, daß ich darüber nachdenke. Du mußt nicht mich, sondern Giampieri überzeugen«, sagte er.

Sie zuckte mit den Schultern. »Das wird nicht schwer sein.«

Sie wandte sich ab und stöckelte majestätisch davon. Und wie immer löste dieser Gang eine heftige Begierde in Marco Luciani aus.

Er ging langsam Richtung Porto Antico. Er hatte jetzt einen Blick auf das Meer nötig, mußte die Augen über einen möglichst weiten Horizont schweifen lassen, mußte die Lügen und miesen Tricks dieses verfluchten Falls hinter sich lassen. Wahrlich verflucht, dachte er, ich hätte ihn gleich jemand anderem überlassen sollen, von Anfang an. Er hatte sich viel zu sehr involvieren lassen, in jeder Hinsicht, und er würde als gebrochener Mensch daraus hervorgehen.

Er holte die Brieftasche aus der Jacke und betrachtete zum tausendsten Mal den Kassenbon, den er bei Ferretti gefunden hatte und den er von Anfang an bei sich behalten hatte, ohne jemandem davon zu erzählen, wofür nur ein obskurer Instinkt oder das Schicksal verantwortlich sein konnten. Oder viel einfacher und trauriger: seine Revanche- und Rachegelüste, sein Bedürfnis, mit seinen Ermittlungen den ganzen Profifußball in Angst und Schrecken zu versetzen und sich selbst für all die Ungerechtigkeiten und Demütigungen zu entschädigen. Luciani, der unbestechliche Luciani, hatte den Beweis für Selbstmord zuerst geflissentlich vergessen und dann bewußt versteckt.

Er betrachtete den Bon in der Hoffnung, Namen und Zahlen hätten sich wie durch Zauberhand verändert, aber sie lauteten noch immer: IKEA in Genua, Sonntag morgen, 8. Mai, 11.15 Uhr. Als Betrag stand noch immer vier Euro, achtzig Cents da. Der Preis einer Wäscheleine Liukka, der Preis für ein Menschenleben.

Herr Ferretti hatte das Seil vor der Partie und nach den letzten, verzweifelten Anrufen bei der Brasilianerin gekauft. Wer weiß, womöglich hatte er sich noch eine Hintertür offengelassen, vielleicht hoffte er noch auf Rettung, während er die erste Halbzeit pfiff, doch dann hatten ihm der ungerechtfertigte Elfer und der höhnische Applaus den Rest gegeben. Es war offensichtlich, daß die Verkäuferin bei Upim log, daß sie eine manipulierte Zeugin war, die man gezielt eingesetzt hatte, damit der Fall einen für Angelini, Rebuffo, Colnago und den ganzen Profifußball möglichst günstigen Ausgang nahm. Der Kommissar hatte die Attacken der Hooligans pariert, hatte dem Korruptionsversuch getrotzt, den Enthüllungen der Presse und dem Druck des Oberstaatsanwalts standgehalten, er hatte die falsche Spur der Schutzgeldmafia entlarvt, aber am Ende war er auf klassische Weise in die alte, unfehlbare Mausefalle getappt. Sofia Lanni hatte eine sensationelle Möse und ein ebenso brillantes Köpfchen, er hatte ihr aus der Hand gefressen, und jetzt schnappte die Falle zu.

Natürlich wußte die Detektivin nicht, daß er den Beweis für den Kauf des Seils hatte und ihre falsche Zeugin leicht auffliegen lassen konnte. Und sie bedachte nicht, daß die IKEA-Leine, die der Schiedsrichter benutzt hatte, zwangsläufig eine andere war als die, die bei Upim verkauft wurden, und daß ein Gutachten sie auch in dieser Hinsicht enttarnen konnte.

Aber was erzähle ich da? dachte Marco Luciani. Dieser Kassenbon ist inzwischen Altpapier, ich habe ihn als Beweismaterial unterdrückt und kann ihn jetzt bestimmt nicht wieder hervorzaubern. Und die Leine, nun, wenn sich alle einig sind, daß der Fall diese Wendung nehmen soll, dann wird dieses Detail sicher niemanden aufhalten. Sofia Lanni wird irgendeinen Gutachter manipulieren oder Nicola überreden, nicht allzu beckmesserisch zu sein. Es genügt, daß sie ihm sagt, es sei zu meinem Besten, oder daß sie ihn zum Abendessen einlädt und die Autoschlüssel versteckt. Wenn sie es nicht schon getan hat … Die Vorstellung von Sofia und Nicola – den beiden nackt auf einem riesigen Doppelbett – tat weh.

Er fühlte sich verloren und dachte, daß es nur einen Menschen gab, der ihm ein wenig Durchblick verschaffen konnte.

Sandro Baffigo lag wieder auf seinem Bett in der Intensivstation. Überall ragten Schläuche aus seinem Körper, vier Computer zeichneten mit grünen Graphen und Leuchtanzeigen jede kleinste Herz- oder Hirntätigkeit auf. Das Gerät, das sein Blut gereinigt hatte und nun wieder in seinen Kreislauf pumpte, ähnelte einem mechanischen Kraken, kalt und unermüdlich. Bevor Marco Luciani die Abteilung betreten durfte, mußte er sich bei einem Pfleger mit der üblichen Ausrüstung – Kittel, Mundschutz, Überschuhe – ausstatten.

»Wird er durchkommen?«

»Diesmal ja, Herr Kommissar. Aber sein Allgemeinzustand ist extrem schlecht. Auch wenn er diese Krise überstehen sollte – das Ganze ist eine Frage der Zeit.«

»Wieviel Zeit?«

Sein Gegenüber lächelte: »Ein Liter, ein halber Liter, wer weiß. In diesem Zustand kann ein einziges Glas fatal sein.«

Selbst in seiner Montur durfte der Kommissar das Zimmer nicht betreten, durch die große Scheibe betrachtete er Sandro Baffigo, der im Halbschlaf dalag. Der Pfleger näherte sich dem Bett und schüttelte den Patienten. Es dauerte eine Weile, ehe dieser die Augen öffnete und verstand, daß er Besuch hatte. Dann bedeutete er Marco Luciani, das Wandtelefon neben der Scheibe zu nehmen, er hielt den anderen Hörer an Baffigos Ohr. Doch der Journalist sagte etwas und bedeutete Luciani einzutreten. Der Pfleger schüttelte den Kopf, sie diskutierten eine Weile, dann kam der Mann heraus und sagte: »Sie können hineingehen, aber nicht länger als fünf Minuten. Und sagen Sie es niemandem.«

Marco Luciani gab sich einen Ruck, im Grunde wäre er lieber am Fenster geblieben, hätte seine Gefühle hinter einer Glasscheibe und einem Telefon versteckt, statt dem Tod direkt ins Auge zu blicken. Er trat ans Bett, Baffigo standen Krankheit und Sorge ins Gesicht geschrieben.

»Ich habe ihnen das nicht gesteckt, Marco. Das schwöre ich dir. Ich habe es niemandem verraten«, sagte er mit überraschend fester Stimme.

»Wovon redest du?«

»Von dir und dem Schiri. Die olle Kamelle.«

»Ich weiß, Baffo. Ich weiß, mach dir keine Gedanken.«

»Wie haben sie es erfahren?«

»Meine Schuld. Manchmal rede ich zuviel.«

Der Kommissar setzte sich ans Bett und nahm die Hand

des Freundes. Sie war kalt und weich, als ob die Knochen fehlten.

»Wie fühlst du dich? Du hattest mit versprochen: keinen Alk.«

Der Journalist schaute sich um, kontrollierte, daß sie nicht durch die Scheibe beobachtet wurden, dann zwinkerte er Marco zu: »Mir geht es bestens, aber sag es niemandem. Als die Carabinieri kamen wegen dieser Geschichte mit dem Aussageprotokoll der Brasilianerin, da kippte ich eine Flasche in den Ausguß und über meine Klamotten und spielte ihnen einen Zusammenbruch vor, um nicht im Knast zu landen. Aber ich habe keinen Tropfen getrunken, ich schwöre es dir.«

Marco Luciani blieb der Mund offenstehen: »Du Scheißkerl, und ich habe mir Sorgen gemacht.«

»Schhhh, mach das weiterhin, und halt mich auf dem laufenden.«

Der Kommissar erzählte, wie auch er im Morgengrauen von den Carabinieri abgeholt worden war. Wie Angelini alle in die Enge getrieben hatte, damit sie die Selbstmordtheorie schluckten, und wie Sofia Lanni mit ihrer Zeugin dem Ganzen das i-Tüpfelchen aufgesetzt hatte, um auch die letzten Zweifel zu zerstreuen.

Baffo überlegte eine Weile, dann lächelte er weise: »Ich habe das starke Gefühl, daß sie dich diesmal ordentlich aufs Kreuz gelegt haben, Marco. Gib's auf. Und genieß deinen Urlaub.«

»Weißt du, was mich mehr als alles andere wurmt? Ich wußte von Anfang an, daß Ferretti sich umgebracht hat. Aber ich wollte weiterermitteln, um den Grund herauszubekommen. Den anderen ist das völlig egal, jeder wird die Version erzählen, die ihm die liebste ist, und das ist in Ordnung so.«

»Und was hofftest du herauszufinden?«

»Daß weder die Gattin noch die Brasilianerin der Grund für seinen Selbstmord war, sondern seine Gewissensbisse. Schuldgefühle, weil er ein korrupter Schiedsrichter war.«

»Niemand hat ein schlechtes Gewissen, weil er sich korrumpieren läßt. Er bereut höchstens, daß er sich hat erwischen lassen.«

»Ein schöner Satz. Ist der von dir, oder hast du ihn jemandem geklaut, der noch zynischer ist als du?«

Baffigo machte ein schmerzverzerrtes Gesicht. Über eine Minute lang atmete er schwer, dann ergriff er wieder die Hand des Kommissars: »Marco. Marco, ich bitte dich, versuch mal von deinem Sockel zu steigen. Wie lange willst du dich noch kasteien? Du hast auf alles verzichtet, um deinen Vater zu bestrafen, und in Wirklichkeit büßt du noch immer die Schuld für ihn ab. Man hatte ihn zu – wieviel? – acht Jahren verurteilt, und du hast schon zwölf oder dreizehn abgebüßt. Wie lange willst du noch so weitermachen?«

»Das ist mein Leben, Baffo. Und das wird es bleiben.«

»Wieso denn? Und für wen? Für dich selbst? Um dir zu beweisen, daß du auf nichts und niemanden angewiesen bist, daß die ganze Welt ein Scheißhaufen ist – außer dir? Nun, dann sage ich dir eines: Wenn die ganze Welt aus Scheiße besteht und du aus Jasmin, dann bist du der einzige, der stinkt.«

Sie schwiegen beide, dann ergriff wieder Baffigo das Wort: »Entschuldige, aber ich möchte wetten, daß du dich manchmal selbst nicht erträgst.«

»Du irrst dich nicht«, sagte der Kommissar lächelnd.

»Hör mal, Marco, vielleicht ist der Augenblick gekommen, um dir die Frage zu stellen; erinnerst du dich? Die Frage, die ich dir schon am Anfang der Affäre stellen wollte.«

»Stell sie.«

»Hast du ›Die Kampfmaschine‹ gesehen?«

»Nein.«

Er holte tief Luft und erzählte: »Der Film handelt von einem Football-Spieler, der im Knast landet, weil er ein Spiel getürkt hat. Er hat nur eine kurze Haft abzusitzen, aber als er erst einmal drin ist, gerät er mit dem Aas von Anstaltsleiter aneinander, versetzt ihm einen Faustschlag, bekommt zwanzig Jahre aufgebrummt und muß im Knast verrotten.«

Er holte noch einmal Luft und schien darüber nachzudenken, wie er den Rest in möglichst knappen Worten zusammenfassen konnte.

»Sie tragen ein Match zwischen Häftlingen und Aufsehern aus, das die Sträflinge natürlich mit seiner Hilfe gewinnen, das hat jedoch keine Bedeutung, der übliche Hollywood-Schmarren. Aber als sie am Ende in die Zellen zurückkehren, fragt ihn ein alter Knacki, mit dem er befreundet ist: ›Dieser Faustschlag, den du damals dem Direktor verpaßt hast … war der das Ganze wert?‹ Nun, das Beste an dem ganzen Film ist diese Frage. Und das Schlechteste an dem Film ist die Antwort. Denn der Football-Spieler sagt: ›Ja‹.«

Marco Luciani schwieg.

»Verstehst du? Er behauptet, das sei es wert gewesen. Zwanzig Jahre im Knast zu verbringen, alles zu verlieren, für einen Faustschlag.«

Jetzt hatte der Kommissar kapiert, worauf er hinauswollte: »Und du willst mir dieselbe Frage stellen?«

Der Patient nickte. Er wollte wissen, ob es sich gelohnt hatte, eine Fußballerkarriere wegzuwerfen, um einen korrupten Schiedsrichter zu verprügeln. Ob es sich gelohnt hatte, all die Gefängnisjahre an Stelle des Vaters abzusitzen. Ob es sich gelohnt hatte, sich, unschuldig, härter zu bestrafen, als es ein Gericht je mit einem Schuldigen getan hätte. Und ob es sich noch immer lohnte, gegen Windmühlen anzurennen, darum zu kämpfen, daß Menschen die Augen aufgingen, die sie um jeden Preis geschlossen halten wollten.

»Und ich, was soll ich darauf antworten, Baffo?«

»Antworte mit nein, Marco«, flüsterte Baffigo, dann schloß er für eine ganze Weile die Augen. »Es lohnt sich nie, das eigene Leben wegzuwerfen.«

Einen Moment später drückte der Journalist dem Kommissar fest die Hand und drehte sich zum Fenster.

»Alles in Ordnung, Baffo?«

Der Patient nickte stumm, dann ließ er die Hand los. Der Kommissar hatte verstanden, daß er allein sein wollte.

»Also habe ich am Ende meinen Chef angerufen und gesagt: Was mich betrifft, ist der Fall gelöst. Suizid, die Indizien sind über jeden Zweifel erhaben.«

Sofia Lanni saß auf dem Sofa, in Marco Lucianis Wohnung.

Sie war mit ihrem Sonntagslächeln aufgekreuzt, als ob nichts geschehen wäre, als ob an jenem Morgen ihre Augen einander nicht alles gestanden hätten. In der letzten halben Stunde hatte sie noch einmal den ganzen Fall zusammengefaßt, hatte Schritt für Schritt den Gang der Ermittlungen nachgezeichnet, hatte alle Zeugenaussagen und Indizien aufgelistet, die Hartnäckigkeit, mit der sie jede einzelne Möglichkeit durchgespielt hatten. Die Mordthese war im Lauf der Zeit immer unwahrscheinlicher geworden. Und nun, nach der Aussage der Kassiererin, war sie endgültig vom Tisch.

Eine halbe Stunde lang hatte der Kommissar sie, fast stumm, beobachtet.

»Wenn du davon überzeugt bist, ist es richtig so«, murmelte er am Ende.

»Hast du immer noch Zweifel?«

»Es gibt vieles, was nicht zusammenpaßt.«

»Das stimmt. Und wahrscheinlich wird es nie ganz passen. Wahrscheinlich verwischte einer von den Helfern, als er die Umkleide betrat, die Spuren, verschob den Stuhl, was weiß ich ... Aber was die Selbsttötungsabsicht des Schiedsrichters angeht, da ist inzwischen jeder Zweifel ausgeräumt, glaubst du nicht auch?«

Der Kommissar brummte: »Was meint Giampieri dazu?«

»Ich weiß nicht. Er war heute nicht da. Ich hatte die Zeugin abgeholt und zum Präsidium gebracht, aber er war nicht zu finden. Es hieß, er sei nicht in der Stadt und ich könne ihn morgen früh wieder antreffen. Weißt du, wo er hin ist?«

»Nein.« Und selbst wenn ich es wüßte, würde ich es dir nicht sagen, dachte der Kommissar.

»Hast du Calabrò die Aussage aufnehmen lassen? Oder jemand anderen?«

»Nein, das schien mir nicht angezeigt. Ich wünsche mir, daß diese Sache einmal von euch an die Öffentlichkeit gebracht wird, und nicht von den Zeitungen. Ich habe es auch über Giampieris Handy versucht, aber ich konnte ihn nicht erreichen.«

Der Kommissar stand auf und wechselte die CD. Er hatte keine Lust zu reden.

»Hör mal, Marco, vielleicht solltest auch du deinem Vize sagen ... nein, entschuldige, ich weiß, du bist nicht überzeugt, aber ...«

»Aber?«

»Aber jetzt, da ich den Fall abschließe, werden alle auf euch losgehen. Die Zeitungen werden schreiben, daß für die Versicherung, die gewöhnlich noch fünf oder zehn Jahre länger ermittelt als die Polizei, alles klar ist und daß ihr nur deshalb weitermacht, weil du persönlich involviert bist oder weil ihr jemanden auf dem Kieker habt.«

Sie legte ihm eine Hand auf den Arm. Es war ihre erste

Berührung, seit sie bei ihm aufgetaucht war, und Marco Luciani spürte einen Schauder.

»Ich möchte Nicola und Delrio nahelegen, daß sie den Fall als Selbstmord abschließen, allerdings zur Manipulation der Beweismittel und den Beziehungen zwischen Ferretti und Rebuffo weiterermitteln«, sagte er. »Sobald ich entlastet bin, werde ich aus dem Urlaub zurückkommen und die Arbeit wieder aufnehmen.«

Sofia Lanni riß erschrocken die Augen auf. »Du bist wahnsinnig, Marco. Warum willst du dich unbedingt zugrunde richten? Wenn du das tust, wird die Meisterschaft weiterhin unter einem zweifelhaften Licht stehen, und die werden dich zu Kleinholz machen, endgültig.«

»Wer ›die‹?«

Sie schaute ihn an: »Das weißt du.«

»Das ist mir egal.«

Sie legte ihre Hand auf die seine.

»Mir aber nicht.«

»Um ihretwillen?«

»Nein, um deinetwillen«, sagte sie heftig, mit etwas zu lauter Stimme. »Um deiner Zukunft willen. Wenn du den Fall jetzt abschließt, stehst du am Ende gut da, als gewissenhafter Ermittler, der das Menschenmögliche getan und schließlich die Wahrheit aufgedeckt hat. Aber wenn du weiterbohrst, wird man denken, daß du dich verrannt hast, daß du einen persönlichen Kreuzzug führst.«

»Ich habe nichts zu verlieren.«

Sie warf ihm den Blick zu, mit dem sie ihn zu hypnotisieren verstand. Sie streichelte seine Wange, näherte sich seinem Gesicht, öffnete leicht den Mund und hielt ihn einen Millimeter vor seine Lippen, ohne ihn zu küssen.

»Bist du sicher?«

Sie küßte ihn zart, einmal, zweimal. Sie war schöner denn je. Sie berührte ihn mit ihrer feuchten Zunge, und schlagartig fing die Wüste wieder zu blühen an. Marco Luciani spürte, wie unerklärlicherweise der Saft wieder in die Triebe schoß, obwohl man die Wurzeln abgehackt, verbrannt und mit Salz bestreut hatte. Schlampe, dachte er, du miese Schlampe. Er erwiderte wütend Sofias Kuß, ihr fester geschmeidiger Körper gab sich dem seinen hin und nahm ihm jede Zurückhaltung. Er knetete ihren Hintern, schob ihren engen Rock hoch, um ihre Schenkel zu streicheln, während sie ihm die Fingernägel in den Rücken grub, in seine Schulter biß, bis er schrie. Er riß ihr förmlich die Bluse vom Leib, umklammerte heftig ihre Brust und zwang sie, sich umzudrehen, damit sie sein Gesicht und seine Tränen nicht sah.

Er hielt sie so, zog ihr den weißen Seidenslip aus und spürte, wie er in seinen Händen zerschmolz. Er betrachtete einen langen Moment das rosa Fleisch der rasierten, leicht geöffneten Vagina, er streichelt sie mit der flachen Hand – sie war feucht. Aber das war es nicht, was er wollte. Er befeuchtete gründlich einen Finger und begann, sie zu stimulieren. Sofia Lanni stöhnte »Nicht«. Er schob den Finger noch tiefer hinein, sie stöhnte noch einmal. »Schlampe«, sagte er laut, »du bist eine miese Schlampe«. Sie merkte, was er vorhatte, sagte »Warte«, drehte sich um und begann ihn zu küssen, ihn abzulecken. Sie brachte ihn fast bis zum Höhepunkt, dann löste sie sich von ihm und drehte sich wieder um. Und als er ihr die Pobacken öffnete und energisch die Eichel dazwischenschob, stieß Sofia Lanni einen Schrei aus und wiederholte ihr wenig überzeugtes »Nein, er ist zu dick«, aber sie war feucht wie nie, und Marco Luciani schob ihn ganz hinein, wobei er ihr Obszönitäten an den Kopf warf. Er spürte, wie sie kam, wie sie überall kam, einen langen, rauhen Kehllaut ausstoßend, bis die Kontraktionen des Schließmuskels ihn zu einem unfaßbar heftigen Orgasmus brachten. Er schrie vor Freude und Verzweiflung, während ihm dicke Tränen über die Wangen liefen. Dann fiel er aufs Sofa, ausgelaugt, und im Dunkeln sah er tausend weiße Pünktchen, die ihm vor den Augen tanzten.

Als er erwachte, schlief Sofia Lanni wieder neben ihm, auf der Seite, das Gesicht ihm zugewandt. Sie wirkte unschuldig und heiter wie ein fünfjähriges Kind. Marco Lucianis Herz schlug einen schleppenden Takt, und nach jedem Schlag blieb ihm genug Zeit, sich zu fragen, ob und wann der nächste Schlag kommen würde.

Selbst wenn sie mir all die anderen Male etwas vorgespielt haben sollte, diesmal hat es ihr wirklich gefallen, dachte der Kommissar. Diesmal hatte es keinen Grund zum Heucheln mehr gegeben, ja, es hatte überhaupt keinen Grund gegeben, mit ihm zu schlafen. Es war etwas ins Spiel gekommen, was über Geseufze, Geschrei und Kratzer im Fleisch hinausging. Es ist die Macht, die sie erregt, dachte er, und dieses eine Mal habe ich mich als der Stärkere erwiesen; das hat ihr gefallen, da hat sie den Kopf verloren.

Er blähte seine magere Brust, ließ sie aber gleich wieder, mit einer skeptischen Grimasse, in sich zusammenfallen. Ja, es ist die Macht, die sie erregt, aber die Macht, die sie über mich besitzt, das Bewußtsein, daß sie mich selbst dann noch heiß macht, wenn ich die Wahrheit erkannt habe. Es ist immer und überall sie, die entscheidet, wann und wieviel sie von sich hergibt, selbst wenn ich mir einrede, ich könnte sie demütigen.

Wer kann schon sagen, was im Kopf und im Körper einer Frau vor sich geht? fragte er sich. Vielleicht hatte es ihr tatsächlich gefallen, vielleicht hatte sie tatsächlich etwas empfunden in dieser und in den vorangegangenen Nächten, wenn sie zusammen waren. Aber das änderte nichts an der Wirklichkeit, an der Tatsache, daß sie von Beginn an seine Nähe gesucht hatte, um jeden seiner

Schritte zu überwachen und zu melden, und daß die Geschichte hier nun unweigerlich vorbei war. Sie würde in Kürze aufwachen, duschen und sich einen Kaffee geben lassen. Dann würde sie gehen, und ihre Wege würden sich für immer trennen.

Marco Luciani ließ seinen Blick lange über ihren Rücken schweifen, dachte daran, das Laken ein wenig zu lüften, um noch einmal ihr sensationelles Hinterteil zu bewundern. Diese kleine Bewegung hätte genügt, und sie wäre erwacht, hätte ihn erregt, und er hätte sie noch einmal nehmen wollen, sich noch einmal ihrem Körper hingeben wollen. Oder vielleicht auch nicht, vielleicht würde die Detektivin sich diesmal schlafend stellen oder einen Vorwand erfinden, um es nicht zu tun.

Er stand ganz vorsichtig vom Bett auf. Sie regte sich ein wenig, ohne zu erwachen. Die Uhr zeigte zwanzig vor sechs. Der Kommissar schlüpfte in ein Paar Boxer-Shorts, schloß die Schlafzimmertür hinter sich und ging in die Küche, um sich ein Glas Wasser zu holen. Dann machte er es sich auf dem Sofa im Wohnzimmer bequem, stellte ganz leise die Stereoanlage an und ließ ein Lied von Lucio Quarantotto laufen.

Ach … die wahre Liebe
Ist dagegen so leise
Sie geht, ohne Lärm zu machen
Und stört niemanden dabei
Niemanden, niemanden

Schließ die Augen, und es wird schön sein, sagst du
Stell deinen prallen Beutel auf mein Herz
Nicht, damit du es nicht mehr hörst
Damit du mein Herz nicht mehr hörst
Die Wellen, die gegen das riesige Meer darunter schlagen

Ach ... die wahre Liebe
Und du dagegen so still
Wie ein lautloser Schlitten
Der niemanden stört
Und niemand niemand ... niemand weiß
Niemand weiß

Einige Minuten später schlief er ein, er fiel in einen tiefen traumlosen Schlaf. Als er aufwachte, war Sofia Lanni nicht mehr da.

Freitag

Der Fuß tat ihm weh. Tat immer heftiger weh. Mit den Trainingsläufen der letzten Tage hatte er ihn überbeansprucht, und jedesmal wenn er auftrat, spürte er einen stechenden Schmerz, der in der Folge das ganze Bein lähmte. Er hatte Lust, sich diesem Schmerz völlig auszuliefern, auf daß er ihm auch noch das Hirn lahmlegte und jeden weiteren Gedanken ausradierte. Es stand 5:5, fünfzehn beide im dritten und entscheidenden Spiel. Den ersten Satz hatte er zu schnell und zu leicht gewonnen: 6:2. Dann war er im zweiten Satz 3:1 in Führung gegangen und hatte sich der Illusion hingegeben, er habe den Sieg bereits in der Tasche, nur für einen Moment, ein paar Ballwechsel lang, aber lange genug, um sich völlig aus dem Rhythmus zu bringen. Er hatte acht Spiele in Folge verloren, 3:6, 0:3, dann hatte er sich aufgebäumt und wieder ins Spiel gebracht. Nun hatten sie beide, Andrea wie er, den absoluten Siegeswillen. Auch der Geometer schaute zu, und seine Skepsis lastete auf dem Kommissar, der spürte, daß der Mann auf Marcos Zusammenbruch wartete. Luciani war müde und hätte gerne vor seinem Schmerz kapituliert. Er hätte sagen können, daß er im Grunde, wäre die Verletzung nicht gewesen, wer weiß … Alle hatten sie gesehen, daß er humpelte, und Andrea wäre der erste, der sagen würde: »Wirklich schade, diesmal hättest du es packen können …«

Allein der Gedanke an Aufgabe verleitete ihn zu einem Doppelfehler, den nächsten Ball spielte er zu weich, Andreas Return landete hinter Luciani in der Feldecke und spritzte von der Linie weg: 15:40. Na bitte, jetzt kam auch noch Pech dazu. Er konnte nicht auf einen Sieg hoffen, wenn sich alles gegen ihn verschwor, zuerst die Netzkante, die ihn beim Stand von 4:4 überlistet hatte, und nun diese verdammte Grundlinie. Jetzt genügte eine Kleinigkeit, und sein Aufschlagspiel war verloren, ein weiterer Doppelfehler genügte, ein verschlagener Ball, und die Spannung würde weichen, der Schmerz würde weichen. Er versuchte ein As, an das er selbst nicht recht glaubte – der Ball landete einen Meter im Aus. Er sagte sich im stillen vor, daß er gar nicht an einen Doppelfehler denken durfte, sonst passierte er wirklich, das war fast ein Naturgesetz.

Er atmete tief ein, ließ den Ball ein paarmal im Feld aufdotsen und sagte sich: Wenn ich ihn wirklich schlagen will, dann ist dies der Moment, in dem ich meinen Gegner hassen muß, ich muß Andreas Gesicht da drüben wegwischen und durch die Maske des Feindes ersetzen, des Mannes, der mich seit fast drei Wochen an der Nase herumführt.

Er warf einen verstohlenen Blick übers Netz und sah die Beine seines Gegners; dieser tänzelte, in Erwartung des Aufschlags, und diese Zurschaustellung vermeintlicher Kraftreserven öffnete dem Kommissar die Augen. Luciani erkannte, daß Andrea ein Bluff war, er war immer nur ein Bluff gewesen und hatte sich in all den Jahren an Lucianis Unsicherheit und Ängsten gelabt. Wenn Marco ihn ans Netz lockte, ihm einen echten Schlagabtausch abverlangte und sich nicht einfach abschlachten ließ, dann würde sich zeigen, daß sein Gegner nicht die Spur von Genialität besaß. Er würde vier Volleys improvisieren und verhauen: einen zerbrochenen Stift, einen verrückten Stuhl, ein verschwundenes Handy und eine verschlossene Tür.

Marco Luciani hob den Blick und sah wie aus sich lichtendem Nebel das Antlitz des Täters auftauchen. Ein Moment, und er hatte alles durchschaut, und in diesem Moment, da er das Gesicht sah, fragte er sich, wie er es so lange hatte übersehen können, eine so offenkundige und banale Lösung, im Grunde die einzig mögliche. Er ließ weiter den Ball aufspringen, und bei jedem Aufprall fügte sich ein weiterer Mosaikstein ein, bis das ganze Bild vollendet schien, ohne Schmierer, ohne Fehler. Der Kommissar dachte nicht weiter nach, er fixierte die Augen des Täters und drosch einen zweiten Ball übers Netz, er schlug hart, zentral, und da war es: das As. Andrea stand wie versteinert, dann schüttelte er den Kopf und kicherte, als wollte er sagen: »Jetzt schau dir diesen Dusel an.«

Marco Luciani spürte, daß er keine Fehler mehr begehen konnte, er war in diesen magischen Bereich vorgedrungen, in dem Spieler, Schläger und Ball zu einer Einheit verschmelzen und wo jeder Schlag, jeder Punkt die logische Konsequenz dessen sind, was man eben gedacht und gewollt hat. Auch der Schmerz war nicht mehr so stark. Der Fuß tat weh, aber wenn Marco punktete, spürte er ihn eigentlich kaum noch. Gab er dagegen einen Punkt ab, dann kehrte er humpelnd an die Grundlinie zurück, und jeder Schritt löste einen jaulenden Schmerz aus. Er hatte sich bei dieser Ermittlung von den Narben der Vergangenheit leiten lassen, aber diese Narben waren nun verheilt, und die jüngsten Verletzungen waren noch zu frisch, um wirklich weh zu tun.

Ihm gelang ein weiterer Aufschlagpunkt: Der Ball sprang mit Effet aus dem Feld, 40:40. Eigentlich fehlte nicht viel, noch fünf Minuten Konzentration. Jetzt hätte er Lust gehabt, etwas Unorthodoxes zu probieren, einen Überraschungsangriff zum Beispiel, doch dann fielen ihm die Worte des Geometers ein, und er beschloß, nach den Gesetzen der Statistik zu spielen: Erster Aufschlag auf die Rückhand, Andreas Return geriet zu kurz, Luciani konnte ungefährdet angreifen und einen Vorhandball ins offene Feld setzen: Vorteil Luciani. Noch ein Aufschlag von rechts, mit Effet, Return, Angriffsball auf die Rückhand, Lop. Der Smash war Lucianis Schwachpunkt, der Schlag, mit dem er jedesmal das Match verschenkte. Der fatale Fehler zum 4:5, bei Break- oder Satzball war fast immer ein Über-Kopf-Ball, und das wußte Andrea nur zu gut. Über all das dachte Marco Luciani nach, während der Ball in die Höhe stieg, dann dachte er: Leck mich doch, und legte seine ganze Wut in den Schlag: 6:5. Er ballte die Faust und sagte: »Auf geht's.«

Nun lastete der ganze Druck auf seinem Gegner. Während sie sich auf der Bank ausruhten und einen Schluck Wasser tranken, stellte Marco Luciani sich seinen Gegenspieler vor, wie er vor seinem Schreibtisch saß, nervös, in der Angst, einen Fehler zu begehen. Als der Kommissar wieder auf den Court marschierte, war er entschlossen, ihn ununterbrochen, in jedem Punkt des Feldes zu attackieren. Aufschlag, Longline-Return, Passierball cross, Rückhandvolley: 0:15. Noch ein Angriffsball longline, diesmal ein Rückhandreturn, der Passierball ging ins Aus: 0:30. Ein wütendes As, der Tatverdächtige begehrt auf, wird laut, klagt seine Rechte ein: 15:30. Es ist Zeit, ihn niederzubrüllen, ihn in die Schranken zu weisen. Andrea bringt wieder einen hervorragenden ersten Aufschlag, sieht aber reglos zu, wie Luciani den Schläger voll durchzieht und den Return genau im Eck plaziert: 15:40, zwei Matchbälle. Jetzt gehört der Verdächtige ihm, er ist kurz vor dem Kollaps, kurz vor dem Geständnis, jetzt heißt es nur: nicht übertreiben, keinen Kantersieg suchen. Keine Finten, keine Stopbälle, keine spektakulären Coups. Nur noch eine Frage, die entscheidende, nur noch einen Longline-Return, auf die Schwachstelle des Gegners zielen, dahin, wo es ihm am meisten weh tut. Der Passierball geht ins Netz, Andrea streckt die Waffen, ist ausgebrannt. Er hat seine Chance zum Sieg gehabt, seine zwei Breakbälle. Wahrscheinlich hatte er noch nachgedacht über das, was er hätte tun und sagen können, doch danach hatte er nicht mehr die Energie gehabt, sich zu wehren.

Der Zeuge bricht jetzt fast in Tränen aus, er sitzt auf seinem Stuhl im Kommissariat und seine letzten Antworten sind so leise gekommen, daß Nicola Giampieri sie fast nicht gehört hat: »Ja, ich habe den Zettel genommen«, »Ja, ich weiß nicht, warum«, »Ich weiß nicht, was ich vorhatte«, »Ich weiß es nicht, ich weiß es nicht, weiß es nicht«, »Nein, ich habe ihn nicht vernichtet, das hätte ich nie gekonnt ...«, »Die letzten Worte eines Selbstmörders«, »Ja, das stimmt, aber inzwischen war er tot, und ich wollte nicht mit ihm sterben, ich wollte nicht auch sterben.«

Marco Luciani rannte fast in die Umkleide, nachdem er Andrea die Hand gereicht und des Geometers mannhafte Siegerpose erwidert hatte. Er holte die Trainingsjacke aus der Tasche und sah, daß der Piepser einen Ruf aus dem Kommissariat anzeigte. Das ist Nicola, der mit der Verkäuferin geredet hat, dachte er.

Er rief ihn vom Apparat des Clubs aus an. Die Stimme seines Vizes klang, als hätte er bei einem Preisausschreiben eben Flitterwochen mit Halle Berry gewonnen.

»Es ist geschafft, Marco. Der Fall ist gelöst, ich habe gerade mit dem Schlüsselzeugen geredet und ...«

»Nein, Nicola, warte mal. Glaub ihr nicht. Bin schon unterwegs, gerade eben ist mir alles klargeworden, ich wollte dich schon anrufen.«

Giampieri war sprachlos: »Aber ich sage dir, daß ich gerade den Bericht geschrieben ... Es paßt alles zusammen, endlich ist die Sache rund.«

»Okay, das weiß ich, aber vertraue mir, laß sie nicht weg.«

»Wen soll ich nicht weglassen?«

»Wart auf mich, ich brauche nur zehn Minuten.« Er legte auf, ohne dem Kollegen die Zeit zur Replik zu lassen, stieg ins Auto, wie er war – in Trainingsjacke, schweißnassen Socken und staubigen Tennisschuhen –, und flog förmlich nach Genua. Zwanzig Minuten später rollte er auf den Parkplatz des Polizeipräsidiums.

Im Korridor kam ihm Giampieri entgegen, er grinste bis über beide Ohren, klopfte ihm auf die Schulter und zog die Hand etwas angewidert zurück. »Ich sehe, du willst den Fall so abschließen, wie du ihn begonnen hast. Man kann nicht behaupten, daß er dich nicht ins Schwitzen gebracht hätte.«

»Ich habe es geschnallt, endlich habe ich es geschnallt«, sagte der Kommissar, ohne ihn zu grüßen.

»Was hast du geschnallt?«

»Laß Adelchi herkommen. Sofort. Und dann werde ich es dir erklären.«

Giampieri hob eine Augenbraue. »Adelchi? Den Linienrichter?«

»Sicher. Er ist es. Er weiß alles. Vergiß die Verkäuferin, die hat nichts damit zu tun.«

»Wirklich?« fragte der Vizekommissar, wobei er sich über den Kinnbart strich.

»Sicher. Ich kann's dir jetzt nicht erklären, aber es war eine Eingebung, die mir beim Spielen kam. Wenn du ihn herzitierst, wird er innerhalb von zehn Minuten alles ausspucken.«

Giampieri hakte sich bei ihm unter: »In Ordnung. Jetzt beruhige dich und komm mal mit.« Er ging voraus in den Vernehmungsraum. Als sie in den Bereich für die Beobachter kamen, sah der Kommissar jenseits der Trennscheibe, allein im Zimmer auf einem Stuhl sitzend, den Kopf in die Hände gestützt – Giovanni Adelchi.

Marco Luciani drehte sich zu Giampieri um, er traute seinen Augen nicht.

»Einige Minuten bevor du mich anriefst, hat er gestanden. Und ich mußte nicht einmal in die Mönchskutte schlüpfen.«

Dem Kommissar blieb für einen Moment der Mund offenstehen. Er betrachtete Giampieri, dann den Linienrichter, dann erneut Giampieri, und schließlich brach er in schallendes Gelächter aus. Er umarmte seinen Stellvertreter und tränkte ihn in Schweiß.

»Du bist eine Wucht, Herr Ingenieur. Eine Wucht. Wie hast du das denn geschafft?«

»Auf meine Art. Keine geniale Eingebung, nur Arbeit und Technologie. Oder kurz gesagt: mit den Verbindungsübersichten.«

»Hat er dir alles erzählt?«

»Fast. Der Schiedsrichter hat sich umgebracht, Adelchi fand die Leiche und brachte die Spuren ein wenig durcheinander. Es gibt nur noch eine Sache, bei der er flunkert: den Abschiedsbrief. Vielleicht blickst du da eher durch als ich.«

Luciani betrat das Zimmer, gefolgt von Giampieri. Linienrichter Adelchi schien um zwanzig Jahre gealtert. Seine Arme hingen reglos herab, aus den geschwollenen, roten Augen war jede Spur von Selbstsicherheit verschwunden.

»Sie sind es, Herr Kommissar.«

»So sieht es aus. Wie fühlen Sie sich?«

»Schlecht. Ich müßte mal auf die Toilette.«

Giampieri und Marco Luciani schauten einander an. Es kam häufig vor, daß jemand, der sein Gewissen erleichtert hatte, aufs Klo rannte, um auch den Rest loszuwerden.

»Ich begleite ihn«, sagte der Kommissar zu seinem Vize. Giampieri warf ihm einen dankbaren Blick zu, und als der

Linienrichter ihnen den Rücken zuwandte, zeigte er mit einer stummen Geste, daß es schon das vierte Mal war.

Während Adelchi sich in Krämpfen schüttelte, schluchzte und beängstigende Geräusche von sich gab, wusch Luciani sich im Vorraum das Gesicht, dann betrachtete er sich im Spiegel. Es schien, als hätten sich die Falten in seinem Gesicht ein wenig geglättet. Das ist dem Sieg über Andrea zu verdanken, dachte er. Dieser Sieg hier ist dagegen einzig Nicolas Verdienst. Er empfand keinen Neid, nur Erleichterung darüber, daß sein Stellvertreter endlich reif für den Karrieresprung war. Wenn Luciani ging, würde er die Mordkommission in kundige Hände geben.

Nach einigen Minuten erschien Adelchi wieder, er war leichenblaß. Der ganze Toilettenraum stank nach seinen Exkrementen und dem Schweiß des Kommissars. Der Linienrichter wusch sich gründlich die Hände, dann betrachtete er Marco Luciani: »Ich bitte um Verzeihung. Ich muß irgend etwas Verdorbenes gegessen haben …«

»Das ist normal. Sie sind nervös. Jetzt wissen Sie, warum man von schmutzigem Gewissen spricht und wie man es wieder sauber kriegt.«

Sie kehrten in den Vernehmungsraum zurück, Giampieri erzählte dem Kommissar, was Adelchi berichtet hatte, und ab und zu bat er den Hauptdarsteller um Bestätigung.

»… damit wären wir also beim Abschiedsbrief des Opfers angelangt. Warum wollen Sie mir nicht die Wahrheit sagen?«

»Ich habe sie Ihnen gesagt. Das ist der Abschiedsbrief«, sagte der Linienrichter, wobei er ein Blatt von einem Notizblock vorzeigte, »lassen Sie ihn von einem Graphologen untersuchen, wenn Sie mir nicht glauben.«

»Aber dieser Satz ergibt gar keinen Sinn.«

»Vielleicht ergab er für ihn einen Sinn.«

Marco Luciani näherte sich dem Linienrichter: »Darf ich?« fragte er und griff nach dem Blatt. Er faltete es mit zittrigen Fingern auseinander, las es und zuckte zusammen. Er spürte, wie ihm die Tränen in die Augen schossen, und mußte seine ganze Kraft aufbieten, um sie zurückzuhalten. Reglos starrte er immer wieder auf den Zettel. Er betrachtete jede noch so kleine Unsicherheit der Schrift, jeden Knick im Papier. Es war ein Blatt vom Notizblock des Schiedsrichters, das Blatt, das der Seite mit den Gelben Karten vorausging. Wer konnte wissen, ob Tullio Ferretti es herausgerissen hatte, bevor er den Rasen betrat, und ob er es die ganze erste Halbzeit über in der Tasche herumgetragen hatte, während er auf einen Pausenpfiff wartete, der für ihn der Schlußpfiff sein sollte? Vielleicht hoffte er, daß es ihm Glück brächte, zumindest für die fünfundvierzig Minuten, daß es ihn zu einer tadellosen Leistung inspirierte. Und vielleicht hätte er sich, wäre dieser umstrittene Elfmeter nicht gewesen, die Sache noch einmal überlegt, hätte es auf das Spielende oder auf das nächste Match verschoben.

Marco Luciani drehte wieder das Blatt in den Händen und las zum x-ten Mal den Satz. Es war unmöglich zu sagen, ob der Schiedsrichter ihn vor Spielbeginn oder unmittelbar vor dem Selbstmord geschrieben hatte, ob er ihn seit Tagen oder gar Jahren im Kopf hatte, ob er ihm in diesen fünfundvierzig Minuten wieder eingefallen war, als der Mittelstürmer hinter ihm her rannte, protestierte und ihn bedrängte; als Ferretti instinktiv zurückwich und den Arm hob, um sein Gesicht zu schützen: »Drei Ecken ein Elfer«, hatte er geschrieben. »Drei Ecken ein Elfer«, eine Botschaft, die nur ein einziger Mensch verstehen konnte, aber zu der alle anderen sich ihren Teil denken konnten – wenn sie das denn wollten.

Er reichte Giampieri den Zettel: »Dazu brauchen wir kein Gutachten. Der ist echt. Und jetzt entschuldige mich bitte, ich muß mal auf Toilette.«

Staatsanwalt Delrio herzte mit seinen Blicken die Ermittler. Er war am Abend zu ihnen gestoßen, nachdem er einige Anrufe bei der Presse vorausgeschickt hatte, damit die Fernsehkameras auch bestimmt seine Ankunft verewigten. Am Eingang hatte er die Reporter mit einem wissenden Lächeln bedacht und erklärt: »Ja, die Affäre ist in den Grundzügen geklärt.« Doch dann hatte er hinzugefügt: »Nein, weitere Einzelheiten darf ich nicht bekanntgeben, ich hoffe, daß ich für morgen früh eine Pressekonferenz anberaumen kann.«

»Also, klären Sie mich auf«, sagte er, »ich habe mitgekriegt, daß der Schiedsrichter sich umgebracht und Adelchi die Spuren verwischt hat, aber Sie haben mir immer noch nicht den Grund genannt.«

Giampieri schaute Marco Luciani an und gab ihm das Startzeichen.

»Fangen wir von vorne an, oder besser gesagt: in der Halbzeitpause des Spiels. Es ist zirka 15.46 Uhr, Schiedsrichter Ferretti holt sich den Schlüssel vom Hausmeister und geht direkt in seine Umkleide. Er lehnt den Tee ab und sagt, er wolle auf keinen Fall gestört werden. Die Proteste des Publikums haben ihn völlig aus der Fassung gebracht, er will alleine sein und sich noch einmal die Elfmeter-Szene anschauen. Vielleicht hat er die Fehlentscheidung nicht absichtlich getroffen, vielleicht doch, das wissen wir nicht. Wahrscheinlich hat Adelchi ihn dazu verleitet. Er stellt sein neues Handy an, und über das Abonnement, das er bei einem Sportkanal hat, läßt er sich die Bilder schicken. Er sieht, daß er völlig danebengelegen hat, und ihm wird klar, daß für ihn wieder eine Leidenszeit beginnt, er malt sich die Proteste, Beschimpfungen, eine mögliche Suspendierung aus. Seine Frau hat ihm gesagt, er solle nicht nach Hause zurückkommen, die Brasilianerin ist mit zweihundertfünfzigtausend Euro durchgebrannt und geht nicht ans Telefon. Rebuffo, der das Geld zur Verfügung gestellt hat, erwartet als Gegenleistung den Meistertitel, kurz: unser armer Ferretti steckt bis zum Hals in der Scheiße. Er präpariert das Seil, zieht es durch den Deckenhaken, schickt – um 15.52 Uhr – die letzte SMS an die Brasilianerin und hängt sich auf.«

Delrio nickte: »Bis hierher war alles klar. Kommen Sie zum Linienrichter.«

»Es ist 15.58 Uhr, 15.59 Uhr. Die Linienrichter stehen schon eine Weile bereit, um aufs Feld zurückzukehren, aber der Schiedsrichter ist nicht zu sehen. Adelchi sagt: ›Ich geh ihn rufen‹, und bittet Cavallo, in der Zwischenzeit auch die Mannschaften bereitzumachen. Er läuft durch den Kabinengang und kommt zur Umkleide des Schiedsrichters. Er klopft, doch dieser antwortet nicht. Also öffnet er die Tür und sieht ihn. Tot. Aufgeknüpft.«

»Folglich war die Tür nicht abgeschlossen.«

»Nein. Das hatte auch Adelchi ausgesagt, und niemand konnte ihn widerlegen. In Wirklichkeit war sie offen. Adelchi geht hinein, sieht den aufgeknüpften Schiedsrichter und auf dem Tisch einen Zettel. Ihm wird klar, daß Ferretti sich umgebracht hat, und nun ist erstaunlich, welche Kaltblütigkeit er unter Beweis stellt.«

»Das muß eine seiner vielen Gaben sein«, unterbrach ihn Marco Luciani, »wie der Blick des Frosches und die Ohren des Dionysos.«

»Wie bitte?« fragte Delrio.

»Nichts, nichts, sagen wir, Adelchi ist gewohnt, sich schnell einen Überblick über komplexe Situationen zu verschaffen und in Sekundenbruchteilen eine Entscheidung zu treffen. Mit einem Auge sah er den Schiedsrichter, mit dem anderen kontrollierte er den Korridor. Er sah, daß niemand in der Nähe war und stellte die Lauscher auf, weil er abschätzen wollte, wieviel Zeit ihm blieb. Entschuldige, Nicola, machst du bitte weiter?«

»Adelchi hat angesichts des Suizids sofort Angst bekommen«, fuhr Giampieri fort, »vielleicht hatte er ein schlechtes Gewissen, weil er ihn zu der Fehlentscheidung verleitet hatte. Vor allem wurde ihm jedoch klar, daß dieser Selbstmord ihm schaden konnte, wenn zum Beispiel der Zettel als Geständnis verstanden wurde, ein Bekenntnis der Schuld oder Bestechlichkeit, es hätte einen Skandal gegeben, bei dem auch er unter die Räder gekommen wäre, er, der König der Abseitsfallen und Phantomtore. Also kam ihm sofort die Idee, den Zettel verschwinden zu lassen, und wenn er sich damit begnügt hätte, wäre das womöglich gutgegangen. Aber er wollte seine Sache allzu gut machen. Adelchi war ein Ehrgeizling, und, um mit Manzoni zu sprechen: Er war ›ein Herz, das widerspenstig dient, weil es vom Reich träumt‹; er diente widerspenstig als Linienrichter und träumte vom Reich des Schiedsrichters.«

Der Kommissar betrachtete ihn voll ungläubiger Bewunderung, sein Vize antwortete mit einem verschwörerischen Blick: »Soviel zu meiner humanistischen Bildung«, sagte er im Flüsterton.

»Nun, vor den Journalisten schenken wir uns dieses Zitat vielleicht. Fahren Sie fort«, forderte Delrio ihn auf.

»Adelchi dachte, wenn der Selbstmord ihm nicht zum Vorteil, sondern vielleicht gar zum Nachteil gereichen konnte, dann mochte sich ein Mord, oder ein vermeintlicher Mord, als um so nützlicher erweisen. Der Schiedsrichter, und er selbst, würden plötzlich zu den Opfern gerechnet werden, und ihm würde sich womöglich die Gelegenheit bieten, seine Talente auszuspielen: die Mächtigen zu erpressen und seine Ruhmsucht zu stillen. Aber wie konnte er einen Mord inszenieren? Der Linienrichter hatte nur ein paar Sekunden, aber er agierte geschickt, sehr geschickt: Den Brief hatte er bereits eingesteckt, dann schien es ihm ratsam, auch den Stift verschwinden zu lassen, aber dieser muß ihm dabei heruntergefallen sein. Offensichtlich war Adelchi ein wenig nervös, ein Teil sprang unter die Trittleiste. Entweder entging ihm das, oder er wollte keine Zeit auf die Suche verschwenden, weil er das Teil für nebensächlich hielt. Dann schob er den Stuhl unter den Füßen des Schiedsrichters weg, wobei er immer genau auf Geräusche aus dem Korridor hörte, er verließ den Raum, schloß ab und steckte den Schlüssel ein. Dann begann er, gegen die Tür zu hämmern und zu schreien, um die Aufmerksamkeit der anderen auf sich zu ziehen. Als sie zu ihm stießen, sagte er: ›Ich klopfe schon die ganze Zeit, aber er gibt keine Antwort.‹ Mit dem Generalschlüssel des Hausmeisters öffneten sie die Tür, und der Rest ist bekannt.«

Marco Luciani mischte sich ein: »Aber Adelchi hat einen Ball zu viel verschlagen, und das war der mit dem Handy, denn bevor er ging, hatte er sich instinktiv Ferrettis Handy gegriffen, weil er meinte, es könnte kompromittierend sein. Er war fast sicher, daß Ferretti in der Halbzeit mit Rebuffo gesprochen hatte, und er wollte das Handy dem Manager aushändigen, als Treuebeweis.«

Der Staatsanwalt gebot Luciani Einhalt: »Nein, Pardon. Wartet einen Moment. Hat euch das alles Adelchi erzählt, oder gibt es dafür irgendwelche Beweise? Wir können uns nicht nur auf sein Wort verlassen. Wenn er dann seine Aussage zurücknimmt …«

Giampieri beruhigte ihn: »Die Beweise haben wir, darauf wollte ich gerade kommen. Also: Adelchi nimmt das Handy des Schiedsrichters und steckt es in die Tasche. Aber er begeht den Fehler, daß er es nicht abschaltet, und kurz darauf fängt es in seiner Tasche zu klingeln an, während der Kommissar, ich und weitere Zeugen mit ihm in einem Zimmer sind. Adelchi tut so, als gehörte das Handy ihm und als wäre seine Frau am Apparat. Wir haben keinen Grund zu bezweifeln, daß es sich um sein Handy handelt, das im übrigen genauso aussieht, und für geraume Zeit vergessen wir diesen Anruf. Dem Kommissar kommt ein Verdacht, als er im Polizeipräsidium Adelchis Handy klingeln hört, und zwar mit der Titelmusik von ›Lupin III‹ und nicht, wie in der Umkleidekabine …«

»›Die diebische Elster‹.«

»Exakt. Sie manipulierten Spiele und gefielen sich dabei in Selbstironie. Aber ein Klingelsignal ist kein Beweis, inzwischen sind einige Tage vergangen, und er könnte es auch umgestellt haben. Vor ein paar Tagen bekommen wir endlich die Verbindungsübersichten, und von einem Anruf auf Adelchis Handy von zu Hause aus gibt es keine Spur, genauer gesagt gibt es in diesem Zeitfenster überhaupt kein so kurzes Telefonat, wie wir es in der Umkleide hörten. Wem also gehörte das Handy in seiner Tasche? Um das zu überprüfen, müßte man die Übersichten von Ferrettis berüchtigtem Zweithandy abwarten, dessen Nummer wir endlich ermittelt haben, aber wir würden weiter Zeit verlieren. Also denke ich an das Naheliegendste: Ich fahre nach Turin und vernehme Adelchis Frau, ich frage sie direkt, natürlich mit der nötigen Umsicht. Völlig unbekümmert erzählt sie mir, sie sei an dem betreffenden Sonntag auf dem Land gewesen, mit den Kindern und den Großeltern, ihr Handy-Akku sei leer gewesen und sie habe erst in den Acht-Uhr-Nachrichten von der ganzen Geschichte erfahren. Erst da habe sie ihren Mann angerufen, um Näheres zu erfahren.«

»Und weiter?«

»Nichts weiter. Nachdem wir die Intuition des Ermittlers mit den Ergebnissen modernster Kriminaltechnik kurzgeschlossen hatten, konnten wir den Linienrichter in die Zange nehmen, und er packte aus.«

Delrio lehnte sich zurück und begann, seine lange Nase mit den Fingerspitzen zu massieren: »Und von wem kam der Anruf, den Adelchi entgegennahm?«

»Vom Sohn des Schiedsrichters. Er gehörte zu dem engen Personenkreis, dem die Nummer bekannt war. Wir ermittelten in der Folge, daß er bei einem Freund zum Spielen war, er muß im Fernsehen gehört haben, daß seinem Vater schlecht geworden sei; da machte er sich Sorgen und rief an. Später kam die Mutter und holte ihn ab.«

Der Staatsanwalt zog eine Zigarre aus der Tasche, bat mit einem stummen Blick um Erlaubnis, was ihm niemand abschlug. »Nun«, sagte er, erste Rauchwolken ausstoßend, »daß es sich um Suizid handelte, war logisch, das hatten wir von Anfang an geahnt.«

Marco Luciani verdrehte die Augen, und sein Kinn klappte herunter. Delrio tat so, als hätte er nichts bemerkt.

»Im übrigen«, fuhr er fort, »paßte das Gesamtszenario nicht zu einem Mord. Wie kann ein Mann, selbst wenn es sich um einen Profikiller handelt, ungesehen in eine Umkleide gelangen, einen Sportler im Vollbesitz seiner Kräfte überrumpeln, ihn aufknüpfen, ohne daß jemand etwas merkt, das alles in wenigen Minuten, und dann verschwinden, ohne Spuren zu hinterlassen? Das war ziemlich unwahrscheinlich, während viel wahrscheinlicher war, daß der Schiedsrichter sich umgebracht und irgendwer Verwirrung gestiftet hatte. Nun, aber warum tat er es? Zu welchem Zweck? Das Motiv erscheint mir ein bißchen schwach.«

»Das würde ich nicht sagen«, erwiderte Giampieri mit einem Lächeln. »Im ersten Moment handelte Adelchis aus purem Instinkt, aber in den Folgeminuten arbeitete sein Hirn fieberhaft, bis es schließlich zu dem Schluß kam, daß er sein Traumziel am einfachsten erreichen, am ehesten Schiedsrichter werden würde, wenn er Rebuffo, Colnago und die anderen erpreßte. Allerdings brauchte er dafür eine konkrete Anschuldigung, einen Zettel, auf dem der Schiedsrichter diese Leute direkt beim Namen nannte. Den besaß er nicht, nur einen Zettel, auf dem stand: ›Drei Ecken ein Elfer‹.«

Delrio runzelte die Brauen: »Wie bitte?«

»›Drei Ecken ein Elfer.‹ Der Kommissar kann Ihnen besser erklären, was das bedeutet.«

Marco Luciani räusperte sich. »Ach«, sagte er, »das ist eine Regel, die beim Kicken unter Kindern gilt, wenn man zum Beispiel drei gegen drei spielt, auf ein Garagentor, mit einem einzigen Torwart.«

Delrio schaute ihn verwundert an. Als Kind war er wohl nicht gerade eine Sportskanone gewesen, sondern hatte die meiste Zeit über Büchern gehockt.

»Das ist im Grunde eine Regel, um die offensivere und bessere Mannschaft zu begünstigen, für jede dritte Ecke, die man sich erarbeitet, bekommt man einen Elfmeter. Es ist ein kindlicher Versuch, das ungerechteste Spiel der Welt ein bißchen gerechter zu gestalten. In dieser Lesart scheint mir Ferrettis letzte Botschaft ziemlich explizit zu sein.«

Delrio nickte gewichtig, Giampieri fuhr fort: »Adelchi hob den Zettel auf, präparierte aber einen zweiten für Rebuffo und Colnago: Er ahmte Ferrettis Handschrift nach und schrieb, daß er sich wegen seiner Schuldgefühle umbrächte, dafür, daß er sich von ihnen hatte korrumpieren und manipulieren lassen. Er überreichte dem Manager und dem Schiedsrichterobmann Fotokopien des gefälschten Briefes und sagte sinngemäß: ›Verehrte Herrschaften, bis zum heutigen Tag habe ich euch still auf dem Feld gedient, aber Geld und Ruhm kamen fast ausschließlich Ferretti zugute. Jetzt wollte er euch linken, aber ich habe euch gerettet. Das Original dieses Schreibens ist an einem sicheren Ort, sorgt dafür, daß ich es nie hervorholen muß, denn ich bin sicher, daß sich eine Menge Leute dafür interessieren würden.‹«

»Eine Erpressung, um Karriere zu machen.«

»Genau«, bestätigte Giampieri, »wir erkannten das Motiv, als wir hörten, daß Adelchi zum Schiedsrichterlehrgang zugelassen worden war und daß er nächstes Jahr in der dritten oder vielleicht sogar zweiten Liga anfangen sollte. Sein Kollege Cavallo bestätigte, daß dies ein absolut anomales Prozedere ist und daß der Linienrichter einen besonderen Trumpf in der Hinterhand haben mußte.«

Delrio lächelte: »Mir scheint alles klar. Wie ich Ihnen in einem völlig unverdächtigen Moment sagte, lieber Herr Kommissar: Der Ehrgeiz ist der Motor der Welt. Und wissen Sie, welche Moral man aus dieser Geschichte ziehen kann?«

Marco Luciani sah ihn fragend an.

»Man darf sich keinen allzu ehrgeizigen Stellvertreter halten. Das gilt für Ferretti und Adelchi, für Sie und diesen jungen und kompetenten Vizekommissar und ebenso für Angelini und mich. Adelchis Beförderung wird wohl ausfallen, aber die beiden anderen stehen meines Erachtens vor der Tür ...«

Als der Staatsanwalt, aus der Garage des Polizeipräsidiums kommend, das von Reportern belagerte Tor passierte, ließ er höflich das Seitenfenster heruntergleiten, um den Kameraleuten zuzulächeln und die Pressekonferenz für den nächsten Vormittag zu bestätigen. Daß man den Linienrichter in Haft genommen hatte, war kein Geheimnis mehr, und wahrscheinlich würden alle Zeitungen die Geschichte in Grundzügen nachzeichnen können. Aber bevor Delrio den Fall offiziell zu den Akten gab und ihre Fragen beantwortete, wollte er einige Details geklärt haben. Er hatte den Ermittlern gesagt, daß er die Sache überschlafen mußte, und sie gebeten, oder besser gesagt: ihnen unmißverständlich befohlen, den Mund zu halten und keine Einzelheiten durchsickern zu lassen.

Giampieri stellte leise das Radio an, die ersten vier Sender brachten nur Werbung, dann endlich fand er Musik. Marco Luciani schwieg, er sah besorgt aus.

»Was ist mit dir? Es ist doch alles gut ausgegangen, oder?«

»Ja, klar, aber ich habe etwas vergessen ... Hat dich eine Verkäuferin aufgesucht?«

»Eine Verkäuferin?«

»Ja, sie sollte eine Aussage machen. Um mich zu entlasten.«

Giampieri schob die Unterlippe vor. »Ich habe niemanden gesehen. Was steckt da dahinter?«

»Ach, nichts Wichtiges.« Vielleicht hatte die Zeugin am Ende Angst bekommen, als sie sah, daß er ihr nicht recht glaubte. Oder vielleicht war Sofia Lanni zu dem Schluß gekommen, daß es sich nicht lohnte, ihn zu retten. Da Adelchi gestanden hatte, war die Frage nach dem Seil inzwischen hinfällig geworden.

Iannece klopfte an die Tür, trat ein und flüsterte:

»Hier draußen ist Herr Rebuffo, der schon seit einigen Stunden wartet. Er möchte mit Ihnen sprechen.«

Giampieri klopfte dem Kommissar auf die Schulter: »Den kannst du ganz für dich haben.«

»Nehmen Sie Platz, Herr Rebuffo.« Der Kommissar war gewillt, ihn möglichst lange schmoren zu lassen, aber als er ihn ins Zimmer treten sah, konnte er ein breites Grinsen nicht unterdrücken. Der Manager witterte sofort Gefahr.

»Sie scheinen guter Laune, Herr Kommissar. Gibt es positive Neuigkeiten für Sie?«

»Hervorragende, um genau zu sein. Zumindest für mich. Ich darf Ihnen mitteilen, daß die Ermittlungen im Fall Ferretti praktisch abgeschlossen sind. Wir wissen alles.«

Sein Gegenüber bemühte sich um Gleichmut: »Und ...?«

»Und es wird Sie freuen, zu hören, daß es sich tatsächlich um Selbstmord handelt.«

Auch auf Alfredo Rebuffos Gesicht zeichnete sich nun ein sattes Lächeln ab. Das der Kommissar sofort verscheuchte.

»Aber die eigentlichen Ermittlungen beginnen erst. Adelchi hat alles gestanden.«

»Alles? Was verstehen Sie unter ›alles‹?«

»Alles. Was sich zugetragen hat. Daß er es war, der die offene Umkleide betrat, den erhängten Schiedsrichter fand und die Spuren verwischte. Er verschob die Gegenstände, ließ das Handy verschwinden und schloß die Tür ab. Ach, und natürlich nahm er auch den Abschiedsbrief an sich. Von dem er Ihnen später eine Kopie zukommen ließ.«

Alfredo Rebuffos Gesicht wurde fahl und verzerrte sich zur Fratze. »Er ist ein dreckiger Erpresser. In dem Brief steckt kein Funken Wahrheit.«

»Und warum haben Sie sich dann nicht an die Polizei gewandt?«

»Was für eine Frage! Ich mußte einen Skandal verhindern. Den guten Namen meines Clubs schützen. Diese Anschuldigungen sind alle erstunken und erlogen.«

»Schwer vorstellbar, daß ein Mann unmittelbar vor seinem Selbstmord Zeit auf Lügengeschichten verschwendet, meinen Sie nicht?«

»Schwer vorstellbar, daß ein Mann unmittelbar vor seinem Selbstmord noch im Vollbesitz seiner geistigen Kräfte ist.«

»Nun, darüber werden die Richter zu befinden haben.«

Alfredo Rebuffo schwieg lange. Marco Luciani kostete sein Mienenspiel voll aus.

Dann fing der Manager zu sprechen an, wobei er sich um einen gemäßigten Ton bemühte: »Herr Kommissar, Sie selbst haben mir soeben gesagt, daß es sich um Selbstmord handelt. Warum also wollen Sie sich zum Sprachrohr für diese Verleumdungen machen? Ferretti war völlig verstört, er wußte nicht, was er tat, und selbst einem mediokren Anwalt würden vor Gericht wenige Minuten genügen, um das Schriftstück eines Lebensmüden in der Luft zu zerpflücken. Alles, was Sie erreichen würden, wäre, sein Andenken zu beschmutzen. Wir wären gezwungen, uns über seine psychiatrische Behandlung zu verbreiten, über seinen Konsum von Psychopharmaka und Kokain. Wir müßten über die Trennung von seiner Frau reden, müßten diese gegen ihren Mann aussagen lassen, vielleicht würde Frau Ferrettis Affäre publik werden ... und Herrn Ferrettis kleine Abenteuer. Das wäre furchtbar, glauben Sie mir. Vor allem für das Kind.«

»Wie kommt es, daß Sie sich plötzlich um derlei Dinge sorgen?«

»Ich bin auch nur ein Mensch. Wir alle sind nur Menschen, das gilt sogar für Sie.«

Der Kommissar schüttelte den Kopf: »Seien Sie sich dessen nicht zu sicher. Und was haben Sie mir im Hinblick auf Elfmeter, Abseitsstellungen und manipulierte Spiele zu sagen?«

»Daß da nichts Wahres dran ist. Aber – lassen Sie uns eine absurde Hypothese aufstellen – selbst wenn es so wäre? Der Hauptzeuge ist tot, und von den anderen würde keiner den Mund aufmachen.«

»Es gibt Adelchi. Es gibt die anderen Mannschaften.«

»Adelchi steht immer auf der Seite des Meistbietenden. Er hat diese ganze Erpressung ausgeheckt, um Karriere zu machen, für Geld und Ruhm, sicher nicht aus Wahrheitsliebe. Wir können Adelchi das verschaffen, was er sich wünscht, wir können ihn zum Schiedsrichter machen und ihm Frauen und Autos besorgen, die schlichten Dinge, nach denen er strebt. Während Sie ihm nichts zu bieten haben. Ich kenne ihn gut und weiß, auf welche Seite er sich im entscheidenden Augenblick schlagen würde, wenn er diese Anschuldigungen vor Gericht bestätigen müßte.«

Marco Luciani dachte, daß man nicht von ungefähr zu einem Rebuffo wird. Er war geschickt, ließ sich nie auf dem falschen Fuß erwischen, und selbst einen K.o.-Schlag wußte er einzustecken, um gleich wieder aufzustehen und zum Gegenangriff überzugehen.

»Aber er hat mir den Originalbrief ausgehändigt.«

»Darf ich ihn sehen?«

Der Kommissar nahm die Brieftasche, faltete den Zettel, den Adelchi mit Ferrettis Handschrift verfaßt hatte, auseinander und ließ Rebuffo von weitem einen Blick darauf werfen.

»Was Sie sagen, stimmt: Er wird vielleicht vor Gericht keinen großen Erfolg haben, aber ich bin sicher, daß er den Zeitungen und dem Fernsehen um so mehr gefällt. Er sagt ausdrücklich, daß Sie und Colnago die großen Drahtzieher sind, und selbst wenn es keine Beweise gäbe – es sind die Leute, die Fans, die über euch urteilen.«

Rebuffo lachte herzhaft: »Die Fans werden dasselbe denken wie immer, Herr Kommissar. Unsere Anhänger werden denken, daß wir schlauer sind als die anderen, und werden mir gratulieren. Die anderen werden mich mehr denn je hassen, aber insgeheim werden sie hoffen, daß ich eines Tages bei ihrer Mannschaft anheure, damit ich ihnen zum Sieg verhelfe.«

»Zumindest Colnago wird das den Kopf kosten.«

Rebuffo zuckte die Achseln: »Irgendein anderer ehemaliger Schiri wird seinen Posten übernehmen. Und es wird immer ein Mensch sein, mit seinen Schwächen und wunden Punkten. Und ich werde dies zu nutzen wissen.«

Der Kommissar hatte anscheinend sein Pulver verschossen, dieses Gespräch machte ihm langsam keinen Spaß mehr. Der Manager senkte die Stimme und lehnte sich vor.

»Denken Sie mal eine Minute nach, Herr Kommissar, denken Sie an das, was ich Ihnen seinerzeit im Restaurant sagte. Mein Angebot steht – mehr denn je. Und jetzt, da Sie wissen, daß es sich nicht um Mord handelt, werden Sie es vielleicht noch mehr zu schätzen wissen.«

»Ob Mord oder Selbstmord, das ändert für mich nichts.«

»Das nennt man Fanatismus, Herr Kommissar. Und es legt für mich den Schluß nahe, seien Sie mir nicht böse, daß Sie sich bei diesem Fall tatsächlich zu sehr von Ihren persönlichen Belangen haben leiten lassen. Sie wollen, daß alle erfahren, wie korrupt Ferretti war, damit Sie eine Rechfertigung haben für das, was sich vor vielen Jahren zwischen Ihnen beiden zutrug. Und Sie wollen endgültig aus dem Schatten Ihres Vaters treten, dem ganzen Universum verkünden, daß Sie anders sind als er, daß Sie ehrlich und unbestechlich sind.«

Er setzte eine Pause.

»Glauben Sie wirklich, daß man Sie dafür lieben wird? Daß man Sie bewundern wird?«

Vor Marco Lucianis innerem Auge tauchte plötzlich, warum auch immer, das Bild von den Eltern auf, die sich an den Zaun des Bolzplatzes klammerten.

»Glauben Sie, daß Sie mehr Freunde, mehr Frauen haben werden, oder ist es nur eine Frage der Selbstachtung? Wonach streben Sie wirklich, Herr Kommissar? Was ist es, das Sie wie eine Kerze verzehrt, das sie hölzern und unbeweglich macht wie einen Baumstamm? Wovon träumen Sie in der Nacht? Ist Ihnen nicht klar, daß dieses Land durch kleine Gefälligkeiten vorankommt, durch kleine Aufmerksamkeiten, kleine Regelüberschreitungen? Und daß es ebenso nutzlos wie lächerlich ist, starr wie ein Fels zu stehen, um das Meer aufzuhalten?«

Wie ein Fels oder wie ein Idiot? dachte der Kommissar.

Rebuffo setzte wieder eine Pause, dann fuhr er fort: »Wenn Sie mir jetzt diesen Zettel aushändigen, wird sich alles einrenken. Die Meisterschaft wird weitergespielt, ohne bitteren Nachgeschmack, und die Leute sind glücklich.«

Wenn dieser Zettel echt wäre, dachte Luciani, wenn Ferretti wirklich einen Brief mit Anschuldigungen gegen euch geschrieben hätte, dann würde ich bis ans Ende aller Zeiten weitermachen. Statt dessen verfügte er nur über eine Fälschung, die bei der erstbesten Schriftprobe auffliegen würde; und einen echten Brief, der keinem was sagte, außer ihm selbst.

Marco Luciani senkte den Kopf, und Rebuffo nahm an, daß er tatsächlich zum ersten Mal seinen Vorschlag ernsthaft prüfte.

»Legen Sie den Preis fest«, sagte er.

Der Kommissar fixierte ihn wieder: »In dieser Sache dürfen Sie sich nicht an mich wenden, ich bin inzwischen draußen aus dem Fall. Gehen Sie zu Staatsanwalt Delrio, aber sie sollten wissen, daß sein Preis sicher höher ist als meiner.«

»Du wirst doch wohl keine Flasche bestellen?«

»Ich trinke nichts, wenn du dafür ißt.«

»Ach komm, was soll denn das heißen?«

»Wirklich. Wenn du ersten und zweiten Gang, Beilagen und Dessert verputzt, rühre ich keinen Tropfen an.«

Marco Luciani schnaubte und warf noch einmal einen Blick auf die Kreidetafel mit dem Tagesangebot. Sandro Baffigo schien sich köstlich zu amüsieren, eine Stunde vorher hatte der Kommissar ihn im Krankenhaus abgeholt, und der Journalist hatte darauf bestanden, daß sie die Lösung des Falles feierten; in einem Lokal, das bis spät geöffnet hatte, wo man essen, trinken, Musik hören und sich im Bauchnabel der Kellnerin verlieren konnte. Baffigos Genesung grenzte an ein medizinisches Wunder, auch die Ärzte hatten dafür keine Erklärung.

»Ich nehme einen ersten Gang und ein Dessert. Das ist das Äußerste«, sagte der Kommissar.

»Einverstanden, dafür verzichte ich auf die Flasche und bestelle offenen Wein. Vier Gläser.«

»Was? Ein Glas, höchstens.«

»Drei.«

»Zwei.«

»Einverstanden, zwei. Aber einen guten, und du bezahlst.«

Sie gaben der Kellnerin ein Zeichen, und kaum war sie mit der Bestellung weg, ergingen sie sich in Einlassungen zu ihrem Nabel und zum Rest. Baffigo fragte nach Neuigkeiten von Sofia Lanni, der Kommissar runzelte die Augenbrauen und blies die Backen auf.

»Hab verstanden, Themawechsel. Was, meinst du, wird dein Freund Delrio jetzt unternehmen?«

»Inwiefern?«

»Nun, ihm stehen viele Möglichkeiten offen ... Er kann Adelchi hart rannehmen und unter Anklage stellen, weil er Beweise manipuliert und die Ermittlungen behindert hat. Aber er würde keine hohe Strafe erreichen, und vielleicht wäre es für ihn klüger, mit Adelchi sanft zu verfahren und dafür zu sorgen, daß er gegen Rebuffo und Genossen aussagt. Du hattest erzählt, Delrio wolle gegen die Korruption im Profifußball vorgehen, um sich einen Ruf zu verschaffen, der ihn in juristischen und politischen Kreisen weiterbringt. Oder er kann eure Erkenntnisse nutzen, um – über Rebuffo – Angelini und anderen Seilschaften ein bißchen Druck zu machen, er könnte den Profifußball heraushalten, wenn man ihm dafür eine sofortige Beförderung und größeres Gewicht in der Staatsanwaltschaft garantiert.«

Marco Luciani schüttelte den Kopf: »Ist es nicht unglaublich, daß die Dinge immer so kompliziert sind, selbst wenn alles geklärt scheint? Wie dem auch sei – ich denke, daß Delrio mit Angelini und Rebuffo verhandeln wird, am Ende gilt immer noch das alte Sprichwort: Eine Krähe hackt der anderen kein Auge aus. Ich wette, er wird bei der Pressekonferenz den Originalzettel vorzeigen, den mit den Eckbällen, und wird den anderen mit keinem Wort erwähnen, ebensowenig wie Adelchis Erpressungsversuch.«

»Ja, das denke ich auch«, sagte Baffo und hob sein Glas, »aber du wirst sehen, daß früher oder später ein Journalist, der nichts zu verlieren hat, die ganze Geschichte erzählen wird. Immer vorausgesetzt, daß du einverstanden bist, das ist klar.«

Der Kommissar stieß mit dem Freund an: »Auf die Gesundheit. Auf deine und meine natürlich. Und daß unsere speziellen Freunde der Schlag treffen möge.« Er trank sein Lemonsoda auf ex, dann sprach er weiter: »Aber wenn ich ehrlich sein soll: Was Delrio, Rebuffo und all die anderen anstellen, das geht mir sonstwo vorbei. In all den Jahren habe ich genug von diesen Spielchen gesehen. Ich wollte die Wahrheit, meine Wahrheit, und die habe ich gefunden. Es war genau die, die ich suchte, und für mich hat sie eine gewaltige Bedeutung. Da können die anderen sich ruhig die aussuchen, die ihnen am liebsten ist.«

Baffigo ließ in seinem Degustiergläschen den Sagrantino kreisen. Er beschnüffelte ihn, trank ihn in kleinen Schlucken: »Sag mal … bist du nie auf den Gedanken gekommen, daß Ferretti den Zettel speziell für dich geschrieben haben könnte? Ich meine, ist es nicht möglich, daß er wußte, daß du Chef der Mordkommission in Genua geworden bist, und daß er beschlossen hatte, sich hier umzubringen, weil er wußte, daß du ihn dann finden würdest?«

Marco Luciani schnaubte ein wenig. »Ach ... um ehrlich zu sein, daran gedacht habe ich schon. Er könnte mich auf einem Zeitungsfoto erkannt haben, wer weiß, bei irgendeinem früheren Fall. Aber wenn er das Seil an jenem Morgen gekauft hat, heißt das, daß der Selbstmord nicht geplant war. Und seine Botschaft hätte mich auf jeden Fall erreicht.«

»Folglich hältst du das Ganze für reinen Zufall, so unwahrscheinlich es scheint.«

»Ich weiß nicht. Aber man kann nie alles wissen. Es gibt nur einen Menschen, der die Wahrheit in allen Einzelheiten kennt, aber der kann sie keinem mehr erzählen.«

Samstag

Er kam am Abend gegen halb acht Uhr auf den Parkplatz und fand mühelos eine Lücke; die meisten Leute waren mit dem Auto schon wieder auf dem Heimweg, ihre Stunden der Entspannung waren vorbei, in denen sie am Strand einander auf die Zehen getreten und ins schmutzige Salzwasser gehüpft waren. Als Luciani an dem Hotel vorbeikam, in dem er die erste Nacht mit Sofia Lanni verbracht hatte, würdigte er es nur eines flüchtigen Blickes; er bog in den Spazierweg ein und setzte eine dunkle Brille auf, um sich gegen das grelle Licht der untergehenden Sonne zu schützen. Um diese Uhrzeit sah das Dorf wunderschön aus, die Temperatur war ideal, die vereinzelten Pärchen, die an den Tischen saßen und ihren Aperitif hinauszögerten, verliehen der Szenerie eine lebendige, unbeschwerte Note.

Aus dem Erdgeschoß eines Hauses schallte die Stimme eines Kommentators, der eine Torszene beschrieb – der geheiligte Ritus wurde wieder zelebriert. Man hatte sich reumütig an die Brust geklopft, Ferretti ein paar Schweigeminuten gewidmet, und nun tobte der Lärm lauter denn je. Der Kommissar ging auf den kleinen Hafen zu, er fädelte sich in die engen Arkaden ein und erreichte den äußersten Punkt der Mole, wo er sich ein stilles Plätzchen suchte. Er setzte sich auf einen Felsen und verweilte dort, ohne nachzudenken. Unbewußt wiegte er sich vor und zurück, vor und zurück. Der Kommissar mochte diese ritualisierten Handlungen, es waren Riten des Übergangs, die er, wie er meinte, genau befolgen mußte, damit er eine Lebensphase hinter sich lassen und eine neue beginnen konnte.

Aus der Innentasche des Jacketts holte er das lederne Zigarrenetui und nahm vorsichtig die Partagas heraus, wobei er mit den Fingern nur die Banderole berührte. Er atmete den penetrant-femininen Duft, befeuchtete die Zigarre langsam mit Lippen und Zunge und dachte dabei an Sofia Lanni, ihren formvollendeten Hintern, ihre hellgrünen Augen. Er dachte auch an Greta, an ihre Tränen voll ohnmächtiger Wut. Die einen benutzen die anderen, die anderen werden benutzt. Mancher weiß, daß er benutzt wird, tut aber, aus Schwäche oder Berechnung, als merke er nichts davon. Jeder von uns muß früher oder später jede der drei Rollen spielen.

Mit dem Wohnungsschlüssel bohrte er ein kleines Loch in die Spitze der Zigarre, dann setzte er sie mit drei, vier tiefen Zügen in Brand. Es war die Zigarre auf seinen Sieg, doch sie konnte den bitteren Geschmack nicht vertreiben, den er seit Abschluß des Falles im Mund hatte.

Er rauchte eine ganze Weile und schaute dabei zu, wie die Sonne auf den Horizont sank. Er dachte an seinen Vater, an den Schiedsrichter, den Manager, den Staatsanwalt und an all die anderen Leute, von denen er sich nicht hatte korrumpieren lassen. Und er dachte an die Miene, die der Polizeipräsident am übernächsten Morgen aufsetzen würde, wenn er auf seinem Schreibtisch Pistole, Dienstausweis und Kündigungsschreiben des Kommissars fand. Er würde versuchen, ihn umzustimmen, würde ihm eine Reihe neuer Posten in Aussicht stellen, in Genua und anderen Städten, aber Marco Luciani wußte bereits, daß all diese Worte hohl klingen würden, nachdem sein Chef ihn nicht mit einem einzigen Wort gegen die Anwürfe der Carabinieri verteidigt hatte.

Luciani war stolz, daß er recht gehabt hatte, daß er aus der ganzen Affäre als moralischer Sieger hervorging. Aber es war zu mühselig, so zu leben, sich ans Flußufer zu setzen und auf die Leichen der anderen zu warten. Wenn sie schließlich vorbeikamen, dann fiel einem ein, daß irgendwo flußabwärts jemand saß, der auf die eigene Leiche wartete.

Die Partagas war fast aufgeraucht, er zog noch zwei, drei Mal daran, als wären es die letzten Atemzüge vor einem Tauchgang. Er wartete, bis die Sonne ganz untergegangen war, dann ging er langsam zum Auto zurück, startete den Motor und fuhr die Straße bis zum Boschetto hoch. Er kam an das Tor der elterlichen Villa und stieg mit leicht zittrigen Beinen aus dem Wagen. In der Küche brannte Licht, eine frische Brise, ein Duft nach Rosen und Jasmin, wehte über die Einfahrt. Der Pool war immer noch abgedeckt, und auf der Plane häufte sich das Laub. Er ließ seine Finger über die Keramikfliese mit der Aufschrift »Villa Patrizia« gleiten, dann drückte er zweimal auf die Klingel.

Epilog
(Die Wahrheit)

»Es sind nur noch ein paar Minuten. Wir sollten gehen.«

»Ich komme.«

Giovanni Adelchi warf seinen leeren Teebecher in den Mülleimer, schnürte sorgfältig den rechten Schuh und nahm die Fahne. Er machte ein paar Dehnübungen und ging hinaus auf den Flur. »Ich gehe Tullio rufen. Sagst du den Mannschaften Bescheid?«

»In Ordnung«, sagte Paolo Cavallo.

Adelchi ging durch den Korridor, wobei er gegen seine Wut und seine Angst ankämpfte. Dieser Vollidiot ist ausgetickt vor lauter Kokserei, seine Nerven spielen verrückt. Ich hoffe, daß Colnago und Rebuffo ihn angerufen und beruhigt haben, sonst weiß ich nicht, wie das hier endet.

Er kam an der Turnhalle vorbei, erreichte die Tür der Umkleide. Er schaute auf die Uhr, es war genau 15.58 Uhr. Wir müssen uns beeilen, ich hoffe, daß er sich nicht schon wieder eine Line reinzieht.

Er öffnete die Tür und wich sofort zurück. Vor ihm stand Tullio Ferretti auf einem Stuhl, eine Schlinge um den Hals, die Hände auf dem Rücken. Er sah starr vor sich hin, während die Tränen wie von selbst liefen.

»Tullio. Was soll die Scheiße?«

»Ich schaff es nicht. Ich schaff es nicht mehr.«

»Du bist verrückt. Komm da runter«, sagte er und trat in den Raum. Er schaute sich um: Auf dem Tisch lagen ein Zettel und ein Kugelschreiber.

»Ich hab nicht den Mut, Giovanni. Ich wollte mich umbringen, aber ich hab den Mut nicht dazu.«

Adelchi wollte ihn festhalten, dann blieb er stehen. »Warum willst du dich umbringen?«

»Weil ich ein Versager bin. Korrupt. Die Leute lachen mich aus, die Menschen, die ich liebe ... betrügen mich. Ich bin nichts wert, ich habe nicht einmal den Mumm, Schluß zu machen.« Er schluchzte wie ein Kind.

»Okay. Jetzt beruhige dich. Ich hol dich da ganz langsam runter, du trinkst ein Glas Wasser, und dann kehren wir aufs Spielfeld zurück.«

Der Schiedsrichter sah ihn ungläubig an und gab ein fieses Lachen von sich.

»Aufs Spielfeld? Ich will mich umbringen, und du sorgst dich um dieses verschissene Spiel? Was ist los, hat dein Boß einen weiteren Elfer verlangt?«

»Er ist auch dein Boß, mein Guter.«

Ferretti kniff die Augen zusammen: »Nein. Für mich gibt es keinen Boß mehr. Ich mache nicht mehr mit.« Er zerrte an der Fessel, um seine Hände zu befreien.

»Ich steige jetzt hier runter und zeig dir, wozu ich fähig bin. Ich sorge für einen Skandal, wie man ihn noch nicht erlebt hat, ich lasse die Köpfe all dieser Aasgeier rollen.«

Der Linienrichter ging rückwärts zur Tür. Während er den Schiedsrichter im Auge behielt, warf er einen Blick in den Flur und sah, daß er verlassen war.

Tullio Ferretti sah ihn wieder auf sich zukommen und schrie: »Nein!« Dann spürte er, wie seine Füße den Halt verloren, wie die Schlinge sich um seinen Hals zog. Er versuchte die Hände freizubekommen, doch es gelang ihm nicht, er sah, wie Adelchi zur Seite schaute, wie er den Zettel nahm und dabei den Kugelschreiber herunterwarf. Wie in Zeitlupe verfolgte er, wie der Pfeil unter die Trittleiste flog. Seine Kehle brannte wie verrückt, er spürte, wie sein Schwanz anschwoll und dachte an die Brasilianerin, die ihn erstickte und ihm befahl zu kommen. Er riß die

Augen auf, schnappte nach Luft und sah wieder Adelchi, der das Handy einsteckte und auf der Schwelle stehenblieb, um zu lauschen, und tatsächlich hing in dem Zimmer ein langgezogener, rauher Ton, vielleicht war es die Luft, die endlich kam, nein, es war Maria, die gemeinsam mit ihm zum Orgasmus gelangte, und es war wunderbar, nein, es war sein Todesröcheln, und es dauerte so lang, endlos lang, nahm kein Ende mehr …

Adelchi hörte den Hall einer Stimme und sprang aus dem Zimmer – er wagte nicht, seinen Freund anzusehen. Er verschloß die Tür, steckte den Schlüssel ein und sah Cavallo am Ende des Korridors auftauchen.

»Ich klopfe schon die ganze Zeit, aber er gibt keine Antwort. Die Tür ist abgeschlossen.«

ROSA CERRATO
Schnee an der Riviera
Nelly Rosso ermittelt
Kriminalroman
Aus dem Italienischen von
Verena von Koskull und Esther Hansen
341 Seiten
ISBN 978-3-7466-2527-0

Gestatten: Rosso, Nelly Rosso

Anfang vierzig, stattliche eins achtzig, rote Locken, Sommersprossen und kein bisschen zimperlich. In ihrem ersten Fall nimmt es die eigensinnige Kommissarin mit einer skrupellosen Drogenbande, einer etwas zu einflussreichen Genueser Familie und einer Handvoll Jugendlicher auf, die nicht wissen, was sie tun. Wenn nur nicht einer davon ihr Sohn Mau wäre …

»Ein Krimi mit Klasse, der den Leser von der ersten bis zur letzten Seite gefangen hält. Rosa Cerrato ist in jeder Hinsicht eine Grande Dame des Kriminalromans.« IL GIORNALE

Mehr Informationen erhalten Sie unter www.aufbau-verlag.de oder in Ihrer Buchhandlung

atb aufbau taschenbuch

BERNHARD JAUMANN
Die Drachen von Montesecco
Kriminalroman
278 Seiten
ISBN 978-3-7466-2452-5

Glauser-Preisträger Jaumann lässt ein ganzes Dorf ermitteln

Das beschauliche Leben in Montesecco gerät durcheinander, als sich der alte Benito Sgreccia drei Huren aus Rom kommen lässt, drei Tage hemmungslos prasst, sich am vierten Tag in den Herbstwind setzt und stirbt. Nur Gianmaria Curzio, der den Tod seines besten Freundes schwer verkraftet, vermutet ein Verbrechen und forscht nach. Als bekannt wird, dass der Tote ein unbegreifliches Millionenvermögen hinterlassen hat, wittern die anderen Dorfbewohner die Chance ihres Lebens. Kurz darauf wird der achtjährige Sohn Catia Vannonis entführt, ein verschlossener Junge, der nur mit seinen Papierdrachen glücklich ist. Jeder im Dorf fragt sich, wer der Kidnapper ist, der Sgreccias Millionenerbe erpressen will. Einen Mord und viele Verdächtigungen später weist ein Papierdrachen am Himmel den Weg zum Entführer.

»Wir sehen dieses italienische Dorf vor uns, die Piazza, die klapprige Bar - wunderbar!« DIE ZEIT

Mehr Informationen erhalten Sie unter www.aufbau-verlag.de oder in Ihrer Buchhandlung

atb aufbau taschenbuch

ELSEBETH EGHOLM
Der Menschensammler
Dicte Svendsen ermittelt
Kriminalroman
Aus dem Dänischen
von Kerstin Schöps
441 Seiten
ISBN 978-3-7466-2662-8

»Dänemarks ungekrönte Krimikönigin.« JYDSKE VESTKYSTEN

Dicte Svendsen ist sofort zur Stelle, als die grausam entstellte Leiche einer jungen Frau vor dem Stadion in Århus gefunden wird. Zunächst scheint die einzige Spur ein Springerstiefel zu sein, den ein kleines Mädchen zufällig mit der Handykamera festgehalten hat. Ist der Mann mit den Stiefeln derselbe, der Frauen für perverse Sexspiele in Kneipen aufgabelt? Oder ist der Mord ein weiterer Akt einer internationalen Serie politisch motivierter Gewaltverbrechen?

»Hervorragend inszeniert, hochspannend und sehr gut geschrieben.«
METROEXPRESS

Mehr Informationen erhalten Sie unter www.aufbau-verlag.de
oder in Ihrer Buchhandlung

atb aufbau taschenbuch